天狗文庫

# 信長燃燒【下】

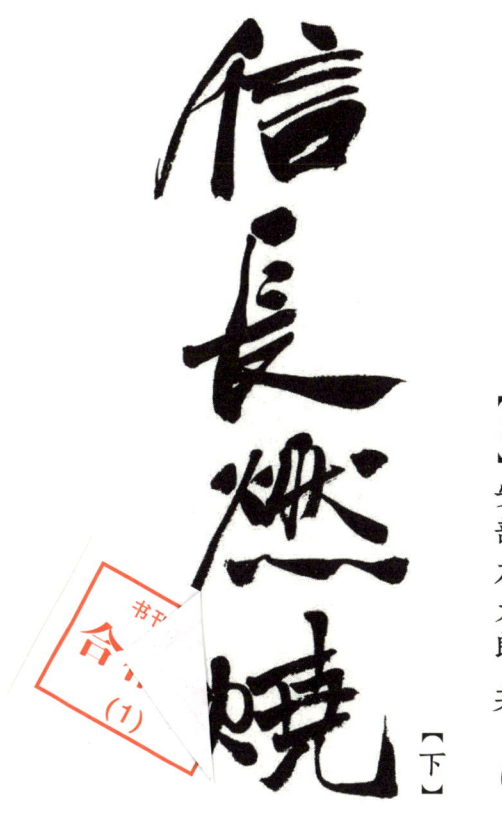

[日] 安部龙太郎 著

蔡春晓 译

重庆出版集团 重庆出版社

# 第九章 武田氏的灭亡

二月三日，织田信长将织田一门和众位重臣召集于安土城，下达了出兵武田的命令。众多武将济济一堂，森兰丸当众宣读了信长的军令："派往甲斐、信浓的兵力，分配如下。中将信忠卿领兵五万主攻伊那口；金森长近大人率部下三千攻打飞驒口；德川家康大人领兵三万主攻骏河口；北条氏政大人领兵三万攻打关东口。待各方主力首战告捷，主公将率七万余人马亲自上阵。"

总计用兵十八万三千有余——如此强大的阵容，实乃闻所未闻。素以精兵强将著称的武田骑兵团，只怕也难以与之抗衡。

"信忠，你过来！"信长将被任命为此战总大将的信忠叫上前来，将私藏的一把宝刀亲手相赠，并叮嘱道："信雄在伊贺的一番作为，想必你也未曾忘记吧？今日一战，便是决定你命运成败的关键！"

"儿臣谨记于心。"信忠的月代头梳得一丝不乱，留着浓密的络腮胡，目光中多了几分锐利和刚毅，已经具备了一军主将应有的魄力。

"我方军力虽胜敌方数倍,但此国为山势险要之地,且信玄坊主遗德尚存,万不可轻敌!"

"是!"

"我听说伊那口仍积雪较深,若敌军埋伏于彼处严防死守,你切不可强攻。还须静观其他几支兵力的战况,相时而动。若德川、北条两支队伍成功攻破了甲斐,那么信浓的武士们也必然不敢大意,定会退守军营。"

信忠时年二十六岁,已经积累了丰富的作战经验。但信长仍是放心不下,一条条、一项项都细细做出了指示。只因为他曾在信玄在世时与之交战,而那时留下的惨痛记忆早已植入骨髓,令他时刻不敢忘却;也因为,这一战对信忠来说至关重要,他必须要立下显赫战功,令自己成为当之无愧的织田家继承人。

"遭我方三面夹击,胜赖必然死守新府城,负隅顽抗。届时主力部队大可止步诹访,静待我亲率大军前来接应。"

犹记得天正三年(1575),武田胜赖大败于织田、德川联军,但凡叫得出名字的重臣大都战死沙场。此后武田一族元气大伤,日渐衰落,但自负如胜赖又岂肯坐以待毙?

天正五年(1577),他迎娶了北条氏政的妹妹为续弦,进一步巩固了与北条氏一族间的同盟关系。天正六年(1578),他又介入了谦信死后上杉一族的夺嫡之争,通过辅佐上杉景胜上位,成功将北信浓和东上野一带纳入了自己的版图。

至此,胜赖已统辖了甲斐、信浓、骏河三国,以及跨越上野、三河两地的广袤疆土,然而与此同时,也为自己埋下了可怕的隐患。原来,与景胜争夺继承权的景虎,偏偏正是北条氏政的弟弟。胜赖一心以为自己可以从中调解,保住景虎的颜面。谁承想翌年三月，景胜竟逼得景虎自刎，胜赖与北条氏间的联盟也就此瓦解。

如此一来，胜赖所在的甲府面临着随时可能被敌军从关东口攻破的危险。于是，他便于天正九年（1581）建造了新府城，作为其领国防卫的军事据点。可是，由于工期太紧，耗资巨大，家臣和领国子民都被苛捐杂税和繁重的劳役压得喘不过气来，领国内一时间民怨沸腾。

信长看准了这个时机，略施小计便笼络了木曾义昌，紧接着更是一鼓作气议定了攻打武田领国的整套战略方案。如今已是万事俱备，只欠东风。不过战事风云变幻，结果究竟谁胜谁负此时尚言之过早，还须慎之又慎。

"我记得当年攻打越前朝仓时，就曾与浅井结下生死盟约，不想却遭其背叛，被逼入死胡同，险些全军覆没。"

那是元龟元年（1570）的事。信长发兵攻打雄踞一乘谷的朝仓义景，行军至金之崎。浅井长政却突然起兵谋反，切断了信长的退路，令其陷入绝境。千钧一发之际，信长果断命羽柴秀吉殿后，从若狭官道突围，历经千难万险才终于逃回京城。

"攻打摄津的三好三人时亦是如此，竟然突遭石山本愿寺和比睿山延历寺联手谋逆，受南北两面夹击。我说近卫，此事你应该没忘吧？"

"大人记得真清楚。"同席的近卫一副事不关己的样子随声附和着，其实，在背后唆使本愿寺和延历寺造反，意欲借刀杀人灭掉信长的，不是别人，正是前久。当时他逃离京城，正藏身于本愿寺内。便游说主持显如，集结一向宗、三好三人、浅井、朝仓等六股势力，对信长展开了一张牢不可破的包围网。

被困京中，孤立无援的信长，最后还是凭借正亲町天皇的一纸诏书,才得以与延历寺和朝仓义景议和,终能虎口脱险,死里逃生。

"常言道知人知面不知心。若是你等乘胜追击,将武田的新府城团团包围,没准儿上杉景胜和北条氏政便会分别从信浓和甲府攻来,到时尔等便成了瓮中之鳖。所以我让你在诹访按兵不动,待我赶来之后再做打算,便是为了以防万一。"

"父亲谆谆教诲,儿臣感激不尽。待儿臣行军进入敌境,一定将每日战况快马通传,接下来的每一步该如何走,只等父亲示下。"信忠说着,深深叩拜于地。

自从去年七月与信长关系缓和以来,为了成为一名当得起织田家继承人的优秀武将,他一直克己自律,对自己严苛得几乎到了禁欲的地步。

"一切都照着攻打伊贺时的规矩来,有反抗者一律杀无赦,神社佛寺通通付之一炬……这个国家,绝不能留下一星半点武田的痕迹!"

父子二人的对话,一旁的前久不动声色地默默听着,一张面无表情的脸上看不出内心有丝毫波动。一看到他的这张脸,信长顿觉一把无明业火蹿上心头。细细想来,元龟三年(1572)武田上京一事只怕也是这个男人在暗中捣鬼。可如今,他却能高明地置身事外,堂而皇之地在这大殿之上占有一席之地。孤高自傲的信长,又怎甘心继续容忍下去?

他该怎么做?

究竟如何才能彻底撕开这个家伙伪善的面具?

信长恨得咬牙切齿,却始终对前久无从下手。

此人深藏不露,为人八面玲珑,滴水不漏。明明集朝廷重权于一身,却时不时装出一副纯良无害的样子。然而必要时,他却又能手眼通天，出奇制胜。事成之后，却又旋即恢复那种与世无争的姿态。无论信长当了关白也好，做了将军也罢，他都会将朝廷的权威当作一根魔杖，牢牢地将信长掌控于自己的股掌之间。要想将此人彻底击败，唯有让自己成为凌驾于朝廷之上的存在。

"近卫你看，信忠如今可像条汉子了吧？"信长压抑住内心的不悦，语气爽朗地问道。

"下官以为，信忠大人器量非凡，的确有总大将之才。"

"那就请你与我同行，同下甲州，去看一看信忠在战场上的表现如何？"

"下官荣幸之至。"前久一如既往地顺水推舟，应承下来。

"信忠啊，近卫公昨日已出任太政大臣。大人以如此尊贵的身份随军出征，对尔等来说，如获御赐锦旗。武田之辈又何足畏惧？"

"儿臣荣幸之至，感戴不已。"

"内大臣，义满之事你查得如何了？"信长又转而将矛头对准了信基。

"文献古籍尚未整理完毕，不过大致的来龙去脉已略知一二了。"信基似乎早已料到会被问及此事，从怀中从容掏出一页便笺，接着说道："朝廷历史上，院政始于白河上皇①执政时期，自此便开了由上皇行政治国，位居天皇之上的先例。足利义满大人正是打算效仿此先例，荣登上皇之位。"

根据信基所查史料，当年的事说起来也并不复杂。应永十三年（1406），义满让自己的正室日野康子认了当时的天皇做义子。

---

①白河上皇：（1053—1129）平安中期天皇，1072—1086年在位，后三条天皇的第一位皇子。名为贞仁，又称六条帝。1086年让位，成为上皇，首开院政，经堀河、鸟羽、崇德三代，掌实权43年。1096年出家成为法皇。

两年之后,他又将康子的亲生儿子义嗣送入宫中,以皇太子的同等规格行了元服之礼,为将来顺利登上皇位做好了铺垫。

义满妄图成为天皇之父的野心可谓昭然若揭,可是满朝文武却并无一人敢提出异议。当时义满集公武之权于一身,对他的淫威多有忌惮自然也是原因之一。不过,即便是从名分的角度,似乎拿不到他什么错处。因为,早在南北朝时代中期,室町幕府为了维持北朝的统治,就曾采取过同样的策略,也算是有例可循。

正平七年(1352)闰二月,被幕府军逐出京城的南朝一方,将北朝一方的皇族全部挟持到贺名生幽禁起来。幕府一时间陷入窘境,无奈只得让早已遁入佛门的光严天皇①末子还俗,封为后光严天皇。可是,手中既无可确保皇位正统性的三大神器,亦无法举行上皇让国,天皇受禅的仪式。万般无奈之下,只得让后伏见天皇②的中宫西园寺宁子做了临时的上皇,勉强给了后光严天皇一个受禅让国的名分。

若承认这个皇位来得名正言顺,那么有此例在先,义嗣继承皇位也同样顺理成章。如若不承认,那么就等于是否定了北朝政权的正统性。故此,就算朝臣中有人心怀不满,也只能保持沉默。

"照此先例,五王子即位之后,义父大人自然也就名正言顺地成了上皇,权力远在朝廷之上。若有人胆敢非议,我信基第一个不会放过他!"信基一番慷慨陈词,对一旁的前久连看都没看一眼。

---

①光严天皇:(1313—1364)镰仓末期天皇,1331—1333年在位,后伏见天皇之子,名量仁。元弘之乱时,后醍醐天皇逃入笠置山之后,他接受了镰仓幕府的要求,由后伏见上皇宣旨即位。建武新政时被废,1336年足利尊氏上奏让其弟光明天皇即位,光严天皇由此成为上皇,开始院政,后出家。

②后伏见天皇:(1288—1336)镰仓末期天皇,1298—1301年在位,伏见天皇第一位皇子,名胤仁。著有日记《后伏见院宸记》。

信长燃烧·第九章　武田氏的灭亡

"原来如此。近卫，还是你教子有方啊，信基颇有你当年的风范嘛！"信长轻笑了两声，转头下令全军集合，整装待发。

本朝第一个武家政权的建立者源赖朝，曾于建久四年（1193）在富士山山麓举行围猎。十几万大军将整片原野团团包围，然后逐步缩小包围圈，将圈中猎物追赶得无处可逃。堪比一场惨烈无情的战役。

而三百八十九年之后，作为新罗三郎义光之后的源氏名家的后人，武田氏却即将同那包围圈中的猎物一样，被逼得走投无路，只能束手就擒。

而这场悲剧的引子，便是叛主投敌的木曾义昌。

义昌本是朝日将军义仲①的第十八代末孙，早在信玄当家时就已臣服于武田氏。说起来，信玄待他也算不薄，还将自己女儿嫁给了他。可是，到了胜赖这一代，两家之间却生了嫌隙。只因胜赖对领国内的管理过分严苛，令义昌心生不满。

信长敏锐地觉察出双方的矛盾，便于去年秋天开始派美浓苗木的领主苗木久兵卫前去游说义昌。信长许诺，一旦攻下武田，便在原有领地的基础上再割安昙②、筑摩③二郡给他。义昌最终接受了这一条件，并于一月十五日将自己的胞弟上松藏人作为人质送到了织田一方。苗木火速派人将这一情况告知了岐阜城的信忠，信忠详细了解了事情的始末之后，这才派使者上报信长。

而另一边，一通密报也送到了武田家。一月二十七日，义昌

---

①朝日将军义仲：源义仲（1154—1184），平安末期武将，为义之孙。两岁时，因其父义贤遭义平讨伐，他便被送入木曾山中抚养，故又称木曾次郎。1180年，他奉以仁王之命举兵。在越前大破平通盛，在砺波山夜袭平维盛，将平氏逐入东海。1184年，受封征夷大将军，不久却败给义经，在近江粟津原战死。

②安昙：相当于今长野县中部，松本盆地的北半部，梓川以北。

③筑摩：古时，琵琶湖东端地名。相当于今坂田郡米原町朝妻筑摩。

的近臣茅村左京进快马加鞭赶赴新府城，将事情的来龙去脉原原本本地告诉了胜赖。胜赖得到消息，立即召开紧急军事会议，于翌日二十八日分别向前方的木曾口派兵三千，向后方的伊那口派兵两千。前方大将是小诸城城主武田左马助信丰①，后方大将乃是胜赖的胞弟仁科五郎盛信②。

然而，此时信州已入严冬。道路积雪冰封，车马难行。就连拉弓搭箭、开枪射击恐怕都会冻断双手。

就在前方大军冻得直跺脚，人人都在嘀咕着此次进攻恐怕终会泡汤之时，木曾义昌却派了一名使者前来说情。义昌信誓旦旦地声称，不管茅村左京进如何恶意诽谤，自己绝无背叛武田之心，希望武田一方切莫小题大做，伤了和气。这一番指天誓日的誓言听上去情真意切，实则不过是在为等待织田援军而拖延时间。没想到武田信丰竟信以为真，不过或许也只是假装相信，为自己迟迟不敢进攻找一个体面的理由罢了。

胜赖获悉此事之后，于二月二日亲率二万大军直奔盐尻③，将信丰好一番训斥，命他即刻发起进攻。谁料信丰军却在鸟居岭被木曾义昌的伏兵阻断了前路，打得落花流水，不得不仓皇撤退。

信丰的队伍止步不前，躲在岭下的村落里挨日子，织田大军却在这时沿东山道④浩浩荡荡地开了过来。

---

①武田左马助信丰：武田信丰（1549—1582），日本战国时代武将。甲斐武田氏亲族中庶流吉田氏后人武田信繁之子。相当于武田信玄的侄子，武田胜赖的堂兄弟。

②仁科五郎盛信：仁科盛信（1557—1582），日本战国到安土桃山时代武将。武田信玄的第五子，母亲为油川信守之女，信玄的侧室油川夫人。继承了信浓国安县郡仁科氏，位列武田氏亲族。

③盐尻：盐尻岭，位于今长野县松本盆地和诹访盆地交界处的山岭，属中山道，近世时所测标高为1055米，现在所测为999米。

④东山道：五畿七道之一。以畿内东方山地为中心的地区。包括和经由近江、美浓、飞弹、信浓、上野、下野、陆奥、出羽八国。

信长燃烧·第九章　武田氏的灭亡

下伊那口集结了织田信忠、泷川一益、河尻秀隆[1]及森长可[2]率领的大军共三万人，南木曾口则有信长之弟长益[3]、苗木久兵卫等率领的两万兵马。织田大军的兵力远胜武田主力军，他们不畏严寒，踏过冰雪覆盖的山路，朝信州步步逼近。

无奈之下，胜赖只能从盐尻撤离至上诹访[4]，退守上原城[5]，打算死守住伊那谷。他派小笠原信峰、下条信氏等率三千余人把守在下伊那口的平谷，又派重兵驻守饭田[6]、大岛[7]和高远[8]三城，以稳固后防。

没想到，二月二十六日信忠军逼近平谷，森长可又领兵从后方的清内路岭迂回包抄，切断了武田一方的退路。小笠原军腹背

---

[1]河尻隆秀：（1527—1582）日本战国时代武将，织田氏家臣。河尻亲重之子，河尻秀长之父，幼名镇吉，母亲据说是织田信长之女。
[2]森长可：（1558—1584）日本战国时代武将。森可成次子，母亲为妙向尼。1570年，其父与浅井、朝仓对战时战死，年纪轻轻便继承了家督之位，成为美浓国金山城城主，出仕织田信长。
[3]长益：织田长益（1547—1622），安土桃山至江户时代初期大名、茶人。出身织田家嫡系，织田信秀第十一子，信长之弟。因抛弃亲人独活而备受争议。号有乐斋如庵。其向千利休学习茶道，为利休七哲之一，后自创有乐流茶道。
[4]诹访：信浓国诹访郡，相当于今长野县中部冈谷市、诹访市、茅野市等区域，临诹访湖。天文11年（1542）成为武田氏领国。
[5]上原城：信浓国诹访郡的中世日本城郭。由金毗罗山山顶和山腰的楼馆组成的根小屋式山城，乃诹访总领家的总据点。最初由诹访信满于1466年开始修建，后成为武田家统治信浓国的重要政治中心。
[6]饭田：位于今长野县饭田市的日本古城。最初由小笠原氏一族的坂西氏于13世纪初修筑，战国时代随着武田家出兵信浓而成为武田领土。由武田家臣、伊那郡代秋山虎繁改建加固。
[7]大岛：位于信浓国伊奈郡，今长野县下伊那郡松川町元大岛的日本古城，别名台城。平安末期，由片桐氏（大岛氏）修筑，战国时期，武田信玄命秋山虎繁改建。
[8]高远：高远城，日本长野县伊那市高远町的一座城堡，又名兜山城，筑于1547年（天文16年），废于1872年（明治5年）。武田信玄于1555年夺取高远城，并任命秋山信友为城主。1562年，信玄四子胜赖继承诹访家，并以高远城为居城。后来武田胜赖继承家主，遂让弟弟仁科盛信为城主。

受敌，自知无回天之力，便丢盔卸甲，乖乖地降了。

饭田城本有主将保科正直①所领的兵马一千余人，一听说平谷的己方军队一仗未打便拱手而降，自然也军心大乱，连夜弃城而去。而在大岛城驻守的，本是以信玄之弟信纲②为主将的一千余精兵。一听说饭田城不战而降，军中的足轻、下人们便深知武田家大势已去，在外曲轮放了一把火，便纷纷投靠了织田一方。

如此一来，信忠军未费一兵一卒便于十七日收服了饭田城，又于翌日将大岛城收入囊中。

相反，武田一方只知道一场接一场地召开军事会议，却迟迟未商讨出一个御敌的良策。胜赖认为，应该趁敌军尚未兵临城下，赶紧与高远城的盛信联手，与信忠军决一雌雄。重臣们却认为，应该在盐尻岭、有贺岭两地屯兵，待敌军一到便先打他个措手不及。双方各执一词，争执不下。

胜赖这边迟迟未拿定主意，却在二十七日这天又从甲府传来了一个令人震惊的消息：统领骏河一国的穴山梅雪③竟已经向德川军弃甲投戈。穴山梅雪既是信玄的内侄又是他的女婿，在武田一门中亦是举足轻重的人物。他原本稳居骏河江尻城，统领一国。没想到竟在二月二十五日这夜派人将被扣押在甲府的妻儿偷送了出来，随即挂起了德川一方的战旗。

---

①保科正直：（1542—1601）日本战国时代武将。甲斐武田氏家臣，后为德川家康家臣，通称甚四郎。

②信纲：本名武田信廉（1532—1582），战国时代武将。甲斐武田氏第十八代家主武田信虎之子，母亲为大井夫人。与信玄、信繁为同母兄弟。后出家，号逍遥轩信纲。武田二十四将之一。

③穴山梅雪：又名穴山信君（1541—1582），日本战国到安土桃山时代武将。幼名胜千代，母亲南松院殿为武田信虎之女、信玄长姐，妻子为信玄之女见性院。又称武田左卫门，壮年时剃发出家号梅雪斋不白。武田二十四将之一。

350

得知这个消息后，胜赖和重臣们全都慌了手脚。如果骏河沦为敌境，那么新府城和甲府岂非等于两座不设防的空城？可想而知，过不上几日，梅雪便会带着三万德川军浩浩荡荡杀入城来。

事已至此，唯有退守新府城，背水一战。胜赖心意已决，便于二十八日率军撤离了上原城。可起初的七千兵马，抵达新府城时竟还剩下不足千人了。

这一年，胜赖不过三十七岁，却死期将近。

而另一方面，织田信忠却异常冷静。在不费一兵一卒接连占领了饭田城、大岛城之后，面对落荒而逃的敌人，他也并不急于穷追猛打。

信长的指令大于天！尤其是现在，目睹着违背了伟大父亲的遗训而一步步走向灭亡的胜赖，信忠比以往任何时候都更加坚信这一点。

每每遇到难题他便会自问，若是父亲，面对这样的情形会何去何从？同时，在一言一行上他也努力模仿父亲的风范。铠甲、阵羽织①之类他都选用了父亲所偏好的华丽式样，甚至节制饮食以期能拥有一张父亲那样的瘦削而凌厉的面容。

这样的努力也的确颇有成效，重臣们对信忠越来越恭敬有加，其程度甚至不亚于对信长。然而信忠却感到莫名的空虚和失落。因为，他并不想成为父亲那样的人。他不愿变成一个杀人如麻的狂魔；他不愿把忠心耿耿的家臣们视为棋子，利用完又一个个兔死狗烹；他不愿再重走一遍父亲的人生……尽管他一直压抑着这样的情绪违心地活着，可越是如此他内心的空洞就越来越大。

二月二十九日，信忠的大军已行至小原城，与高远城不过几

---

①阵羽织：上阵时所穿的羽织。

步之遥。信忠派小笠原信峰做向导，亲自到前方勘察了敌阵。

高远城建在藤泽川①和三峰川两江环抱的高台上。两条大江水流湍急，深不见底，形成两道天然的壕沟，两岸悬崖绝壁，峥嵘险峻。若想要攻城，唯有从东侧翻越与月藏山相连的台地。

绕城一周建有雪白的筑地屏，数十面绘有四分菱形②和风林火山③的军旗高高竖立。其中，那面用泥金描出诹访大明神④神号的大旗，最是鲜艳醒目，在呼啸的北风中猎猎飘扬。

"三峰川河面宽约十二间，水深四尺，尚不足惧。只是，要想登上那座悬崖，怕是要吃不少苦头。"信峰一扬手中的军扇，指了指从城南面流过的滔滔江水。

这个男人本是武田一方的先锋，出任平谷守备。可织田军一到，他便不战而降了。托此人的福，织田军轻而易举地攻入了伊那谷，可他的卑躬屈节的行径实在不配做一个武士，信忠对他很是看不入眼。

"城照例由本丸、二之丸、三之丸组成。曲轮之间挖有深深的壕沟。正面所见乃三之丸的正大门，筑地屏足足比下一级曲轮高出五十四间，此处恐怕也难以轻易攻破。"

"看来突破口应在东侧。"

"没错。那月藏山山麓与三之丸之间约有五町的平地相连，武

---

①藤泽川：流经高远城外的河流之一，另一条为三峰川。高远城就建在这两条河流冲刷而成的河岸上。

②四分菱形：武田家家徽，由四个菱形组成的一个大菱形。

③风林火山：武田军的战旗，由武田信玄制定。旗上援引有《孙子兵法·军争篇》中"疾如风，徐如林，侵掠如火，不动如山"14个大字，又被称作"孙子旗"。

④诹访大明神：诹访大社，今长野县诹访湖周边的四处神社的统称，信浓国第一宫。旧称"诹访神社"，旧社格为官币大社，乃是日本全国约25000座诹访神社的总本社。神纹为"梶叶"（楮木叶）。

士的住所大都修建于此。若我军全力压上，占据此山山头，再居高临下，攻其不备，必能占得先机。不过，敌人想必也早已料到此处易被我军攻破，据说他们在三之丸以外挖了宽约十六间深约九间的空壕沟，加强了戒备。"

"你果然知道得比谁都清楚。"

"常言道，没有永远的朋友，亦没有永远的敌人，反复无常乃是武士的宿命。所以我奉召入城之时，就曾细细观察过城中环境和布局，细枝末节全都了然于胸。"信峰自鸣得意地抚弄着颚下的胡须，俨然以信忠的军师自居了。

"除东面以外还有别的突破口吗？"

"强渡藤泽川，登上九段木之坡，从后城门攻入，当然也不失为一种打法。不过，敌方早已在此处插满了荆棘，筑成了双重栅栏。若硬要顶着敌人的枪林弹雨，强行冲破这道坚固的防线，我方必定损失惨重。"

"如你所说，既然此处雄关如铁，何不请你打个头阵？好叫我方将士看个明白，这场攻城之战究竟该如何打。"信忠冷冷地抛下一句话，便头也不回地反身回了小原城。

这个信峰，信忠每每看着他便觉得莫名地愤怒，也许是因为看到他，就仿佛看到了对父亲曲意逢迎的自己，不过现在的信忠尚未清楚地意识到这一点。

回到主营，信忠立即召开了军事会议，召集众臣共商攻城之策。

在去年攻打伊贺之战中立下大功的泷川一益，武力超群、勇冠三军的兰丸之兄长可，以及与长可一同在攻打信州一战中立过头功的团忠直[1]等人，也都个个一身戎装，出席了会议。

---

[1] 团忠直：又名团忠正（？—1582），战国至安土桃山时代武将，美浓国岩村城城主。自称梶原氏末裔但真假难考。先后出仕织田信长和信忠。

信忠命经验老到的一益来主持会议,自己则学着父亲的样子,只是默默地坐在一旁,先听众位大臣各抒己见。

"首先,请小笠原大人为诸位详细地介绍一下此城的情况。"在一益的提醒下,信峰展开了高远城的地图。这幅地图绘制得极为精细,不仅曲轮的布局,就连城门、望楼的位置也标识得一清二楚。

由仁科五郎盛信率领的武田军,有武士千余人,足轻、杂兵共两千余人。而他们所面对的信忠军却有五万之众。不过,高远城防守之坚固,早已名扬天下,想要攻破自然也绝非易事。

"先前在下已向岐阜中将大人言明,由城东侧的台地攻入乃是上佳之策。即便如此,一旦敌军收起吊桥,全力死守,我方则只能翻越深达九间的空壕,难度也着实不小。就算敌方放下吊桥,想要攻破后城门也绝非易事。"小笠原信峰手指地图做了一番详细的说明。

"此山又该如何登上去?"一益指着地图上的月藏山问道。

"可沿藤泽川逆流而上。不过,在下以为,不如从松岛迂回至片仓,沿山脊而下,方能出其不意,攻其不备。"

"嗯,言之有理。依本将之见,我军可先占领这座山头。一边静观敌方动向,一边从南北两面的陡坡全力压上。当然,还要听听各位有何高见。"

要想攻下这样一座名城,办法岂是说想就能想出来的?最终,众人皆无异议,一致通过了一益的提案,不到半个时辰就商讨出了结果。如今还剩下唯一一个问题——各方具体应分配多少兵力?分别又应由谁来统领?

"中将大人,还是由您来定夺吧。"一益满脸希冀地等待着信忠的答复。

"长可，我给你一万兵力，主攻月藏山！泷川，南面就交给你了！小笠原、忠直、河尻、毛利，尔等则领兵从北面呼应。而西面的正大门，水野，我就派你前去攻打！我呢，就镇守在此山山麓，以作后应。"信忠说完，指了指地图上三峰川以南一座名为白山的小山。信忠将兵力分配已定，便命诸将速各就各位，随时准备开战。

可是，信忠毕竟是信忠，行事总是谨小慎微。暗地里他却遣附近寺庙里的僧侣为使，将一封劝降书送至敌军大营。信中写道：

从当年的信玄到如今的胜赖，尔等每每阳奉阴违，有负皇恩。对信长更是多行不义，欺人太甚。此番，特派信忠领军攻打你国，可谓替天行道，惩奸除恶，定要将尔等铲除干净。行军所过之境，以木曾、小笠原、下条为首，信州一国的众多将领士卒，纷纷顺意归降。其中更有饭田、大岛二城，不战而降，得以自保。如今已与我军形成首尾呼应之势，锐不可当。天意之玄妙，莫过于此。胜赖昨日从诹访退兵之后，小山田[①]门下某人及你军多位大将亦暗中遣使前来，力劝我军乘胜出兵，不可手软。事到如今，尔等还有谁可依靠？还有什么退路？就算封城死守，又能撑到几时？奉劝尔等还是早日弃甲投诚，以示忠贞之心。识时务者，自然能得偿所愿，不仅可保得自身周全，原有领地也仍归你管辖，不会夺你分毫。更会当场赏赐黄金百锭，以兹嘉奖。

信中所谓小山田家倒戈云云，不过是为了打乱敌方的阵脚而施行的计策。就算不能成功劝降，也能让那位被派去的僧人借机打探一番城中的虚实。信忠心内如此盘算着，耐心等候着消息，

---

[①]小山田：小山田备中守（？—1582），本名小山田昌成，又作昌行、昌重。日本战国时代武将，甲斐武田氏家臣，先后出仕于武田信玄和胜赖。父亲为信浓国佐久郡内山城代小山田虎满，为第二代备中守。

没想到不到一个时辰便有了回复：

　　芳函披阅，用意悉知。诚如尔等所言，信玄以来，对信长之恨日渐深重。总算等到冬去春来，冰雪消融，胜赖正欲于尾浓大动干戈，多年积怨，或可一朝得解。尔等此时发兵，正合我意。满城守城将士，誓与胜赖一门同生死、共存亡，以报知遇之恩。切莫错将我等视作那忘恩负义、贪生怕死之徒。尔等若不怕死，尽管放马过来！信玄手下训练出来的武士，哪一个不是身怀绝技，视死如归？定要叫尔等擦亮眼睛，看个明白！惶恐谨上。

　　抬头竟不称信忠为织田中将，而直呼"城之介①"，再加上满篇的戏谑讥讽之词，实在是目中无人，狂妄至极。

　　"使者现在何处？情况如何？"信忠忙向呈上回函的近卫询问道。

　　"受尽折磨，实在难以前来复命。"原来，那僧人竟被削去了耳鼻。对方声称，传送此等不义之信的使者，理应受此重罚。

　　盛怒之下的信忠，当即号令全军，以三月二日为期，当日天明便向高远城发动总攻。

　　三月一日午时，织田军已完成了高远城的包围之势。

　　东面月藏山腹地，有森长可领兵一万待命；西侧正大门将由水野和泉守所率领的七千兵马与敌人正面交锋；南面胜间村，则有泷川一益的军队五千人；而北面，更有以小笠原信峰为先锋，河尻秀隆、团忠直所率领的一万兵马沿藤泽川而上。

　　总合三万二千人的大军，将一座高远城围了个密不透风。而白山的山脚下，更有信忠领兵两万镇守后方。

---

①城之介：秋田城是日本战国时期为防备虾夷入侵而在出羽国秋田郡所置之城。开始设秋田城司管理该城，后来出羽介专任城务一职，遂有名无实化，但这一官职仍旧作为武家的荣耀保存了下来。织田信忠攻打美浓国岩村城时因战功叙任秋田城介。

一时间，满山遍野军旗招展。远远望去，山川原野仿佛披上了一条五光十色的巨大锦缎，甚是壮观。

数万大军严阵以待，只等天明一声令下，便会发起总攻。这一消息，城中的武田军也不难猜到。然而，仁科五郎盛信却显得异常平静。他在小袖之上只披了一件熊皮的无袖羽织，正逗弄着怀中的爱犬户仓。这只狗，是盛信去被誉为伊那富士的户仓山行猎时捡回来的，却好像自出生便养在他身边似的，与他感情极深。刚将它捡回来时，还不过是只两只手掌就能稳稳捧住的小奶狗，一眨眼三年的工夫，就已长成了一只庞然大物，蹬着两条后腿直立起来，前足都能搭上盛信的肩头了。它毛色偏灰，倒三角形的脸上神色凶悍，说不定还混了几分狼的血统。

"户仓，这块归你了！"盛信将手中的熊肉干高高抛向空中。户仓立刻往后一蹲，纵身一跃，一口将落下来的肉干牢牢叼住。

去岁岁末，户仓山出现了一只吃人的熊。原来是一只被当地人称作"山大爷"的巨熊负了伤，无法冬眠，常常袭击周边村落。这畜生狂暴凶残，只消一掌便能将一个成人击倒。且又熟知山中地形，所过之处绝不会留下半点蛛丝马迹。当地的猎人几番进山围捕，都被它玩得团团转，最终无功而返。

盛信听说了此事，便带着户仓深入密林雪原，花了足足十天，终于觅得那熊的踪迹。户仓的穷追不舍终于耗尽了"山大爷"的耐性，它埋伏起来打算一举反扑，却反被盛信用十文字枪[①]刺倒。一人一狗拖着重达四十贯的巨熊尸体回到山下村落，将战利品慷慨赠予了猎人们，只留下了毛皮和胸脯子肉。

毛皮做成了无袖的羽织，肉则被风干保存以备长期食用。现

---

[①]十文字枪：十字型的枪刃，镰枪的一种。

在看来,自己怕是活不过明天了,这些原本打算下次狩猎用作干粮的肉干,他也全都拿出来喂给了户仓。

户仓不明就里,自是比过节还开心。只等盛信手中的肉干一离手,便一跃而起将之吞入腹中。刚开始,它一口一块吃得很是带劲儿,还冲着盛信直摇尾巴,催他快抛下一块。不过,五六块下肚之后,就连户仓都似乎觉得这么多肉一下子全吃光有点太可惜了。它在水渠旁的樱花树下刨了个坑,把剩下的肉全都埋了起来。

"真不愧是少主养的狗!见眼下围城,它怕是在储备军粮吧?"本丸正殿的回廊上,传来了小山田备中守的声音。他是盛信信赖有加的左膀右臂,一位身经百战的武士大将。

"一条狗而已,哪里懂得这些?只怕到了明日,连到底是埋在哪棵树下的,它都记不清了。"盛信作势要将一块干肉抛出,实则仍牢牢攥在手里。户仓仅仅耳翼忽闪了一下,并未迈出腿。短短一瞬,它已经看出肉干并未真正离手。

"哟呵!你小子,还算机灵!"盛信立刻又心生一计,将肉干和一个茶色的香袋同时抛了出去。户仓立刻双腿一蹬,如离弦之箭一射而出,直奔那香袋而去。

"咳,瞧瞧!连肉干和香袋都分不清。"盛信哑然失笑。其实户仓并非把香袋错认成了肉干,而是一心为了先衔回香袋还给主人。

"少主,在下听闻城之介刚刚遣使送来密函一封。"备中守说着,在一旁单膝跪下,"信上说我门下有人通敌,您不想查个水落石出吗?"

"这么说,你是在怀疑你手下的家臣吗?"盛信直直地盯着备中守,他浓眉大眼,面如冠玉,像极了他的父亲信玄。

"话也不能这么说。只因饭田、大岛二城相继不战而降,城中难免有人疑神疑鬼。为了遏止谣言,恐怕还是彻查此事为好。"

"不可!这样做,岂不是正中了城之介的奸计?"

"少主,小山田大学①大人在外求见。"一名小姓前来禀报。

盛信走到城门洞往外一看,只见二之丸的马场上,主仆共五人正骑着战马等候在那儿。他们的铠甲上都溅满了敌人的鲜血,马鞍上还一左一右挂着两颗人头,像是马背上驮着的两袋货物一般。

"主公派我等前来传话,先奉上见面礼。"大学说着,将两颗血淋淋的人头解了下来,往地上一扔。他正是备中守的胞弟,武田胜赖的枪法也是跟他学的,"我等翻越杖突岭时撞见了敌人的探子,随手割了他们的头来,祭奠我方英勇战死的将士们。"

"你们来得正好!快说说,主公有何打算?"

"主公的意思,要决战新府城,前日已从上原城撤兵。请少主也索性弃了这高远城,速速赶往新府城与主公共谋大计。"

"这可使不得!"盛信当即毫不犹豫地拒绝了。

"少主,眼下藤泽道一线尚未见有敌方军旗。若在城中燃起篝火,趁夜弃城而去,必能顺利抵达新府城啊!"

"连穴山梅雪都已投敌叛变,我早已不指望还能打什么胜仗。可是,饭田、大岛二城均未见敌方军旗便望风而降,若再将这座城拱手奉上,我等还有何颜面自称武田家子孙?请你转告兄长,有我盛信在城中一日,敌人便不会有一兵一卒通过藤泽道!敌方军旗插上杖突岭之日,便是我盛信战死沙场之时!"

"不愧是五郎大人!大义凛然,在下佩服!"大学闻言,扶膝

---

①小山田大学:通称小山田大学助(?—1582),战国时代武将,甲斐武田氏家臣。先后出仕于武田信玄和胜赖。小山田虎满之子,小山田昌成之弟。

大笑起来。那笑声宛如洪钟，连远处高耸入云的驹之岳①似乎也有阵阵回声传来，"那么，在下也甘愿舍命相随，与少主并肩作战，共守此城。"

"你是主公派来的使者，自然必须回去。"

"来之前我早已得了主公的恩准，若少主执意不走，我便留下来相陪。至于回新府复命的差事，交与他们几个便可。"

"大学，你若真能留下来助我等一臂之力，胜过千军万马啊！"备中守一时竟感动得热泪盈眶。这位身经百战的武士大将，一过半百之年，也变得多愁善感起来。

"既然如此，事不宜迟，赶紧召开军事会议。传令下去，命众将士在大厅集合！"盛信说着，将剩下的肉干一股脑儿往天上一抛。方才还老老实实蹲在一旁的户仓，顿时竖起耳朵，狂奔着追了出去。

大厅里转眼聚集了二十多位重臣。众人团团围坐，其间可见从大岛城逃出来的武田逍遥轩信纲的身影，也能看到从木曾口撤回来的今福民部少辅。

"方才，兄长遣小山田大学前来传话。"盛信便命大学将胜赖的旨意告知众人，"诸位也都听到了，兄长命我等放弃高远城，退至新府城。本人早已下定决心，要与此城同生共死。不过，在座诸位中，想必也有人感念武田家的厚恩，愿与兄长共进退。有此意者，现在便可提出来，无需有任何顾虑。"

片刻静默之后，武田信纲首先发话了："在下愿誓死守卫自家祖坟，请准我前往新府。"信纲乃信玄之弟，更是武田家举足轻重的人物。在他之后便陆续有五六个人报上名来，愿随他一同去新

---

①驹之岳：位于今日本山梨县的著名山峰，海拔3000米以上。

府。这些人麾下共有约五百人马,对于仅有区区三千兵力,深陷围城之势的高远城来说,无疑是惨痛的损失。然而,盛信却并不加以阻拦。

"少主,您当真要听之任之吗?"

"无妨。想走的我决不拦着。可剩下的,请务必做好与我一同赴死的准备。后路已断,方可全身心投入战斗。"盛信言罢,镇定自若地环视一周,这才展开城池的地图,开始分配守城的兵力。

正大门前的登殿坡坡口由小山田大学和诹访胜右卫门二人领兵二百把守;原隼人佐[①]、小幡因幡则率五百精兵镇守正前方的东口;南面的法堂院曲轮由今福民部和渡边金太夫[②]领三百兵马把守;剩下的一千五百余人则机动分布于二之丸、三之丸之间,由盛信和小山田备中守灵活调配。兵力的分配也好,人员的选派也罢,就目前的状况来看,这都是最佳方案。

看着地图上细细标识出的阵形,备中守禁不住泪流满面:"啊,我故去的主公啊,您究竟是为何……"

为何将武田一门托付给胜赖这样的无能之辈?若让盛信继承家业,又岂会落得今日这般田地?备中守没有说出口的话,也是重臣们心中的疑问。这也更坚定了他们与这座城池共存亡的决心。

"天一亮,敌军便会发起总攻。今夜,让我们开怀畅饮,一醉方休!"

距离樱花的花期尚有段时日。还未来得及看上一眼今年的樱花——唯有此事,令盛信微觉遗憾。

---

[①]原隼人佐:原昌胤(1531—1575),别名昌胜。日本战国时代武将,甲斐武田氏家臣,出仕信玄、胜赖,武田二十四将之一。官位隼人佐。

[②]渡边金太夫:本名渡边照,原为德川家家臣,后加入武田胜赖麾下。在姊川之战中被信长赞为"天下第一枪"。

三月二日寅时，织田大军蠢蠢欲动。

驻扎在胜间村的泷川军，派出一支约五百人的队伍，在夜色的掩护下成功横渡三峰川，登上岁之神坂坡，步步逼近。

正式发动进攻定在卯时。不过，浩浩三万大军攻打这弹丸小城，恐怕不消半刻便能攻城略地，手到擒来，只怕将士们都还没过足瘾呢。织田军的武士们哪一个不是这样想的？他们一个个摩拳擦掌，只盼着上头一声令下，好拔得头筹。

然而，守城一方对织田军的一举一动早已洞如观火。负责领兵把守法堂院曲轮的渡边金太夫，曾是姊川大战中德川一方的一员，他有勇有谋，连信长也对他赞誉有加。他早已料到敌军会趁夜行动，于是在坡上设了轮班夜哨。一旦守夜哨兵发现任何异动，百名家臣便会手持三间半长的长枪，埋伏在坡上静待时机。

岁之神坂坡开凿在高达七十间的断崖上，蜿蜒曲折，狭长陡峭，仅容一人勉强通行。

此刻，泷川军借着朦胧月色，排成长长一列，如朝着巢穴踽踽蠕动的蚁群一般，缓缓爬上坡来。而金太夫的队伍却屏息静气，只待敌人靠近之后，才高举长枪一跃而出，由上而下地刺向敌人。

泷川军满心以为敌人全都守在城中，哪里想到会在此处遭遇埋伏？在长枪的无情刺杀下竟毫无招架之力，纷纷滚落三峰川。想要奋起抵抗吧，无奈道路狭窄；想要反身撤退吧，身后的弟兄又挡住了退路。转眼间，打头阵的五十余人悉数滚落山崖，无一生还。后面的人想用铁炮射击，可只因是夜袭，为了怕被敌人发现，他们原本并未点燃火绳。还未等他们从怀中掏出打火石，巨石、圆木便从头顶上方滚滚而下，将他们七零八落地砸落悬崖，眨眼便被三峰川的滔滔江水吞没了。

获悉岁之神坂坡的战斗已经打响，早已在月藏山山麓摆好阵势的森长可，也立刻调动三千兵马发起了进攻，唯恐落于人后。我众敌寡，加之又是趁夜暗袭，这样的情况下贸然发动大军显然愚蠢至极。可是，二十五岁的长可正是血气方刚之时，又是第一次与武田军交手，难免求胜心切，失了分寸。

东口乃是高远城唯一的薄弱之处。为了巩固此处的防势，武田军特在三之丸外挖了一条宽约十六间、深约九间的空壕。并筑起一道坚固的围墙，上面开满了铁炮的射击孔。

森军一心想着快快跨过空壕上的栈桥，立下头功，只顾着你追我赶地向前冲杀。负责领兵镇守此处的原隼人佐和小幡因幡却不急不躁，只等敌人迫近空壕，才振臂一挥，下令铁炮齐发。

织田一方的先头部队招架不住这般疯狂扫射，连连后退，却被后面的人挡住了退路，一时间进退两难。有不少人为了躲避子弹，索性心一横往空壕里跳，不想却被之前跳入壕中的人的长枪刺穿了胸膛，惨死在自己人的手中。

空壕前的枪林弹雨尚未平息，后方的守城将士又放出万千火箭。箭尾涂满了混有火药的松脂，如火蛇一般一支支呼啸着直冲后方敌军而去。

敌人有三千之众，射出的火箭哪有不中的道理？中了箭的敌人好不容易拔出深深插入铠甲的箭头，箭尾的松脂却早已将铠甲燃烧起来，森军的队伍顿时如受惊的蜂巢般炸开了锅。

先头部队遭迎头痛击，后方部队又兀自乱了方寸，此乃兵家大忌。前方急需增援，后方却自顾不暇，哪里还有还击之力？

眼见时机成熟，武田军果断打开后城门，原隼人佐亲率三百骑兵冲了出去，正面迎敌。手持马上枪的武田骑兵团，冲入早已乱成一锅粥的敌军阵营，杀出了一条血路。织田军的小喽啰们，面对锋利的枪头只顾着仓皇逃命，如羊入虎口，不堪一击。

"胆小鬼！这么一小拨儿敌人也能把你们吓成这样？还不快给我冲进去！和他们真刀真枪地干呀！"情急之下，森长可又派出了一支新的队伍。可是，前方部队横冲直撞，搅得援军无法正常施展。引以为傲的铁炮队也在一片混战中难以发挥应有的作用。

不知不觉间，天已大亮。

眼见森军竟打得如此艰难，藤泽川沿线的织田军便临时改变了战术，改由九段木之坂压上，意欲从武田军的侧面发起新一轮的攻势。由小笠原信峰打头阵，在河尻秀隆和团忠直的指挥下，一万余人的大队人马朝那荆棘围成的双重栅栏冲了上去。他们拉起绳索推倒栅栏，以竹枝为盾，悄无声息地步步逼近。三之丸的铁炮声未曾停歇，可是子弹却纷纷被竹枝弹飞，无法有效阻止敌人的进攻。

"打开城门！杀出去！"盛信执十文字枪在手，翻身上马。

今日的盛信鲜衣怒马，风采卓绝，好似那绘卷中描绘的英雄。他身披仁科家世代相传的金片铠甲，腰佩二尺七寸长的信浓藤四郎吉光太刀，臂下夹着一间半长的十文字枪。

所谓十文字枪，乃是枪头根部带十字形分叉的长枪。这分叉实为双刃，一进一退皆能要了对方性命。不过，枪身笨重，有碍持枪者自如施展，若非膂力超群之人实在难以驾驭。

盛信将一杆长枪在手中要得如蛟龙出海，身后更有小山田备中守所率的三百骑兵紧紧跟随，与从九段木之坂登上来的敌军正面交锋。

打头阵的乃是早早投靠了织田军的小笠原信峰及其麾下的两千兵马。正是这个投敌变节的卑鄙小人将敌军带入了下伊那口，才令武田军陷入了背水一战的绝境。这等背信弃义之人，怎可不杀？盛信及其手下将士早已杀红了眼，毫不留情。

小笠原军透过竹枝用铁炮射击，却因脚下站立不稳而难以瞄准。这毫无杀伤力的胡乱扫射，盛信的将士们根本不放在眼里，他们从坡顶直冲下去，一举摧毁了敌人的防护网。却又见好就收，适时地退了回来。失去了竹枝的掩护，小笠原军再也招架不住三之丸射来的枪林弹雨。可等他们好不容易重新竖起竹枝挡住子弹，盛信又再次领着骑兵杀入阵来，将他们的防护搅得一团乱。

如此反反复复，小笠原信峰的家臣死的死、伤的伤，已所剩无几。眼见形势不妙，小笠原赶紧命人擂响太鼓，让先头部队左右散开，自己则领着五百精锐骑兵，排成一列纵队登坡而上。

盛信的身影即使在队伍中也十分扎眼，从远处也能一眼望见。身披卯花①纹铠甲的信峰驱马直冲盛信而去，想要与之一决雌雄。没想到却避闪不及，被盛信的十文字枪一枪刺穿，挑下马来。

眼见前方败局已定，河尻秀隆赶紧调头，沿藤泽川迂回而上，重新登上与月藏山相连的台地，意欲从盛信的侧面再次发动攻击。可是，刚刚在东口击溃了森军进攻的原隼人佐，早已看穿了河尻的意图，仅率骑兵五十骑便杀入敌阵之中。

白刃战最是消耗体力。只有不断派出新兵，轮番上阵，才能持续消耗对方的战斗力，最终克敌制胜。然而，今日一战却不同寻常。武田军早已抱定必死的决心，而织田一方却以为胜券在握。正是交战双方迥然不同的心态，使得战局发生了出人意料的转折。远胜对方十倍有余的织田大军，反而损兵折将，似乎除了狼狈退兵已别无选择。

---

①卯花：水晶花，溲疏。

织田信忠的胃部突然绞痛不已。

自泷川军起兵夜袭，时间已过去了整整两个时辰。然而，战况却没有丝毫的进展。武田军杀出城来，所向披靡，至今不见有丝毫退兵的迹象。我军以十倍之兵力攻城，岂料非但不能轻松取胜，甚至也算不上势均力敌，反而是被一味地压制，节节败退。这样的战局，是事先谁也不曾预料到的。

（妈的！这到底是怎么回事？）

信忠如坐针毡，一阵阵钻心的疼痛从胃部不断袭来。

敌军明明只有三千人马，却不知用了何种出神入化的奇策，怎么杀也杀不绝。高远城犹如一个巨大的诱饵，而武田的大军则随时可能从四面八方攻打过来——信玄用兵如神，由此带来的恐惧，在生死关头竟使人产生这样的幻觉。不安和惊恐写在每一个将士的脸上。眼下要是某处燃起狼烟，一两千兵马从后方攻来，织田军或许瞬间便会土崩瓦解、溃不成军。

（镇定！镇定！）

信忠凝视着高远城的地图，一面努力平复心情。目前为止，也算有几番出战的经历，但次次都有织田家的元老人物在一旁为他排忧解难。唯独这一次，此前从未体验过的重压，仿佛千斤重担压在了信忠肩头。

"报！"一名红色靠旗上描绘着展翅凤蝶的士兵冲进本阵。正是被称作"扬羽众"的传令兵。

"森长可大人于东口，发预备军两千！"

"团忠直大人的人马，退至九段木坂之下！"

"殿坂口的水野一军，正在苦战！"

"岁之神坂坡的泷川军一千余人，正从上游向东口方向迂回！"

战报一通接一通地传来，无一不显示出战况的艰苦。

眼下，是应该一鼓作气将主力兵马投入战斗，全力进攻呢？还是应该暂且退兵，另行商讨对策呢？举棋不定的信忠，将泷川一益唤至主营。

"在下认为，应该暂且退兵，稍作喘息。"一益的回答干脆利落。这位统领着甲贺忍者①而位至大名的五十八岁武将，特别善于准确把握进退的时机，这一点恐怕在织田军中也是数一数二的。

"敌人据守城池，已抱定必死的决心。如果强攻，对手必定殊死相搏，我方定会遭受意想不到的重创。然而，我方如果暂停进攻，对手亦会渐渐平静下来，有如邪魔附体般奋不顾身的胆量便会消失，士气亦会削弱。此乃作战之常理。"为避免将敌人逼入绝境，令其成为背水一战的亡命之徒，切记为其留一条后路。此为用兵之常道。既然如此，稍事退兵，给城中敌人一个逃生的机会，又有何不可呢？一益如此进言道。

"你如何得知敌人定会决一死战呢？"

"昨夜城中有五百士兵临阵脱逃，顺藤泽川往下游而去。此事应该得到了仁科五郎大人的默许。而拒绝逃离、留守城中之人，则必然已经抱定决死之心。"

"嗯，的确如此……"人的斗志不可能持久不衰。暂停进攻，或许确实能令对方心生畏惧，然而若是对方果真抱着必死的决心，临时休战，岂不等于平白给了对手一个养精蓄锐的好机会？

（该如何是好呢？若是父亲，此时此刻又会怎样抉择呢？）

---

①甲贺忍者：忍者的重要流派之一。忍者是日本15—16世纪，群雄割据的各个势力所培养出来的"特工"，主要进行偷袭、侦察、暗杀等活动。甲贺地区因为中央有天台宗的三大修行道场之一的饭道山，有很多曾在各地云游修行，掌握了很多各地的情报的修验者。故而成为了一个情报的交换场所。这些修验者当中有不少身怀异能的人，其中一些人定居在这里，形成了甲贺忍者的原型。

信忠百般思虑，以致头昏脑涨。

信长也并非只知一味强攻。一旦发现战况不利，便会迅速退兵，待整顿兵马之后，再给敌人以迎头痛击。如此相时而动的用兵之法，正是他于战国之世常胜不败的关键所在。

（也许，勉强为之的确是兵家大忌。）

正当心思有所动摇之际，

"报！"殿坂口的水野和泉守军遣使来报，"目前，位于东口的我方防线已被打乱，恐怕难以重整。虽说敌方兵少势微，或许不久便会显露疲态，但此时还是暂时退兵，重新排兵布阵方为上策。"

此番急报好似看透了自己内心的迷惘，信忠不由得大怒。一旦收回全力进攻的命令，他总大将的颜面何存？他终于痛下决心，无论付出多大的代价，也要将高远城一举攻破。

"这等弹丸小城，竟然如此大费周章？一鼓作气杀他个片甲不留！"信忠取长枪在手，一马当先，逆三峰川而上朝东口进发。漆黑油亮的骏马佩上红缨，红底描金泥木瓜纹①的旌旗高高竖起。信忠身披白地镶金边的母衣，率领队伍奔驰而去。信忠的周围有千余马回护驾。而他的身后，更有近两万步兵疾步随行。

此时泷川军的别动队已经成功登上悬崖，开辟了向东口进发的道路。紧随其后的大队人马，随即与仁科盛信、小山田备中守等人指挥的武田军撞了个正着。两军对峙，各自的总大将相距不过三町。无论信忠还是盛信，都能清晰地看到对方的面孔。

"那不是信玄秃驴家的毛头小子吗？众将士，随我上！"信忠猛地双腿一蹬，策马从本方阵营中杀出，直指敌阵。

"好你个城之介！今日定要叫你吃尽苦头！"盛信也挥动着十

---

① 木瓜纹：织田信长的家纹。据说是海之彼方（也许是中国）传来的贵族纹，武家社会使用极广。

文字枪，策马迎来，欲与信忠决一胜负。却被织田士兵频频阻截，难以得手。

敌军毕竟是我军的十余倍，加之信忠亲自出阵，必定士气大振。盛信队伍在对方的强大攻势之下节节败退。

"少主，切莫迟疑，请速速撤回城中！"小山田备中守率手下将士殿后。

趁武田军退兵之机，织田军企图攻入三之丸。负责殿后的众将士见状勒马桥头，回身奋勇杀敌。确认备中守已安全退至三之丸后，约五十余名家臣齐齐将枪头对准敌方阵营，策马杀入，一番浴血奋战之后悉数阵亡。

三之丸的内门呈箱型的虎口之势。可将从城门攻入的敌军困在箱中，用铁炮、弓箭等从四面围攻。然而，织田军早已从小笠原信峰口中得知这一防事的奇特之处。于是，他们蹬云梯攀上城门对埋伏在此处的武田兵力展开了偷袭，一时间弹片纷飞、箭矢如雨。

内门被破，则意味着坚守入口已经失去意义。曾在殿坂口成功击退了水野大军的小山田大学，此时却不得不舍弃三之丸，向二之丸败退。几乎同一时间，坚守着法堂院曲轮的渡边金太夫一队，也全部战死，武田兵力仅剩下大约五百人。

三之丸失守，二之丸同样命数已尽。于是，仁科盛信率领剩下的五百余人，舍弃二之丸，退守本丸进行最后的抵抗。本丸东西长二十八间、南北长二十六间。在不足千坪的狭窄曲轮内，中心建有三栋楼宇组成的内城宫殿，周围则是白壁土墙环绕。

织田一方的追击势如破竹。数千人争先恐后地跃入空壕，用备好的云梯翻过围墙。武田一方用弓箭、铁炮顽强抵抗，然而敌人人数众多，甚至无暇拉弓和填充弹药。

激战正酣之时,信忠亲自率领一支队伍杀入阵来,双方短兵相接,好一番混战。

内城宫殿中,有妇孺百余人。他们都甘愿与丈夫、父亲并肩作战,虽然深知自己不是敌人对手,仍手持弓箭、薙刀,毅然迎敌。其中,有一女子名为花子,是诹访胜右卫门之妻。她身着黑丝穿片的铠甲,挥舞着九尺来长的薙刀,一连砍倒七八个敌人。最终体力耗尽,用随身所佩短剑刺穿喉咙,自尽身亡。

武田将士们被她英勇无畏的精神所鼓舞,纷纷冲入敌军队伍,用随身所佩武器与敌人拼杀。

为了能在战死前斩杀更多敌兵为自己陪葬,盛信等人便固守主殿大堂坚持战斗。他们纷纷撕碎铠甲的护腿甲轻装上阵,拆下门窗作为盾牌,将冲上来的敌人一一刺倒。

这时信忠已经登上正对大堂的筑山,他见此情形高声下令道:"不可再用长枪!擅长刀术之人,杀上前去!"

盛信等人的抵抗勇猛异常,一而再再而三地击退织田一方的冲锋。

"长可,改由上方进攻!砸破屋顶,用铁炮射击!"家臣们这样不中用,令信忠又急又怒,他奋然拔刀跃上了本堂的回廊。总大将亲自破门而入,杀进本堂,这可怎么得了!近卫们个个大惊失色,将信忠团团围住,连拉带拽般地护送回筑山。

"万万不可冲动!这里就交给我们吧!"近卫们高声央求,不想却被信忠下意识地挥刀砍倒。他已经兴奋得近乎癫狂,对自己的所作所为竟浑然不觉。

盛信却出人意料地平静。也许是因为从今晨起就目睹家臣接连战死,他已达到超越生死的平和从容之境。他一边斗志昂扬地与成群的敌人展开厮杀,一边由衷地感到能够置身此地,自己是何等幸运？在一个将死之人看来，世间的一切都显得格外美好。

"少主，够了，已无需再战。怎能死于这群杂兵之手？不如退回内殿，切腹自尽吧。"备中守的声音也由于激动而微微颤抖。

"战也是死，不战也是死。不如战斗到最后一刻，虽死而无憾！"

"若是这样，在下愿舍命追随左右！"备中守背对背站在了盛信的身后，掩护住他的后方。两人的铠甲紧紧相贴，仿佛已经合二为一。他们忽左忽右地抵挡着敌人挥舞过来的阵阵刀锋，同时瞅准时机毫不犹豫地刺向对方的咽喉。二人爆发出异于常人的强大力量，令织田将士畏缩不前。趁此机会，他们在敌阵中杀出一条血路，将残存的十几名本方将士集结在一起，又形成了一小股兵力。

仿佛一直在等待着这一刻的到来，头顶上方的数十挺铁炮顿时火力全开。原来是森长可等人早已攀上屋顶，揭开屋瓦和木板，将枪口对准了他们。这十几名武田将士拉下头盔的盔檐，竭力挺直身躯，拼死护住盛信。然而，枪击的距离如此之近，又岂是肉身凡胎可以抵挡得住的？他们最终无力回天，纷纷倒了下去。

"少主，趁现在赶紧自尽吧！"小山田大学将长枪插入地面支撑着身体，用自己的血肉之躯作为盛信的盾牌。备中守也紧紧倚靠手中的长枪，拼命撑起自己摇摇欲坠的身体。

"原谅我！我只愿战死在敌人的刀下！"说完，盛信只身一人杀入敌阵。

织田众将士个个摩拳擦掌，欲取敌方大将首级。他们争先恐后地举刀砍了过来。起初的一两个盛信还能勉强抵挡，却不知何时肩头已经吃了深深的一刀。此时，一个黑影一跃而上，阻挡住了敌人给出的致命一击。原来是户仓不知从什么地方冒了出来，飞身扑向敌人，用嘴撕碎了对方的喉管。然而随即，它也被拦腰一刀砍倒在地，压在了盛信的身上。

"多谢你,户仓。今日的猎物,可比巨熊难对付得多啊!"盛信努力伸长手臂,将户仓的尸体搂入怀中。

三月二日辰时,未能等到樱花绽放的时节,一个年轻的生命就此陨落,不禁令人扼腕叹息。

这一天,在雪后晴空的映衬下,白雪皑皑的驹之岳显得分外美丽。

人,总有被命运抛弃的那一天。

事事受阻、处处碰壁,越是想力挽狂澜,就越是深陷绝境——如今的武田胜赖便是如此。

不过短短一个月前,他还是那个八面威风,统领两万大军出兵信浓的主公。可如今,昔日俯首称臣的家臣们死的死,逃的逃,剩下的残兵已不足三千。单靠这区区三千残兵,如何能守得住新府城?如何能与织田、德川、北条的十八万联军相抗?

(老天啊!这究竟是为什么?我为何会落得如此下场?)

胜赖一次又一次自问,却仿佛永远得不到答案。

单看结果,败因却又似乎一目了然。木曾的背叛,小笠原的倒戈,穴山梅雪的通敌……然而,胜赖始终想不通,究竟是什么,令他们如此轻易地背弃了自己当初立下的誓言?

还记得新年伊始,新府城刚刚竣工。如约出席开年大宴的这三人,还曾各表忠心,发誓至死不渝。而胜赖,也对他们亲厚有加,踌躇满志地向他们介绍着自己的治国方略。

他提出要任命土屋十兵卫[①](后来的大久保长安)为掘金奉

---

① 土屋十兵卫:(1545—1613)本是甲斐武田氏家臣,金春座猿乐众大藏大夫次子,出身低贱,通称藤十郎。武田氏灭亡后,同众多旧臣一样,归于德川氏麾下,成为德川家家臣,并更名大久保长安。后主管民政及矿山开发等事务。

行,同时启用新的开采方法,不久便能大大提高黄金的开采量。还承诺他们,来年起便不会再有这么重的年供,可极大地减轻大家的负担。当胜赖将具体的数字一一列举出来时,在座的人无不由衷称颂,并纷纷抢着表示定会全力相助。当时的誓言还言犹在耳,可一转眼,他已变成了孤家寡人。

三月二日的夜晚,胜赖独坐在新府城本丸的正殿之中,抬头望着簇新的宫殿穹顶,如一头绝望的困兽。

二月二十八日,胜赖从诹访的上原城撤兵,当日便抵达了新府城,并匆匆展开了封城的准备工作。

新府城位于甲府以西,相距不过四里。此处一马平川,独独这座城池居高临下。西面,是濒临釜无川的悬崖绝壁,人称"七里岩";东面,是盐川劈出的无底深谷,自成天堑。从山脚到城池坐落的山顶,足足有四十丈之高,势如登天。

胜赖正是看中了这块易守难攻的风水宝地,才将新城的城址选在了这里。正式动工是在去年的二月。他请来筑城名家真田昌幸[①]出任普请奉行[②],又将城池的占地面积一扩再扩,甚至将家臣们的宅院也迁入城中。只为有朝一日能抵抗得了织田或德川的大军,就算长时间的围城之战也能坚持得住。

而提出这一建议的,正是穴山梅雪。他当时的话,胜赖还没忘:"骏河一国,微臣誓为主公死守到底。主公只需防范从信浓方向攻来的敌人即可。"或许,他的这番慷慨谏言,不过是为了让自己远离甲府,为日后通敌叛变做好铺垫……

---

[①]真田昌幸:(1547—1611)战国至江户初期武将、大名。甲斐武田氏家臣,信浓地方领主真田氏之后,真田幸隆第三子。出仕信玄、胜赖两代,武田氏灭亡后自立。

[②]普请奉行:室町、江户时代的武家官职,掌管建筑工事、基础设施、水利工程等土木相关的事务。

胜赖辗转反侧，难以入眠。一想到等待自己的，恐怕只有死路一条，他不免忐忑不安，心跳得厉害。寝殿中寒冷刺骨，他却睡出了一身冷汗。

"来人！人都去哪儿了？"

值夜的侍女奉命呈上酒来，胜赖一杯接一杯地灌着，希望能借此抚慰内心的不安。天无绝人之路！新罗三郎义光以来兴旺发达了五百多年的源氏名家，岂会就这样大宇中倾，一败涂地？

"叫诹访来见我！"

不一会儿，诹访局像往常一样迈着碎步匆匆赶来了。她是胜赖的乳母，自幼将他抚养长大，如今虽已六十岁高龄，却是少数几个深得胜赖信任的人之一。

"阿北夫人情况如何？"

"一直躺着，却似乎睡不安稳。"

"那么……"胜赖本想说，"请夫人过来。"可转念一想，她一定是因为前途未卜，正忧心如焚。让她在如此夜深之时梳妆更衣过来见驾，反而更给她添麻烦，倒不如自己亲自过去的好。

"我有话要对夫人说，你领我过去吧。"

诹访局依令低低地拎着一盏灯笼走在前面，为胜赖引路。长长的回廊笼罩在浓浓的夜色之中，仿佛通向那遥远而未知的地狱之门。胜赖不禁有些腿脚发软。

阿北夫人的寝殿内也安静得针落有声。只因为去年岁末才刚刚迁入此殿，殿内的一应陈设还未安置妥帖。空荡荡的殿宇里只有阿北夫人一人起居，身边还有十几名侍女悉心服侍。

"躺着吧，别起来了。"见阿北夫人慌着起身接驾，胜赖赶紧按住她，一边在她的枕边盘腿坐下。但阿北夫人还是支起上半身坐了起来，在肩上披了一件打褂。她是北条氏政的妹妹，名曰贵子。为巩固武田、北条两家的联盟，五年前便以十四之龄嫁给了胜赖。没想到两年之后，只因为介入了上杉家的家主之争，胜赖与北条氏政反目成仇，阿北夫人也就再也没回过娘家。留在武田家，既是她本人的意愿，也正合胜赖的心意。这样一位少不更事、天真烂漫的年轻妻子，他又怎么舍得弃之不顾？

"这么坐着当心着凉啊！"胜赖脱下自己的虎皮无袖羽织，轻轻给阿北披上。胜赖本就身材魁梧，他的羽织穿在阿北的身上，显得格外宽大，把娇小的她整个儿包裹了起来。

阿北夫人若有所思地低垂着头。身为北条家的大小姐，她从小娇生惯养，何曾经历过这样的变故？看着阿北心力交瘁的模样，胜赖只觉得悔愧交加，心如刀绞。

"你放心，总会有办法的。只要高远城的盛信能咬牙撑过十日，咱们便有更多的时间加固此城的防事，况且还能等来上杉的援军。到时，我定要率军杀出城去，南北夹击，把织田军打回老家！"这番话并非只是为了故作轻松地安慰阿北夫人，胜赖自己对此也深信不疑。只要能撑到上杉的援军赶来，就一定还有一线生机。

原来，上个月二十日，胜赖已派人送信给上杉景胜，请求增援。信中如此写道：

"木曾义昌谋逆之心，昭然若揭。及至行至彼谷，被我精兵强将击落半数以上于谷中。然则，我方据险要之势，一心固守城池，一时疏忽，竟给匪徒贼子以可乘之机，于下伊奈表兴风作浪。为今之计，应火速集结各属国兵力，一举击退之。虽兵马粮草未有不足，然若能念及多年恩情，指派二三千兵马前来增援，吾必倍觉欣悦，感戴万分。"

依照惯例，眼下的情况，即便是求援信也会措辞缓和，将战况描述得较为乐观。不过，胜赖相信，只要使者将实际的情形透露一二，对方定能明白自己此刻所处的困境。景胜能接管上杉一族多亏有胜赖在背后鼎力支持，他又将妹妹菊姬嫁给了胜赖，二人情同手足，亲如一家。如今自己身陷绝境，景胜绝不会坐视不理，定会派兵前来增援。胜赖此时心中的这份笃定，连他自己都觉得不可思议。

"所以你也别再多想了，安心睡吧。"胜赖扶着阿北缓缓躺下，又轻轻给她盖好被子，掖好被角，动作轻柔得好似一位哄女儿入睡的父亲。自知今夜忧惧交加，难以入眠，胜赖本是来找阿北相陪，共度这难熬的漫漫长夜的。可话到嘴边，他却又生生把它咽了下去。

无情的时间从不因人们对明天的恐惧而作片刻停留。

第二日的清晨如期而至。好不容易才蒙眬睡去的胜赖，被传令兵奏报军情的高喊声惊醒——高远城告急！

此时传令兵已身负赤地白纹、绘有百足①的军旗，单膝跪在了中庭："禀主公，昨日辰时，高远城陷落！"

"什、什么？"

"仁科五郎大人及其麾下武士五百余名，足轻、仆从两千余名，全部阵亡。"

"那么，织田军呢？"

"森长可等人率先头部队两万，于昨夜驻扎在上诹访。"

胜赖只觉得百爪挠心，苦不堪言。万万没想到，传说中固若金汤的高远城，竟在短短一天之内便城破人亡⋯⋯

正在他心乱如麻，六神无主之时，第二通战报又被送了进

---

①百足：蜈蚣。

来："昨日，穴山梅雪大人领兵两万，起兵江尻城。骏河一国的武士，悉数听命于穴山大人。"

"报——！"紧接着，第三个传令兵又快步冲了进来，奏报了织田军火烧诹访大社的消息。这些被称作"百足众"的传令兵，全是信玄亲手栽培的。此刻却像是催命的判官，将骇人听闻的坏消息一个接一个地送了进来。

"速速将众臣传至大厅！马上召开军事会议！"

然而宽达百席的大厅内，还能依令前来的重臣，不过只有八人。众臣一致认为，守城兵力仅剩五百，这新府城实在不堪一击，倒不如赶紧退守更为坚固的山城，或许还能与敌人拼上一拼。

"何不试试微臣的城池？"上州沼田①城主真田昌幸这样进言道。沼田城粮草、弹药都更为充足，离越后也较近，能更快等来上杉军的救援，的确是个不错的选择。

听昌幸如此说，胜赖却仍然犹豫不决。这真田昌幸心机深重，实在难以信任。再说，堂堂武田家当家人，竟狼狈弃城，逃去上州，传出去岂不让天下人耻笑？

胜赖的沉默令会议再一次陷入僵局。就在大家一筹莫展之时，秋山摄津守②突然发话道："诸位觉得岩殿城如何？"他所说的岩殿城③，

---

①沼田城：位于上野国利根郡（现群马县沼田市）的日本古城。有多个守护城环抱的坚固城池，初建于1532年，本是沼田氏居城。战国后期到江户初期成为真田氏支配沼田领土的政治军事据点。最初名为"仓内城"。

②秋山摄津守：秋山昌成（？—1582），日本战国时代武将，甲斐武田氏家臣，胜赖的得力近臣。父亲为秋山万可斋，受领名为摄津守。

③岩殿城：位于现山梨县大月市赈冈町的日本古城，建在海拔634米的岩殿山上的一座山城。甲斐国都留郡小山田氏的居城，在战国时代的东国城郭中是难得一见的坚固城池。

便是位于都留郡大月的,由小山田出羽守信茂[1]管辖的城池,"此城多溪谷,地势险阻,是抵御大敌来袭的绝佳场所。同时又毗邻微臣的属地,从山中偷运军粮、弹药也不是什么难事。小山田大人,您意下如何?"

"主公若能退守微臣的城池,乃是我小山田一族世代的荣耀。不过……"似乎心中有所顾虑,信茂欲言又止。他本是诹访局之子,与胜赖亲如兄弟,又比后者年长七岁,时年四十有四。

"身为武田家的臣子,此乃无上荣幸之事。若非微臣那山中小城难以抵挡织田大军的进攻,恐误了主公的大事,微臣定会恳请主公去我城中暂避。"看来,摄津守不肯轻易放弃,仍是对信茂步步紧逼。

"二位,且慢!"真田昌幸声色俱厉地打断了摄津守的话,"岩殿城的确易守难攻,能抵挡大军来袭。可是,若遭甲州的织田军和武州的北条军东西夹击,岂不是被死死困住,无路可退?若迟迟等不到援军来救,城中粮草又不足,又如何能封城死守?"

明知昌幸言之有理,胜赖还是更偏向于选择岩殿城。此城离甲府较近,信茂的为人也知根知底。而且,倘若真有兵败将亡的一天,至少还能将阿北平安送回北条家。自从跟了自己,她便再也没过过一天安生日子。这也是胜赖能给他可怜的妻子唯一的一点儿补偿了。

"信茂,我武田一族的生死存亡就交付于你了!但求你尽快谋得良策,成功击退敌军。"胜赖将随身佩带的短刀赐予信茂,郑重嘱托道。

---

[1]小山田出羽守信茂:小山田信茂(1539—1582),日本战国时代武将,甲斐武田氏家臣,属谱代家老,甲斐东部郡内地方的国众。小山田氏家主,小山田出羽守信有的次子。其祖母为信虎之妹,相当于信玄的表侄。

"主公请放心！微臣这就返回属地，指挥调度，交代好各项事宜，恭候主公大驾。"信茂深深一拜，匆匆离席而去。

翌日一早，胜赖一行主从五百余骑，加上女眷约二百人，舍新府城向岩殿城撤离。一座刚刚建成的新城就这样落入了敌人的手中，试问谁会甘心？于是，临行前的一把火，将巍峨的殿宇、簇新的房舍，统统烧了个干净。原本还有各国领主的妻儿约三百人被当作人质扣押在城内，只因其领主大多背叛了武田家，他们便悉数做了替罪羔羊，被困在城中活活烧死了。

与此同时，皇宫大内正迎来了一年一度的女儿节。

在古代中国，有一项流传已久的习俗。每年三月初的巳日，人们便会来到水边沐浴净身，饮酒作乐，祝祷消灾除厄，万事顺遂。

也不知哪朝哪代，这项风俗也传到了本国，并逐渐演变成巳日的袚除之仪。人们相信自己体内的污秽和晦气能够转移到人偶的身上，再流入江河湖海中顺水漂走。这种人偶逐渐又演变成玩物似的人偶娃娃，用之装点房间的习俗也应运而生。对此，圣德太子曾心生不安，担心神圣的仪式沦为铺张奢靡的享乐。于是，他明令："此玩物非大夫之所为。日后应作幼女之戏耳。"这项风俗也就此定型为祝祷幼女无病消灾的祭祀了。

因此在宫中，对后宫的女官嫔妃们来说，女儿节才是一个至关重要的大日子。而圣上，则只需用阴阳寮进献的人偶行过袚除之礼之后，便可返回清凉殿，向满朝文武御赐桃花酒。在中国，桃自古被视为驱邪化煞的仙木。由此，本朝也有了喝桃花酒的习俗。酒中漂浮着点点桃花瓣，芳香四溢。

今年的酒宴，自然也少不了近卫前久。

圣上端坐在高高的宝座之上，亲手赐下御酒一杯，在座下公卿的手中依次传递。座下之人无不毕恭毕敬，举止慎重，场面甚是庄重肃穆，尽显君令臣恭，一派祥和之气。

难得的是，今年宫中竟还安排了斗鸡之戏。两只军鸡，一只羽毛黑褐相间，另一只毛色黑中带银，分别被关在两个直径约五尺的圆形鸡笼中，被下人拎到了南庭。

人人皆知，唐代的玄宗皇帝便格外偏好斗鸡之戏。到了本朝，也自古便有三月三日举行"斗鸡大赛"的习俗，或占卜吉凶，或赌博钱财，世代经久不衰。然而，对于此等残忍低俗的游戏，正亲町天皇向来嗤之以鼻。自他即位以来，还从未在巳日禊祓之仪前后举行过斗鸡大赛。

（可是，今日却又为何突然……）

比起胜负的归属，前久更想知道这个问题的答案。

此时，两只军鸡早已斗红了眼。时而，一只扑扇着短小的翅膀，忽地腾空跃起一尺多高，朝着对手的脑袋一阵猛击。时而，另一只又伸长尖利的喙子，狠狠啄向对手的眼角。黑褐色的那只虽在体形上稍占优势，却远不如银黑色那只身手灵活，善于跳跃。前者本想利用体力上的优势压倒对手，却不想银黑色军鸡频频高高跃起，锋利的爪子不断挠向黑褐色军鸡的头，每一下都足以刺穿它的脑袋。两只鸡各不相让，都伸长了脖子喘着粗气，你退我进你推我攘，打得可谓难分难舍。

此情此景，不禁令人联想到在战场上疯狂厮杀的武士们。恍然间，前久似乎明白了什么，抬头望向宝座之上的天皇。虽隔着御帘不能窥见圣颜，但前久分明能感受到他隐忍不发的怒火。对于信州和甲州的战事，圣上一定早已忍无可忍，痛心疾首。可是，身为一国之君，他身负天神之命，在如此举朝同庆的场合，又怎能将那天下动荡的兵戈之事摆到台面上来说？于是，圣上便想到了用举办斗鸡大赛的方式，让文武百官都见识见识武士的残忍和战争的无情，借此表达自己内心的不满和怨愤。

若连圣上的这份良苦用心都体谅不到，又怎配称得上是朝廷的股肱之臣？可是眼下，面对织田信长的血腥屠戮，前久竟是束手无策。

朝廷并无兵权，唯一可以倚仗的，便是天下百姓对天皇的敬仰和尊崇。为了在一国上下巩固这种精神上的统治地位，朝廷在宗教、文化、艺术等等各个方面掌握了绝对的主导权，并制章立法，以作万民之典范。也正因为这个原因，即便是建立了武家政权的各方霸主，也绝不敢撼动朝廷至高无上的精神权威。

然而，这其中却并不包括信长。

他逐步将朝廷的权威变成了自己号令天下，征战各方的政治工具，无所不用其极。遇到这样一个难缠的敌人，恐怕是前久此生最大的不幸。

酒宴之后，前久被上臈局叫住了："大人请留步！陛下有事召见，请移步去常御殿。"自一年前让位一事被延期以来，陛下还从未私下里召见过他，此番面圣，也不知所为何事。前久带着满腹疑窦，候在常御殿前，等待着圣上的出现。

不一会儿，天皇驾到，坐上了宝座。圣上已六十六岁高龄，近年来身体更是每况愈下，明显地消瘦了下去，表情也因此变得更加威严凶狠。

前久突然感到后槽牙一阵刺痛。也许是过于劳心焦思，几天前他右边的白齿便觉得疼痛难耐。刚才几杯酒下去麻痹了神经，方觉有所减轻，此刻却又隐隐作痛起来。

"朕心中所虑之事，想必爱卿亦有所体察。"不愧是圣上，虽身在御帘之内，殿中臣子的一举一动，所思所想仍然难逃他的慧眼。这与生俱来的洞察力自然是上天的赋予。

"臣无能,不能为陛下分忧解难,实在无地自容。"

"武田一族的存亡令陛下挂心不已,此番召大人前来,正是为了商议此事。"在一旁侍奉的上臈局,将圣上御赐的美酒一杯送至前久跟前。

武田乃新罗三郎义光以来的清和源氏名家,信玄娶了三条公赖①的女儿,其妹又嫁给了今出川晴季②,与朝廷关系密切。故公卿之中,对武田家心怀同情之人,也不在少数。

"臣听说,织田大军已攻破伊那谷,正向诹访进发。骏河一国也早已归顺了德川一方。武田家想要保住自己的领国,想来已是无望了。"前久命手下的使者日日奔走,将信浓、甲斐的战况即时上报给他。不过,奈何路途遥远,跑个单边就要花上近三天的时间,当天的战况如何自然是没那么快知道的。

"莫非连保留家族姓氏的法子也没有吗?哪怕只有区区一万石的薄禄,总还会有重见天日、东山再起的一天。"

"明后日微臣便会随信长出征。一路上,臣一定寻个机会向他提及此事。"

"甲府的惠林寺中还有快川和尚,他的安危朕也托付给你了。"圣上刚于去岁赐了快川和尚"大通智胜"之号,并封为国师。可惠林寺既是信玄的菩提所,恐怕也难逃战火的肆虐。圣上深谋远虑,自然早已想到了这一点。

---

①三条公赖:(1495—1551)战国时代公卿,本姓藤原。藤原北家之后,闲院流嫡系三条家家主。太政大臣三条实香之子,位至从一位左大臣,号后龙翔院左大臣。

②今出川晴季:(1539—1617)战国到江户前期公卿,又名菊亭晴季。左大臣今出川公彦之子,初名实维。天文14年(1545)元服,得将军足利义晴赐名,更名为晴季。天文17年(1548)叙从三位,列公卿,天正7年(1579)任内大臣,13年(1585)升为从一位右大臣。

"此行道路险阻，任务艰巨。怎奈眼下能在信长面前说上话的，唯有爱卿一人，只能辛苦你了。还望你施谋用计，务必确保公武间相安无事，和睦如常。"通常，圣上的旨意都是由随侍女官宣读圣旨，代为传达。像今日这般面对面亲口相授，实在是十分少有。

"陛下，微臣也有一事相求。"也许是因为紧张，前久的后槽牙疼得更厉害了。尽管如此，该说的话他还是必须要说的，"此次信长率大军出征，为预祝他旗开得胜，按理陛下应派使者前去安土。"

"言之有理，此事你找局大人商议便可。"

"还有一事，便是新皇的登基大典。"

"近卫大人，还请您慎言！"上臈局厉声打断了他。

"需谨言慎行的该是局大人才对。微臣奉天皇之命与信长交涉，知无不言、言无不尽，本是微臣的职责所在。"

"毋庸多虑，有事便奏！"

"登基大典本定于今年年内举行，微臣一直在全力准备。岂料事与愿违，恐怕又要耽搁到明年了。"

"此事为何从未有人跟朕提及？"天皇听闻后，顿时龙颜不悦，眼看着一场暴风雨即将来临。

九五之尊，责任重大。上敬天神，行礼乐之仪；下抚黎民，保一国平安。故天皇一年之中的起居、出行等，皆要严格依照年中祭礼而定，不能有半点差池。甚而有时，即便是龙体抱恙亦不能饮药施针，可见清规戒律是何等严苛。如今，天皇已是耄耋之年，又体弱多病，还要将他苦苦禁锢在龙椅之上，的确是太过残忍。可是，为了保全朝廷的利益，也只能一再委屈他老人家了。

"不久前，信长仿照清凉殿在安土城内造了一座新的宫殿，并声称，待诚仁亲王即位之后，便要请新帝迁出大内，移住安土城中。依臣看来，其狼子野心绝不仅限于此。他定会想尽一切办法辅佐其义子五王子承袭帝位，再顺理成章地坐上太上皇的宝座，进而将朝廷完全掌控在自己的手中。"

信长野心勃勃，若依他所言，轻易让出皇位，恐怕便再无挽回的余地了。前久极力进谏，言辞甚是恳切，天皇的反应却完全出乎他的意料："朕看信长并无灭我朝廷之心，就顺了他的意，又有何不可？"

"这个……"前久竟一时语塞，不知该如何作答。

自从祭祀权与统治权两权分立，几百年来朝廷早已习惯了向当朝的当权者妥协。对平安朝的藤原氏如此，平氏如此，对后来的源氏、北条氏、足利氏也皆是如此。既然早已习惯了逆来顺受，却又为何偏偏要与信长对着干呢？圣上提出这样的质疑也并非毫无道理。

"信长向来不把朝廷放在眼里，若有朝一日果真做了太上皇，只怕朝廷的官制、纲纪统统会被他改得面目全非。"前久虽嘴上仍坚持己见，但回到府中后，却总觉得似有什么东西令他无法释怀，如鲠在喉。

细细想来，信长只要不会危及朝廷的存在，不管是做太上皇也好，还是以外戚的身份专政也罢，都没什么大不了。说起来，前久的先祖藤原氏不也正是用了这样的手段，才得以将天皇外戚的身份维持了近两百年，在朝中呼风唤雨，一手遮天，甚至于连藤原一族的府邸都俨然成了第二个皇宫大内？

（为何独独信长的所作所为，令他觉得难以饶恕呢？）

前久困惑了。一直以来，他始终坚定地认为，自己的一切努力都是为了维护朝廷的利益。然而现在，他却在内心深处越来越怀疑这一点。若信长真的做了太上皇，无论是官阶还是职权都会远在自己之上。难道，这才是自己最不能忍受的？难道，自己奋不顾身拼力守护的，并非朝廷，而是自己那点可怜的自尊？——前久负手立于花开三分的垂枝樱下，双眉紧蹙陷入了沉思。

"大人，小的回来了。"树影斑驳的庭院中，一名黑衣男子跪拜在地，正是被前久收入麾下的风之甚助。

"昨日辰时，高远城陷落。仁科盛信大人及其麾下将士全军覆没。现武田胜赖大人仍坐镇新府城，却不过只有三千兵马，亦无充足的粮草和坚固的防事能够撑得住笼城之战[①]。"他昨日才刚刚探听到这个消息，一经坐实便连夜赶回了京城。行动如此之神速，可见"风之甚助"的别号并非浪得虚名。

"那么接下来，胜赖有何打算？"

"新府城恐怕也是守不住的，他必会另择城池要塞，再作抵抗。"

"织田军即刻便会发兵攻入甲斐吗？"前久必须知道胜赖还能支撑几日。否则，他又怎么能知道，朝廷的营救之策是否还来得及？

"织田军现屯兵诹访。军营中筑栅栏、挖战壕，警戒十分森严。看样子一时半刻不会有什么行动。"

"本官明后日便会随信长出征。你先行一步赶去甲斐，先去打探打探当地的各方情形。"

"小的明白。"

"此外，关于伊贺的孩子们……"甚助的那些孩子已寻到了六个，如今被前久安置在兴福寺，暂时无虞。前久本想告诉甚助让

---

[①]笼城之战：城池被敌人包围而躲于城中，封城死守的一种抵抗方法。

他安心，谁想他早已如一阵风似的消失了踪影。

黄昏临近，时间所剩无几，却仍有很多事等着前久去处理。偏偏在这个时候，后槽牙的疼痛陡然加剧。或许是牙龈已经发炎化脓，他只觉脸颊红肿发烫，一阵阵钻心的疼痛不时袭来，扯得脑仁似要炸裂一般。剧痛难忍，他如何还能强打精神将手头的事一一理出头绪？

"拿酒来！"前久命侍女上酒，一口气喝了近二合。这个办法果然立竿见影。在酒精的麻醉下，人的感觉变得迟钝，不知不觉间疼痛感竟已消失了大半。

（眼下还需先讨得信长欢心。）

前久立刻派使者前往二条御所，约见劝修寺晴子。使者四个半时辰后才回来复命，说诚仁亲王虽已入宫觐见不在府上，晴子却答应随时可以面见。

（要不要带上晴丰一起去呢？）

这个念头一闪而过，前久还是决定一个人前去拜访。今日的谈话内容恐怕会涉及男女隐秘之事，不宜让过多人知道。

此刻，晴子早已等在了外殿的会客厅。她原本瘦削的脸颊如今也多了几许丰腴，纤纤细腰似乎也变得丰满了。不过，身形的圆润反而更增添了她的风韵，令她益发显得雍容华贵，光彩照人。

"后宫的事娘娘料理得如何了？"

"已妥。总算得到了众位姐妹的配合，已无人再有异议。"晴子为整改后宫体制，宣布凡诚仁亲王之子，无论嫡庶皆应送至自己膝下由她亲自抚养。于是，首当其冲的便是上个月刚出生的中山亲子的女儿，不日前刚被晴子收为养女。

"信长不日将发兵甲斐。为预祝他班师得胜，凯旋而归，朝廷将派使者前往安土。若晴子夫人也能一同前往，朝廷就更为放心了。"

"为何偏偏要妾身去？"

"去岁多亏有娘娘一同出使安土，禅位之事才得以顺利延期。此次朝廷也有诸多难言之隐，还望娘娘相助一臂之力。"

"妾身人微言轻，实难当此重任。去岁之事不过只是侥幸而已。"或许只是前久的错觉，晴子的双颊似乎微微泛红。她表面看似平静，其实内心恐怕早已是五味沸然了吧？

"近日来，信长的所作所为越发荒唐无度。长此以往，恐怕威威朝廷也要毁于此人之手。还得有人早日降住这匹发了疯的野马，叫他学会乖乖听朝廷的话。"

"正因如此，才更不能将此等重任交付于我等内宫妇人。"

"晴子娘娘不是不知，"前久间不容发，仍竭力游说道，"朝廷兴盛，从来少不了后宫女官的维护和支持。古有勾当内侍，奉后醍醐天皇之命下嫁新田义贞①。为征服东夷②，后宫女官更是立下了汗马功劳。"

"近卫大人，难道您是要叫妾身也下嫁信长吗？"

"微臣不敢！此事何等荒诞无稽？微臣怎敢有此非分之想？"前久虽极力否认，但其言外之意再明显不过。说到底，晴子在名义上也不过只是后宫女官中的一名。既然其他女官能委身下嫁以保全朝廷颜面，你晴子又有什么可推诿的？

---

①新田义贞：(1300—1338)镰仓后期到南北朝时代武将、御家人（征夷大将军的家臣），本名源义贞。乃是河内源氏义国流新田氏本宗家第八代。父亲为新田朝氏。官位正四位下，右近卫中将。在镰仓末年到南北朝的混乱时期，新田氏是可与足利氏抗衡的武家家族，义贞与足利尊氏亦敌亦友。后攻破镰仓幕府，成为后醍醐天皇建立建武新政的中坚力量之一。后与足利尊氏对立。最后战死在越前藤岛。

②东夷：指虾夷，即古代奥羽至北海道等地，语言风俗与大和朝廷不同的民族和文化。

"此事太子殿下是否已知晓?"

"还没。微臣打算先征得晴子娘娘本人的同意,再去请太子示下。"

"大人的意思,妾身已经明白了。只要太子殿下无异议,妾身自当出使安土。"考虑良久,晴子最终还是咬牙将此事应承了下来。

# 第十章 只要还活着

心口一阵剧烈的绞痛袭来,同时感到一阵恶心,几乎要呕吐出来。端起一大杯酒刚要送到嘴边的胜赖,不得不强作镇定地把酒杯放回食案上。

"主公,您怎么了?"近卫土屋右卫门尉察觉到他的异样。

"没事,我没事。"胜赖若无其事地再次端起酒杯,一饮而尽。

此刻,他们正身在柏尾的大善寺①中。日前,胜赖主一行弃了新府城,欲投靠岩殿城的小山田信茂。队伍沿甲州国道而行,途中栖身此寺,等待信茂带人前来迎接。可如今已到三月五日,前方却仍是音信全无。

"主公果然有大将之风!危急时刻仍能泰然处之,不慌不乱。"秋山摄津守仰首一揖,对主公的心胸深表敬佩。当然,此举也许不过是为了缓解席间尴尬沉闷的气氛而已。

---

① 大善寺:位于今山梨县甲州市胜沼町的寺院,属真言宗智山派,山号为柏尾山,本尊为药师如来。相传建于养老2年(718)。

胜赖突然站起身来，似乎想去外面透透气。

"臣陪您同去。"年轻的右卫门尉赶紧提刀跟上。

"不用了。你就待在这儿吧。"胜赖说着，只身来到回廊，一股清冷的空气立刻扑面而来。

放眼望去，茶臼山如同一个巨大的黑影高高耸立。天上一轮明月高挂，不时被云层遮掩，更显月色朦胧。周遭静谧得仿佛时间都已停止，唯有淙淙的流水声从山谷间隐约传来。

不知怎的，胜赖忽然觉得头晕目眩。按理说，他并未喝得太醉，可双腿却微微发颤，连路都有些走不稳了。他赶紧扶住一旁的廊柱，若不如此，恐怕便会撑不住跌倒在地。

（信茂会来的！一定会来的！）

他在心中反复念叨着，像是在诵经念咒一般。万一连信茂也背叛了自己，那么就真的只有死路一条了。或落魄潦倒，亡命山野；或命丧黄泉，死无全尸，武田一门的赫赫盛名将在自己手中毁于一旦。想到这里，胜赖如芒刺在背，焦灼难安。如今的他，除了相信信茂的一句诺言，苦苦等待之外，再无别的选择。

待头晕略有好转，胜赖便艰难地一步步挪至茅厕。他打开明窗，撩起衣袴准备小解，却突然觉得小腹部似有异样。是血尿！两个月来的劳心劳力，他的身体已不堪重负，以至小便出血。那令人恶心的暗红色即便在月光下也分外刺眼。胜赖心里咯噔一下，支撑着自己的最后那根弦终于也彻底绷断了。

（还是快逃吧！）

什么也不顾了，假扮成樵夫之类的逃进深山里躲起来，好歹保住一条小命吧。一个人逃应该也无人来追，只要自己不在了，其余的人总还有一线生机。或许是这神秘的月色迷乱了他的心智，胜赖想得入神，不禁哑然失笑。事到如今才来做这样的打算,还不如一开始就听取真田昌幸的意见,逃往上州的沼田城。

(对啊,还是该去沼田城啊!)

胜赖双腿一软,颓然跌坐在地,只觉得自己这一辈子似乎从未做过一个正确的决定。

还记得父亲信玄势力正盛之时,信长为讨他欢心,曾呈上书信一封,信中极尽阿谀谄媚之词。看了这封信后,胜赖当时就想,若自己也能像父亲这样创下一番伟业,那这个所谓的天下还不是唾手可得?直到今天,胜赖才刻骨铭心地意识到,这个想法真是大错特错了。

信长此人,为达目的可以不择手段。可是当时的胜赖,却只看到了他表面的卑躬屈膝。殊不知,拿得起,放得下,方是成就伟业之人真正的傲气和胸襟。这一点,父亲为何就没有教给自己呢?

(不!信茂会来的,一定会来接自己的!背叛自己走投无路的主公,他绝不是此等薄情寡义之人!)

胜赖强打起精神站起身来,朝庵房走去,却听到旁边的房间里传来一个女人严厉的呵斥声:"这话什么意思?有胆子你再说一遍,让我这眼瞎耳聋的老妇也听个明白!"如此声色俱厉之人,便是信茂的母亲诹访局。原来,是阿北夫人的侍女在背后议论信茂,疑心他已背叛了主公,根本不会再来了。

"我自幼便教导信茂,对主家一定要忠贞不贰。这小子也深明大义,才会力劝胜赖大人退守岩殿城,誓死守护主公。"

"如果真如你所说,何以时至今日仍未见他前来接驾?"阿北夫人的乳娘立刻没好气地驳斥道。

"事出突然,一定是城中诸事尚未安排妥当。只要翻过了笹子岭,不日便可抵达岩殿城。你们还有什么可担心的?"

"即便如此，至少也应该先派个使者前来通报一声。这两日来咱们这边接二连三地派使者出去打探，却连一点消息也没有。"女眷们心中焦急，说话也越来越不客气了。

胜赖重新入席后，立刻吩咐一旁的右卫门尉道："许久未听琴音了，还不快请上阿北夫人，为我抚琴一曲。"与其让她夹在那些老女人中间里外难做人，还不如让她来弄琴拨弦，或许还能令她心里好受一些。

"微臣听闻理庆尼也深谙琴艺，何不也请她来正殿，让大家共赏佳音？"理庆尼是大伯父信友①的女儿，因信友被信玄所杀，才出家为尼进了大善寺。此次胜赖主从一行能在寺中栖身，也是因为理庆尼的缘故。

不多时，一场似是不合时宜的琴瑟之宴开始了。阿北夫人和理庆尼端坐在安放着药师如来像的佛坛前拨弄琴弦，胜赖及其近臣、仆从和侍女们则围坐在正殿内或回廊上，倾耳静听。奉胜赖之命，足轻、杂兵皆获准入寺休憩，可殿内聚集的却只有不到两百人而已。

抚琴的二人却出乎意料地配合默契。阿北夫人弹奏的是主调，理庆尼则弹副调与之应和。也不知是依照琴谱还是即兴发挥，二人的琴音时而水乳交融似浑然一体，时而又互不相让似二鸟争鸣。

胜赖目不转睛地凝视着阿北。此刻凝神抚琴的她，令胜赖回想起五年前刚嫁给自己时那个楚楚可怜的纯真少女。凝听着琤琤琴音，堵在胸口的不安逐渐消解，心头的痛楚也得到抚慰，整个人沉浸在宁静祥和的氛围之中。

---

①信友：武田信友（？—1535），日本战国时代武将。甲斐武田氏第十七代主武田信绳之子，武田信虎的同母兄弟，相当于信玄的叔父。又名胜沼信友。

这琴声，令人想起那清澈见底的溪流，初夏波光粼粼的水面，还有水中那一闪而过的鱼儿的身影……这幅画面多美啊！记得那时，胜赖还是个五六岁的孩子。不知因为何事遭到了父亲严厉的责骂，又悔恨又羞愧，又委屈又伤心，便独自跑到这小溪边来偷偷抹眼泪。哭着哭着，却被眼前自由游弋的鱼群吸引了注意力，心中的怒气和不快也一扫而光。

此刻二人指尖流出的琴声，恰似那潺潺的溪流，缓缓淌过每一个人的心间。围坐在回廊上的家臣们，聚集到庭院中的足轻们，无一不陶醉在这动人的琴声之中，流露出平和而安详的神情。

演奏完毕后，胜赖即刻将阿北叫到自己房中，陪同前往的只有诹访局一人。

"今夜真要多谢你！多亏你弹得一手好琴，不仅抚慰了我的心绪，大伙儿也都疲劳尽扫，身心舒展。"胜赖亲手递上酒杯劝她也喝一点，阿北夫人却只是礼节性地抿了一小口。

"你怎么了？有什么心事吗？"

"没有。不过……"阿北夫人欲言又止地低下了头。她双手紧紧地交握于膝上，局促地缩着肩。莫非和自己待在一起也让她觉得不自在了吗？胜赖不由得这样想。

"罢了罢了，能有今天这样的日子我也就心满意足了。"心中郁结暂得舒缓，酒也醒了几分，似乎一切都变得不一样了，连喝到口中的酒都多了几分香醇。饮过两三杯之后，胜赖益发难以抑制对阿北的爱怜之情。她年纪轻轻，娇嫩得像一朵刚刚绽放的花。能陪自己走到今天，也委实不容易。即便是在胜赖与北条家恩断义绝之时，她也毅然选择背弃娘家，留在了武田家。可到头来，却被自己连累以至身陷险境，对阿北来说，实在是不公平。

"岩殿城素以地势险要闻名天下。我等若坚守此城，就算敌人有千军万马，亦能兵来将挡，水来土掩，撑个一年半载不在话下。"到时，恐怕天下形势早已大变，说不定本已走投无路的他们也能盼来一线生机。胜赖自知希望渺茫，不过是为了给阿北打气鼓劲，才把前景描绘得如此乐观。

此刻，对阿北的爱怜撕扯着他的心，竟然激起一股压抑不住的情欲，炽热如火。男人的情欲，越是在生死攸关的危急关头反而越会疯狂地燃烧起来。风平浪静的日子倒不见得有多强烈，可逢到身在旅途或是特别疲惫之时，却往往会格外地欲火中烧，引得人干出些不堪的丑事，更何况是在生死未卜的战场上。

可是，不久前才刚刚逃出新府城，前途一片渺茫，却满脑子尽想着这些男欢女爱之事，连胜赖自己也觉得实在不像话。正因为如此，他一直压抑着内心的欲望，好不容易挨到今天，现在却是无论如何也熬不住了。

"诹访，替我更衣就寝吧。"胜赖下令道，口气不容置疑，"阿北夫人也在此歇息，你快去准备吧。"他可不愿让与自己年龄悬殊，年轻得都可以做自己女儿的阿北，察觉出自己内心的纠结与为难。

"夫人，您的意思呢？"诹访本不必多此一问。

"主公垂爱，妾身自是欢喜。可是，今夜妾身多有不便，还望主公体恤。"阿北夫人低垂着头，声音低得几乎听不见。

"无需多虑。你或许认为，眼下这般情形，此事多有不慎。可我二人既已立下誓言，来世再做夫妻，又何须顾虑太多？"

"话虽如此，可是……"阿北夫人却不肯让步。她拜倒在地，漆黑的眸子定定地凝视着前方。

"为什么？"一腔热情被冷冷拒绝，又被小小妇人看穿了自己的心事，胜赖顿时恼羞成怒，"你为何不愿与我共寝？"

"……"阿北夫人默不作声。

"难不成我如今潦倒失势,便要遭你厌弃?"胜赖一时失言说了重话,不过是想看看阿北作何反应。谁知阿北仍然无动于衷,一个字也不答。

"夫人,你倒是说话呀!"悲愤交加的胜赖,用手中的酒杯用力敲打着食案,"你一定打心眼儿里瞧不起我,对吧?一战未打就弃城出逃,算什么男子汉大丈夫?——你心里一定是这样嘲笑我的,对吧?"

阿北夫人终于抬头望了胜赖一眼,眼里充满了哀怨和痛楚。这如受伤的小鹿般慌乱而迷惘的眼神,胜过一切尖刻的言辞,深深刺痛了胜赖的心。柔弱无辜的阿北令他心疼,因为这点小事而乱发脾气的自己又令他懊恼。然而,多日来累积的愤懑无处发泄,心中的防线一旦决堤,愤怒便如滔滔洪水一发不可收拾。

"既然我如此令你生厌,回你的娘家去便是。所幸只消翻过一座山头便可到相模国,你赶紧收拾收拾,我明日一早便派人送你走。"胜赖态度决绝,不容分说便将阿北夫人赶回了自己房间。

胜赖独卧房中,却久久难以成眠。他自悔说了不可挽回的话,又厌恶自己的冲动和蛮横,正在闷闷不乐之时,诹访局进来了。"我那不肖子救驾来迟,主公心里不好受,老奴又怎会不知?可阿北夫人对您死心塌地,却遭您那般羞辱,连老奴也心疼得紧。"诹访局说着,拭去眼角的热泪,双手呈上书简一封,"这是前日阿北夫人亲笔所写的祝祷文。夫人爱重主公之心,何曾有过半点虚情假意?主公一看便知。"

胜赖连忙移至灯下,展开书简如饥似渴地读起来。

"信女阿北　虔诚祝祷

南无阿弥陀佛　大慈大悲的八幡大菩萨

请保本国国主，世称武田太郎者，子子孙孙、世世代代，平安无恙。今有逆臣投敌叛国，社稷危在旦夕。故国主胜赖，顺应天命，抛却生死，慷慨迎敌。然则，军中士卒追名者有之，逐利者有之，人心各异。更有名曰木曾义昌者，罔顾天恩，大逆不道，突兴叛兵。实乃弑父杀君之恶行也。不想那等惟利是图之辈，世代深受武田家重恩，却与逆臣沆瀣一气，妄图逆天而行，亡我家国，以至生灵涂炭，佛法废弛。国主胜赖，本一心向佛，爱民如子。其忧国忧民，焦思如焚之心，望天神体恤。信女在此跪求天神护佑，日日泪湿阑干。威威青天有神明，兴衰成败由天定。逆君叛上之徒断不能得到天神庇佑，必将一败涂地。至此……"

读着读着，泪水早已迷糊了胜赖的双眼，他再也读不下去了。我是多么的愚蠢啊！——难以抑制内心的悔恨，堂堂男儿竟哭得泣不成声。

同样在三月五日的这一天，织田信长天刚微明便从安土城出发了。大军出征原本定于午时，却在出征前夜从甲府传来消息，武田胜赖已从新府城弃城撤兵。信长本就对上杉景胜将信将疑，现在又听闻他那边尚未采取任何行动，立刻就有些坐立不安了。于是，他便带上堀九太郎秀政、蒲生忠三郎氏乡等人，率马回二千余骑提前出发直奔岐阜。

虽已是樱花盛开的时节，可黎明时分的晨风依然带着彻骨的寒意。四下里，浓浓的夜色尚未完全散开去，清冷的空气反而更令人神清气爽。

像今日这般跨马领兵亲自出征，对信长来说已是久违了。还记得年轻时，在内心那个神秘声音的驱动下，他常年征战南北，昼夜不歇。逢到热血上涌之时，哪怕单枪匹马杀出城去，他也毫不畏惧。此刻的信长，仿佛又回到了那个时候，只觉得双手双脚都充满了力量，如一头发现了猎物的猛虎。

武田信玄所带来的威胁，曾经如一块巨石沉沉地压在他的心头。信玄不仅用兵如神，且擅长谋略。一旦瞄准时机便会果断出手。他甚至对万里之外的势力范围也虎视眈眈，随时准备收入囊中。

信玄带给信长最大的一次危机，便是十年前的元龟三年（1572）十月。当时，信玄与北条氏政结盟，发五万大军兵分两路攻打远江①，欲与织田、德川一决雌雄。甚至，他还与足利义昭以及浅井、朝仓和石山本愿寺的主持显如等取得了联系，很快形成了一张包围网，欲将信长困在其中。德川家康在三方原率先迎敌，却被武田军击败，未能阻止敌人的进攻。德川本人也狼狈逃回了浜松城②。

如果当时信玄能一路凯歌高奏杀入尾张，信长便会遭遇东西夹击，恐怕命已休矣。所幸信玄当时已染上了严重的肺病，武田军不得不在远江安顿下来，只等过了冬再说。不得不说是上天庇佑，才救了信长一命。如今攻守易位，胜负已分，怎能让他不觉得扬眉吐气，欢欣鼓舞？

此外，久违的长途跋涉所带来的新鲜和刺激感，也让信长兴

---

①远江：远江国，日本古代令制国之一，属东海道，俗称远州。其领域大约相当于现在的静冈县西部。因境内有浜名湖，俗称"远之淡海"而得名"远海（江）之国"。东以大井川与骏河国交接，西边的浜名湖以西是三河国，背面的赤石山脉和伊那山地与信浓国交界。

②浜松城：位于今静冈县浜松市中区的日本古城郭。历代城主众多，皆在后来的江户幕府担任重要职务，故有别名"出世城"。

奋不已。自幼他便对旅行充满了向往。津岛①本就是一座繁华的港口城市，往来于诸国间的商船纷纷云集于此。每逢节日庆典或开埠互市之日，到处可见各地行商叫卖着五花八门的杂货，或是云游艺人当街表演。绚丽多姿的神乐、精彩离奇的魔术、从中国和南蛮运来的奇珍异品……远道而来的人们给这座城市带来了激情和活力，也让年幼的信长越发憧憬那未知的世界。他幻想着，若有朝一日自己也能随这些人一起云游四方，该是何等幸福和快乐。

终于有一天，美梦将要成真了。从信浓到甲斐再下骏河，途中游览巍巍富士，尽情尽兴。既无后顾之忧，又无征战的紧张和恐惧，信长人生中第一次长途旅行很快便会成为现实。

午时刚过，队伍抵达了柏原的驿馆，在上菩提院用过了午膳。信长着急赶路，本欲稍事休息便继续出发赶往大垣②，却听森兰丸禀报道："主公，附近村落的百姓听闻您带兵路过，自发前来拜见，并献上各色礼品，预祝我军捷报频传，大获全胜。"还说前来拜见的人多得中庭都站不下了，只得命他们在寺庙前院中等候。

信长闻言便来了兴致，亲自来到正殿想一看究竟。只见铺满白色沙石的大院中，竟黑压压挤满了虔诚的百姓。他们献来的礼品更是堆成了小山，从粮秣草料，到制箭用的细竹，防寒用的斗笠蓑衣，皆是长途行军的必需品，可谓琳琅满目，应有尽有。

"哈哈，诚心可嘉！"信长命人将他们每个人的名字和所进献的物品一一做了记录，并回赠黄金以示褒奖。如此一来，名为进献，实则与征购无异。信长每次出征都是用这种方式筹备物资，在民间自然威望大增。

对上态度强硬，对下宽厚仁慈，这是信长一贯的作风。一旦

---

① 津岛：位于现爱知县西部，作为津岛神社的门前町而繁荣。
② 大垣：户田氏城下町，现岐阜县西南部，浓尾平原西部。

归入织田门下，便不问家世出身，想要出人头地，一切只凭真才实学。织田家属地之内，既无苛捐杂税亦无繁重的劳役。在各国领主的暴政下艰难求生的劳苦大众，实在很难相信世间竟还有如此公平公正的治国之道。因此，不知有多少他国属地的百姓，一心想要逃到织田家的属国来过几天太平日子。信玄一手创建的王国之所以会在一夜之间如大厦倾颓，恐怕也与信浓百姓对信长的支持不无关系。

关于这日之事，太田牛一做了如下的记录。

"所到之处，百姓纷纷放火焚掉自家屋宅，拖家带口，投奔信长公而来。究其原因，乃因近年来，武田四郎增赋税、设关卡，以至民不聊生，民怨四起。有人虽犯重罪略施贿赂便可不予追究；有人偶有小小过失却要遭受重责。或受磔刑，或遭屠戮，苦不堪言，惨不忍闻。悲乎、哀乎，一国上下，无论贵贱，谁不心寒？谁不心死？终盼得信长公率大军前来征讨，收为属国，实乃人心所向，众望所归。特此，一国上下合掌叩拜，谢信长公救万民于水火，亦表其忠义之心。"（《信长公记》）

后面更附有长长的进献者名录。据说，不仅是寺内院中，连寺门外也聚集了很多人。而且，其中近半数的人都不肯收下回赠的黄金。他们因太过激动而涨红了脸，声音也微微发颤："托信长大人的福，我等草民才能过上这丰衣足食的安稳日子。今日前来，只为献上小小心意，略表感恩祝祷之心，绝不是为了从中牟利，又怎敢收信长大人半点好处？"这些人中，有怀抱婴孩的少妇，希望有幸能请信长摸一摸孩子的头；也有弯腰驼背的老太婆，坚信只要信长揉一揉她的腰便能病痛全消。而此时的信长果真一脸神圣地摸摸这个的头，揉揉那个的腰，竟比以往任何时候都显得更加洁身自律。

突然，他觉出事有蹊跷——就算自己再怎么深得民心，短短半天时间怎么可能聚集了如此多的百姓？

"叫九太郎过来！"他明白，一定是堀秀政在中间做了什么手脚。

"真是什么都逃不过主公您的眼睛。"秀政倒也不胆怯，一问便坦然地承认了。原来，秀政早就听闻当地百姓将信长及织田家奉若神明，今日便派人快马加鞭提前赶到，放出信长午间会到上菩提院小憩的消息。不过，就连他也没想到会一下子涌来这么多人。

"你这家伙，竟如此草率行事！若叫敌人获知了我等行踪，该如何是好？"

"主公放心。有微臣和蒲生大人在此，定能保主公安然无虞。再说，此地尚在近江境内，万一真有什么事，我方援军也能及时赶到。"秀政一拍胸脯，自信满满地打了保票。

其实，他心里清楚，若一直这般马不停蹄地急行军，不日便可翻越不破关①进入美浓国境内。到时，留在安土的大队人马便会被远远地甩在后面，面子上实在过不去。为避免出现这样的局面，只能在此寺留宿一晚，等待后方大军赶上来。可是如今的信长哪里听得进去这样的谏言？直言相劝，只会招来一顿责骂。于是他便心生一计，引来许多百姓入寺求见，进献礼品，借此推迟信长出发的时间。可见秀政在才智和胆识上皆有过人之处。

"大胆！主上的心思岂是你可以肆意揣度的？"信长表面上气得怒目圆睁，把秀政大骂了一顿，实则心里却十分赞赏他的灵机应变。故而只是将接待进献者的一应琐事交给他负责，此外并无

---

①不破关：古代东山道的著名关隘。与东海道的铃鹿关、北陆道的爱发关同为畿内的重要防御关卡，并称为三关，三关以东即是东国，即现在的关东地区。

任何责罚。

到了傍晚,后方大队人马虽是累得人仰马翻,不过总算还是赶上了。织田七兵卫、菅屋九右卫门、长谷川竹、永冈与一郎、蜂屋兵库头、高山右近、中山濑兵卫、明智光秀、丹羽长秀、筒井顺庆等等,大将云集,总兵力达六万有余。如此阵容,可谓天下无双。

翌日一早,大队人马浩浩荡荡开出寺门向美浓国进发。队伍犹如一条逶迤的长蛇,延绵数十里。先头部队早已抵达赤坂①准备安营扎寨,后方的队伍却尚在关原以西徐徐前行。刚行至揖斐川②的吕久渡口,一名背负着扬羽蝶肩旗的传令兵赶上前来禀报:"报!仁科五郎盛信大人的首级现已送到。"传令兵身后,果然另有五人手捧首级待命。其中四人身着铠甲全副武装,另有一人却手无寸铁只穿小袖。

"阿兰,设座!"待兰丸领人摆好案几铺好垫子,信长便屈身坐下,命人呈上盛信的首级细细查看。首级被置于木匣之中,用冰封住,是以虽已死了四日,却丝毫看不出腐烂的迹象,只是脸色苍白了无生气,嘴角却仍带着一丝安详的微笑。

"可见他死前那一场恶仗,打得是何等惊心动魄。"今日之前,信长看过的头颅不下千颗。单看死者的容颜,便能大致猜出他临死前的经历。

"盛信大人被困高远城,与武士五百,杂兵两千一同战死。"

"此等年轻有为的帅才,实在是可惜了。凭这身英武之姿,就算是一介布衣亦能成就功名。"

---

①赤坂:位于现岐阜县大垣市西北部,古时中山道的重要驿站。
②揖斐川:流经岐阜县、三重县的一级河川,属木曾川水系。即木曾三川之一。长121公里。

"主公打算如何处置？"

"依惯例，投入长良川①吧。"

"请留步，小人还有一个不情之请。"那个不带武器的年轻武士跪地央求道。

"你是何人？"

"他说他是仁科大人的家臣，再三要求护送主人的首级，臣等便许他同行了。"

"小人乃小山田大学之嫡子内藏助。本赶赴高远城欲与父亲一同战死沙场，不想赶到时已城破人亡。惟愿能与诸位将军同行，送盛信大人最后一程，尽一尽身为臣子应尽之责。"

"既然如此，你还有别的什么请求？"

"主人首级被抛诸江河，身为臣子还有何颜面苟活于世？还望信长大人网开一面，用小人的项上人头取而代之，小人必将感恩戴德，虽死而无憾。"

"年纪轻轻便有如此胆魄，念你一片赤诚，今日便破例，免去这流放江河之刑。"今日的信长显得格外宽容，不仅答应了内藏助的请求，还特许他供奉盛信的灵位，日日焚香祭拜。甚至赐予金银，以资用度。

队伍于六日抵达岐阜城，次日便下起雨来。

好雨知时节，当春乃发生。连着几日雨横风狂，雷鸣闪电，天地间一片苍茫，地动山摇。信长凝望着这雨雾中的江山，一时竟失神忘情。风雨雷电仿佛是神明显威，震慑人心。

近卫前久竟在此时冒雨赶来了。他还带着身披卯花铠甲的公

---

①长良川：发源于岐阜县郡上市的大日岳，流经三重县与揖斐川汇合再注入伊势湾，属木曾川水系，一级河川。是流经浓尾平原的木曾三川之一。下游的一部分也流经爱知县，是爱知县与岐阜县的交界。全长166公里。

家参阵军二百骑,高举着日章旗①。这点兵力看似微不足道,然则前久身为五摄家之首的近卫家的家主,又是现任太政大臣,竟能亲自参阵,此事本身就意义非凡。

信长大可以借此向敌我双方,甚至全天下宣布:"前久率军前来助阵是奉了天皇之命,织田军乃是天皇麾下的御军。"不仅如此,只要打着天皇御军的旗号,一旦战况遭遇不利,便可假借圣旨之名请求议和。而事实上,信长的确曾好几次在生死关头凭一纸皇命与敌方议和,成功化解危机。而他的敌人,诸如浅井、朝仓和石山本愿寺之类,也纷纷唯皇命是从。只要圣旨一到,他们便会一次又一次地放下武器,同意议和。

由此,信长深刻地体会到皇权的强大力量,同时也因此更加对朝廷心存忌惮。他深知,一旦这一力量被敌人所利用,织田军一日之间便会全军覆没。如何才能防止事情发展到这一步,乃是决定天下布武之盛世能否顺利实现的关键所在。

像往常一样,前久等候了良久,信长才姗姗来迟。

"京中政事繁忙,下官参阵来迟,大人见谅。"卯花铠甲穿在前久身上更显雄姿英发,令人生妒。他马术超群,马上筒的枪法更是天下无敌。眼下,他就将一杆马上筒装在皮革枪囊之中,稳稳佩于腰间,仿佛在向世人夸耀自己百步穿杨的神功。

"到底是何事推迟了大人的行期?"

"事情复杂,说来话长。"

"听你这么一说,我更要问个究竟了。"明知前久是在故意吊人胃口,信长却还是忍不住刨根问底。

---

①日章旗:日本原始信仰中就有太阳信仰,皇祖神——天照大神亦是太阳神,圣德太子在给隋炀帝的国书中自称"日出处天子"。而以太阳的图案作为旗帜则是在大化改新之后。关于"白底赤丸"的固定形式即日章旗的形成有多种说法,一说是源平合战的结果。

"下官曾奏请天皇,恳请圣上为大人祈福,祝大军早日凯旋。"

"结果呢,圣上答应了吗?"

"圣上下令明日一早举办祈福大典。"

"这还真是稀奇啊!"

"吉田兼和还自请主持出师祭。"

"是吗?还有呢?"

"下官还上奏天皇,请他派遣使者,传达庆贺大人领兵出征,预祝大人凯旋的圣意。"

"并无使者前来呀?"

"朝廷委任上臈局大人和晴子夫人出使安土,不想却晚了一步,大人已领兵出发了。"

听到晴子的名字,信长不禁心念一动。一年前桑实寺中所发生的一切,再一次如此清晰地浮现在脑海中。

"如今,朝野上下议论纷纷,都说应该给武田家一条生路,至少应保留家族姓氏,权当为公子信胜守住一份家业。"永禄八年,信长将其妹之女收为养女,并嫁给了武田胜赖。此女为胜赖生有一子,取名"信胜",如今已年逾十六,"保留武田家,原也是圣上的意思。大人自有将相之器,若能手下留情,三条家、今出川家等也必会感念大人的恩情。"

"前久啊,所谓家世门楣,真的如此重要吗?"

"在下此言,并非只为武田家的家世门楣,更是为公子信胜谋求一条安身立命之路,也是在为织田家的利益做长远打算。"

"此话当真?那我就姑且信你一回,尽力而为,能帮到哪一步是哪一步吧。"

外面愈发风雨肆虐,雷电交加。信长平静的外表下也同样暗流涌动。只因,他再次想起了晴子,那个与众不同的女人。不过,这样为一个女子意乱情迷,于他倒也不是第一次了。

天边划过一道道闪电,映照得网代舆①的帘外紫光一片。雷声滚滚从远处传来,似乎离自己越来越近。晴子掀起轿帘,顾不得扑面而来的风雨,举目眺望南方那一片广袤的原野。这片原野一直延伸到远处的伊势湾②,草木葱郁,山川壮美,景致与京中大为不同。

突然,一道闪电划破长空,将雨幕中的景致映照得通亮。电光石火直射得人睁不开眼,雷霆万钧几乎要震破人的耳膜。

"哎呀呀!老天爷饶命,老天爷饶命!"侍女房子吓得抱紧胳膊,缩到角落,口中念念有词。

(莫非是信长大人发怒了?)

晴子竟产生了这样一个奇怪的想法。这么想着,似乎连这轰隆隆的雷声听起来也多了几分亲切。

她作为朝廷特使出使安土,于三月五日的傍晚抵达。却得知信长早已出发,当晚就留宿在柏原。于是,六日一早天还未明,晴子一行便从安土出发,拼命追赶。却总是比信长晚了半把个时辰,怎么也追不上。

一旦翻越了不破关,便进入了蛮夷之地。就算是宣旨的特使,也没必要一直追下去。上臈局便以此为由中途折返,回了京城。可晴子却坚持要一直追到岐阜才肯罢休,于是便决定只带二十余个青年武士随行,沿东山道往东继续追赶。

不几日,一行人过了赤坂的驿馆,行至吕久渡口。大雨早起

---

①网代舆:框架漆成黑色,再用网代(竹席)绷制而成的轿舆。除了板舆,在节庆等重要场合常用的交通工具。

②伊势湾:位于三重县志摩半岛和爱知县渥美半岛之间的海湾。

便下个不停,眼见着揖斐川的水已经涨了起来,河水变成了茶褐色,河面上却只有一座船桥。所谓船桥,即是用两条长长的锁链将十数只小船一个接一个紧紧锁在一起,一直连到对岸,小船上则铺上木板,便与一座桥无异了。这船桥,本是为了方便讨伐武田的织田军渡河而临时搭建的。眼下河水猛增,小船纷纷被激流冲向下游,锁船的铁链已经弯曲到了极限。

"这桥能过吗?"晴子问抬轿的轿夫。充当轿夫的乃是六名八濑童子[1],他们都剃成了和尚头,个个身强力壮,抬得毫不费劲。

"当然能过。只不过,若运气不好遇到上游冲下来的浮木,撞上船桥,就会有被撞落水的危险。"

"娘娘,可使不得呀!您若有个三长两短,扔下几位年幼的公子该如何是好?"房子连忙颤巍巍地阻止道。

可是,晴子仍然下令过桥。她也不知道自己哪里来的自信,只觉得似乎有一股力量在背后推着自己,令她恨不得一步就能跨过河去。

随行的青年武士被安排在第一批过河,以查看船桥是否足够安全。接着,抬着晴子的行李的脚夫也顺利过去了。最后,才是晴子等人所乘的轿子。轿夫们齐声高喊着号子统一步伐,一路小跑着过了桥。为了避免水面突然漂来浮木撞击船桥,同时也要防止船桥在湍急的河水的冲击下突然断裂,这样快速过桥是最为稳妥的做法。不愧是经验丰富的八濑童子,即便是在快速奔跑时也

---

[1] 八濑童子:居住在山城国爱宕郡八濑乡(现京都府京都市左京区八濑)的村民,负责比睿山延历寺的抬轿等杂役。室町时代以后开始充当天皇的临时轿夫。传说是最澄降伏并驱使的鬼子鬼孙。不结发,长发垂肩,穿草鞋,状如孩童。

能把轿子抬得四平八稳，不摇不晃。也难怪，自后醍醐天皇[①]即位以来，宫中朝中皇宫贵族出行的一应事宜一直都是由他们负责的。

"你瞧瞧，这不是顺顺当当地过来了吗？有什么可担心的？"晴子难以抑制战胜困难后的欣喜，甚至有几分得意。这点小小的胜利更加坚定了她想要见到信长的决心。

"奴婢还是不同意。您为何非得追到岐阜去不可呢？难道连自己的性命也不顾了吗？"

"完成出使任务，以稳定朝政、朝局乃是我不可推卸的责任。就算有千难万险我也自当全力以赴。"

"是吗？奴婢倒是觉得，像上臈局大人那样知难而退，老老实实地回京去，才是明智的选择。"

"朝廷眼下处境何其艰难，岂是你一个婢子能明白的？你当然可以站着说话不腰疼。"晴子不耐烦地喝止住房子，不让她再继续说下去。可是说实在的，连她也说不清自己为何如此执着。当然，想要圆满完成出使任务的使命感也是有的。但更多的，是一种负气和不甘心，被近卫前久那般言辞挑衅，高傲如她又怎么肯轻易退缩，让他人肆意践踏自己的贞节？然而，如果仅仅是因为这些，还不至于让她如此不顾一切。即便心存遗憾，恐怕她还是会放弃渡桥，返身回京的。

那么，究竟是什么，给了晴子如此奋不顾身的胆量和勇气？

自己竟翻越了不破关，这样的事过去她连想也不敢想。自古

---

[①]后醍醐天皇：（1288—1339）镰仓末期至南北朝时期天皇，后宇多天皇的第二皇子，名尊治，在位1318—1339。一心想要亲政，灭了北条氏实现建武新政。不久却遭足利尊氏谋逆，躲入吉野，建立南朝，最终失意而死。

以来，不破、铃鹿、明石①三关之外都被朝廷视作蛮夷之地。畿内，即是指朝廷的旨意可以传达到的范围，此外皆为异邦。但同时，也正是因为朝廷的旨意无法传达，在这些地方既可以完全不受京中的繁文缛节的束缚，也可以完全不用在意周遭的异样目光和指指点点。这如释重负的解脱感，在翻过不破关的那一刻，便充盈了晴子的整个身心。

"娘娘，您快看！快看呀！"一旁的房子突然失声惊呼起来，同时发疯似的猛拽晴子的衣袖。晴子透过轿帘向外一望，一条波澜壮阔的大河正卷着滔天浊浪从他们的眼前奔腾而过，在滂沱的雨幕中，竟一眼望不到河的对岸。此时的长良川，水早已漫过了土堤，河面也比平日里变宽了整整三倍。传说中中国的长江黄河想来也不过如此。

一行人勉强行至岸边的渡口，却被告知如此天气无人敢摆渡过河。无奈只得投宿在附近的寺庙中，等待雨过天晴。所幸随行的青年武士中有人与寺中住持是旧识，起居用度照顾得还算殷勤周到。

这不，晚膳准备的便是盐烤河鱼、萝卜山鸡汤，甚是丰盛。可是，晴子却似乎胃口不佳，鱼也好肉也好她连筷子都没沾一下。

"娘娘，您哪儿不舒服吗？"

"不是。我欲斋戒茹素，以示圆满完成此次出使任务的诚意和决心。"

"娘娘若当真不吃，能否赏给奴婢呢？"一过不破关，房子就突然胃口大增，似乎想通过大吃大喝来排解身处异乡的不安。

"用过膳，你就赶紧给我准备热水吧，今日我要洗发。"他们

---

①明石：位于今兵库县南部。隔明石海峡与淡路岛遥遥相对，乃交通要塞。本是松平氏城下町。

暂时征用了住持僧房的浴室，供晴子沐浴更衣。

"不会有人从屋后突然闯入吧？"

"娘娘尽管放心，房前屋后一个闲杂人等都没有，只留您一人在此舒舒服服地洗个澡。"

"是吗？那就好。"晴子说着，拿出早已准备好的布袋，浸入浴桶之中。热水渐渐变成了浅蓝色，一股清凉怡人的香气在浴室中弥漫开来。

"娘娘，您这是……"也难怪房子觉得疑惑，平日里，只有在与太子殿下同寝之夜，晴子才会用香精沐浴，"您今日怎么想起来用这个？"

"有什么可大惊小怪的？如今在宫里，不也没机会用了吗？白放着也是可惜了。"

"难不成，方才您茹素，也是为了……"

这是大内后宫中流传已久的闺房之术，据说不食鱼、肉，再用香精沐浴，便可消除身体上的异味，效果立竿见影。

"没有的事！你别在这儿瞎猜了，快给我洗头吧！"晴子还裹着白色的小袖，便索性往后一仰，将整个身子浸入了热水中。小袖立刻被水浸湿了，紧紧地贴着肌肤，连乳房的轮廓也清晰可见。虽说已不如少女时那般挺秀，但也丝毫未见变形和下垂。她的腰身也仍是纤若柳条，平坦而紧致的小腹更是保养得当。

房子肩上系着襷带，将衣袖高高挽起，悉心揉洗着晴子那一头秀美的长发。那头发又黑又长，如一条漆黑的瀑布般倾泻于水中，摇摇曳曳铺满了整个浴桶，衬托得晴子益发妩媚多姿。

"说起来，咱们女人这一生啊，也不知到底是为谁辛苦为谁忙。"房子将药草用热水化开，抹在晴子的头皮上，再用一把像茶刷一样细密的梳子梳理着长发，"要说无忧无虑的好日子，也只有还抱在娘亲怀里的那几年而已。年岁一长便成日价看人脸色过日子,好不容易嫁为人妇,却不知还有更多的事等着自己操心劳碌。等到一日生儿育女便从此青春不再,只等着一天天老去罢了。常言道,安身之处,三界皆无,莫非真是如此?"

"你今日是怎么了?多愁善感的,这可不像你啊。"

"没什么,奴婢只是看到娘娘,有感而发罢了。"

"我真有你说的这么老吗?"

"哪里哪里,奴婢可不是这个意思。娘娘的美貌如今也仍是天下无双。只是,和十七八岁时明媚娇艳的您比起来,终究是……"房子越说声音越小,最后只变成了小声的嘀咕,手上梳洗的动作却加快了。

"我说房子,别是你自己有什么事儿瞒着我吧?好端端的,怎么会无缘无故地感叹起什么女子身似浮萍来了?"晴子突然正色质问道。她自幼便与房子同吃同睡,还从未听说过她与哪个男子有过暧昧。

"娘娘您瞎说什么呢!有事没事,尽拿奴婢打趣。"房子顿时羞得无地自容,拧着身子不乐意了。

"我可不是打趣你。听听你说的这些话,可不就是动了心思吗?"

"那奴婢就老实告诉您,您可不能跟别人说。其实啊,我年轻时也有过一个意中人。"

"好家伙儿!啥时候的事儿?"晴子好奇心顿起,像个孩子似的猴急起来。记得以前在劝修寺家荒废的庭院中玩耍时,她和下人的女儿就是用这样的语气说话的。

"那是很久以前的事了,我大概二十出头的年纪吧。"

"那男的呢,又是啥样的人?"

"就是经常在府中出入的商人，难得倒是个老实本分的人。"

"是嘛，这么说，你们要见上一面也不容易啊。"

"也不是。后来，我们连孩子都生了呢。"

闻言，晴子惊讶得说不出话来，只知道怔怔地望着房子，几乎怀疑她是在开玩笑。可是，房子却一脸平静，手上仍不急不慢地梳洗着头发。

"娘娘还记得吗？您七岁那年，奴婢曾告假休息过一段日子，其实就是回娘家待产了。"

"是、是吗？"的确，房子有一段时日没有陪在自己身边。家里人告诉她是生病了，着实令她担心了好些日子。没想到竟是为了这样的事，真是做梦也想不到。

"然后呢，孩子平安生下来了吗？"

"生下来了。是个大胖小子，被他父亲给带走了。"

"你为何不一起走呢？三个人自立门户不是更好吗？"

"我也犹豫了好久呢，最后还是作罢了。"

"为何？"

"那时，宫里已有传言，小姐您将嫁与太子殿下。您父亲便命我陪您一同入宫。"

"是吗？这么说，是我改变了你的命运。"

"对呀！所以说嘛，您可不是一般人，行事万不可草率鲁莽啊。"看来，晴子的心事，连房子也有所察觉。

同样在三月七日，武田胜赖一行又迁至笹子岭下的驹饲，继续等待小山田信茂前来接应。原本，六日终于有使者带来了信茂的口信，称会到驹饲来迎接。可是，所有人眼巴巴地等到了七日的傍晚，仍然看不到一个人影。笹子岭一过，离岩殿城不过还有三里路。后方织田军步步逼近，人人望眼欲穿，心急如焚，只盼信茂的援兵快快赶到。可眼看着日子一天一天地过去，希望也越来越渺茫。

（信茂这家伙，究竟在干什么！）

胜赖此时正在当地百姓家中，盘腿坐于蒲团之上，极力掩饰着内心的忐忑。

当年的三方原大战①，信茂曾与他并肩作战。那是元龟三年（1572）十二月二十二日，在信玄的亲自率领下，三万余武田大军，在浜松城以北三里的三方原布下阵来。此举乃是为了让敌人以为我方即刻便会发兵尾张，以此诱德川家康出城，打一场野战。当时负责殿后的便是小山田信茂。胜赖则率五千兵力走在前面，若遇敌人来袭，便可退后一步，与后方的小山田军联手御敌。

时年三十一岁的家康，完全落入了他们的圈套之中。武田军刚下三方原，他便派出酒井忠次、本多忠胜等多员大将，发起了猛烈的攻击。胜赖果然如计划的那样，与小山田的军队前后呼应，一边灵活地抵挡着敌军的进攻一边撤退到三町之外。直至将德川军引到平原地带，事先埋伏在那里的长枪队两千余人才突然冲了出来。他们将锋利的枪头齐齐对准了德川军，枪枪夺命，毫不留情。

敌人突遭埋伏，节节败退。趁此机会，内藤昌丰的军队又从台地西侧迂回包抄，给慌乱中的敌军又一次迎头痛击。这一下，德川军顷刻间便土崩瓦解，家康好不容易才保住一条性命逃回了浜松城。战后，信茂和胜赖一同论功行赏，一时间荣耀加身，好不得意。

"来人！把谘访给我叫来！"胜赖实在是有些坐不住了，便差

---

①三方原大战：三方原位于现静冈县浜松市北方的冲积平原，在天龙川和浜名湖之间。元龟三年（1572），武田信玄在此大破德川家康和织田信长的联军。

412

人叫来信茂的母亲，打算问个究竟。

西边，天象似已突变。铅灰色的乌云在天边翻滚，风一道比一道刮得猛烈。槐树、栎树等高大的乔木，树梢上才刚吐出嫩绿的新芽，此刻却在肆虐的狂风中瑟瑟发抖。

"主公，诹访局不见了！"不一会儿，土屋右卫门前来禀报，"微臣派人各处都寻遍了，却不见诹访局的踪影。听侍女们说，今日刚到这里没多久就再没有人见过她。"

"莫非，连诹访也……"一种不祥的预感闪过胜赖的心头，他不敢往下想，连忙改口道，"她也许是先走一步，去找信茂了。传令下去，明日一早便派使者前往岩殿城。"

天一亮，右卫门尉等人便出发了，却带回了最坏的消息。信茂的军队早已在笹子岭上设了关卡，用铁炮无情地将他们赶了回来。这突如其来的消息令胜赖说不出话来。当初同生共死的誓言言犹在耳，却为何会变成今日这般局面？

正在这时，又一道惊人的消息被送到了早已呆若木鸡的胜赖面前："禀主公，秋山摄津守大人，出逃了！"也许是与信茂取得了联系，摄津守带着百余家臣于当夜逃之夭夭。想当初，正是他极力劝说胜赖撤往岩殿城。

"去请阿北夫人。"此刻，胜赖首先想到的，并不是接下来该怎么办，而是如何才能尽快将阿北送回北条家。不一会儿，阿北夫人赶来了，陪伴她的是一位年过半百的乳母。

"你想必也听说了，小山田信茂已反。将我等骗到此地，也不过是为了方便他趁夜救走诹访局。"此话虽是自己亲口说出，可胜赖至今仍不敢相信这一切是真的。此刻的他，仿佛听闻了亲人的死讯，遭受了晴天霹雳般的沉重打击，陷入一种半醉半醒、浑浑噩噩的状态。

"事已至此，我等生路已断。今明两日，或是最后一战，主从众人将共赴黄泉。然则，你本女儿之身，无端受累才陷此绝境，怎能同我等男儿一起战死沙场？又岂能同我等一般兵败自戕？所幸此去小田原①并不遥远，且道路通达。我定会派孔武有力之人护送你回家，你赶紧退下，回去准备吧！"胜赖一口气说完这番话，又取下随身佩带的短刀赠与阿北："你还年轻，忘了我，寻个可靠的男人嫁了吧。你余生能平安幸福，便是对我最好的祭奠了。"

"主公心意，请恕妾身不能收下。"阿北夫人一把将短刀推了回来，"想当初，胜赖大人与家兄决裂之时，妾身决意留在武田家，正是为了顾全我二人的夫妻情分。早知今日会听到主公这番绝情绝义之语，还不如当日就赐我一死，来得痛快干净。"

"当日我气昏了头，才会应允你留下，实非明智之举。今日情形却与当日不同。我无论如何也要保住你一条性命，才不枉我二人夫妻一场啊！"

"胜赖大人若已不在人世，留妾身一人独活又有何意趣？今生有缘，来世再续，生生世世，不离不弃。今日妾身甘愿与主公一同赴死，只盼来生仍能与主公做对恩爱夫妻，日日侍奉您左右。"

"眼下生死一线，你就别再任性了。如今连乳母、重臣都弃我而去，你又何苦舍命相随？你的一番深情厚谊我无以为报，真叫我……叫我顿足捶胸，无地自容啊！倒不如冷言冷语讥讽我两句，也好叫我死了心，断了念想。"满腔炽烈的情感涌上胜赖的心头，化作滚滚热泪，肆意抛洒。

这一年的正月，夫妻二人刚说好要生个孩子。暖室中、香枕畔的温言细语，对美好明天的殷殷期盼，那幸福美好的一刻仿佛

---

① 小田原：小田原城，位于今神奈川县小田原市，战国到江户时代的日本城郭，属平山城，别名小峰城、小早川城。是北条氏的权力中心。

就在昨天。可是无情的命运啊，你的脚步何其匆匆……

"主公，众人都在庭前等候，只待主公示下。"土屋右卫门尉进来催促道。说是示下，其实不过剩下区区五十人，又有什么可调遣的？早知会落得这般田地，倒不如死守新府城，轰轰烈烈地大战一场，死也死得痛快些。事到如今，悔之晚矣！

眼下聚集在前庭的最后五十人，便是对武田家生死不弃的忠义之士，他们有：土屋右卫门尉、其兄金丸助六郎、其弟秋山源三、迹部尾张守、河村下总守、安西伊贺守、安部加贺守、小山田式部少辅、小宫山内膳、小原下总守、秋山纪伊守、其弟善右卫门、神林刑部少辅、多田久三等。

而武田一门中人则只剩下嫡长子太郎信胜、堂弟大龙寺长老麟岳和尚。信胜乃是胜赖与亡妻所生之子，名义上也算是织田信长的外孙。他虽尚年幼，却性格刚果。一开始他便极力主张坚守新府城，无奈碍于自己与织田家的亲属关系，也不敢太过坚持己见。

"时至今日仍对我不离不弃，诸位的一片忠心，胜赖在此谢过！"胜赖在廊沿上坐下，开头自然少不了一番体恤抚慰之词，"然则，我武田家命数已尽。敌人不日便会杀到，我欲与之决一死战，却不敢强令诸位与我一同去送死。今日在此，特将最后余下的一点保命的金银散与诸位。各位，无需留恋，自谋生路去吧！"右卫门尉事先就命人将三千两黄金堆放在廊上，胜赖说完，却没有一人碰上一碰。"好吧，既然大家心意已决，留着这些金子也是无用。我便将之赠与大善寺，以作我等陵墓的修缮供奉之用吧。"

现在唯一的问题是，该在何处打这最后一仗？

式部少辅本与小山田信茂有亲属关系，便主张继续翻越笹子岭前往岩殿城。他认为，即便信茂已反，若是胜赖亲自驱马前往，他恐怕还是不敢闭门不纳，放箭驱赶的吧。

"不妥！此举万万不可！"提出异议的是秋山纪伊守[1]，即是昨夜叛逃的摄津守的亲戚。他指出，日川深处的天目山[2]栖云寺才是最后决战的最佳场所。虽然要途径秋山摄津守的属地，不过纪伊守表示，只要自己亲自去交涉，对方定会放行。其他人也赞同他的提议，于是便最终决定出发去天目山。

而这个时候，阿北夫人正含泪写下与北条氏政的诀别信——

难解三千烦恼丝，纷扰乱世何日归？

日日思君不见君，一朝魂断如露碎。

写罢，又剪下自己的一缕秀发卷入信笺之中。短短一首诗，寄托了千愁万绪，被人快马加鞭直送往小田原。

翌日正午刚过，事情却突生变故。武田队伍沿日川向天目山进发，正在狭窄的山路上艰难前行，前方却突然出现了约两千兵马，连印旗也没有。原来，是管辖这一带的秋山摄津守、大熊备前守、甘利左卫门尉等人兴兵突袭，想要生擒胜赖献予信长，以作为投诚归顺的见面礼。多年来，武田家高官厚禄地养着他们，没想到今日却半分情面也不讲，一上来就铁炮齐发，刀兵相见。

秋山纪伊守赶紧脱下盔甲，高举竹竿，以一身使者的装束独自走上前去，他振臂高呼道："秋山摄津守大人容禀，我主公意欲屯兵天目山，与织田军拼死一战。望大人念及往日情分，也成全武士的忠义之心，务必放我等通行！"可是，回答他的，却是一阵

---

[1] 秋山纪伊守：(？—1582)日本战国时代武将，本名或为"光继"，甲斐武田家家臣。官至宫内丞，受领名纪伊守，秋山昌满之孙。

[2] 天目山：位于今山梨县甲州市大和町木贼到田野的山岭。原名木贼山，南北朝时代，1348年，临济宗禅僧业海本净造访此山，在此创建天目山护国禅寺，也就是后来的栖云寺，由此更名。

无情的枪林弹雨。纪伊守转眼便被打成了筛子，浑身是血，仰面倒地。

"主公，快往后退！"土屋右卫门尉等人赶紧挡在胜赖身前护驾。下游方向不远处有一座小山，被日川主流和支流左右环绕，山顶上建有一座小小的神社。

"彼处甚好！我等就在那里稍作喘息，再全力迎敌吧！"于是，主从五十余人护着女眷们艰难地登上了山，避入了这座供奉着名为"田野"的山村氏神的神社中。

摄津守等人的兵马却并没有立刻攻上来。也不知是自知理亏还是在等待织田军的到来，他们只是远远地将整座山包围起来，关注着这边的动静。胜赖则命人在神社周围竖起了栅栏和木板，又命人在神社墙外堆起高高的枯木堆，以抵御枪弹。

三月十一日清晨，泷川一益率三千兵力，顺着沿河的山道浩浩荡荡登上山来。而在最前方引路的，便是小山田信茂的几位家臣。他们自认为对方兵微马弱，不堪一击，所以毫无防备，只是一批接一批地闷头往前冲，然后又迅速沿河左右散开，将武田军团团围住。而秋山摄津守的兵马则登上了背后一座山的山脊，严阵以待，与前方包围军遥相呼应，唯恐放跑了一个敌人。

晴空万里，沿河漫山遍野的山樱在春日的阳光中肆意绽放。

胜赖身披红线缀就的铠甲，手握十文字长枪，居高临下地俯视着敌阵。心中却是五味杂陈。究竟是谁，令自己堕入今日这般凄惨的境地？究竟为何，那些曾经指天立誓的重臣会如此轻易地背叛了自己？这一切，简直就像在看一出荒唐可笑的狂言，令他无论如何也难以相信。

"还是该听你的，当初真该坚守新府城啊。"他突然对站在一旁的信胜说。只因顾忌他与织田的亲戚关系，他一直对这个儿子冷眼相待。如今即将天人永隔,他多想说点什么,以弥补自己多年来的亏欠。

"如今您再说这些,也是于事无补了。"信胜却冷冷地回答道,脸上看不出一丝笑容。看来,对父亲多年来的冷落心怀不满,又对父亲决策失误充满不屑和蔑视,令他内心的恨意早已固若坚冰,岂是这么容易释怀的?

突然,激烈的枪声同时从三个方向响起。原来,是泷川军发起了进攻,他们一边高举铁炮疯狂射击,一边朝山顶冲了上来。

武田军立刻也用仅有的二十挺铁炮予以回击。尽管他们弹无虚发,可泷川军却仍然源源不断地向栅栏涌来。他们纷纷叫嚣着要亲手拿下胜赖的首级,夺得头功,发疯似的越过栅栏冲进神社大院内。

"末森五郎高纲,领教了!"一个敌方将领报上名来,主动挑战,却被胜赖一击倒地。他单手持枪打横一扫,便削掉了对方的脑袋,将之高高抛向空中。成群的敌人被这突如其来的一幕吓得傻了眼,跟跟跄跄直往后退了两三步。胜赖本是武田家中数一数二的使枪高手,这出神入化的枪法,对他来说也不过是信手拈来。

"弟兄们!你们这是怎么了?不要怕!砍下他的脑袋去领赏啊!"

敌人只知嘴上逞威风,却拿胜赖毫无办法。只见他将手中一杆二间来长的长枪使得如蛟龙出海,在敌阵中杀出一条血路,所过之处血肉横飞,惨叫连连,敌人纷纷应声倒地。一番厮杀之后,敌人已被放倒一二十人,简直如割麦穗一般轻巧。泷川军见状纷纷吓得屁滚尿流,抱头鼠窜。胆子稍大点儿的只能远远地将胜赖围住,谁也不敢上前。

这时,信胜拖着负伤的腿不顾一切地冲入了包围圈:"父亲大人，儿子与您就此别过了！"

"生死有命，早已不由你我掌控。可眼下还不是依依惜别的时候。你伤得如何？若伤得太重，我父子二人便就地剖腹自尽。若伤得不重，便与我一同杀入敌阵，拼他个你死我活！"说完，胜赖率先冲了出去，信胜见状也当仁不让，振臂大喊一声，紧随其后杀入了敌人的包围圈。

"主公，我等还能在此抵挡一阵，请您速速退回神社中，自我了断吧。"土屋右卫门尉等十多人也早已杀得筋疲力尽，却仍然奋力挡在胜赖的身前，为他赢得了撤退的时间。趁此机会，胜赖成功退入了高床式的神社大殿之中。

殿中，阿北夫人早已携侍女端坐在那里，等待着与胜赖一起自尽。她已经换上了全身纯白的装束，手握短剑，表情凝重。她的四周堆满了枯木，转眼已被点燃，冒出滚滚浓烟，燎着墙壁蹿上屋顶。

"多谢你对我的悉心照顾。永别了！"胜赖脱下护身铠甲，席地坐下。

"主公莫急，妾身还有一句话想对您说。"不知何时，阿北夫人已垂下了满头秀发，头上披了一条淡墨色的头巾。

"还有什么话？你就长话短说吧！"

"妾身有孕了。"

"什么？"

"妾身怀了您的骨肉。"

胜赖已说不出话来。这个晴天霹雳般的消息，听起来是多么的不真实。

"大约一个月前妾身就有所察觉，只因不想扰乱军心才隐瞒至今。可如今人之将死，若还不对胜赖大人您直言相告，妾身实在心中有愧。只怕到了九泉之下，也无颜面对您。"

"原来如此。所以你才……"胜赖这才明白她拒绝与自己同寝的原因。可不明就里的自己却还对她横加辱骂，此刻想来真是追悔莫及啊。

胜赖情不自禁地伸手将阿北揽入怀中，用粗大的手掌轻抚她的小腹："这辈子跟着我，让你受苦了。身怀六甲还要弃城出逃，又是跋山涉水，又是担惊受怕，一定吃了很多苦吧？"

"不，只要能陪伴在胜赖大人身边，妾身就知足了。"阿北夫人颤抖着依偎在胜赖的怀中。

胜赖缓缓举起手中的短刀，对准了阿北夫人的胸膛。只需再稍稍一用力，将刀尖插入阿北的心脏，便可轻轻松松一了百了。可是，要亲手杀死自己年轻的妻子和她腹中尚未成形的孩儿，叫他如何下得去手？

国破家亡又如何？武田家世代的荣耀又算得了什么？只要能与爱妻幼子朝朝暮暮，长相厮守，便是世间最大的幸福。这是胜赖此刻心中最热切的企盼，尽管他明白，这一切不过只是一个遥不可及的梦。

"夫人，跟我来。"胜赖牵起阿北夫人的手，走到了神社大门的台阶上。不过五间开外，就是正挥舞着沾满鲜血的长枪奋力杀敌的右卫门尉等人。

"泷川军的大将们，请听我一言！"洪亮的嗓音响彻神社内外，原本响作一片的刀剑铿锵声也随之戛然而止。"我乃武田四郎胜赖，在此束手就擒。要杀要剐悉听尊便，绑了我去见你们的信长公我也绝无半句怨言。只求你们刀下留人，放我爱妻阿北一条生路。"说完他脱下盔甲，双臂护紧阿北，缓缓走下台阶。

"主公，请您三思啊！"右卫门尉本欲上前阻止，却被胜赖一把推开。哪知，他俩刚刚走下台阶，便被蜂拥而上的泷川军团团围住，二人立刻被无情的刀剑所吞没。

胜赖，时年三十七岁。

阿北，同年十九岁。

与二人一同殉难的有武士四十一人，侍女五十人。

# 第十一章 火烧惠林寺

三月十四日，巳时已过，织田信长亲率精兵七万抵达治部坂岭。

此岭海拔约四百丈，扼控伊那谷入口。站在岭上，信州界内那白雪皑皑的连绵群山尽收眼底。左面，巍巍山脉从惠那山延伸至驹之岳；右面，则与高高耸立的赤石岳、仙杖岳遥遥相望。

信长不由得勒住缰绳，陶醉于眼前这壮丽恢弘的山河画卷之中。昔日武田信玄的江山，如今已成了自己的囊中之物。这一望无际的大好河山，可都是我织田家的土地啊！这里的天空似乎特别美。碧空万里，澄净高远。在这一片湛蓝的晴空之下，常年积雪的绵延群峰更显庄严巍峨，平添一份圣洁。

"阿兰，甲府在哪个方向？"

"应该在这里，翻过赤石岳便是。"森兰丸指着地图说道。穿过伊那谷向北，过了诹访便是甲府了，这一路翻山越岭，有近五十里的路程。

"听闻信玄坊主就是在这附近仙逝的?"

"应该是在前面不远的驹场。"

三方原大战之后,信玄的病情就不断恶化,在回甲府的途中终于殒命于驹场。驹场在治部坂岭以北四里之外。想当年,弥留之际的信玄躺在辇轿上,也一定翻过了这座山岭。

日上中天,大队人马已来到了岭下的浪合村,在四面群山的环抱下好似置身于一个巨大铜盆的盆底。若是继续急行军,今日之内便可抵达驹场的驿馆,可是,信长却下令就地休息,整顿兵马。昨日傍晚收到消息,武田胜赖业已阵亡。余下的善后事宜交由信忠处理便可,大可不必如此着急赶路。

用过午膳之后,信长便叫来弥助替他揉揉腰、捶捶腿。要是在过去,就算是连着数日强行军,他也丝毫不会觉得疲累。可是最近,身体却越来越吃不消了。上山下山时必须双膝用力夹紧马鞍,这几日走下来腰间臀部早已僵硬如铁。弥助用纤长的十指,揉捏着信长僵硬的肌肉。他的双手灵活有力,指尖却柔若无骨,不轻不重,令人十分受用。信长不由得暗自庆幸,就凭这点按摩的功夫也不枉自己将他从范礼纳诺手中讨要过来。

"都快一年啦。"信长斜卧在榻上喃喃自语道。

"是啊,也就一眨眼的工夫。"自从服侍了信长,弥助的日语也说得越来越顺溜了。如今连读书写字也不在话下。

"你觉得信浓国如何?还喜欢吗?"

"如此崇山峻岭中的国度,我还从未见过。"

"你的故国叫什么来着?"

"莫桑比克王国。"

"那又是个怎样的国家呢?"

"我们的祖先曾一直统治着北起赞比西河[①]，南至林波波河[②]的广袤土地。国家西部便是盛产黄金和红宝石的高原，东部则是一片肥沃的平原，毗邻印度洋。更有名为'索法拉'[③]的大港口，远方的商人从波斯、印度等国千里迢迢而来，买卖亨通，贸易繁荣。"也许是因为回想起遥远的故国，勾起了强烈的思乡之情，弥助不知不觉间停下了手上的动作。

　　"是吗？那印度国可是远在万里之外啊。"信长努力在脑海中回忆着墨卡托所绘的世界地图。在他的印象中，弥助的故国与印度相隔万里，比日本距离印度还要更加遥远。

　　"在我故国一带，每年四月到九月便会刮起西南风，风力强劲。波斯或印度的商船便可在这个时节乘风而来，又在每年的十一月到三月间，海面刮东北风时，再乘风归国。"

　　此条航线早在五百多年前就已形成，莫桑比克的遗迹中曾出土过中国宋朝的瓷器，便是有力的证明。

　　"明朝永乐年间，有一位名为'郑和'的将军曾率一支大型舰队下西洋，历访印度、波斯等国。其中有一部分船只，还曾到达过索法拉以北的马林迪港口[④]。据说，葡萄牙和西班牙的航海舰队之所以能够成功抵达印度，也是利用了这条航线。"

---

　　[①]赞比西河：Zambei River，又名利巴河，当地语言意为"巨大的河流"。发源于赞比亚西北部高地，流经安哥拉、纳米比亚、莫桑比克等国，最后注入印度洋。全长2660千米，流域面积135万平方千米，是非洲第四大河流，也是南部非洲第一大河。

　　[②]林波波河：Limpopo River，非洲东南部河流，又称鳄河。发源于约翰内斯堡附近的高地，东南流入印度洋。全长1680千米，流域面积38.5万平方千米。

　　[③]索法拉：Sofala，历史上著名海港，位于莫桑比克（原葡属东非）索法拉河口。原为非洲东部葡萄牙领地中的最重要城镇，在1890年其北部约30千米处建立起贝拉城后迅速衰落。

　　[④]马林迪港口：肯尼亚港口，在加拉纳河口以南，西南距蒙巴萨104公里。曾为古代马林迪王国都城，历史上是东非著名港口。

在瓦斯科·达·伽马成功抵达印度的十一年后,也就是一五零九年,葡萄牙的舰队在第乌海战①中大败印度的伊斯兰教国联合舰队,确立了印度洋贸易的支配权。从那以后,葡萄牙便在印度洋沿岸的各大港口陆续建立起各个要塞,不断巩固自己的贸易支配权,同时又蓄意介入港口周边国家的内部纷争之中,使他们逐步成为自己的殖民地。莫桑比克王国也正是这般被葡萄牙殖民政府所操控,以至国破家亡,连贵为王族后裔的弥助也落得个卖身为奴的悲惨下场。

"范礼纳诺还曾建议我占领美洲大陆呢,"信长仰面躺下,示意弥助给自己捏捏脚,"此事你怎么看?要想横渡大洋登陆美洲大陆,若没有更为坚固的船只、更为发达的航海技术,可是很难实现的啊。"

"关于此事,在下以前也跟主公提过。若想战胜西班牙,必须要建造坚船利炮,也必须掌握先进的航海技术。那么在此之前,应该先与他们展开贸易往来,把他们的知识和技术都学过来。"

"嗯,我也正有此意……"

信长有意在不久之后像在安土那样在日本全国陆续建起多间教会学校,让年轻有为之人有机会学习西方的各种先进技术和学问。此后,还要派人留学西班牙和葡萄牙。不过,此事也才刚有了个头绪,一切还得慢慢来。也不知要能造出西班牙那样的坚船利炮,还需等上多少时日。

"若不赶紧想出个一劳永逸的办法,恐怕过不了多久,连我日

---

①第乌海战:1509年2月2至3日,发生在印度第乌的一场争夺香料贸易权的海战。参战一方为葡萄牙,另一方为埃及马木鲁克苏丹国、卡里卡特的赞默林和古加拉苏丹的联合舰队。此战标志着基督教和伊斯兰教的对抗从地中海地区发展到印度洋地区,也导致了穆斯林国家失去了对印度洋的绝对统治权。

本国也会被西洋人强占了去呢,你不认为吗?"

"那些西洋人的确贪得无厌,恬不知耻。为了夺取金银财宝,他们毁灭了阿兹特克、印加、玛雅等多个王国。我的故国以及印度、巴达维亚①、吕宋岛②等国也难逃他们的魔爪,被瓜分得四分五裂。所以,一旦有机可乘,他们也一定会对日本下手。"

若真有一天日本成为了他们的目标,那么结局会如何,信长一点也不难想见。到那时,日本便会像今日的甲斐和信浓一样,不过短短几日软弱无力的抵抗之后,便会兵败如山倒,降服于敌人的炮火和淫威之下。

只要日子能平平安安地过下去,管他高高在上的是武田还是织田?即便换成金发碧眼的西班牙人也与自己没什么干系。说是没骨气也好,说是识时务也罢,总之,这便是日本国民独有的心性。况且,到了那个时候,先不说普通的老百姓,恐怕尊贵的日本朝廷便会首当其冲,乖乖臣服。为求自保,事事唯当权者马首是瞻,这是几百年来朝廷惯有的姿态。朝廷的软弱无能,与布衣草民的怯懦和麻木又何其相似?真是令人匪夷所思。

如此丧权辱国之事,信长却断不能容忍。他连年征战,一心想早日完成统一大业,恐怕也正是为了避免这样的事情发生。

"若战而无果,又该如何是好?"信长低声沉吟道。此话并非是在问弥助,而是他心中困惑已久的问题,心中焦虑才不自觉脱口而出。

"首先通过贸易往来和基督教传教进入他国,只等此国政局出现混乱,发生内斗,便乘势投靠其中一方,施以恩惠。一旦这一

---

①巴达维亚:Batavia,印度尼西亚首都雅加达的旧称。

②吕宋岛:现指位于菲律宾群岛北部的,菲律宾面积最大、人口最多、经济最发达的岛屿。在西班牙统治菲律宾时期,称吕宋岛为"小吕宋",称整个菲律宾为"大吕宋"。

方最终在内乱中获胜，便会完全受自己操控，这便是西方殖民扩张惯用的伎俩。"弥助所在的莫桑比克王国也正是这样落入了西洋人的圈套，一步步走向毁灭的。

"眼下本国的形势不也正是如此吗？若全国上下一心，坚如磐石，又怎会那么容易被敌人瓦解？"

"正因如此，贵国才会封锁国门，严禁异邦人来访，正是为了不给他们以可乘之机。如此一来，便可守家卫国，让百姓免受战火之苦。"

"锁国政策不过是无奈之举，与封城无异。就算能保得一时的国泰民安，终有一日也定会被外敌攻破国门。"在锁国期间，世界局势早已发生了翻天覆地的变化。也许不久的将来，西洋人的坚船利炮会变得更加锐不可当，势力也会更加强大。恐怕到时候威胁日本的西方列强，早已比今日不知强出了多少倍。若真到了那一天，一切都为时已晚。所以，就算眼下有千难万险，也要克服一切阻碍，早日壮大本国的力量，使之能与西方列国比肩。

"你觉得呢？一统天下之后，再集结各方力量专心发展国力，努力赶超西班牙，是否来得及？"

"恕在下直言，恐怕很难办到。"

"为何？"

"贵国子民的确勤勉聪慧，且明德知礼。若又能习得西洋的学问和技术，必能繁荣经济，壮大国力，实力定不输西班牙。然而，只有一样东西，贵国无论如何也赶不上他们。"本在为信长捏脚的弥助停下手中的动作，欲言又止地看着信长。他那如大黑天[①]一般黝黑的皮肤，呈现出迷人的光泽，双眼皮下的大眼睛也格外

---

①大黑天：梵语摩诃迦罗，密教中自在天的化身，佛教守护神之一。战神、忿怒神，后来又被视为厨神。

清澈明亮。

"无需顾虑,有话直说!"

"那就是基督教。虽说已分裂为天主教和新教两派,但总的来说,基督教仍是所有西方人共通的精神支柱。因此,他们可以以宣扬基督教为由四处传教,感召和同化异教徒。可是放眼世界,笃信神道教的却只有日本这一个民族。"的确,只要日本还是一个以天皇为中心的信奉神道的国度,在宗教上就永远是一个无人垂青的孤儿。

关于这一潜在危机,信长冥冥中也早有预感。他之所以命吉田兼好与范礼纳诺展开宗教论争,也正是为了弄清,要想进军海外,神道教和基督教究竟哪一个才是更加有力的精神武器。也许,日本也应该尊基督教为国教,在罗马教皇的庇佑下获得进军海外的大义名分,方是上上之策。又或许,还是应该继续利用朝廷在信仰上的绝对权威,先实现国内的统一,再打出宣扬神道教的旗号向海外扩张。信长本想通过一场宗教论争找到问题的答案,却不想兼和等人因惧怕败给范礼纳诺而不敢应战,竟想出亲人亡故,闭门服丧的借口拒绝出席。

"主公,岐阜中将大人的使者已到,并献上武田胜赖大人及其子信胜大人的首级。"兰丸在门槛外跪地禀报,并告知中庭已安置好了坐榻,请信长前去查验。

于是,信长在近卫前久的陪同下来到中庭。只见木板上放着两颗人头,较大的一颗乃是胜赖的,而年轻的那一颗则是信胜。

"哟呵!此人块头不小啊!"单看头颅便能大致估算出其主人的身高、体格,看样子,胜赖是个身高近六尺的伟岸男儿。然而,高大也好伟岸也罢,如今都已毫无意义。更令人唏嘘的却是眼前惨不忍睹的死状,仿佛充满了对人世的执着和不舍。作为一个曾经号令千军万马的国主，这样的死法，未免太过难看。

"近卫，你给我记住了！只有亡国之奴，才会是这样一副没出息的死相。"

"相较之下，倒是信胜大人死得慷慨壮烈，恐怕是因为继承了织田家的血脉吧？"前久不无讥诮地回答道。信长并未信守承诺，为守住武田一脉而让信胜活下来，前久自然心中不快。此话听上去恭顺奉迎，实则是在暗讽信长心狠手辣，连对自己的侄儿也不肯手下留情。信长闻言，顿时怒火中烧。可对方毕竟代表了天皇和朝廷，若没有说得过去的理由又怎敢随意处置？

"主公，这首级该如何处置？"兰丸发现气氛不对，赶紧岔开话题。

"胜赖和其父信玄坊主一样，生前一直将入主京城视为自己的毕生夙愿。如今虽已仙逝，我等至少应该将其首级送入京城，让京城百姓也能一睹其尊容，也算是了却了他生前的一桩心愿。"信长此举可并非出于同情，他是要给处处替武田家说话的朝廷一点颜色瞧瞧，更要让朝廷明白，与他信长作对的人会是怎样的下场。

三月十八日，信长离开高远城，于翌日十九日入住上诹访的法花寺。紧邻此寺的诹访神社上社，早已被信忠的军队烧成了一片灰烬。只有这座寺庙，因为被选做了大军营地才得以幸存。佛殿外的庭院中，伫立着几根参天巨木，都已被烧得焦黑。这便是神柱，据说上面附着了诹访神社中供奉的诸神的神力。

信长决定暂住此地休整兵马，便下令各军主将就地安营扎寨。营地上，鲜艳夺目的军旗高高飘扬，各种新式武器一应俱全，大军共有整整七万人。如此强大的阵容足以令甲斐、信浓的武士们闻风丧胆。

翌日，在泷川一益的陪同下，木曾义昌入营求见。他还献上了两匹身形矫健的木曾骏马,以感谢信长招降纳顺的恩德。信长则当着重臣的面接见了义昌,对其大加抚慰和犒赏,并赐私藏的宝刀一把、黄金百锭。"木曾大人赤胆忠心,日月共鉴。今在原有封地之上,特赐安云、筑摩二郡,以资嘉赏。"听兰丸如此宣布之后,义昌这才如释重负,深深拜倒在地,忙不迭地高声谢恩。信长的心思说变就变,无人能看透。义昌虽已投诚,却一直提心吊胆,生怕自己不受信长待见,说不定哪天就会招来杀身之祸。

"此外,泷川左近将监,赐上野一国及佐久、小县二郡。"更有高达四十万石的俸禄。这便是对泷川一益成功剿灭武田胜赖的嘉奖。

义昌退下之后,一场主仆尽欢的庆功宴便拉开了序幕。宽敞明亮的大殿上,重臣按官阶高低,分两列相对而坐。

"一益,你虽年事已高,却仍远离故国,实属不易。然东国乃蛮化未开之地,能妥善管理此地的唯你一人,望你励精图治,不辱使命。"信长将一益唤上前来,亲手赐酒一杯。

"微臣身虽已老,仍愿为主公肝脑涂地,效犬马之劳。"一益闻言感激涕零,接过酒杯一饮而尽。

酒至半酣,席间气氛逐渐变得更为随性起来。重臣们与左右相邻推杯换盏,随意谈笑,好不畅快。

在离信长不远的地方,近卫前久和明智光秀正交头接耳,相谈甚欢。光秀早年曾在足利义辉手下任职,自那时起便与前久相识。而且,他对京城的文化生活和礼仪教养也了如指掌,二人交谈起来自然是十分投契。可是,一旁的信长看在眼里心中却很不自在。

想来应该是出于嫉妒吧。

五十五岁的光秀,此时却像依恋父亲的孩子一般,热切地凑上前去，专注地凝听着前久所说的每一个字。那真挚坦诚的眼神、那亲密无间的笑容，是在信长面前从未流露过的。那是同样被京城山水孕育出的志同道合者之间所特有的默契……

这份默契和融洽，敏锐如信长又怎会感觉不到？只是，为了这么点儿小事就莫名其妙地发脾气，到头来伤的也是自己的颜面。于是，他只有强忍着心中的不快，一小口一小口地啜饮着手中淡而无味的酒。

没想到，光秀不经意的一句话，最终还是点燃了信长心中愤怒的引线，令他再一次爆发了——"天下大统，指日可待！届时，普天之下共仰朝廷的威仪，我等臣子披肝沥胆、奋战多年，也终于得偿所愿。"

光秀话音未落，信长已如一阵风似的冲到了他的面前。他傲然而立，狠狠地瞪着光秀厉声问道："你说什么？"随即高喊一声，一脚踹翻了面前的高足食案。盛满美酒佳肴的杯盘稀里哗啦散落一地，大殿中顿时一片死寂，安静得好似无人祭扫的墓场。

"什么披肝沥胆，奋战多年？你倒是说说，你吃了多少苦？打过多少仗？"

光秀苍白着一张脸噤若寒蝉。

"说呀！你怎么不说了？"信长朝他脸上猛踹一脚，光秀立刻向后一仰，后背重重地撞到了身后的柱子上，接着便颓然倒地，再也无力起身。

"主公，请息怒！"堀秀政实在看不下去，便上前制止道。

"放肆！给我退下！"信长将秀政也一脚踢飞，转而一把勒住光秀的后颈，将他连拉带拽拖到了回廊上，"听清楚了，光秀！用你这颗油光锃亮的脑袋给我想明白了！我统一天下可不是为了什么朝廷，而是为了这个国家！你若一心想着要匡助朝廷威震天下,名扬四方,先看看自己有没有这个本事把天下从我手中夺了去!"说着,信长揪住光秀的发髻,把他的头朝着栏杆用力撞去。栏杆立刻被撞散了架,光秀像个破球似的滚下了台阶,重重地摔在了院中。

其实,信长的这通火本是发给前久看的。前两日他就对信长冷嘲热讽,今日又当着信长的面与他的属下打得火热,叫信长怎能视而不见?可是,他毕竟不能对前久大打出手,所以只能将满腔愤懑发泄在光秀身上。

与此同时,织田信忠却在甲府的躑躅崎馆①中养精蓄锐。自从武田胜赖将主力部队迁往新府城,此地早已形同废城。信忠却将其重新修葺,设为了自己的大本营。此城东西长约一百五十六间,南北长约一百零六间,乃是一座建在平原之上的连郭式城池,城郭之外绕城挖凿了一条宽约三间的护城河。此城规模虽小,却设施齐备,守卫森严,颇有信玄的风格。

自七日入驻甲府以来,信忠便一头钻进了主殿的书房中,对家臣们一概避而不见。如今信忠已是声名鹊起,享誉四方。高远城一役他亲自领兵,杀敌无数,随后又巧施妙计,不费一兵一卒将胜赖逐出了新府城。

世人都说信忠颇有当年信长年轻时的风范,军中上下纷纷对他交口称赞。现在他深居简出,轻易不肯露面,便是为了进一步塑造自己高高在上、英明神武的光辉形象,让众将士对自己推崇备至。信忠现在终于体会到,要想令众人对自己心悦诚服,举手投足都要故作姿态,一言一行必须有理有据。

————————

①躑躅崎馆:日本曾经存在的一座城堡,位于现山梨县甲府市古府,战国时代甲斐国大名武田氏居城,建于永正16年(1519)。武田氏被灭后,德川氏家臣平岩亲吉在他处兴建甲府城,实质上废止了躑躅崎馆作为统治中心的功能,数年后将其正式拆除。

（这场仗，总算是打赢了！）

信忠不止一次在心中告诉自己。他不负众望，终于完成了使命，现在总算能大大地松口气了。这场胜仗，也给自己带来了许多意想不到的名誉和收获。可是不知为何，他仍觉得心中空落落的。自从被任命为讨伐武田的总大将的那一日起，他便决意告别从前的那个自己，要努力成为一个令父亲满意的人。如今，所有的努力都没有白费，他终于立下了大功。然而，心中的失落和空虚又是因何而起？信忠自己也说不清。生平第一次，他陷入了如此纷乱而困顿的情绪之中，难以言表，更不知该如何排解。

此刻，信忠凝望着镜中的自己，那张英气勃发的脸上充满了威严和霸气。

（你啊，早已不是从前的信忠了。你已是一个足以号令五万大军的堂堂男儿了！）

他更想告诉眼前这个活在面具之下的男人，终此一生，你除了扮演好织田家继承者这一角色，再也别无选择。

"大人，德川家康大人求见。"近卫突然进来禀报。

此时，德川家康在穴山梅雪的陪同下，正在外厅等候，二人都身着铠甲静伏于地。信忠出到正厅，坐于上座，命二人平身。

"恭贺大人荡平敌国，大获全胜。臣携穴山信君特来朝贺。"时年四十一岁的家康素来圆滑老到。此刻，他虽行的是君臣之礼，态度毕恭毕敬，举手投足之间却自有一番不卑不亢的凛然之气。而一旁的穴山梅雪，则只是一个四十上下留着和尚头的普通武将。

"二位大人与我同仇敌忾，浴血沙场。此次甲信两国能顺利拿下，您二位同样功不可没。"信忠郑重地回答道。家康并非织田家的家臣，不过只是盟友。信忠暗暗提醒自己，千万别说出什么不敬的言辞得罪了对方。

"信忠大人高瞻远瞩，在下实在叹服。小试牛刀便能攻城略地，一举夺下高远城。又派出间谍、说客招降纳顺，将信浓、甲斐的豪士、俊杰悉数收归麾下。可谓足智多谋，胆识过人。的确是织田家继承人的不二人选。"

"大人过誉了，本将愧不敢当。若非二位大人即时发兵骏河，从旁相助，我又岂能如此轻而易举地将武田逐出新府城？请容我在此代表父亲对二位大人的鼎力相助深表谢意。"

"多谢大人褒奖。我等发兵骏河口，也是听从了信忠大人的旨意。多亏大人深谋远虑，我军才能南北夹击，长驱直入，将敌人一举剿灭。"

尽管对方毫不吝惜的赞誉之词听起来令人难免有些飘飘然，但冷静自省如信忠，仍然能明明白白地听出家康的弦外之音。三月二日攻下高远城之后，信忠便命家康即刻出兵甲斐。若乘胜南北夹攻，武田家必定大乱，从此再也无力扭转败局，这的确是信忠的主意。可是他也清楚，就算他不做出任何指示，久经沙场的家康也断不会延误战机。

可是现在，为何家康会如此谦卑恭顺，将功劳全都算在信忠头上？是为了借此向织田家示好趁机拉拢关系？还是别有用心，另有所图？信忠绞尽脑汁也琢磨不出其中究竟，只觉得越想越不对劲。他嘴上说着冠冕堂皇的应酬话，脑海中却不断冒出各种猜忌。

"你说的自然是没错。若不是我慧眼独具，你的人马又怎能一路畅通无阻地开进甲斐。"若自己能毫不顾忌地说出这番话，家康又会作何表情？信忠这么想着，脸上不由得浮出一丝意味深长的笑容，更多无法说出口的话也不断涌上心头。

尤其不得不提的一个人，便是筑山御前①。

家康曾娶今川义元②的侄女筑山御前为妻，生下嫡长子信康。信长却担心他会因此与武田胜赖暗中勾结，竟命家康亲手杀了母子二人。很明显，这是信长在故意试探家康的忠心。没想到家康竟没有半句争辩，毫不犹豫地动手杀掉了自己的妻儿。如今，武田家已灭，对于三年前的这桩往事家康究竟作何感想？信忠今日多想问个明白。

"为了争权夺利不惜牺牲娇妻幼子，此等行径是否当真无愧于天地？父亲之令如此不近人情，没想到你家康竟对他惟命是从，也不知长的是怎样一副心肠？"信忠倒想看看，若自己当真说出这样一番话，大殿上又会掀起怎样的风波？尽管这个强烈的念头一直在心中蠢蠢欲动，他却始终强忍着没有开口。

"穴山大人即刻便要启程前往信长公大营上表谢恩，此前自当先来知会信忠大人，臣便将他领来了。"似乎是看透了信忠的心思，家康巧妙地转移了话题。

"此次有幸能与织田大军并肩作战，我等深感荣耀，感恩图报。"梅雪说着，深深一拜。这个男人既是信玄的内侄，又娶了他的女儿，与武田家本有血缘亲情，却在决定胜负的紧要关头背叛了胜赖。此人右侧鼻翼有一颗小手指尖儿大小的痦子，獐头鼠

---

①筑山御前：又称筑山殿（1542—1579），日本战国时代女性。今川氏一门，父亲为今川氏分支（刑部少辅濑名家）的关口亲永，母亲为今川义元之妹，是室町幕府足利一门的重臣今川贞氏的后代。后以义元养女的身份嫁与在今川家做人质的三河国少主德川家康（当时还是松平家康）。

②今川义元：（1519—1560）日本战国时代骏河名门今川氏的第十一代家主，雄踞骏河、远江、三河的东日本第一大名，人称"东海道第一弓取"（意为东海道最强大名）。为镰仓八幡太郎源义家系名门，与室町幕府足利将军家同族。此人除了出众的文韬武略外，亦是一位热衷和歌能乐的风雅大名，其治下的骏府城有"小京都"的美誉。

目，长相猥琐。又或许是他投敌叛主的卑劣行径令人生厌，才让信忠怎么看他都觉得不顺眼，"我等虽为织田家麾下新军，下一战却要斗胆毛遂自荐，自请领兵五千打头阵。"

"堂堂武田家竟能在短短几日之内轻松拿下，还要多谢穴山大人的耿耿忠心。我织田家也绝不会亏待于你。"

"大人金口玉言，下臣惶恐之至。这是在下的小小心意，不成敬意，望大人笑纳。"梅雪说着，献上一个盛着黄金两百锭的托盘。甲州本就富含金矿，在信玄的努力下，开采、冶炼等技术也得以突飞猛进，令其他领国望尘莫及。这两百锭黄金果然金光灿灿，晃得人几乎睁不开眼。

"大人的美意，信忠心领。如此厚礼，还是送去父亲的大营吧。"

"下臣另备有薄礼献与信长公。久闻信忠大人年少有为，今日有幸得见，岂能不略表心意？还请大人务必收下。"

（你这样的卑鄙小人，谁稀罕你的脏钱？不识相的蠢货！）

信忠好不容易才忍住破口大骂的冲动。他越是装出一副和颜悦色的样子与他们周旋，就越是难以压抑心中真实的声音。那声音好似一只藏在怀中的顽皮野猫，似乎稍不留神便会从胸前、袖口探出头来。信忠咬着牙忍耐又忍耐，直忍得太阳穴青筋暴起，微微发颤。

"穴山大人，您能加入我军队伍，全凭德川大人的引荐和父亲的首肯。信忠岂敢无功受禄，竟先于父亲领受您的谢礼？此去信浓路途遥远，天色已晚，还望大人莫再强人所难，还是赶紧上路，早些赶往父亲的大营为妙啊。"信忠实在不想再与他们纠缠下去，便不耐烦地把二人打发走了。

回到书房，终于可以一人独处了。信忠伸展四肢，挺直腰杆，长长地舒了一口气。不知自己几时才能适应这种言不由衷的生活；也不知自己几时才能像家康那样，面对仇深似海的对手，仍能若无其事地俯首称臣。

（为达目的，或许我不得不亲手杀死那个真实的自己。）

从今往后，他信忠只能亲手给自己戴上一副虚伪的假面具，眼睁睁看着那个真实的自己一点点死去。然而最可怕的是，就算他丧失自我，自欺欺人地活着，却依然不知道那个所谓的目的是否真的有实现的一天。想到这里，信忠才突然意识到自己已走入了一个死胡同。就在他打定主意要违心地活下去的时候，他已经完全忘记了自己原本想要追求的是一种怎样的人生。

"大人，小山田大人求见。"

"哪个小山田？"

"岩殿城城主小山田信茂。"

又是一个在生死攸关之时背弃了胜赖的叛徒。

（算了，就放他一马吧。）

对方只身一人前来投诚示好，还是不要太过为难于他。正好让他见识见识自己的宽宏大量，也好借此安抚甲斐的百姓，令他们心甘情愿地臣服于织田家。信忠一边盘算着应该说些什么，一边朝座下望去。

信茂并非只是一个人，他身边还跟着一个七十岁上下的老妇，想来是他的母亲。另外还有与他年纪相仿的妻子和他们的两个孩子。

"在下小山田信茂，今日得见大人真容，实乃三生有幸。"说罢，五个人齐齐拜倒在地，高声致敬，"今日，在下特携家中老幼前来拜见，一切听凭信忠大人差遣。若能有幸收编入织田军，下一仗在下愿自请领兵打头阵，以报大人知遇提携之恩。"信茂是一个四十过半的中年武将,生得肥头大耳,与其母诹访局就像一个模子刻出来似的。

"你能举家前来觐见,的确有心。本将特许你随军出战,你对织田家是否忠心,就全看你在战场上的表现了。"

"是是是!在下谢大人赏识。"

"我听说胜赖本欲撤至你的岩殿城,再做最后一搏,可有此事?"

"的确如此,大人真是消息灵通。"

"胜赖虽愚蠢至极,可毕竟主仆一场,如今恩断义绝,想必你也一定倍感痛心吧?"信忠拿出事先准备好的一番抚慰之词。他原本以为信茂会满口称是,他便可以借此鼓舞他一番,命他振作起来,为织田家效力。

可是,信茂的回答却完全出乎他的意料:"恕在下直言,胜赖大人无才无德,不堪继承信玄公的千秋伟业。今日落得个国破家亡的下场,也完全是他咎由自取。"

"是吗?那么在你看来,究竟什么样的人才能继承这千秋伟业呢?"信忠突然目光如炬地直视信茂,"你也同样不堪继承信长公的千秋伟业"——他多么害怕对方会说出这样的话。

"在下失言,罪该万死,请大人饶恕。"

"你也不用忙着谢罪。我只想向你讨教讨教,要想实现千秋伟业,究竟需要怎样的才干?仅此而已。"

"别国的情况在下不甚了解,单就胜赖大人而言,的确曾有过几次失策之举。大兴土木修建新府城,与北条家的联盟破裂,无一不导致了国运的衰落。我说他无才无德,也绝不是无凭无据,信口雌黄。"信茂拼命地为自己辩解,急得额头上都起了一层油汗,却还是没能消解信忠心中的不快。

## 信长燃烧·第十一章　火烧惠林寺

"我听闻高远城的小山田兄弟直到最后一刻仍坚守在盛信身旁，为保护少主甘愿以自己的肉身为盾，手持长枪屹立不倒。与此二人的竭忠尽节相比，你对胜赖的所作所为未免显得太过……"

"……"信茂无言以对。

"你假意邀胜赖去你的岩殿城，却留其在荒郊野外苦苦等待了三四日之久，最后竟用铁炮将其打得无路可逃，我说得不对吗？"信忠突然竟有些同情胜赖。他何尝不想像父亲信玄那样建立功勋？何尝不想励精图治？却不料一次次事与愿违，又一次次遭股肱之臣背弃。一想到他临死前内心的绝望和悔恨，信忠几乎要将眼前的信茂视为不共戴天的仇敌。

（好了，冷静点吧。）

信忠不断在心中劝解自己。眼下稳定军心才是重中之重，人家如苦苦求生的鸟儿般不顾一切投奔我方而来，切莫被自己一枪给打跑了。理智上，信忠比谁都更清楚个中利害。可不知不觉间，藏在怀中的那只顽皮的小猫已经变成一只可怕的猛虎，张牙舞爪地发起威来。

"信茂，听说你本与胜赖亲如兄弟，这一位想必就是你的母亲，胜赖的乳母吧？"

"大人说得没错……"

"如此蒙骗和陷害与你情同手足的主公，如今倒反过来指责他不堪继承大业，你还真是大言不惭啊。武田家的覆灭并非胜赖一人之过。难道不正是你这样的不忠之臣，造成了今日这等惨烈的败局吗？"

"请容老奴斗胆说一句。"见信茂骑虎难下，一旁的诹访局有些坐不住了。她往前跪行三尺，战战兢兢地分辩道，"对胜赖大人弃而不顾，实非信茂本意。他的确曾返回城中宣布封城备战，不想国中重臣竟联名上书坚决反对。信茂一心想出城迎驾，却迟迟难以成行。天地为证，神明可鉴，老奴所言句句属实，绝无半句虚言。"

"闭嘴！闭嘴！"愤怒使信忠丧失了理智，他一把夺过小姓手中的太刀："尔等乱臣贼子，司马昭之心谁人不知？所谓江山易改本性难移，今日你能背叛胜赖，明日自然也能背叛我织田。今日，我便要替你五人做个了断，免得日后留下祸患。来人啊，把他们全都给我拖到院子里去！"

情势急转直下，令信茂猝不及防，只知道一个劲儿地磕头求饶。信忠却毫不心软，手起刀落，深深插入了对方的肩头。

三月二十八日，信忠亲率马回二千余众，带着平定甲斐的捷报，出发前往上诹访的法花寺。数日前，信忠刚亲手诛杀了小山田信茂，又将他的四个家人全部斩首。他本来还暗自后悔，没想到甲斐的百姓无不拍手称快。他们同情胜赖的悲惨结局，鄙视信茂的可耻行径，对信忠惩奸除恶的正义之举纷纷表示支持。经此一事，信忠在百姓中的声望越来越高。这一日，为一睹信忠的风采，自发前来为队伍送行的夹道围观的百姓竟达数万人之多。

世间的事就是这样奇怪。善心之举往往招来恶果，一时冲动的莽撞行为却反而得到了百姓们狂热的拥戴。那么今后，这些懵懂未开的无知百姓又该如何教化？信忠骑在马背上徐徐前行，脑子里却一再提醒自己，治理一个国家、安抚一方百姓是何等的艰辛和不易。

法花寺的参道上，织田家的重臣们已经列队两侧，恭迎信忠的到来。这么大的阵仗自然都是信长的安排，只为表彰信忠立下的大功。

"信忠，这次你可算长了脸啊！"信长泰然坐于正殿之上。

"蒙父亲大人荫翳庇佑，儿臣才能顺利打赢这场仗，不负您的重托。"

"武田本是我织田家多年的宿敌。此番你能一举除我心头大患，赢得如此干净漂亮，实在劳苦功高。若我就此立你为织田家世子，想必也无人敢有异议。"信长曾宣称，兄弟三人中究竟立谁为后继者，全凭战功高下。如今，凭借着讨伐武田之功，信忠终于成功夺回了世子之位。

"信忠上前，赐酒！"

信忠毕恭毕敬走上前来，双手接过信长所赐的美酒，心里却沉甸甸的。如今自己肩上的担子益发重了，而那个真实的自己恐怕就真的再也回不来了。

"无需顾虑。我也曾有过相同的困惑。"信忠不禁心中一惊，没想到自己的心思全写在了脸上，早已被信长看穿。

"所谓战争，不只在沙场，更在人心。无需胆怯，只要遵从自己的内心，率性而为。若你能顺应天意，得上天庇佑，必能活出真我，一路坦途。"

"父亲大人……"信忠动情地匍匐于信长的膝下，泫然欲泣。世人都道父亲独秀于世，志在高远，却又有谁能知晓他内心的困顿？今日，信忠才第一次体会到父亲的不容易。

沿着河谷溯流而上，道路越来越陡峭难行。头顶上，林中古树茂密的枝叶遮挡住了阳光，四下里昏暗幽静。偶有受惊的山鸟一飞冲天，刺耳的尖声啼鸣划破了林中的静谧。河滩的大石头上积雪已渐渐融化，变成了一小团一小团的白色绒球，附近却仍然见不到半点人烟。这样的天气，恐怕一入夜便会天寒地冻吧？

劝修寺晴子坐在辇轿之中，随着轿子的颠簸摇晃，心中也七上八下。

（莫不是迷路了？）

她心中的不安越来越重，可随行武士首领鹤崎右京大夫再三保证绝不会走错，她也不好意思再多说什么了。现在，她只求能在日落之前赶到目的地。

"娘娘，真的是这条路吗？不会搞错了吧？"连房子都忍不住犯起了嘀咕。她也是第一次走进这样的深山老林，连鸟鸣声，风刮过树梢的沙沙声，都令她心里发怵。

"我也不得而知啊。不过，鹤崎可是有备而来，应该不会弄错吧？"

"奴婢说什么来着？还是该走城中正道啊。老话不是说吗？欲速则不达。您瞧瞧，紧赶慢赶抄什么近道，这下可好！"

原来，晴子一路追着信长的队伍过了长良川，谁知好不容易到了岐阜，信长却早已出兵了。她本已答应房子，到了岐阜若还追不上便即刻回京，可是真走到了这一步，她却又改变了主意，想要向犬山①继续追赶。

幸好，听说信长已屯兵上诹访的法花寺。若此时沿木曾路过盐尻再到上诹访，需要足足三天的时间。可是如果抄近道，翻过神坂岭出伊那谷，则只需两天便能到达。这些都是右京大夫从驿馆的小厮那里打听来的消息，晴子着急赶路，听说后当然决定抄近道走山路。

"有传言说，山里边还藏着武田军的残党余孽呢。娘娘，咱们还是先回驿馆再说吧。在山里这样转悠下去，若真有个万一，后悔可都来不及啦！"任房子在一旁费尽唇舌，晴子仍是不置可否。

---

①犬山：犬山城，位于今爱知县犬山市的日本古代城郭。天文6年（1537），由织田信康筑城。又名白帝城。

若现在折回去，可就更来不及赶去上诹访了。本是为了省一日，却反倒多费了两日，她可不会蠢到干这适得其反的事。

抬轿子的八濑童子经验丰富，无论多么陡峭崎岖的山路他们都能如履平地、健步如飞。可是越往下走，就越是密林深谷、崇山峻岭，仿佛永远也走不出去似的。

晴子愈发心里没底了，只得吩咐停轿，急切地询问道："鹤崎，这条路当真不会错吧？"

"驿馆的人说了，沿河谷溯流而上就有一条路翻越山岭，小的觉得应该不会有错。"右京大夫嘴上虽这么说，可口气听上去也不如当初那么有把握了。

"你再派四个人去前方探探路。记住，切不可向人透露我等的身份。"

晴子心想，沿途总会碰上一两个在山中砍柴的樵夫之类。可是左等右等，去前方探路的人却迟迟不归。

时间一点一点地流逝。也许是因为繁茂的树木遮住了阳光，林中一片昏暗，让人觉得似乎已临近黄昏。寒冷的空气从脚下木板的缝隙间一点一点钻进轿子里，冻得人瑟瑟发抖。头顶上方的山峰，不断传来阵阵野兽的嚎叫，也不知是野狗还是野狼。那嚎叫声从一个山峰传向另一个山峰，仿佛是在告知同伴，它们的领地内有不速之客入侵。

"也不知现在是什么时辰了？"房子在身上披了两件打褂，还是瑟缩着蜷成一团。一半是因为冷，一半是因为害怕，她圆滚滚的身子抖得像筛糠一般。

"从驿馆出发时是辰时，现在也许午时刚过。"

"咱们还是打道回府吧。都说山里尽是些妖魔鬼怪，天一黑，还不知会遇到什么呢。"

"什么妖魔鬼怪?"

"恶鬼呀,山姥姥呀。这些妖怪呀,会把人拐骗到自己家里,等人熟睡后就把他给吃掉。"

"你这是从御伽草子里看来的吧?这里又不是大江山①,哪儿来的什么鬼呀怪的?"

"就算是没有鬼怪,再这么下去咱们也会被活活冻死的。算奴婢求娘娘了,咱们还是先回昨日的驿馆吧。"两人斗嘴斗得起劲儿,不知不觉间两颗脑袋都凑到了一块儿。正在这时,右京大夫领着一个老太婆回来了。那老太婆白发披肩,眼窝深陷,看上去阴森诡异,不就正像一个山姥姥么?

"这位老人家说,往回走二里地,下游有个浅滩。咱们好像的确是走错了,该从那里拐弯才对。"右京大夫在轿帘前单膝跪地,如实告诉晴子:"不过她还说,再往前走也能出山,明日便能翻过山岭下到伊那谷。这位老婆婆的家便住在山岭附近,她请我们今日去她家留宿一晚。"

"就是这位婆婆?"

"她说她是平家幸存武士的后裔,靠在山中狩猎和采草药为生。"

"她家有这么大的地方吗?能住下这么多人吗?山顶上可还积着残雪呢。"随行武士再加上挑夫、八濑童子,少说也有二十来人。眼下虽是初春,夜里仍然寒冷彻骨,可不能让人睡在屋外。

"夫人大可放心。她家还另有两间房,我等粗人在檐下凑合凑合也能过一夜。"

"娘娘,还是算了吧。"房子拽了拽晴子的衣袖,晴子却还是

---

①大江山:位于京都府丹后半岛的山脉,横跨与谢野町、福知山市和宫津市。因《酒吞童子》等三个捉鬼的民间传说而闻名。

答应了下来。

老婆婆的家可比他们想象的气派多了。房子建在山腰辟出的一块平地上，有茅草苫的屋顶，一人合抱的大柱子，还有四间宽敞的大屋子外加一间灶房，规模还真不小。房间的最里边设有壁龛，门楣上挂着长枪，隔扇门上绘有平家的家徽扬羽蝶。那老婆婆和她的丈夫，还有儿子儿媳四人一起过活，不过据说其他三人外出做活今夜不会回来了。

"在这深山老林，也没什么可招待贵客的。"老婆婆拎下围炉上架着的铁壶，将壶中的热水倒入木桶中，准备动手给晴子洗脚。

"还是我来吧。"房子连忙一把接过木桶。晴子贵为东宫太子妃，连脚都不能沾地，更何况让一个不明身份的陌生人给自己洗脚。

晴子晚膳只用了些香芋粥便早早地上床歇息了。虽然困得不行，她却不敢入睡。一想到夜里可能要方便她就犯愁。虽然屋主告诉她可以去房子一侧的山溪边，可是，晴子这样尊贵的身份，又岂能随随便便找个地方就蹲下解决？后来实在憋得没办法，只得学着用源氏物语中古人的法子，在洗手脸用的铜盆中解决了，命房子端到屋外去倒掉。

房子刚出房门，屋外便传来一声尖叫。"娘娘，请您、请您赶紧出来一下！"只听房子急得直喊。跟她说过多少次了要隐藏身份，她却还是这么不管不顾地大声嚷嚷。

这又是怎么了？晴子心里嘀咕着走到回廊上一看，房子手里还端着铜盆，正呆呆地望着天空。

"哎呀呀，你还端着那个干什么？还不快倒掉！"晴子顿时羞红了脸，急得后背冒出一层薄汗。

"娘娘放心，奴婢早倒了。您快看，看这满天的繁星，夜色多美啊!"

屋檐太低,晴子弯下腰也还是看不分明。确认了周围没有旁人之后,她索性走下回廊来到了庭院中。广袤而深邃的夜空中,繁星璀璨。无边的夜幕笼罩在大地之上,上面仿佛撒满了无数细碎的金沙银沙。那满天闪烁的星子,近得仿佛伸手便能摘下一颗,又仿佛随时可能划过苍穹从天而降。

"是啊,真美!"晴子双唇半张,出神地仰望着夜空。她还是第一次看到如此浩瀚的星空,第一次如此真真切切地感受到时空的永恒和天地的广博。

(人类是多么愚蠢啊!)

她的脑海里突然冒出这样的想法。天地如此壮美,人类为何还要乐此不疲地彼此仇恨,相互争斗?一直到上了床,这个想法仍在脑海中挥之不去,令晴子久久无法成眠。她突然意识到自己是如此渺小,渺小得如一只蝇虫。这几日从京城千里迢迢奔赴信浓,感觉似乎跋涉了千山万水。可是,在天上的神明看来,也许不过如同一只可怜的尺蠖往前蠕动了两三寸而已。

(说到愚蠢,还有谁能比得上我这个愚蠢至极的女人?)

晴子突然感到一阵心痛,她蜷起手脚缩成一团,难过得直想哭。

哐当——

灶房的门突然被轻轻地打开了,似乎有人悄悄溜了出去。

是谁?是谁这么晚了还往外跑?

晴子蜷缩着身子竖起了耳朵听着外面的动静。四周静悄悄的,连一声鸟啼都听不见,甚至连林中野兽的嚎叫也似乎变得遥不可闻。在这样无边的寂静之中,那阵原本轻微的脚步声听来就格外清晰。那脚步声不是一个人的,竟有好几个人迈着细碎的脚步陆续从房门前走过，似乎聚集在灶房门口商议着什么。

（奇怪！）

晴子一下子警觉起来。虽说生于劝修寺家，她的身体里却流淌着母亲一方的武家血液。此刻，她敏捷地从被窝里钻了出来，一闪身躲进了灶房门的门后，偷偷窥探着外面的情况。

有三个人站在银色的月光和星辉之下，正密谈着什么。其中一个就是屋主老婆婆，另两个是男人，一身夜行衣的装束。虽然听不见他们在说什么，可光看眼前的情形也能明白几分。这家人哪里是靠打猎、采草药为生？分明干的是昼伏夜出、打家劫舍的营生。他们最大的猎物便是亡命的武士。这些武士为了在逃亡中谋生，往往都随身携带着万贯家财和金银珠宝。而且，就算将他们全都灭口，也不会被人追责问罪。看来，那老太婆一定是将晴子一行错认成了死里逃生的武田家武士，才花言巧语将他们骗到了自己家里来。又因为人数太多，担心凭自己一家之力难以对付，这才趁夜叫来了同伙帮忙。

（这下该怎么办？）

晴子的脑子转得飞快，只想尽快找到自救的办法。这间屋子除她之外，还住着右京大夫等八名随行武士，其他的挑夫和八濑童子则住在另外两间屋。眼下情况紧急，得赶紧召集所有人一起想办法，或许还能抵挡住强盗的偷袭。不过，恐怕另两间屋早已遭了强盗的毒手，无人幸存了。看来，还得先稳住那个老太婆，探听出对方的计划。晴子这么盘算着，蹑手蹑脚地返回屋内，摇醒了熟睡中的房子。

"娘娘，您是要如厕吗？"

"不是。我看见你说的山姥姥了。"晴子将事情的经过告诉了睡眼惺忪的房子，并吩咐她，等那老太婆一回来就把她带进来见自己。

不一会儿，房子将老太婆带到了晴子的枕边，在昏暗的油灯下，老太婆的脸看上去就像夜叉一样狰狞可怖。

"对不住，看样子我好像是着凉了。"晴子说着，一脸无助地朝老太婆伸出了手。那老太婆完全没有疑心，也伸出两只手握住了晴子的手。晴子不动声色，又伸出另一只手紧紧地压在对方的手上。就在这时，说时迟那时快，房子从身后用带子将老太婆一下子套住，三下五除二就把她紧紧地绑了起来。两人合力终于将拼命挣扎的老太婆制住了，这才迫使她说出了实情。果然不出晴子所料，天一亮他们便会动手。

随后，晴子又叫醒了右京大夫等人，以及分宿在另两间屋的一干人。右京大夫等人虽是公家的家仆，却也是如假包换的武士。他们了解了事情的始末之后便迅速行动起来，先是在回廊的地板上钉上长钉，后又将灶房门封得严严实实，再将箱笼、唐柜①等堆满玄关以作防御之用。这样一来，就算冲到门外与敌人对打，从正面射来的箭也会被这些东西挡住，多半射不到自己。可是光凭这些箱笼、唐柜一次也顶多只能掩护两三个人。

"用轿子！把轿子横着放，一定能派上大用场！"晴子突然想到了这个办法。面对突如其来的变故，她竟然一点也不觉得害怕，连自己都觉得不可思议。也许是因为高度紧张，她竟然感到莫名的亢奋。

更令人意外的是八濑童子。他们一个个和尚打扮，长得丰腰肥臀，一点也不像能上阵打仗的样子。没想到，不知谁一声令

---

①唐柜：又称韩柜。相对于无脚的和柜，特指带四脚或六脚的柜子。通常用白木制成，表面上漆，更装饰有螺钿、莳绘等花纹。多用于收纳衣物、甲胄、书籍等，到了中世也当作搬运用的工具来使用。

下,他们齐刷刷从轿子的地板下抽出了一种名为"坚藤卷柄"的双刃短剑。这种短剑,若将之插在竹竿的一头则又可以用做短枪。六个八濑童子都长得五大三粗,虎背熊腰,看样子说不定比武士们更靠得住呢。

一切都如那老太婆所说,山贼们果然在黎明时分悄然袭来,眨眼的工夫已将整座屋子团团围住。他们在屋子正面竖起挡板,摆好阵形,似乎早已料到晴子他们会从玄关口杀出。

粗粗一看,山贼总共竟有一百来个。他们大都全副武装,不仅有弓箭、长枪之类的武器,甚至还有铁炮。这样的装备,就算立时把他们拉上战场,也不会比任何正规的军队逊色。其中最难对付的便是在屋子正前方待命的五名铁炮手。他们单膝跪地,双手端枪,枪口不偏不倚地瞄准了玄关口。看样子都是些经验老到的猎人,枪法绝不会差。

"娘娘,索性表明身份,他们也就不敢把咱们怎样了。"房子拽着晴子的衣袖央求道。

"不可!绝对不行!"晴子想也没想便断然拒绝。若因为此事而传出什么流言蜚语,不知会给朝廷带来多大的麻烦。

"这帮人一定是把我等错认作武田的余党了,所以才敢来谋财害命。右京大夫,你去告诉他们,我乃是信长公的侧室,此行是去上诹访的法花寺参加庆功宴的。"晴子以为,信长侧室的身份一定可以唬住这帮山贼。因为害怕日后遭信长报复,他们必会收手。谁料对方也不是省油的灯,可没那么容易上当,他们坚持要晴子拿出凭证来证明自己的身份:"要是有人能拿得出与织田家相关的物件儿来,我们就相信你们。"

见对方不好糊弄,晴子这边的人一时也没了主意,只能面面相觑。

"房子，你身上带了吗？"

"奴婢哪儿有啊！木瓜纹的小袖倒是有一件。"

"那个也成。你把它放进书箱里，用金丝锦缎包起来。再挑个功夫了得的人扮成女官模样，披上苎麻垂巾①。"晴子不假思索地吩咐道。等假扮成女官的武士把装着小袖的包袱送过去，那帮山贼一定会忙着查看包袱里的东西而因此放松警惕。晴子的人便能趁机将那几个铁炮手一举消灭，剩下的人也就可以毫无顾虑地冲出去了——晴子的计划可谓天衣无缝。

"侧室若狭局，现将信长公所赐之木瓜纹衣衫亲自呈上，请各位看仔细了！"右京大夫刚要把假女官送出门去，一阵激烈的枪声突然从身后响起，将屋前待命的五名铁炮手一一击毙。山贼们刚听说对方是信长的侧室，本来还将信将疑，突然又遭到如此猛烈的袭击，顿时慌作一团，不顾一切地四散逃走了。

"在下失礼了。请问屋内是二条御所来的人吗？"一名忍者装束的男子跪拜在玄关口，"在下乃是近卫太阁手下的横山甚助，特奉太阁大人之命前来迎接。"

原来，晴子从岐阜出发时，曾派人送亲笔信给前久，告之自己将一路追赶到信浓。前久计算着晴子的行程，便向织田家借了几个铁炮手和足轻，派他们到半路来迎接。

在碧波荡漾，宽约三间的护城河上，新架起了一座朱红色的大桥。护城河的对岸，垒起了土堆，竖起了栅栏，用白木修建的冠木门②訇然洞开。武田胜赖迁去新府城以后，躑躅崎馆荒废已久，如今却被织田信忠重新修葺，成了织田军的大本营。

---

①垂巾：帷帐。垂挂于室内，用于隔断空间的布帛。

②冠木门：冠木指贯穿门柱顶部的横木，比柱子顶部略低。冠木门则指用冠木架在两根柱子之上而不带顶的门，又称衡门。

"呵呵，不过如此嘛!"信长在正大门前勒马观望，眼中满是讶异。作为毕生宿敌信玄的城楼，这踟蹰崎馆未免也太过寒碜了。

"常言道，人如其城，此话果然不假!你说呢，近卫?"信长向一旁的近卫前久大声问道，一边称心如意地驱马信步朝馆内走去。

与之同行的前久，心情却十分复杂。信玄生前不仅是善用兵法的军事奇才，更精通佛法，学识渊博，曾在比睿山延历寺受封大僧正位。在京城人的心目中，此人的存在具有特殊的意义。"信玄一出，信长必亡!"对信长接二连三的暴行早已怨声载道的京城朝野，简直将信玄奉若神明，对他寄予了厚望。事实上，前久也是信玄的推崇者之一，信玄入京的幕后策划者正是他。

那是十年前的事了。

前久潜伏于石山本能寺，秘密集结各方势力意欲打倒信长。当时，恰逢信长与将军义昭关系不睦，前久便趁机将义昭拉入己方阵营，逐步拉开了一张针对信长的包围网。

首先，他利用了本愿寺教如与朝仓义景之女的这段姻缘。义景受越前一向宗的牵制，本来迟迟不敢出兵。促成其女与教如的亲事，既可以打消义景的顾虑，又可以将他拉入自己构建的信长包围圈中，可谓一举两得。接着，前久又马不停蹄地赶往了河内的若江城[①]，一心只为说服城主三好义继[②]和大和信贵

---

[①]若江城：南北朝至安土桃山时代的约200年间，位于河内国若江郡（现在的大阪府东大阪市若江南町）的日本古代城郭。畠山氏在河内国的据点，历代城主为守护代游佐氏。

[②]三好义继：（1551—1573）日本战国时代河内国大名，三好氏最后一代家主。十河一存的儿子，本名十河重存，幼名熊王丸。后来成为三好长庆的养子，1563年长庆病逝后，在三好三人众的拥立下，义继成为了家主。1565年从足利义辉将军之名，更名为三好义继。1571年加入信长包围网。1573年，信长部下佐久间信盛进攻若江城，义继战死。

城①的松永久秀。二人本是杀害足利义辉的凶手，与前久有着深仇大恨。可是，为了实现打倒信长这一共同目标，双方不惜放下私人恩怨，握手言和。

待前久将畿内的各方势力协调妥当，武田信玄终于于元龟三年（1572）十月，亲率精兵三万三千人攻入了远江。顿时一呼百诺，响应风从。畿内有足利义昭举兵而起，越前有浅井、朝仓、六角等遥相呼应，此外还有近江的大名，以及三好和松永等的河内、大和势力。当时，若浅井和朝仓或伊势长岛的一向宗能趁势攻入美浓，信长必然就此气数殆尽，无力回天。谁知，朝仓义景竟背信弃义中途撤兵，信玄又突然一病不起无法出征。这才给了信长一线生机，使他得以脱离困境。

信长素来善于相时而动，见机行事。趁此喘息之机，他便率大军上京，声称要与义昭议和，逼朝廷从中调停。可是，就在此事的三年之前，信长就曾成功地利用一纸劝和的诏书将自己救出险境。后来却又出人意料地单方面违背誓约，发兵攻入近江，将比睿山付之一炬。

此等背信弃义，丧心病狂的恶行令正亲町天皇深恶痛绝，此番说什么也不肯答应信长的要求。天皇的强硬态度惹怒了信长，他竟然威胁说要将除皇宫和二条御所之外的整个上京全部夷为平地。直到四月四日，阵脚大乱的朝廷才终于妥协，翌日便遣人将劝和的诏书送到了义昭手中。由此，信长再一次转危为安，死里逃生。

事后，义昭被迫逃离槙岛城，前往若江城寻求前久的庇护。谁知，仅仅在此前一刻，前久才刚刚出城逃往了丹波的黑井城②。

---

① 信贵城：位于现奈良县生驹郡平群町的日本城郭。木泽长政、松永久秀的居城。
② 黑井城：位于现兵库县丹波市的日本古城。别名保月城、保筑城。

作为反信长势力的军事要地，黑井城从未停止过顽强的抵抗。况且，奉信长之命进攻丹波的领兵将领，正是前久的旧日密友明智光秀。

这便是前久的狡诈之处，他利用光秀做中间人，竟在短短两年之后与信长拉近了关系。自始至终，前久都声称自己对这场围攻信长的大战毫不知情，甚至利用信长在朝中的势力，说服朝廷撤销了对他的敕勘（天皇亲自下的革职令），恢复了自己在京中的地位。

（转眼已经七年了……）

在过去的七年时光里，信长在一点一点地接近他一统天下的目标。此刻，亲自参与实现了统一大业的自豪和有负于信玄的自责在前久的心头交织在一起，令他久久不能平静。

刚刚抵达踯躅崎馆，还来不及休息，明智光秀便来登门造访了。他额头上那块暗红色的伤疤清晰可见，那是数日前被信长抓住后颈撞断栏杆所留下的印记。

"近卫太阁大人，您现在是否方便？"

"我正欲命人烹壶好茶，好好歇口气呢。究竟有何要事？"

"大人若是方便，还请屏退左右。"看他的样子的确有难言的苦衷，前久便依言令左右随从退下，并命人关闭了四面的隔扇门。

"信忠卿的军队已将惠林寺完全包围，欲放火焚烧。方才信忠卿派使者前来，请信长公示下。"

"那么信长公如何说？"

"他明确表示，全凭信忠卿自己定夺。"

"究竟为何事起了龃龉？"

"只因有传言说寺中收容了武田的余党。"

惠林寺本是武田信玄陵墓所设之地，住持快川和尚亦是信玄的佛门恩师,寺中之人也多与武田家有或近或远的亲属关系。由此看来,武田余党逃入寺中,投奔自己的亲属,也是极有可能的事。

"令大人您为难,在下也十分过意不去。可事情紧急,还望大人鼎力相助,救大师于水火之中!"光秀拜倒在地,极力地恳求道。快川和尚与光秀同样出身土岐氏,大师在美浓的崇福寺修行时又曾为光秀授戒,二人交情颇深。

(此事甚是棘手啊!)

前久苦苦思索起来,希望能尽快想到挽救局势的办法。记得离京之时,止亲町天皇也曾再三叮嘱他,要特别留意快川和尚的处境,力保他性命无虞。倘若大师真有个万一,亲自封他为"大通智胜国师"的天皇恐怕也会颜面受损。此事对朝廷来说事关重大,然而信长可不会顾忌这些。

眼下可有什么妙计,能起死回生,化险为夷?

"近卫太阁,拜托您了!"光秀再一次郑重地恳求道。

"你可知'折槛'一词的由来?"

"在下才疏学浅,还请大人赐教。"

"相传汉代的朱云向皇帝进谏却触犯逆鳞,皇帝命人将他拖出殿外。可他不肯放弃,仍死死抓住大殿的门槛继续极力劝谏,以至于门槛都被折断了他还不肯放手。'折槛'一词便由此而来。"

"……"光秀不明白近卫到底要说什么。

"若你当真认为信长公的做法大谬不然,自当效仿当日之朱云。"

"大人所言极是。然而,以在下的身份,绝不敢贸然进谏。"

"织田家最得势的人都无能为力之事,我又怎能办得到?"前久冷冷地反问道,"那人的性情你不是不知,恐怕这次连我的脑门也会被他撞到栏杆上。若你明知事情会有如此结果还要勉为其难地来求我,有些话我也不得不说了。"

光秀仍是一脸困惑,不知该说些什么。

前久明白要想趁热打铁只能趁现在,于是便用不容置疑的口吻继续训诫他道:"近日那人的所作所为,想必你也有些看不下去了吧?既然如此,难道还要继续阳奉阴违、口是心非下去?若要我答应你的请求,你必须要在当下起誓,万一有朝一日祸及朝廷,你必会抛却生死,折槛一谏!"

"在下愿竭尽所能,誓死保全朝廷!"

"有你这句话,我就安心了。那我就答应你冒险一试,权当螳臂当车吧。"前久这才展眉一笑,伸手拍了拍光秀的肩头。

信长趴在榻上让弥助给自己揉腰,一副十分享受的样子眯缝着双眼,昏昏欲睡。

"关于处置惠林寺一事,在下有个不情之请,特来求见。"前久说着,双臂一张,展开水干的长袖,在信长身旁弯腰坐下。

"何事?"信长连眼皮都没抬一下。

"快川和尚乃是闻名天下的高僧。虽有武田的余党逃匿寺中,可在下以为处罚实在不宜过苛,还望大人三思。"

"此事我已全权交由信忠裁夺,你若有异议,大可前往惠林寺申诉。"

"大人既这么说,在下可否原话转述给信忠大人听?"

"当然可以!不过,我说近卫呀,你为何对此事如此上心?"信长将眼睛睁开一条细缝,斜睨着前久,嘴角浮出一丝浅笑。

"我等奉皇命出京,要完成圣上的两大嘱托。其一,留住武田一脉;其二,保全快川和尚的性命。若两件事都不了了之,违背了圣意，我等还有何颜面去见圣上？"

"是吗？那你可得赶紧了，命令已下，日落之前他们便会动手。"

离日落不过还有一个时辰。前久立刻带上几个人，骑马朝惠林寺飞奔而去。奔驰在从甲府到盐山的道路上时，太阳已经渐渐西沉。当他们好不容易抵达惠林寺，黑漆的寺大门早已被织田军团团包围，信忠也已亲临现场，指挥调度。前久让警戒的卫兵进去通报之后，才不慌不忙地朝信忠走去。此刻的他，虽然早已心急如焚，恨不得立刻就冲进寺中看个究竟，可是身为太政大臣，又岂能不顾身份尊卑，如此草率行事？

"近卫公，前日承蒙您不吝褒奖，晚辈实在受之有愧。"信忠单膝跪地，真诚致谢。前日信忠前往法花寺，前久便将自己从京城带来的各种珍品慷慨相赠，以贺他大获全胜，赞他领兵有方。

"我等身在旅途，礼数上多有不周之处。不日返回京中，定会为大人摆酒设宴，大兴能乐，恭贺大人凯旋。"

"晚辈如何受得起？"信忠自幼独钟能乐，在服饰、乐器等方面也曾常常得到前久的提点。

"我听闻寺中窝藏了武田余党，现下里边情况如何了？"

"不仅只为余党一事。父亲有令，要将境内所有神社佛寺悉数捣毁，我等奉命请寺中人员尽快迁出。"

"那么，快川和尚是何态度？"

"我虽早已通知他快快搬迁，他却说什么也不肯，眼下正与寺中诸人一起死守山门。"

"可否带我去见一见大师本人？"

"当然可以。我带您去，请！"信忠先行一步，在前方领路。

穿过黑漆大门，便可见稍高处还有一扇朱红色的大门。此门既为中门，又可称之为"赤门"，乃是一扇四脚门，门檐上雕刻有标志着武田家的四分菱形图案。寺院中有个葫芦池，池的对岸矗立着的便是二层高的山门。此刻，山门第二层的回廊上，七十多个僧侣正身着僧衣，默然端坐。山门两侧，枯木柴火早已堆成了小山，柴堆旁的篝火熊熊燃烧。只消用这火将柴堆引燃，山门顷刻间便会陷入一片火海。

"我已告知众僧人，若再不出来便会放火烧寺，可他们仍然静坐于此，岿然不动。"

"看来他们已经铁了心要拼死护寺。"

"大师声称，寺中葬有信玄公遗骨，纵死也不能向织田家屈服，将此寺弃之不顾。"的确，快川和尚的铮铮铁骨在京中也极负盛名。当年，斋藤义龙对他百般刁难，他却说："汝义龙虽为一国之主，我快川亦为三界之师。以三界之广奥，岂可受制于一国之狭隘？"然后便傲然弃美浓而去。

"明白了。请给我一点时间，容我去和大师谈一谈。"

"大人若肯出面相劝，真是解了我等燃眉之急。只是，父亲有令，太阳落山之前定要了结此事，还望大人抓紧时间。"

"离太阳落山还有不到四分之一个时辰了。"前久抬眼望了望西边的天空。在淡淡微云的掩映下，一轮落日洒下微微泛白的余晖，正向着带那山的另一边一点一点地偏移。

"令尊有言，此事一切皆交由你来定夺。看在我的面子上，再宽限半个时辰莫非也不行吗？"

"并非晚辈有意为难大人，实在是不能再耽搁了。"

"你为何如此固执？难不成就为了吝惜这短短片刻的时间，就算留下污名为后世所唾骂，你也在所不惜吗？"

"我绝不敢违抗父亲大人的命令。父亲大人也清楚地知道这一点,所以才会对外宣称此事由我全权负责。"如今的信忠,早已不似当初还是前久徒弟时那般容易妥协了。他已经变得冷酷而果敢,有了当年信长的影子。

日落时分无情地逼近了。前久吃力地攀行在山门那陡直的台阶上,而快川和尚此刻正端坐在二楼的屋子里讲经说法。在他身边围坐的,除了寺里的僧人,还有幼童和少年,他们都虔诚地用心聆听着,似乎生怕听漏了任何一个字。

"快川国师,多日不见,别来无恙啊?"前久穿过众人走上前去。

"近卫公,今日大驾光临敝寺,有何贵干啊?"快川已年逾八十,却仍然体格健壮,精神矍铄。当年前久还在京都妙心寺时二人就已相识。

"我随信长公赶赴甲府,刚到不久便听闻国师您正身陷险境,这才匆忙赶来救驾。"

"老衲可不敢当!既然如此,还请大人速速遣散围聚在寺内的织田军队。"

"请恕在下实在无能为力,愧对国师信任。还请国师及众位高僧快快迁出此寺。来日方长,还需从长计议啊!"

"敝寺乃信玄公陵墓所在之地,容易招来织田家的仇视,固然在所难免。然则,我等佛门重地,俗间势力素来无权涉足,这难道不是自古便有的规矩吗?"

"国师所言甚是,可是信长公又岂会把这些规矩放在眼里。"自古以来,神社佛寺就有"守护不入"的特权,武家势力本来鞭长莫及。即便进入战国时代,为了能在必要时得到神佛的庇佑,大多数武将也心照不宣地恪守着这项旧规。唯有信长胆敢无视它的存在,冒天下之大不韪。因为他深知,只要这项特权仍存在一日，武家独尊的绝对统治权就一日无法实现。

"此话可不像是近卫公所言呐。寺庙神社自古受朝廷保护，素有'守护不入'之权。此项权利若无法贯彻始终，那么朝廷的地位也会变得岌岌可危。正因如此，近卫公您才会与石山本能寺同仇敌忾，奋起反抗，难道不是吗？正因如此，信玄公才会听从了阁下的百般恳求，以病弱之躯决意与信长一战到底，难道不是吗？如今，阁下却抛弃了信义与信念，甘做信长的走狗。不惜助纣为虐，竟要将信玄公的安息之所付之一炬。要说顺天应时，灵活多变，恐怕天下无人能及阁下您吧？"不愧是誉满天下的傲骨之士，哪怕是面对前久，他亦能义正词严，极尽讽刺、尖刻之语。

"势异时移，在下也是受形势所逼，并非只为惧怕信长一人。"前久有苦难言，只能以如此苍白的语言为自己辩驳。他心里也清楚，道理的确在快川这一边，可是，如今早已不是朝廷和寺社的权威可以左右一切的时代了。在今日的日本，信长的主张已然深得人心，天下百姓都盼着他能开创一个崭新的时代，正因如此，信长的军队才能如此坚不可摧。为形势所迫，哪怕自己被世人视为变节求荣，前久也只能隐忍。因为他深知，一旦失了民心，即便尊贵如朝廷，也一刻也无法立足于世。从古至今，顺应时代变革而调整前行方向的掌舵者，有哪一个不是受尽了委屈和误解，有泪只能往肚里咽呢？

"是啊，大人说的也的确没错。"不愧是统领座下两千弟子的得道高僧，快川很快就体会到了前久的苦衷，"可话虽如此，我等以身侍奉三界不变之法轮，信长若不肯收回成命，我等甘愿与此寺共存亡。"快川说完，双手合十行了一礼，便接着继续讲经说法。

夕阳已经完全沉入带那山的那一边,徒留残照映红了半边天。仿佛是为了与这火红的夕照交相映衬,山门两侧堆积如山的枯木也在一瞬间冒出了炽烈的火焰。

前久不顾一切地冲到回廊,想要阻止织田军点火。却意外地发现,不知何时信长竟也来了。他坐在赤门前摆放的几案前,正高声向信忠发号施令。

"众僧徒啊,烈火已烧到脚下,我等即刻便能升华至超越生死的极乐之境。"快川泰然自若地继续说法,"既已死到临头,各位又将法轮之真理参悟到了何种境界?可否各说一句话,以作辞世之句?"他如此大声问道,却始终无人应答。"既然如此也就罢了。安禅不必用山水,心头灭却火自凉。就让我等重念碧岩录①之偈,用心完成最后一次修行吧。"

火势已蔓过了回廊的栏杆,眼看便要烧到脚下,前久却仍然一动不动地站在原地,怒视着对面的信长。

(我不会放过你!绝不会!)

就是在这一刻,前久第一次对信长起了杀意,这种感觉是那么真实,那么强烈……

---

①碧岩录:全称《佛果圆悟禅师碧岩录》,亦称《碧岩集》。是宋代著名禅僧圆悟克勤大师所著,共十卷。主要内容由重显禅师的百则颂古河圆悟的评唱组成。

# 第十二章 游览富士

关于火烧惠林寺一事，前人太田牛一曾有如下描写：

如是，今番于惠林寺，就藏匿佐佐木次郎一事，为小惩大戒，奉三位中将信忠卿之令处置惠林寺众僧之奉行有，织田九郎次郎、长谷川与次、关十郎右卫门、赤座七郎右卫门等。以上众奉行冲入寺中，将寺中男女老少皆赶入山门，又从廊门至山门堆满草堆、柴堆，点火焚烧。初只见黑烟滚滚，不久浓烟渐息，火势顿起，火光中人影难辨。其间，快川长老盘腿而坐，不惊不惧，岿然不动。除此之外，老者、幼小、青壮皆呼号奔走，或相拥而泣，或翻滚挣扎。如堕焦热、大焦热之地狱，备受刀山火海之苦。其惨烈之状令人不忍直视。(《信长公记》)

只因太田当时就在惠林寺，曾亲眼目睹整件事情的始末，所以才能将当时的惨况描写得如此惊天地、泣鬼神。

当时，被困在山门二楼的人们，有的难以忍受已被烈火烧得滚烫的地板，发疯似的又蹦又跳；有的紧紧相拥在一起，只为尽量减少身体被烈火灼烤的面积。尽管如此,依然没有一个人能够逃脱被熊熊火焰吞没的命运,绝望的惨叫声此起彼伏,令人不忍耳闻。

这一切,都是信长公的所作所为。

无论是比睿山延历寺那场无情的大火,还是伊势长岛那场夺去了两万一向宗人性命的火刑,更遑论只为杀鸡儆猴而冤死刀下的那千余名高野圣僧,哪一次不是如地狱一般惨烈?

自从德川幕府治世以来,天下太平,盛世安稳。人们似乎已经忘记了当年的流离失所和朝不保夕。近年来,更是出现了很多缅怀当年乱世的军记物语,为世人所推崇。其中也不乏对信长公的事迹大加称颂之作,笔者却始终无法苟同。

信长公的确是举世无双的军事天才,更是本朝空前绝后的盖世英雄。然而,仅仅因为这个原因,就以偏概全地认同他的一切所作所为,未免有偏袒之嫌。天才与疯子本就只有一步之遥,英雄豪杰亦有致命弱点。天才和英雄正是通过不断战胜自我,才能最终开创一番伟业。只有把握了这一点,为伟人著书立传以传后世才变得有了价值。

虽然不过短短两年,我清麻吕毕竟真真正正在信长公身边侍奉过,亲眼见过他本人,甚至还目睹过他怀抱小猫,屈膝坐在回廊上,晒着暖烘烘的太阳打盹儿的情形。

对了,当时还发生过这样一件小事。

一日,信长公突然说他牙疼。后来疼得实在难以忍受,信长公竟然暴怒如雷,甚至迁怒于身边的人。近臣们谁人不知,此时若上前劝阻,一个不小心说不定便会招来杀身之祸,所以一个个都不敢言语,只是默默地跪了一地,静待暴风骤雨渐渐平息。

信长见状,反而越发气不打一处来,眼神里也逐渐透出杀

462

气,眼瞧着不干出点什么惊世骇俗的事,他心里是不会舒坦的。我将这一切看在眼里,暗暗惊呼大事不妙,虽明知自己身份低微,不过屈居近卫末等,仍然硬着头皮上前敬酒。

"怎么？叫我喝酒？"

"是的。家父常借饮酒缓解疼痛。"

"哼！公家都是些人渣败类,岂可将我与他们相提并论？"信长公知道我公家出身的身份,自然不会给我什么好脸色。可是经不住牙齿疼得越来越厉害,他终于还是命人奉上酒来。要知道,信长公平日里可是滴酒不沾的,他的体质天生对酒精极为敏感,稍饮一点便会头痛难忍。可怕的是,当时的我竟然对此毫不知情。

信长公双眉紧蹙,仰头将一合酒一饮而尽。不一会儿,他那原本容长端秀的面庞就逐渐泛起了潮红,一直红到了脖子根儿,表情也显得越发痛苦了。看样子,不仅牙疼丝毫没有得到缓解,反而又引发了剧烈的头痛,令他苦不堪言。

"当时,我们都以为你死定了……"事后,森兰丸和坊丸二位大人都这样告诉我。想来,我能幸运地捡回一条命,的确得多谢老天保佑。

"清麻吕！你这个混账东西！"愤怒的信长横眉立目,拍案而起,却在刚刚站起来的那一瞬轰然倒地,仰面倒在首座的地板上没了声息。原来,是酒精在千钧一发之际起了作用,将我们发了疯的主公送入了平静安宁的梦乡。

这些点点滴滴,早已如过眼云烟。如今时过境迁,已是往事不可追。唯有那些与真相相去甚远的稗官野史、假语村言,却被人以历史的名义记录下来,为世人所津津乐道。

"既然如此,清麻吕啊,你就好好写本书,把历史的真相告诉世人!"耳边不时传来一个愤慨的声音,仿佛是坊丸大人临终前的叮咛。渐渐地,这个声音成了我唯一的精神支柱。它无时无刻不在告诫我,哪怕一句话、一个字都不可懈怠,一定要竭尽全力揭开被历史尘封的真相,告诉世人,当年的信长公是如何一步一步陷入一个巨大的阴谋,最终堕入万劫不复的深渊。

逐渐被熊熊大火吞噬的山门,在烈火的炙烤中苦苦挣扎,灰飞烟灭的众僧徒……这一切,就在织田信长的默默凝视下发生了。断送在自己手中的生命是如何一步步走向死亡,必须要由他自己来亲眼见证。

在信长看来,这不仅是一种怪异的嗜好,更是一份执拗的责任感。被困在山门中的人,除了快川和尚,更有宝泉寺的雪岑长老、东光寺的蓝田长老、高山长禅寺的长老等临济宗高僧共十一人。信长本无意取这些人的性命,可是既然他们执意抗命,就断断没有饶他们不死的道理。

忽然间,信长想起了《叹异抄》①中的一节。

某日,亲鸾②劝其弟子唯圆③曰,只要杀一千人便能往生净土。唯圆却答,以自己之器量,莫说杀一千人,就连杀一人也下不去手。听了他的回答,亲鸾如此教诲道:"由此汝亦应知,若你凡事皆能随心所欲,为早生极乐,须杀千人便自当杀之。然则,

---

①叹异抄:亲鸾语录。共一卷。相传由其弟子唯圆编写。旨在针对亲鸾死后对其的非议,为师父的思想证言。被莲如定为禁书,明治以后才得以广泛传播。

②亲鸾:(1172—1262)镰仓初期僧人。净土真宗的鼻祖。皇太后宫大近日野有范的长子。又称绰空、善信。先后拜慈圆、法然为师。承元元年(1207),被流放越后。其间,自称愚秃过上了半僧半俗的生活。娶惠信尼为妻便是在这一时期。建历元年(1211)获赦免,晚年回京之前久居常陆国稻田乡等关东地区。致力于传教布道,宣扬信心为本之说。著有《教行信证》、《唯信钞文意》、《净土文艺聚抄》、《愚秃钞》等。谥号见真大师。

③唯圆:镰仓中期,亲鸾的弟子。唯圆有二人,一为武藏楢山的城主鸟喰的唯圆,一为常陆和田的唯圆。这里指后者,即《叹异抄》的编者。

汝自称哪怕一人也不忍下手,皆因你过往背负之罪业孽缘,使你无法加害于人。不杀人并非因为你心地善良,而是因为你无能为力。"

这是阐释他力本愿①之精髓的著名章节。信长深以为然。随意操控他人的生死,岂是人人都可以办到的?唯有那些受命于天之人,方能踏过数万甚至数十万牺牲者的尸体,登上胜利的巅峰。

"信忠,近卫现在何处?"

"火势失去控制之前,他早已下了山门,朝甲府方向去了。"

"一开始他就应当知道事情会是这个结果,又何必多此一举?真是愚蠢至极!"信长心里却暗暗松了一口气。他可不想因为这点小事就失去前久这个不可多得的帮手,往后用得着他的地方还多着呢。

想想,二人之间的恩恩怨怨还真是一言难尽。

永禄二年(1559),信长第一次入京,是为了拜见十三代将军义辉。而为他引荐的,正是当时的关白前久。信长上京之时,整个日本正迎来又一次巨大的变革。应仁之乱②以来持续了长达百年之久的战乱即将走向终结,举国上下都在探寻和摸索一种全新的社会秩序。在下克上的风潮下,统领着一国或数国的战国大名们,纷纷想尽办法巩固自己的权势,只为将自身的统治地位正当化、合理化。而纵观全国,唯有朝廷和幕府二者的权威,无人敢质疑。因此,二者的地位在乱世之中也显得尤为至高无上。

---

①他力本愿:阿弥陀佛之本愿。众生借此成佛之愿。
②应仁之乱:应仁元年—文明9年(1467—1477),由足利将军家及其管领畠山、斯波两家的继承权问题而引发的,东军细川胜元和西军山名宗全及各自阵营的诸大名以京都为中心而展开的大规模战乱。京都城内战火纷飞,尸横遍野。自此,幕府的势力一落千丈。此乱对社会、文化等各个方面也造成了决定性的影响。又称应仁文明之乱。

而首先洞察了这一局势的人，便是前久的祖父尚通。他将自己女儿（庆寿院）嫁与了第十二代将军义晴，以期早日实现公武一体，实现朝廷与幕府的复兴。后来，义晴与庆寿院所生之子便是第十三代将军义辉，而前久又将自己的妹妹嫁与了他。故而，义辉既是前久的从兄弟，又是他的内弟，二人之间有着双重的亲属关系。二人本就同年，在信长上京那年都是二十四岁。前久十九岁弱冠之年便位及关白，而义辉更是在十一岁时便承袭了将军之位，二人均称得上是人中龙凤。

也正是这两个人，教给了年长他们两岁的信长，什么是天下。

永禄二年（1559），值得纪念的一年——

这一年，义辉和前久联手策划了一个巨大的阴谋。他们以正亲町天皇的登基大典急需军队防护为由，召全国各地大名入京。前久从毛利元就那里征得二千贯供奉，以填补登基大典所需的各项用度；而义辉则向全国大名颁发了"集体休战令"，命各方势力停止争战，以确保从各地入京的大名一路畅通无阻，不受侵扰。

此诏一出，各方纷纷响应。越后的长尾景虎（上杉谦信）、美浓的斋藤义龙，此外还有信长，都先后来到了京城。毛利元就的队伍也已走在山阳道上，正向东而行。

最终，因为诸大名的行动步调不一，这项阴谋未能得逞。然而，却叫信长实实在在地领教到了朝廷的威严和其一呼百应的力量。

（这就叫做挟天子以令诸侯。）

经此一事，刚刚统一了尾张国的信长，开始认真思考起如何才能一步步夺取天下。永禄十一年（1568），他拥立足利义昭入京，便是走出了整盘棋局中的制胜一步。而事实上，近卫前久在暗地里也为促成此事起到了关键作用。义辉在二条御所遭松永久秀暗杀之后不久，前久便与细川藤孝（幽斋）合谋，设法将义昭从兴福寺一乘院中营救出来，送到了越前的朝仓义景处落脚。恰巧此时，明智光秀正造访一乘谷，他们便通过他从中牵线搭桥，意欲为义景寻得更为可靠的庇佑。受前久之托，藤孝和光秀为拉拢义昭、信长两方而四处奔走，费尽心力。

谁知，就在信长拥立义昭入京之后，前久却从京都的满城风雨中抽身而退，悄悄藏身于石山本愿寺。因为他一早看出，信长的真正目的并不是再兴足利幕府，而是要利用朝廷实现自己一统天下的野心。

从那以后，他便以本愿寺为据点，暗地里集结各方势力，欲将信长一举剿灭。比睿山延历寺与浅井、朝仓方联手，本愿寺违反禁规命一向宗举兵……这一切的一切，都是前久在背后极力谋划的结果。

然而谁也没有想到，不久之后的天正三年（1575）六月，二人竟然握手言和。

充当和事佬的正是光秀。

原本栖身于反信长势力方的军事重镇——丹波黑井城的前久，竟突然派人找到光秀，提出愿与信长和解，请他从中说和。更出人意料的是，信长竟也表示同意，还上奏正亲町天皇，为前久求得一纸赦令，解除了他的敕勘。并于天正三年（1575）六月二十八日这一天，将前久召回了京城。

这一年，前久四十一岁，信长四十二岁。两位分别代表了一公一武两大阵营的杰出人物，在长达七年的对立之后，竟在一夕之间要好得如一奶同胞。简直令人错以为他们从一开始就是盟友，从未做过彼此的敌人。

同年九月，信长将前久派往九州，去与岛津家交涉。岛津家的领地萨摩、大隅①两国过去曾是近卫家的庄园②，前久对岛津家的影响力自然非同一般。

　　天正七年（1579）十一月，信长将二条御所献与诚仁亲王。随着亲王一家迁入新居，信长也就成功地将他们控制在了自己触手可及的势力范围。而各方斡旋，一力促成整件事的人，同样也是前久。

　　翌年三月，在信长与石山本愿寺的和谈过程中，作为中间人的前久同样表现得十分积极。教如直至最后仍不肯做出丝毫让步，而最终成功说服他的，依然是他的义父前久。

　　作为五摄家之首的近卫前久，实力实在不容小觑。无论是朝廷、寺社，还是旧幕府，在各大势力集团中他都有着深广的人脉。一旦出现问题，应从哪方入手，向谁施压，对他来说早已是了如指掌。

　　不仅如此，前久还博文广识，多才多艺。论书法，他是近卫流的传人；论歌艺，岛津义久③曾亲授他《古今传授》④；信长所热衷的马术、驯鹰他也造诣颇深。说到马术，前久不仅马上功夫

---

①大隅：日本古代令制国之一，位于今鹿儿岛县东部，包括大隅半岛、种子岛、屋久岛在内的大隅诸岛，以及奄美大岛。

②庄园：在日本，特指从平安时代到室町时代贵族、寺社的私有土地。这种现象最初起源于奈良时代的垦田制，到了平安时代，随着地方豪族的寄进，庄园大规模出现，扩大至全国范围，进而获得了不输不入权。镰仓时代，由于守护地头制的出现，庄园逐渐被武家侵占。南北朝之乱以后，迅速走向衰落。

③岛津义久：（1533—1611）安土桃山时代武将，岛津贵久之子，岛津义弘之兄。参与攻打肥前、筑前、丰后，天正15年（1587），投降秀吉，改封萨摩。

④《古今传授》：《古今和歌集》中的语句及其解释的相关秘籍，只传授给特定的一些人。以三木、三鸟为中心产生了切纸传授。最初起源于东常缘，在宗祇手中发扬光大。由宗祇经三条西实隆传至细川幽斋的一支名为当流（二条派），宗祇传至肖柏的一支为堺传授，由肖柏传至林宗二的一支为奈良传授。

了得，对如何甄别马的优劣，如何挑选、搭配马具也颇有独到的见地。至于驯鹰，前久曾著有和歌集《龙山公鹰白首》，里边详细记录了鹰猎的技巧、装备和工具等等。此外，前久的马上筒更是远近闻名，连军中武士也望尘莫及。更遑论他那清冷俊秀，令人观之忘俗的盛世美颜。

（世上竟有如此完美的男子！）

信长得此良才，不禁又惊又喜，立刻对前久产生了极大的兴趣。所谓英雄相惜，天才的孤独只有另一个天才才能真正理解。自从第一次见到这个传奇式男人的那天起，信长便跟着了魔似的，几乎日日往前久的府上跑。那热络劲儿，简直好比一对热恋中的男女。那段时日，信长给前久的书信往往是这样开头的："突然上京造访，恳请面见。"只要稍有闲暇，信长便会入京拜访前久，与他谈天说地。

再看看前久这几年是如何平步青云，便是信长对他青眼有加的最好证明。前久初回京是在天正三年（1575），那时他的俸禄就有三百石。两年后，前久的次子信基元服，信长便做了他的乌帽子义父。天正六年，近卫家重新收回其旧属地山城普贤寺的一千五百石俸禄。翌年，信长又将紧邻二条御所的一所宅院赠与了前久。

当年诚仁亲王迁入二条御所时，前久亦被任命为先导，骑着高头大马走在队伍的最前端。京中百姓见此情形，无不心生反感，人人都说："如今咱们的近卫大人，对信长可是百依百顺呐。"

然而，事实果真如此吗？

其实，前久甘心与信长联手，自然有他自己的考虑。

而信长对前久的心思，自然也心如明镜。将来，他信长若有任何举动危及到朝廷的地位，前久立刻便会摘下谄媚顺从的面具，露出狰狞的獠牙。可是，明知如此，不，应该说正因如此，信长才对前久更加爱不释手——能隐忍自持到如此地步，这个男人该拥有何等宽广的心胸和气度啊？

惠林寺的大火仍在继续燃烧。

再也看不见在火光中晃动的人影，想来，寺中的僧侣们早已被烧成了焦炭。整个寺院中弥漫着一股浓浓的人肉的焦煳味，令人作呕。

"信忠，放火烧主殿！"信长下令放火烧毁整座寺庙，连一殿一舍都不能放过。可是此令一出，他立刻感到后背一阵发凉。如寒冰侵髓般的寒意，瞬时便传遍了全身。信长的身上立刻起了一层鸡皮疙瘩，同时剧烈地颤抖起来。奇怪的是，脑袋却烫得好似顶了一盆火，额头和后颈都冒出了一层油汗。

（莫不是快川等人的冤魂在作祟？）

这个念头在脑中一闪而过，信长不由得暗自苦笑。什么死者的冤魂？若世上当真有这玩意儿，他信长又哪里活得到今时今日？可是，苦笑归苦笑，头上的灼烫和身上的寒意却丝毫没有减轻。

"父亲大人，您还好吧？"一旁的信忠似乎从他苍白的脸色察觉出了他的异样。

"无妨。回甲府！"说着，信长打算站起身来，却突然觉得双腿一软，无力地向前倒去。

"父亲大人！"信忠连忙一把架住他，一边命人去备轿，"附近有座向狱寺，今夜便在那里歇息吧？"

"此事不可张扬，对外就说我只是去温泉疗养了。"信长吃力地爬上肩舆后，已是神志不清，仿佛被什么东西抽空了身体。

## 信长燃烧·第十二章 游览富士

盐山向狱寺建于室町时代初期，乃是武田信成[1]招揽拔队禅师[2]而开创的临济宗名刹。自那以后，武田世代子孙在此寺中受戒皈依，此寺也曾荣极一时。可是，就在武田氏即将覆灭之际，此寺却对织田军寺门大开，以示恭顺投诚之决心，这才逃脱了葬身火海的命运。

信长被抬进主殿最里面的房间时，早已昏睡得人事不省。长途跋涉的疲累，再加上突感恶性风寒，他一直高烧不退，浑身大汗淋漓。即便是在昏睡中，他仍能感到头痛欲裂，眼前不断浮现出各种幻影。

惠林寺的大火仍在熊熊燃烧。

在通红的火光中，有虔诚的僧侣，有青春正盛的少年，甚至还有稚嫩无知的幼童，他们扭动着、哀嚎着，一个接一个地被烧成灰烬。他们有的蜷缩在地，有的高高跃起，有的紧紧相依……在垂死的挣扎中痛苦地死去。

其中，唯有一人自始至终纹丝不动，他便是快川和尚。任凭大火舔舐着他的僧衣，烧焦了他的眉毛，灼烤着他的肌肤，他始终泰然自若，保持着结跏趺坐[3]的坐姿岿然不动。仿佛已化身不动明王[4]，那熊

---

[1] 武田信成：（？—1394）南北朝时代武将。本姓源氏，属清和源氏一系，河内源氏旁系，甲斐源氏嫡系。甲斐武田氏第11代家主。甲斐国守护、守护代。第十代家主武田信武之嫡子。安艺武田家主武田氏信之兄。

[2] 拔队禅师：本名拔队得胜（1327—1387），南北朝时代的日本禅僧，临济宗向狱寺派的鼻祖。

[3] 结跏趺坐："跏"为足底，"趺"为脚趾甲。即双脚的脚底和脚面相贴而坐之意。如来或禅定修行时的坐姿。又称莲花坐。左右足背压在大腿上的形态，共有两种。右脚压在左腿上为降魔坐，反之则为吉祥坐。

[4] 不动明王：梵语为"不动之尊者之意"。五大明王、八大明王之一。在佛典中，最初为大日如来的使者。后经大日如来教化，化愤怒之姿拯救众生于苦难。通常有一面二臂，右手持降魔剑，左手持羂索。携矜羯罗、制吒迦二童子。又称不动尊、无动尊。

熊的烈火不过是他身后放射出的耀眼的佛光。

"信长,你也就这点儿能耐,不是吗?"突然,快川睁大双眼厉声喝道,那犀利的眼神足以看穿信长的五脏六腑,"寺庙你想烧便烧,神社你想毁便毁,可是,你能杀死万能的神吗?你能毁掉慈悲的佛吗?你这样的人,就算能享一时的荣华富贵,也断然得不到神佛的庇佑,终将堕入无间地狱、焦热地狱,万劫而不复!"

"老东西!少在这里大放厥词,危言耸听!地狱又不是你造的,岂是你说了算?"信长早已烧得神志不清,却仍然咬牙反驳道。

"怎么?信长,你竟不相信有地狱吗?你不知人有前世、今生、来世,生生世世,轮回不息吗?现世作恶之人,来世必遭报应。这,便是地狱。"

"这些无稽之谈,在你的破庙里胡乱说说也就罢了!世间之事,自当由活在这世间之人来决定。什么神佛?全是胡扯!"

"若果真如此,人究竟为何而活?就算享尽荣华富贵,内心若无信仰,人也绝对无法满足。只因每一个人的内心深处都沉睡着久远的记忆。正是它在提醒着每一个人,自己的前世从何而来,来世又将去向何方。任何法度,无论它何等严苛,若不能得到人们由衷的信仰,也很难让人发自内心地遵守它。罪孽也好报应也罢,若都只有今生没有来世,岂不是人人都可以毫无忌惮,为所欲为?只有对神佛的敬畏之心,才能让人真正远离罪孽。"

"这样的心,我可没有!"

"想必你也是没有的。不然,你又怎敢肆意荼毒数十万鲜活的生命?竟不惜让自己饱受炼狱一般的痛苦折磨?"

火势越来越大,快川的脸和身体都早已被烈火烧得通红发黑。可是,他仍然纹丝不动。

"我有什么好痛苦的？我有我必须实现的宏图伟业，为了它，就算再杀个几百万人我也在所不惜。"

"信长啊，你如此放不下心中的欲望，才是世间最大的执念啊！"

"那就让我来问问你，天皇难道也活在无限的轮回之中吗？"

"……"快川突然沉默了。

"佛祖不是说众生平等吗？可是只因天皇是天照大神的子孙，生来便有统治整个国家的权力。若世间真有轮回转世，那这样的谬论又如何说得通？而你，接受天皇所赐之国师封号，只为巩固自身的权威，如此行事岂不与佛道背道而驰？"

"这是因为天下的黎民百姓都对天皇怀有发自内心的尊崇和敬仰。天皇的存在，是为了更好地指引众生。"

"这是彻头彻尾的欺骗！你们利用了民众的无知，故弄玄虚，蛊惑人心，让天下百姓都听从于你们的摆布。藐视众生，将他们一个个变成不敢说话的奴隶，这才是你们的真正目的！"眼前的幻影令信长几欲发狂，更难以压抑心头的怒火。愤怒令他全身僵直，只恨不能一锤下去，将眼前的一切砸个稀巴烂，"怎么，快川，我说得不对吗？有没有天照大神，来世遭不遭报应，这些我统统无所谓！只有一点，你们若还妄想借着神佛的名义来控制这个国家，趁早给我打消这个念头！这个世界的一切应由我们人来决定。就算人再无知，再愚昧，也要负起我们该负的责任，凭借我们自己的力量，来决定我们所生存的世界——那便是天下布武的世界！"

"可悲啊，可叹啊！你嘴上说得头头是道，实则不过都是你心中的执念。正是这份执念，终会将你毁灭，把你拖入万劫不复的焦热地狱！"

"老东西！此刻被烈火包围，眼看就要被活活烧死的人可不是我，是你呀！你不是说心头灭却火自凉吗？有本事，你倒是站起来，走到我面前来给我瞧瞧啊！"

"信长，你以为我不敢吗？"快川说着，缓缓站起身来，浑身在烈焰的包裹之下大步流星地朝信长走去。他那仿佛已化身不动明王的身躯越来越靠近，越来越伟岸，好似一座巍峨的高山向信长压了过来，仿佛瞬间便会将他压得粉身碎骨。信长想大声喊叫却怎么也发不出声来，浑身一激灵猛地翻身坐起，这才终于清醒过来。

（原来是个梦……）

信长大口大口地喘着气，擦着额头、胸口淌出的冷汗。等他稍稍平静，重新躺下闭上眼睛，看到的却依然是同一个梦境。

三天三夜之后，信长才终于退烧了。体内的寒气也逐渐消失，可是浑身仍软绵无力，十分虚弱。仿佛身体里的主心骨已被生生折断，颓废得连起身的力气都没有。

"主公，臣听说离这儿不远有处温泉疗养，您是否想去试试？"森兰丸体贴地劝说道。

"就是普通的温泉吗？"

"也不是。说是温泉水本不算热，又将烧得滚烫的石头放入池中，继续给水加热。"

自从拔队禅师开山建寺，又在山脚下发现了天然的温泉池，寺中的僧侣和附近的百姓就常去那里泡澡疗养。兰丸只带了几个近卫前去勘察，发现此泉位于一道峡谷之中，池面约六席见方，两侧皆是火山岩形成的陡峭崖壁。

于是，信长走进建在池边的小屋，脱下外衣，只穿一件白色的小袖走入温泉，将肩部以下都完全浸入池水之中。温热的泉水轻柔地包裹着他的身体，一点点缓解和释放着他肩头、背脊累积的紧张和疲劳。身后的崇山峻岭中，黄莺在婉转歌唱，一抬头便能看见对面的御坂山地，以及更远处白雪皑皑的富士山顶。

眼前的美景，令信长怦然心动。

富士山巍然矗立，气度秀美高洁，可谓"一览众山小"。这才是当之无愧的"天下第一山"。

而"天下第一人"，自然也应如此。高高在上，傲视一切，冷峻果敢，决不妥协，让芸芸众生和所有的对手都只能抬头仰视自己。

信长在温泉中舒展四肢，心中却思绪翻飞，只觉得浑身的力气又渐渐恢复了。切不可再被快川之流所蛊惑而乱了方寸。要坚信，统治好这个国家，靠的不是那些大肆标榜神佛之说的无能之辈，而是天下大势，民心所向。下克上的风生水起便是民心所向，战国之世的产生更是大势所趋。正因先人一步高举天下布武的大旗，他信长才得到了天下百姓的支持。时至今日，这面大旗也绝不能放下！无论遭遇怎样的抵抗，都要将这个国家的统治权掌握在自己手中，就算要凌驾于朝廷之上他也无可畏惧。

（若非如此，这一路走来因他信长而死的人不就都白白牺牲了吗？）

仿佛有一股神奇的力量鼓舞着信长，他猛地从水中站起来，高声吩咐兰丸道："给京中的信基送封信去！你赶紧给我记下来！"

兰丸闻言，迅速取来笔墨纸砚，提笔蘸墨，只等信长进一步指示。

"其一，尽快让诚仁亲王即位。其二，设法让我当上将军。其三，罢免一条内基，让信基出任关白。"

信中，他命信基务必赶在自己返回安土城之前，为这三件大事的实施铺路搭桥。当务之急便是让诚仁亲王顺利即位,并任命信长为将军,开设新幕府。下一步,则是要尽早将五王子送上皇位,让信忠承袭将军之位,信长自己便可以成功主宰公武两大阵营,从而成为这个国家最至高无上的存在。

在盐山的温泉经过一番精心调养之后,信长已完全恢复健康。便于四月九日动身返回跻蹰崎馆。

"朝廷派来使者,祝贺主公打了胜仗,现在正在外间等候。"信长听了近卫的禀报,便起身前往外面的会客室。刚一踏进门,就看见劝修寺晴子一脸不自在地坐在那里。晴子身穿红色的小袖,外面罩了一件鹅黄色的打褂,打褂上绣满了唐花图案。艳丽的色彩、精美的刺绣,衬托着晴子那妩媚精致的美丽面容和不苟言笑的严肃神情,似乎有点不搭调,又似乎,恰到好处,令她周身散发出一种高贵冷艳的气质,同时又带着一种熟透了的果实所特有的甘甜。就连信长也猜不到,这是洗过了香精浴的结果。

"恭祝大人此次大获全胜,妾身特奉圣上之命,前来祝贺!"晴子俯身一拜,披在背上的垂发也顺势垂落到一旁。跪在她身后的侍女房子,连忙伸手将发束归回原位。

"区区小事,何须劳烦尊使千里迢迢,到这兵荒马乱的废城中来?"朝廷莫不是别有用心吧?信长首先产生的便是这个怀疑。若非如此,怎会特意派使者到这个地方来?

"妾身原本赶去安土,不料大人已然出征。妾身想着,最远赶到岐阜,定能追上大人。不曾想总是晚了一日,屡屡与大人失之交臂,不知不觉就追到这里来了。"

"就凭你一人?"

"没错!妾身一过不破关,顿觉身轻如燕,就跟长了翅膀似的。"晴子快人快语,并不扭怩作态。一双清澈的眸子,如纯真的少女般熠熠生辉。

信长的双臂间，仍清晰地残留着那一日在桑实寺的石阶将晴子拦腰抱起时的感觉。信长的脑海里，深深烙印着二人一起仰头共赏满树山樱时，那温情、暖心的画面。那一日，是多么的不寻常，仿佛在暗无天日的岁月中，忽然亮起了一盏明灯。

"真想再赏一次山樱啊！"

"是啊，真想啊！"

这简简单单的一问一答，包含了多少只有他们二人才能领会的深意。

"我明日便要出游，去游览富士山。并打算穿越富士山脚下的平原，直下骏河，借东海道返回安土。既然你的心已长了翅膀，是否有意再随我多飞一程？"

"大人盛情，妾身深感荣幸。但即刻不便答复，还望大人容我好好想想。"说好最晚明日做出决定，晴子便起身告辞了。

可是，她都已经退出去好久，屋内那丝幽然的甜香仍迟迟不肯散去。

为政讲求当机立断。一旦明确心中的目标，便要精心谋划，步步为营，一点一点地去接近它、实现它。在此之前，绝不能向旁人流露自己的真心。在人前，高举大义名分的大旗；暗地里，却要用尽谎言、欺诈、恫吓等各种卑劣的手段。只有这样，才能将那些碍手碍脚的人一个个除掉。这一点，类似于围棋、象棋中的棋布错峙，或渔夫撒网捕鱼时的围追堵截，讲求的是手腕和心术。什么诚实、正直，在这时候全都派不上用场。

凝望着中庭中蓓蕾初放的水菖蒲，近卫前久默然不语，任思绪肆意蔓延。火烧惠林寺一事之后已经六天了，他一直躲在踟蹰崎馆的居所中闭门谢客。这六日来他苦思冥想,只为找到一个能将信长彻底打倒的办法。

(已经不能再妥协下去了!)

在惠林寺的山门看到信长的那一刻,前久终于痛下决心。多年来,他一直以为可以找到一条与信长和平共处的安生之道。可是现在,他终于醒悟,再这样步步退让下去,只会令朝廷威严尽失,权力尽丧。心高气傲的前久,怎能容忍事态发展到这一步?

相传,近卫家的祖神天儿屋根命①,是奉天照大神之命,为襄助迩迩艺命②治国,才从天而降来到人间的。自那以来,这个家族从中臣到藤原再到近卫,虽几度更名,却始终肩负着守护朝廷的重任。对每一个出身于近卫家的人来说,保护天皇、报效朝廷才是真正的大义。为此,他们无论付出怎样的代价,采取何种手段也在所不惜。

前久已决心破釜沉舟,就算最后采取行刺的办法,也一定要将信长除掉。当然,一切必须要计划周密,切不可走漏半点风声。一旦对方有所察觉,事情恐怕会牵连到正亲町天皇。何况,就算最后行动得手,摄关家家主竟参与主谋此等阴损之事,一旦为世人所知晓,也同样有损皇威。

(那么,究竟该如何行事才好呢⋯⋯)

前久苦苦思索,却始终想不出什么好办法。这时,仿佛有一片水菖蒲的叶子从房顶翩然飘落。原来,是被派出去打探消息的

---

①天儿屋根命:日本神话中,兴台产灵之子。在天岩屋户前唱颂祝词祈祷天照大神的出现。后来成为随天孙降临人间的五部神之一,其子孙世世代代掌管大和朝廷的祭祀,被认为是中臣、藤原氏的祖先。

②迩迩艺命:日本神话中天照大神之孙,天忍穗耳尊之子。奉天照大神之命统治日本国,从高天原降临到日向国的高千穗峰,娶大山祇神之女,木花之开耶姬为妻,生火明尊、彦火火出见尊等。

478

风之甚助回来复命了。

前久仍坐于上首，斜倚在凭肘几上，默然倾听着来者的禀报："方才信长已回府，面见了二条御所来的夫人，还邀请她明日同游富士。对方表示明日给出答复。"甚助三言两语讲明事情经过，便如一阵风般消失了踪影。

"家门大人，日向守大人来看您了。"负责通传的近卫在隔扇门外禀报道。

"都说了我身体不适，谁都不见。"

"小的也是这么跟他说的，可是大人仍执意要见您。"

"那就让他进来，在隔扇外寒暄两句吧。"前久赶快取出事先备好的面巾裹在头上。面巾是白色的，身上的小袖也是白色的，看上去还真像个身负重伤的人呢。

不一会儿，明智日向守光秀神色凝重地走了进来："近卫太阁大人此番只身涉险，受了惊吓，在下实在难辞其咎。"他似乎真的觉得一切都是自己造成的，满脸的内疚自责，"在下深知大人贵体欠安，不愿见客。只因实在牵挂大人的安虞，又一定要当面向您请罪，这才唐突登门，执意求见。"

"一点小小的烧伤，无需挂怀。"原来，他亲自去惠林寺阻止信忠放火，自己也不小心被烧伤了面颊。本是一处轻微的烧伤，好好将息也许连疤痕也不会留下。可就在他闭门不出的这六日里，坊间关于他为向信长进谏而身负重伤的谣言却传得越来越离谱，"更何况，受这点伤也是因为我自己有失德之处，与你无干。"

"若不是我一再央求，大人又怎会身陷险境？现在想来，实在心中有愧，悔不当初。早知如此，真该听取大人的建议，由小人出面，冒死劝谏主公。"

"就算由你出面，也救不了快川国师。多少僧侣在山门受尽折磨，葬身火海。与他们相比，我这点小伤又算得了什么？"

"在下听闻大人不日便将返京，可有此事？"

"本官的确有此打算。此次随军出征，我本有两大目的，一是保武田一门不灭；二是确保快川国师性命无虞。这也是临行前天皇对我的殷殷嘱托。结果，两件事都事与愿违，辜负了天皇的厚望，我还继续与信长公同行又有何意义？"

"主公明日将出发前往骏河，由德川家康大人随行。想必主公也用不着我等陪同了，定会遣我回国。若大人当真要回京，在下愿陪大人一程。"光秀一脸期盼，几乎是在恳求地说道。看来，他的确对前久的遭遇深感不安，不为对方做点什么实在过意不去。

"你的心意本官心领了，还是不必了吧。"

"这是为何？"

"这次我已得罪了信长公，你若与我同行，只怕会给自己带来不必要的麻烦。"前久装出一副真心替对方着想的样子。他知道，自己越是处处刻意避嫌，光秀心中的负疚感便会越发强烈。他当然要趁热打铁，在不知不觉间让这份对自己的歉疚转化成对信长的反感。

"这一点您大可不必介怀。待在下向主公言明，他定会爽快地准允的。"

"对不住，织田军的人，眼下我一个也不想见。"

"近卫太阁……"

"我只要一看到织田的军旗，脑中便会立刻浮现出当日他们包围山门时的情形，更会想起快川国师身陷火海，被熊熊大火吞噬的惨景。叫我怎能不心如刀绞，肝肠寸断？"前久黯然地揉了揉眼角，命近卫送上酒来，"我有伤在身，也不能陪你多喝。薄酒一杯,权当答谢你前来看望我的一番诚意吧。"说着,他把光秀唤到近旁,亲手递给他一个朱漆的酒杯,杯底用金漆描绘着一朵鲜艳的菊花,可见是御用之物。

"在下惶恐,谢大人美意!"光秀毕恭毕敬地双手接过了酒杯。

"对了!难得你来一趟,就让我为你吹支曲子吧。"前久说着,揭开面巾,掏出笛子吹奏起来。他吹的是一支节奏明快、轻松欢悦的曲子,似乎与眼下的气氛不太搭调。

"啊啊,这不是……"光秀哐当一声放下酒杯,眼神顿时变得空洞而缥缈,陷入了对遥远往事的回忆之中。

没错,这正是他们和足利义辉最后欢聚的酒宴上,前久所吹奏的那支曲子。

永禄八年(1565)春——

前久应义辉之邀,前往二条御所赴赏樱之宴。二人既是从兄弟又是郎舅,有两层亲属关系。一个贵为关白,一个尊为将军,在二人的同心协力之下,朝廷和幕府的复兴已逐渐走上正轨。义辉邀前久对坐于樱花树下,推杯换盏,把酒言欢。同席的人并不多,只有义辉的异母兄弟细川藤孝,以及当时在他手下做奉公的明智光秀而已。

这一年,义辉和前久都是三十岁。藤孝三十二岁,光秀三十八岁。这四个人,说他们重建了朝廷和幕府,只怕也不为过。而这一日,义辉一时兴起举行这场宴会,也正是为了答谢这几位功臣。

不多时,席上的诸人就已抛却尊卑,畅所欲言。义辉兴之所至挥剑起舞,前久吹响竹笛,藤孝敲起太鼓,光秀则咏唱汉诗,为义辉伴奏助兴。这是一场性味相投之人的即兴表演。虽为即兴,只因几位都是个中翘楚,若非精通此道的乐师、伶人,恐怕也很难达到这样的水平。如此精彩绝伦的表演，引得内殿的女眷们也纷纷涌到前庭来观看。

此刻，前久的笛声中充满了对那时的回忆和怀念。似乎每一个音符都牵动着人的思绪，将人带回那个落樱缤纷的美丽庭院。

只要再给他们十年，不，五年就够了。这四个人定能复兴足利幕府，重振礼教朝纲。

然而，仅仅三个月之后，松永弹正起兵谋反，义辉惨遭暗杀。

之后的十七年，前久和光秀二人各自都起起落落，历经沧桑。而今相对无言，内心却都五味杂陈。眼下，光秀虽已是织田家炙手可热的大红人，可当年的一切，他又怎能说忘就忘？

"不知不觉竟吹了这么久，令我想起了很多过往啊。"一曲终了，前久意欲借此聊起往事。光秀却突然变得谨慎起来，他慌忙岔开话题道："今日承蒙大人盛情款待，在下喜不自禁。现已久坐多时，实在不便继续打扰了。至于返京一事，请待在下征得主公的首肯之后，再来同大人商议。"说完，他逃也似地退了出去，甚至没有像上次那样让人看到他眼角的泪光。

前久摘下面巾，端起手边的酒杯饮了一口，润润干涩的嗓子。他一心只想动摇光秀的心思，却似乎有些操之过急了。只因他想起了当年与义辉一同赴死的妹妹里子和叔母庆寿院，胸口便好似遭了重重一击，几乎连呼吸的力气都没有了。还有那火光冲天的二条御所，将御所团团包围的数万大军，以及他们震耳欲聋的呐喊和欢呼……那声音似乎此刻仍回响在前久的耳畔。脸颊的烧伤明明已经愈合，却似乎被那一日的回忆揭开了伤疤，皮肤深处又开始隐隐作痛起来。

"晴子夫人现在何处？"

"暂居北馆。"

"我要见她，你快去通报一声。"

近卫领命前去传话，不一会儿便回来说晴子同意见面。于是，前久便风风火火赶往北之丸的大殿。

晴子正俯身于书案前写着什么。

"下官冒昧前来，打扰娘娘清修，实在罪过。"

"无妨。妾身也正有事想见大人。"晴子立刻搁笔，与前久相视而坐。她面前是一页淡色的陆奥笺[1]，端秀的字迹跃然纸上。笔锋潇洒飘逸，不拘一格，连深谙书法之道的前久也不由得心生佩服。

"娘娘，您写的可是旅途游记？"

"不过是这一路上的杂感随想，胡乱记上几笔以打发时光。本不配示于人前，只因墨迹未干，才未及收起。"

"听说信长公明日便要启程前往骏河，此事娘娘可有耳闻？"前久佯装不知地试探道。

"妾身已获知。"

"下官朝中尚有公务，打算沿信浓路回京，晴子夫人是否有意同行？"

"妾身想要与大人商议的也正是此事。"

"哦，是吗？娘娘您有何打算？"

"方才信长公邀我同去骏河，问我是否愿意。妾身实在不知该如何作答，特来问问近卫公的意见。"前久也没想到晴子会问得如此直接，竟一时语塞。在离京之前，自己曾历数旧时女官舍己保护朝廷的事例，暗示晴子应牺牲小我，保全大局。眼下，晴子竟借此反戈一击，逼前久来做这个决定。

---

[1] 陆奥笺：据说原产自陆奥的一种纸张，别称"檀纸"。

"为何信长公会邀娘娘同行呢？"前久不甘示弱地反问道。

"妾身也不得而知。他只说，既然你都追到这里来了，继续往骏河飞也不失为一桩趣事。"

"晴子夫人您自己觉得呢？您愿意同行吗？"

"若我答应同去，京城中还不知会传出怎样的流言蜚语。可若是不答应，只怕又会扫了信长公的兴，给公武关系带来恶劣影响。所以才左右为难，举棋不定呀。"

"去年春天，朝廷与信长公因让位一事起了龃龉。多亏由晴子夫人出面出使安土，才得以轻松化解。信长公对晴子夫人可谓青睐有加啊。"前久十分露骨地暗示着，自己对当日桑实寺里发生了什么可并非一无所知。

"既然有幸得到对方赏识，就该抓住机会投怀送抱，对吗？大人曾说历代女官牺牲小我，保全朝廷，应该就是这个意思吧？"

"下官不过是有一说一，并无言外之意。"

"眼下又当如何？若妾身能规劝信长公，保公武两方相安无事，大人您就会让我与信长公同行，是不是？"晴子表情淡定自若，似乎已洞悉一切。口中却咄咄逼人，紧追不放。

"下官何德何能，有什么资格替娘娘做决定？娘娘为何执意要问下官的意见？"

"妾身自以为，同去倒也无妨。只不过，此事一旦公诸于众，恐怕会令太子殿下和圣上颜面无存。届时，我区区妇人，倒是可以抽身而退，大不了继续做我的女官。只是我那些无辜的孩儿，我不能不为他们的前途早作打算。"

"既然娘娘有此决心，下官也一定听从您的吩咐，了却您的心愿。只是下官还有一个请求，请娘娘务必照办。"

"请讲！"

484

"旅行途中，请娘娘设法隐藏身份，只说是信长公的随行侍女。而晴子夫人的辇轿，下官则会另行安排侍女乘坐其中，与我一同回京。如此一来便能瞒天过海，避过世人耳目。"接下来，前久就如何与侍女对调进一步做了详细的安排。当然，他早已不敢奢望信长还能与朝廷相安无事。只不过，若晴子真能对信长劝诫一二，至少能为谋划日后的暗杀赢得一点宝贵的时间。

天正十年（1582）四月十日，织田信长从甲府出发，踏上了前往富士的旅途。随行的只有马回一万余人，重臣们则沿信州路返回了各自的领地。负责在前方引路的，便是此次讨伐武田时立下大功，受封骏河国大半疆土的德川家康。

旅程预计大约十日。从甲府沿中道环路抵达富士山山麓，再向南穿越山麓平原，沿东海道返回安土。对信长来说，这是一生中第一次，也是最后一次如此长途旅行。

旅行的目的并非只为行乐。古有坂上田村麻吕[①]受封征夷大将军，讨伐虾夷。自那以后便有了一条不成文的规定，武家的首领若想成为将军，必须首先收服东国。当年源赖朝拥兵十万，在富士山山麓平原围猎，也正是为了向世人宣告，东国已经完全落入自己的掌控之中。信长自然也要效仿先例，借此次富士之行昭告天下——征讨东国的战争业已大功告成，为自己就任将军做好万全的准备。

此次旅行还有另一个目的——让织田军内外都看到自己与德川家康的密切关系。三年前，信长曾怀疑家康私通武田胜赖，甚至命他亲手杀掉了自己的正室筑山御前和嫡长子信康。岂知，家康不惜牺牲妻儿也要为主尽忠，信长这才对他深信不疑。这一

---

[①]坂上田村麻吕：（758—811）平安初期武人，封征夷大将军，征讨虾夷立下大功，升正三位大纳言。建京都清水寺。

次，他甚至只带了少数人马，放心地将自己的安危全权托付给了家康。

信长向来崇尚奢华。随行的将士们个个金盔银甲，与京中举行骑兵检阅时相比也毫不逊色。他自己也身穿南蛮铠甲，肩披绯红色斗篷，英姿飒爽地驭马前行。

在浩浩荡荡的行军队列之中，却有一顶镶金缀银的簇新肩舆正跟着大部队徐徐前行，十分打眼。在这顶由十个轿夫合力抬动的巨大轿辇中，劝修寺晴子和其侍女房子正背对背默然而坐。

昨夜，二人之间曾爆发了一场激烈的争吵。面对执意与信长同行的晴子，房子一改往日的慈爱和顺从，声色俱厉地劝诫道："您做出这等好事，世人会如何议论？娘娘您想过吗？"连平日里低沉的嗓音也变得尖锐了，"就算您谨言慎行，一路上没有半分越轨之举，那些唯恐天下不乱的小人也免不了谣言中伤。到时候，您就是浑身是嘴也说不清呐！"

"这些我自然知道！"晴子仍不为所动。她已铁了心要投入信长的怀抱，哪怕是用自己的身体做武器她也心甘情愿。

"万一这些谣言传入太子殿下和圣上的耳朵里，他们该有多么痛心？这些，娘娘您又想过吗？"

"我此次随军，完全是为了保全朝廷。无论遭到世人多少非议，过不了多久也定能水落石出，还我清白。"

"宫中可有不少人等着看娘娘的笑话，借机排挤您呢。一旦这些莫须有的谣言传入二条御所，传入宫中，您还有何颜面去见太子殿下？"

"那也没什么大不了。孩子们的前程我已托付近卫公，他定会帮我保全他们。"

"照您这么说……照您这么说，奴婢这一辈子，又是为谁辛苦为谁忙?"房子激动得双拳紧握,浑身因愤怒而微微颤抖,"自从随娘娘您入宫服侍太子殿下,奴婢一直对您忠心耿耿。什么爱情,什么儿女,一个女人所渴望的幸福我统统舍弃了。只盼着有朝一日您能贵为皇后,母仪天下。再多的辛苦,我都咬牙挨了过来。可如今,您却要陷自身于不义,那奴婢所有的辛苦不就都白费了么?"

"若非出身五摄家的千金小姐,是没有资格做皇后的。我不过是一介女官,哪敢有什么非分之想?"

"可是,不久的将来,您所生的皇子便能……"

"皇子是皇子,我是我,身份有别,各不相干。你若不愿跟我同去,大可以自己回京。近卫公原本就要找个侍女顶替我,我请他把你也一同带回去便是。"晴子态度十分强硬,扔下这么一句狠话,便进了寝殿不再出来。

房子在殿外哽咽着哭了许久,今日一早却像什么事也不曾发生过似的坐进轿辇里来了。当然,她还是一句话也不说。看样子,恐怕一夜未曾合眼。她双目低垂,眼皮红肿,双唇好像被胶封住了似的闭得铁紧。头发已失去了原有的光泽,肌肤也显得格外暗沉,一双干巴巴的手似乎比平日里更小了一圈。

(啊,是什么时候……)

是什么时候她竟已衰老成这样?晴子在心中暗自惊叹。这双手,曾在晴子年幼时打过她的屁股;曾在晴子入宫服侍太子时为她梳妆打扮;还是这双手,帮晴子在生产之际悉心照料……为了陪伴晴子入宫,她舍弃了自己的挚爱,抛下了自己的骨肉。她说自己割舍了作为一个女人的所有幸福,真的半点也没说错。

勉强她随自己踏上这条凶多吉少的旅途,的确是有些残忍。可是,晴子并不打算改变决定。目前的形势看来,朝廷和信长的关系只会越来越紧张,终有一日定会彻底决裂。这一点,晴子自然心知肚明。为了避免事态发展到不可挽回的地步,为今之计只能设法说服信长,哪怕只有名义没有实权,也要保留朝廷的存在。在形式上,还是由天皇出面封信长为征夷大将军。如此一来,便能各得其所,皆大欢喜。现在,信长之所以一再拒绝这个至少表面看来两全其美的办法,只因他内心深处长久以来对朝廷的怨恨和成见。

(能打开这个心结的,也许只有我。)

晴子成竹在胸,因此,就算遭到再多的误解和非议她也能坚持到底。

轿子行进得飞快。轿夫们一路小跑,唯恐被骑兵队伍落在了后面。轿子时而上下颠簸,时而左右摇晃。轿中的人只得牢牢抓住吊绳才能勉强坐稳,即便如此也仍然十分辛苦。

"这是抬人呢,还是抬米袋子呢?真是猪油蒙了心,何苦来遭这份罪?"房子没好气地咕哝着。若是八濑童子,就算跑得再快,也绝不会让轿子晃得这般厉害。如今吃苦受累,还不都是为了那个信长?房子自然心里不舒坦。

"你昨晚不是说,我做出这样的事,不知世人会如何议论吗?"借着这个话头,晴子想把事情挑明了,"其实在你心里,也一定是这样想的吧?"

"怎样想?奴婢不明白娘娘在说什么。"气昏了头的房子,连说话也变得尖酸刻薄,不留情面。

"你一定认为,我答应与信长公同行,一定是有什么不可告人的私情,对吗?"

"若奴婢真是这么想的,那么就算剃光娘娘的头发我也一定要把您拉回京城去,哪还会让您坐到这颠得七荤八素的轿子里来呢?"

"真的吗？若你当真能体谅我的苦心，那么从今日起，无论我说什么、做什么，你都只管在一旁默默地看着。就算有天大的事，也莫要对我指手画脚。"

不久，队伍行至笛吹川①。

此江波澜壮阔，浩浩汤汤，很难想象在如此崇山峻岭的国度还有这样的大江大河。此刻，江面上架着一座崭新的船桥。江的对岸便耸立着巍峨险峻的高山，却仍看不到富士山的雄姿。

抬着轿子过桥的轿夫们，脚步实在算不上稳健。晴子一边为他们捏着一把汗，一边暗想，不知这一路上自己已过了多少条河？江河乃是人间与异界的交界，我国自古便有这样的说法。同时，江河也是涤荡污秽，冲刷不净的场所。这样的观念，在晴子的心中自然也早已根深蒂固。故而，每每渡过一条江，蹚过一条河，她便会有一种作别前尘的虚无感，和一种即将踏入未知世界的紧张感。

过了江，又走了大约一里地，便来到了入山口，左右两边皆建有驿馆。只因此地是连接甲斐、骏河两国的中道环路的起点所在，旅人通常会在此休整一夜，好养足精神准备第二天翻山越岭。

驿馆边上有座敬泉寺，寺旁建了一座富丽堂皇的殿宇，与周遭的乡土气极不相称。原来，这是德川家康特意为信长建造的临时寝宫。殿外里三层外三层围起了栅栏，挤挤挨挨站满了哨兵，戒备十分森严。寝宫的周围，普通士兵们的营房沿街而建，大大小小竟有千余间。仿佛一眨眼的工夫，深山密林之中凭空冒出了一座热闹的小城。

---

①笛吹川：位于今山梨县北部的河流。发源于关东山甲武信之岳，流经甲府盆地东半部，在鳅泽与釜无川汇合，形成富士川。全长55公里。

晴子等人所乘坐的轿辇过了冠木门，进了信长寝殿旁的偏殿。偏殿中亦分上首和下首。想必原本是为信长的某位重臣准备的，只因突然决定带晴子同行，仓促间来不及另建，便临时用它作了晴子的房间。

"主公随后将要出席德川大人为他特设的酒宴，请夫人先在此好好歇息。"信长的近卫留下话便离开了。留在房间里的主仆二人，欣赏着屋内的精美装潢，一时赞叹不已。柱子和房顶用的都是白木，壁龛和楣窗也做工考究。簇新的地席泛着淡淡的草青色，仿佛刚刚铺就。唯有描绘着光车骏马的隔扇门依稀渗透着历史的厚重感。

"这样难得的东西，究竟是从哪里找来的？"房子的疑惑也不无道理。如此技艺纯熟的大和绘①，如此做工精良的隔扇门，如今只怕在都城中也是难得一见的珍品。

"信玄公的夫人本是三条家出身，想必是残留了些在与武田家有因缘的寺庙中，于是被搬到这里来了吧。"

"今晚，信长公会来吗？"

"我也不知。不过，我既已答应同行，必要的准备还是该做的。"晴子说着，打开行李开始着手准备。说是准备，旅途中缺东少西，也没什么拿得出手的。然而，晴子已打定主意，无论如何要在这次旅行中牢牢抓住信长的心。而成功与否的关键，可以说就在这第一夜。

宫廷中自古便流传着博奥精微的闺房之术，这恐怕是由男子

---

①大和绘：平安时代，在唐朝绘画形式的基础上发展起来的富于日本风情的世俗绘画传统及其绘画的总称。到了镰仓时代以后，演变为与"唐绘"、"汉绘"（即宋元系绘画，特别是水墨画等的专门叫法）相对应的一种绘画形式。14世纪后半期，作为宫廷画师世家的土佐家尤为推崇大和绘，也随之形成了一个大的流派。

夜访女子香闺，私定终身的风俗衍生而来。男子第一日、第二日与某女私会，便能知其品性。若第三日再来，同食三夜饼之后，就等于二人已有了婚约。不过，若男方对女方不甚满意，第一日或第二日之后便不会再登门来访，这场恋情也就不了了之，没人敢说男方半点不是。从古至今，有哪个女子不是千方百计，全心全意地想要留住自己心爱的男人？由此，闺房之术便应运而生了。

而对于一心争夺帝王的宠爱的女官们来说，闺房之术自然也成了一项必须掌握的技能。她们住在各自的宫局中，日日翘首期盼着君王的临幸。若能有幸诞下龙子，甚而将之送上皇位，不仅自己可以母凭子贵，自己的母家也可以从此强权在握。为了能讨得天皇欢心，独享专房专宠，公家的小姐们自幼不仅要研习琴棋书画，学习宫廷礼仪，更要请人秘授闺房之术。

其中究竟有什么神奇的魔力，我们从迎娶了勾当内侍的新田义贞的经历中便能略知一二。当年推翻了镰仓幕府，入驻京城的义贞，得到了后醍醐天皇的恩赏，将勾当内侍指配给他。天皇此举，本是为了褒奖义贞的忠诚、勤勉。谁料，义贞初次涉足京城女子的温柔乡，从此便沉溺其中，一发不可收拾。不理朝政，不管军务，最终在越前的深田仓皇落败，命丧沙场。

南朝一方的柱石北畠亲房[①]曾这样评价义贞：无功无过，空梦一场。寥寥几个字，透着讥讽的冷笑，仿佛在说："如此轻易便一败涂地。"想必，亲房也曾亲身领教过后宫闺房之术那可怕的魅惑力吧。

主仆二人默默地做着准备。沐浴更衣，对镜梳妆，扫地焚

---

[①]北畠亲房：(1293—1354) 南北朝时代公家。镰仓幕府灭亡之后，奉义良亲王赴陆奥。延元4年（1339），著《神皇正统记》。在吉野辅佐后村上天皇，成为南朝柱石。更著有《元元集》、《关城书》等。殁于贺名生。

香……二人神情肃穆，一丝不苟，仿佛在迎接什么庄严的仪式。

晴子深谙制香之道。她能根据需要，将多种香料巧妙搭配，配制成不同香气、不同功效的香薰。甚至能调制出能左右人的心神的香薰。今夜的香，她加了更多的伽罗沉香，香气澄净幽远，好似密林深处清新的空气，又带有一丝淡淡的甜香。信长从家康的酒宴上归来，想必也是身心疲累。此香可以理气安神，用在今夜是最好不过。

此外，宫灯的数量和摆放位置也十分重要。太过明亮则会把屋内的陈设照得太过清晰，失了情调；太过昏暗又无法凸显服饰的华美和妆容的艳丽。摆放得过高，光线由上向下会显得脸型偏大，五官平淡；摆放得过低，又会让人误以为自己迫不及待想要同床，显得太不矜持。

几次尝试之后，晴子决定在房间两侧的鸭居①上放上两盏用和纸罩住的柱灯，又在壁龛的一角放上一盏更大的宫灯。如此一来，既不会太过明亮，令信长的眼睛容易疲劳，从斜下方射来的光线又能让晴子的脸掩映在忽明忽暗的光影里，平添几分妖娆。

晴子努力让自己投入到这些细小而复杂的工作中，一颗心却依然抑制不住地怦怦乱跳。有生以来，她还从未体会过今天这样的心境。即便是行过削鬓之仪②在洞房中等待太子殿下的新婚之夜，她心中更多的也是因为恐惧而引起的紧张忐忑，并不曾有心跳的感觉。再后来，只顾着一个接一个地生孩子，男女间相互倾慕的那种恋爱的滋味就离自己越发地遥远了。

晴子将一只手放在胸口上，试着感受了一下。她能清楚地感

---

①鸭居：隔扇门、障子门等的门楣、上框，即门框上端的横木。
②削鬓之仪：近世，女子年满16岁那年的6月16日，要举行剪掉鬓角的仪式。相当于男子的元服之仪。若是女子已有婚约，则由其未婚夫的父兄来剪。

觉到心脏快速鼓动的声音。双乳也变得饱满、坚挺，仿佛胀满了乳汁。只消用指尖轻轻一碰，一种清晰的战栗感便会传遍全身。这份对情爱的渴望，在和歌呀物语什么的里边倒是读到过，只是没想到自己的心灵深处竟也偷偷潜藏着这样欲念。

（不行！我要把持住！）

此次与信长同行，是为了说服他服从朝廷，这可是属于女人的战争。——尽管晴子在心中如此告诫自己，仍然难以控制住自己的心旌动摇和意乱情迷。

夜深人静时，信长总算来了。

就在晴子以为他今夜不会再来，打算放弃的时候，信长却眯缝着疲惫的双眼，出现在了她的面前。沁人心脾的香薰、精心布置的灯光，似乎都没能引起他的注意。他往上首一坐便命人上茶，显露出少有的醉态。

房子赶紧端出备好的樱花茶。此茶是用盐腌的樱花花瓣泡制而成。常用作婚礼及喜宴上的佳饮。信长端起茶杯，连同樱花花瓣一口喝下，立刻命人再来一杯。

"此次大人恩准妾身随行，妾身倍感荣幸。"晴子恭恭敬敬地颔首致谢。

"嗯，有什么不满意的地方尽管跟我说。"

"妾身不敢。承蒙大人厚爱，军旅之中还特意为我准备了如此豪华的寝室，妾身实在感激不尽。"

"这是家康的心思，你不用谢我。"

"明日大人一早便要出发吗？"

"确有此意。"

"妾身虽服侍不周，恐不能为大人排忧解乏。大人若有何需求，妾身但凭大人盼咐。"晴子逆光而坐，微微侧过脸来。娇小的

493

面庞大半笼罩在阴影之中,更增添了几分神秘和妩媚,令人心生爱怜。

"那么,我可否借你的双膝一用?"不等晴子回答,信长便侧身一躺,头正好枕在晴子的膝盖上。二人脸对脸,信长直视着晴子,把她眼底的慌乱和闪躲全都看在眼里。不过片刻之后,他便眨了眨沉重的眼皮,安静地合上双眼沉沉睡去了。

第一日不碰女方的身体,这本是闺房中常见的做法。不过,却也少有人会像信长这样什么也不做,自顾自睡得香甜。难道他对自己完全不感兴趣吗?晴子心里难免有些犯疑。

翌日一早,信长一睁开眼,只觉得神清气爽。他已经好久没有睡得如此香甜,一觉之后,仿佛全身上下又恢复了活力。平日里,他很难入睡,且睡得又浅。甚至有时会因此弄得自己也气急败坏,焦躁不堪。有时候好不容易睡着了,也仍觉得大脑的某处是清醒的,各种念头在脑子里横冲直撞,以至于常常梦魇,甚至会梦到刀光剑影、血肉横飞的战场。

然而这一夜,将头枕在晴子的膝盖上,他却顿觉从未有过的轻松自在。绷紧的神经得到舒展,只觉得身心舒畅,不知不觉便睡着了。他睡得实在太沉了,连何时被人移到榻上,盖上寝具都浑然不知。如此安详的沉睡,自从父亲信秀死了之后便再也没有过。唯恐一旦熟睡便会在睡梦中被人砍去脑袋,信长一直保持着警醒的状态,不敢有丝毫放松,就这样苦苦撑到了今日。

房中只点了一盏柱灯,加之身处山谷之中,只觉得寒冷异常。天似乎还未大亮,周遭一片静谧,不闻一丝声响。

信长坐起身来将隔扇门轻轻拉开一条缝,看见晴子和房子正彼此依偎着睡在下首外间。外间并未点灯,信长不过是通过微微隆起的寝具作此猜想而已。于是,他取下即将燃尽的柱灯,往晴子的枕畔一照。只见，晴子将头枕于箱枕①之上，将满头青丝归拢于枕边的浅筐中，侧身安稳而眠。身为宫中女官，仰面而卧被视作不雅之举。谨慎自持如晴子，绝不会犯这样的错误。

此刻，她正好背对信长，自然看不清她的脸。昏黄摇曳的灯光，只朦胧映照出她光洁的额头和挺秀的鼻梁。可是，信长的脑海中却能清晰勾勒出晴子的容颜。娇俏灵动的美人尖，倔强而又不失温柔的眸子，还有那因矜持而紧闭的双唇……在桑实寺的那一日，曾一丝不挂地袒露在自己面前的这具曼妙的身体，如今就毫不设防地安然躺在自己的眼前，不时发出均匀的呼吸声。

（山高路远，前路难测，她能跟我走到这里，也实属不易啊！）

想必，她也是百般纠结之后才做出这个决定的吧？

大内后宫的规矩如何，他信长虽然不甚清楚。可是，身为东宫太子妃的她竟做出此等事，想来也不会有什么好果子吃。

此生，信长从未对任何女人真正动过心。

他虽有数不清的侧室，为他生了十几个孩子，可是他们都并非爱情的产物。不过是为了织田家子嗣延绵，借了这些女人的肚子一用而已。

然而，晴子却不同。

从她第一次假借若狭局之名出现在安土城，信长就感觉到一种莫名的悸动从心灵最深处传来，仿佛自己的整个生命都为之一颤。

犹记得，在京中举行骑兵检阅的那一日，信长不知晴子底细便命她为自己宽衣净身。后来，晴子作为敕使出访安土，信长才得知她身份尊贵，却仍将她领入了桑实寺的庵堂。

---

①箱枕：箱型的木枕。在木箱上装设塞满荞麦或茶叶的棉布枕头。

彼此了解越深,他就越是被她所吸引。或许是晴子那种不顾一切,全情投入的人生态度引起了他的共鸣;又或许,是晴子东宫太子妃的身份引诱着他,令他有一种偷尝禁果的兴奋和窃喜……

信长突然忆起了自己幼年偷看母亲睡容的往事。那时,他还不过七八岁,是初次造访母亲位于清洲城的母家。他自幼离开母亲身边,由旁人抚养长大,故而母亲对他十分冷淡。母亲只知一味地宠爱弟弟信行,信长一靠近她便会一脸嫌恶地闪到一边。偶尔也会对他温言软语,可内心的别扭和勉强全都不加掩饰地写在了脸上,连瞎子都看得出来。

偏偏信长比任何人都要更加敏感、细腻,也比任何人都更渴望得到母亲的疼爱。每每看到母亲眼中的冷漠,仿佛是在责备他"你跑来干吗",信长都会受到深深的伤害。一次次被拒绝,一次次被赶走,又一次次被背叛……久而久之,信长终于明白,女人的心中住着一只恶魔。在憎恨、蔑视母亲的同时,他也暗暗发誓,今生绝不会对任何一个女人动真情。

然而,这样并不能慰藉他孤独的心。多少次矛盾挣扎之后,信长终于偷偷溜进了母亲的卧房。即便是再狰狞可怕的恶犬,在沉睡时脸上也是宁静安详的。他想,睡着了的母亲也应该会与平时不一样吧?他想得果然一点都没错。平日里与信长一样喜怒无常的母亲,睡着时却像观音菩萨一样慈眉善目。而此刻,晴子的睡容与母亲是多么相像啊。

也许是信长手中的灯火凑得太近了吧,晴子突然醒了,却依旧躺着没动,只是抬眼看着信长。她的眼中,既没有讶异,也没有慌乱,只是充满了疑问,就这么怔怔地看着他。那漆黑清澈的眸子,在灯光的映照下更平添了几分妖娆。

（这个女人的心中，莫非也住着恶魔吗？）

信长深深地看向晴子，直望到她眼底最深处去，仿佛想要在她的眼底寻找到答案。他忽然意识到自己的失态，脸颊竟感到一丝灼烫。于是，他哐当一声关上隔扇门以掩饰内心的慌乱，同时故意粗声粗气地唤道："阿兰！人呢？"

"小的在！"立刻便有人应声作答。

"传令下去，一个时辰之后出发！"仿佛被人窥探到了深藏心中的秘密，他只觉得羞耻和恼怒，以至于等不及天亮便要出发。

织田军素来军纪严明，只要信长一声令下，全军上下便会立刻做出反应。军令如山，上至位高权重的重臣，下至寂寂无名的杂兵小卒，全都一视同仁，无人敢违令抗命。就算是睡梦中也要时刻绷紧神经，以备不测之变。

果然，出发的命令一经下达，将士们便纷纷争先恐后地起身，整顿盔甲佩带兵器。眨眼的工夫，一支全副武装、严阵以待的庞然大军便出现在了信长的面前。

队伍浩浩荡荡开出驿馆，借着月色，沿着蜿蜒曲折的羊肠小道，向右左口岭方向行进。攀行了大约一里路之后，天空才渐渐泛出鱼肚白。紫红色的朝霞照亮了东方的天空，衬托得层峦叠嶂的连绵群山好似贴在广阔天幕上的剪影。

下了山岭，进入山谷中的村落，早已有茶室备好了香茗在此等候。这当然也是德川家康为迎接信长的到来而事先安排好的。

队伍在此处稍事休息之后，便继续朝着女坂岭进发。原本这段山路会突然变得陡峭起来，道旁全是郁郁葱葱的参天古木，树龄少说也有数百年。不过，家康做事向来考虑周全，细致入微。他早已命人将道路左右的大树全部砍倒，进而开山凿壁，拓宽山路，并在地形险要之处均设了卫兵岗哨。

翻过女坂岭,便是一段通往精进湖的下坡。此地地形宛如一个铜钵,钵底便是一汪盈盈的湖水。湛蓝的天空倒映其中,宛如大地的一只眼睛,深邃而神秘。

队伍沿着湖畔小路缓缓前行了一会儿,便向左转了一个大弯。弧度太大,队伍又太长,以至于走在队伍尾部的人都看不见队伍前端的人了。终于,当整支队伍都拐过这个大弯之后,富士山的雄姿赫然出现在所有人眼前。白雪皑皑的山峰,一望无际的山下平原,眼前的一切是多么的巍峨壮丽。

信长勒紧缰绳停住马,无限神往地仰望山顶。

富士山的宏伟和壮美,令世间所有的语言都变得苍白。从甲斐国远眺,尚只能隐约看到最巅峰。即便如此,也足以令人肃然起敬,心驰神往。如今,整座山峰近在咫尺,连山下平原亦能一览无余,叫人怎能不叹为观止?

信长突然感悟到了神的力量。神灵缔造了这样一座旷古绝伦的山峰,不正是为了让芸芸众生仰望自己的伟大和无所不能吗?

这可不是诸如天照之流的女里女气、弱不禁风的神,而是像素戈鸣尊[1]那般骁勇无畏、擎天立地的大神。

(我就是神!)

面对富士山,信长的内心因狂喜而战栗。同时,他也在心底默默地这样告诉自己。正如神灵缔造了这座雄峰,他也将一统天下的神圣使命赋予了自己。既然是天降大任,他信长也定不负天命。终有一天,他会站在权力的制高点,亲手开创一个江山稳固的太平盛世。此刻,他成竹在胸,心潮澎湃,仿佛已经看到了那

---

[1] 素戈鸣尊:日本神话中,伊奘诺尊之子。天照大神之弟。性凶暴,引发天之岩屋户事件之后,被逐出高天原。在出云国杀八歧大蛇,得天业云剑,献给天照大神。后远渡新罗,获得造船的木材带回日本,传授种植林木之道。

一天的到来。

晴子所乘坐的轿辇却被信长远远地抛在了后面,此刻才刚拐过那个大弯。轿帘低垂,挡住了外间的光线。尽管是大白天,轿子里却依然一片昏暗。早已习惯了这昏暗的双眼,猛然间看到前方银装素裹的富士山山巅,定会觉得光芒四射,照得人睁不开眼。

"娘娘,您瞧,那便是鼎鼎大名的富士山啊!"一直沉默寡言的房子突然来了精神。一直以来,游览富士山可以说是每一个京城人的夙愿。正月里,他们还会用雪堆成富士山的形状,并设宴共赏,一起遥想这座令他们无比向往的神山。当这座山真真切切地出现在自己眼前,什么忧虑什么伤怀,自然也都统统被抛到了九霄云外。

"我当然知道!快掀起轿帘!"

"这样合适吗?"向来事事讲究宫中规矩的房子听了她的话,只得将轿帘掀起了一半。可是,富士山实在太高了,即便这样也只能看到半山腰。

"磨磨蹭蹭的干什么?若不将轿帘整个掀起来,怎么看得到山顶?"

"可是,这样一来……"没错,这样一来,晴子的整个人也会暴露在周围人的视线之下。身为东宫太子妃,怎能轻易让闲杂人等一睹芳容?如此行事的确多有不妥。

"无妨。如今我的身份不过是信长公身边的一名侍女罢了。"晴子仍坚持让房子将轿帘全部打开,并探出身去,抬头眺望高高在上的富士山顶。在万里碧空的映衬下,富士山雄姿挺拔、流光溢彩,宛如一位身着纯白色十二单衣的女神。

"怎么样?随我走这一遭,也不算冤吧?"晴子的口气里满是骄傲自得,好像眼前富士山的美全是她一个人的功劳。

"这倒是。这辈子还能亲眼看到这样的美景,真是做梦也想不到的事儿。不过,奴婢心里还是担心呐!往后,还不知有多少危险在等着娘娘您呐?"

"我早已人老珠黄,是时候该抽身而退了。往后,太子殿下自有若草君和新招入宫的女官们照顾服侍,用不着我操心了。"

"可是,一旦有对您不利的谣言在京中传开,您又该如何自处?"

"若真有那么一天,我自会削发为尼,遁入空门。就算因此而丢了性命,我也无怨无悔。"在清规戒律的束缚下,后宫中沉闷腐朽的生活早已令她忍无可忍。就算在此次旅途中不幸客死他乡,也总算是为自己心中的信念勇敢地迈出了第一步。

"奴婢有句大不敬的话,不知当讲不当讲。"

"嗯,有话就说。"

"娘娘您对信长大人难道动了真情?"

"此言差矣。我不是说过吗?我所做的一切,都是为了维护朝廷的利益。"

"娘娘的苦心,奴婢自然明白。只不过,昨夜看到娘娘费尽心思里外打点,脸上满是掩饰不住的欢喜。那含情脉脉、娇羞可人的小模样儿,可是在太子殿下面前从未曾有过的啊。"

"或许是灯火明灭,令你生了错觉也未可知。瞧你,好不容易来了一趟富士山,尽在这里说些不相干的话,扫了兴致。还不如唱支好歌,应应景呢。"晴子几句话便转移了话题。

房子眼见多说无益,也就没再继续追问。依言用低沉的嗓音吟唱起《万叶集》中所收录的山部赤人[①]的一首和歌。

---

[①]山部赤人:奈良初期的万叶歌人,三十六歌仙之一。自古,与柿本人麻吕并称为歌圣。宫廷中的下级官员,多行幸随侍之作。善于咏唱优美、清新的大自然,代表性自然诗人。又被后世称作"山边赤人"。

我到田子浦，远瞻富士山。

纷纷扬大雪，纨素罩峰巅。①

这首千古流传的名歌也被收入了《百人一首》，如今身临其境，听来自然更有一番别样的韵味。不过晴子的耳畔，却响起了另一支歌的旋律。

遥遥天边富士山，林间光影共流转。

时光飞逝如日影，苦苦思君不得见。②

这是一首感叹相思之人不能相见的，充满了不安和凄楚的情歌。此刻晴子心中，也有着同样的不安。至少从昨夜信长的表现看来，他对自己兴趣也不过尔尔。这样下去，别说什么投怀送抱，恐怕直到旅行结束，他都只会对自己相敬如宾。晴子自问，无论美貌还是才识她都不会落于人后，况且作为东宫太子妃，她也深得太子殿下的宠爱。她原本信心满满，以为只要自己稍加暗示，信长定会拜倒在自己的石榴裙下。不承想竟遭此冷遇，难免心思有所动摇。

不多时，队伍抵达了本栖湖③，留宿在湖畔的江岸寺中。这是一座建在临湖高台之上的寺庙。而今，寺庙周围错落有致地建起了上千间供将士们居住的营房。营外，更是围起了一重又一重的栅栏。因其独特的地理位置，江岸寺自古便是扼控甲斐、骏河两国国境的军事要塞，乃兵家必争之地。武田信玄也在寺中储备了大量的武器弹药，以备不时之需。家康也正是看中了这一点，才将此寺里里外外做了一番整修，改建成类似一座城池的规模。他

---

①出自《万叶集·卷三·318》，译文采自《小仓百人一首》刘德润编译。
②出自《万叶集·十四卷·3355》，作者不详。
③本栖湖：富士五湖之一。位于今山梨县南部，在五湖中位置最西。湖面标高900米，面积约5平方千米。最大深度为122米，为五湖中最深。

认为，将这样一个地方作为信长的临时寝宫，一定甚合其心意。

晴子主仆二人则被安置在一间禅房中。刚刚搬完行李，伸了伸僵直的双腿，揉了揉酸乏的腰肢，森兰丸便如期而至了："主公有请。请夫人着便装前去即可。"

"所为何事？"自从骑兵检阅那日与兰丸有过一次亲切交谈，晴子便对他心生好感。甚至将他视为少数值得自己信赖的人之一。

"说是要与夫人一同泛舟游湖。"

高台下的湖口处，果然停了一艘小船。身着阵羽织的信长独坐舟中，似乎等得都有些不耐烦了。此行只有兰丸和晴子相陪，还有一个异族人弥助在船头待命。

"旅途还算愉快吗？"信长心不在焉地问道。

"托大人的福，妾身也能有幸一观富士山的雄姿。平日里，虽在绘卷之中也常能见到。今日亲眼所见，才知富士山的壮美，便是再杰出的画师也难以描绘出分毫。"

"此行还算有点意思吧？"

"当然。此生能作此一游，乃妾身梦寐以求之事。"晴子极尽溢美之词，只为博得信长欢心。可是，他却面无表情，只是冷冷地下令开船。弥助得令，用力地撑起了船篙。

湖面平静得如一面镜子，小船在镜面无声地划过。日已西沉，四周笼罩在淡淡的暮色之中。湖上寒风刺骨，穿着几件小袖，又披上打褂也还是觉得冷。本栖湖比精进湖大了不止数倍，只有东岸地势平坦，其余都是险峻的悬崖、高山。湖岸上，全副武装的卫兵肃然而立，更有背负肩旗的骑兵武士骑着马来回巡逻，警戒十分森严。

晴子与信长并排而坐，失神地凝望着船头的正前方。说是泛舟游湖，却连美酒佳肴都没有准备。晴子无事可做，不由得百无聊赖地四下张望起来。

"盯着前方,别东张西望!"信长伸出双手扶住晴子的肩,不让她乱动。他的动作是如此轻柔,令晴子心中一动。一股异样的暖流传遍全身,让人觉得心安。晴子情不自禁地也悄悄伸出手,碰了碰信长的指尖。

夕阳迅速西移。当湖面彻底笼罩在淡墨色的夜色之中时,湖畔忽然星星点点地燃起了灯火。那是负责警戒的卫兵们点燃了火把。火光最先从西面燃起,然后向北,再向南逐一被点亮。熠熠跳动的火光倒映在水面,形成了两道明亮的光环,将整个湖面环绕起来。

"啊,真美!"晴子像个天真无邪的少女般情不自禁地叫出了声。一想到这一定是信长为答谢自己昨夜的精心服侍而特意送上的回礼,她的心便被感动和幸福填满了。然而,更令她吃惊的还在后头呢。

"这算什么,你再往后看看?"在信长的催促下晴子蓦然回首,只见高耸入云的富士山巅,已被最后的夕阳染成了鲜红色。不,那不能说是鲜红。更像是晚霞的紫红色,或是在烈火中淬炼而出的钢铁的火红色。同时,随着夕阳西沉,那红色还在发生着微妙的变化。富士山壮美如画,湖畔的灯火又为它镶上了一道金边,此情此景是多么奇妙、多么神圣。

晴子仿佛被眼前的美景摄去了魂魄,只知呆呆地凝望着天边的富士山。身体,却是滚烫的。正如眼前的景致被晚霞染成了火红,她灵魂的最深处似乎也被什么给点燃了。

"晴子。"信长竟然直呼她的闺名,可晴子却没有丝毫的不快。相反,一阵欣喜涌上心头。因为她明白,这一声轻唤,意味着自己作为一个真真正正的女人走进了信长的心。

"想要俘获我的心，你就别再犹豫了！"不愧是信长，晴子答应与自己同行的真正目的，他早已洞若观火。"人生一世，本就赤条条来去无牵挂。不要受任何人、任何事的牵绊，只需听从自己内心的声音。"

"好，好的。"

"不过，你可别忘了，这不是一场游戏，而是一场战争，一旦失手可就是死路一条。"

"妾身明白。今夜，妾身恭候大驾。"晴子拉过信长的手，从指背轻轻抚摸至指尖。这个动作意味着什么，信长当然不会不知道。

回到寺中，酒宴业已准备就绪，光是正殿中就设了三十多个席位。看来，家康的确急于借此机会，加深织田和德川两家的交情。

晴子则返回僧房，像昨日那样悉心收拾停当，只等着信长的到来。这一次的房间平日里都是些和尚在住，一应陈设自然是毫无风情可言。除了有一间耳房面朝中庭，权作书斋之用。其余皆乏善可陈，就连隔扇门和障子门上都没有半点装饰。

早知如此，出门游湖之前真该命下人装饰些花草才是，晴子心里不免有些懊悔。

"娘娘，您看这个如何？"正想着，房子双手抱着满满一捧花走了进来。她怀中有紫藤花，有绣线菊，还有金灿灿的棣棠。每一朵都鲜艳欲滴，显然是刚刚采摘回来的。

"这么些花，你是从哪儿找来的？"

"趁您出门这几个时辰，奴婢就去寺中的庭院里采了些回来。寺里的住持是个热心肠，让奴婢想要什么尽管摘。"

"不过，也没有花器或水盘呀？"

"这个您放心,请看这儿!"房子说着,拉开一旁的隔扇门,原来相邻的房间中本就摆放着大大小小好几种花器。

晴子拉开通向回廊的障子门往外一看,中庭之外正好可见一片平湖,在夜色中暗潮涌动。于是她决定:"那就用这间作卧房,相邻那间作厢房。"随后,她在厢房中装饰了棣棠配绣线菊的插花,又将紫藤花插入一尊白瓷瓶中摆在了卧房一侧的书斋里。

"卧房中只用一种花,会不会显得太单调了?"房子有些不以为然地说。

"无妨。紫藤色彩艳丽,本就开得热闹。"晴子自有一番打算。猜想着当看到自己的精心安排时信长可能会有的反应,她的心怦怦直跳,几乎要蹦出了胸膛。

厢房的灯光设置得与昨日无异,而卧房中,则仅在较低的位置摆放了一盏宫灯。

至于香薰,则又添加了少量的大麻。这种香料能魅惑男人的心智,令他们飘飘欲仙、神魂颠倒。

"难不成,今晚就要……"房子立刻有所察觉,却又欲言又止。

"我确有此意。"

"可是,这样的做法有违常理呀!不过第二日就急着同床,岂不显得您太过轻浮?"

"方才湖畔的灯火,想必你也看见了。不过是为了让我看一眼夕阳下的富士山,信长大人就如此大费周章。他如此真心待我,我凭什么还要继续端架子、装矜持?"

一匹绯红色的布帛罩住了今晚同眠共枕的寝具。接下来,是该打扮打扮自己了。按晴子的习惯,在穿戴之前须得先沐浴净身。可眼下身在旅途,不得不凡事从简。只能先将香料溶于热水，再用浸过香汤的棉布细细擦拭全身。

听闻信长对房事向来冷淡。为享一时鱼水之欢而使尽浑身解数挑逗女方，他可没那份闲情逸趣。每逢行房，他不过不耐烦地往床上一躺，任由女方来服侍自己。

对于信长的这个怪癖，在桑实寺的那一晌偷欢也让晴子有所察觉。正因如此，她现在才隐隐觉得不安。当然，纵然自己俘获不了信长的心，落得个自寻死路的下场，她也无怨无悔。只不过，自己一番苦心经营，到头来却让信长觉得她晴子不过是个寡淡无味的女人，就是死也死得不甘心呐。

与此同时，正殿的酒宴上，已酒过三献。

一杯杯美酒从信长手中赐出，在众位列席者的手中依次传递，每一个人都表情复杂，若有所思。德川一方，并排坐于上首的乃是家康和穴山梅雪二人。其下依次为酒井忠次、本多忠胜、榊原康政和井伊直政等人。这四人被后世尊为德川四天王，果然仪表堂堂、气宇不凡。言谈举止间对家康的敬服更是展露无遗，令旁人看了也不禁心生羡慕。

（信忠绝对不是家康的对手。）

信长非常清楚地意识到这一点。万一自己哪一天突然离世，织田家转眼便会被家康用离间之计搞得四分五裂，门人、重臣都会纷纷投入德川的门下。为免除后患，眼下迫切需要构建一个坚若磐石的政治体制。

行过三献之仪，席间的氛围一下子变得轻松、随意了。众人或是就近与邻座对饮谈笑，或是起身离座，到各桌去敬酒寒暄。

家康领着梅雪，第一个来到信长面前："今日泛舟游湖，大人是否尽兴？"他笑颜盈盈，一脸和气，身子微微前倾，欲为信长斟酒。

"富士山果然名不虚传。此次出游，驿馆的整修、沿途的警备等一应事务都办得妥妥当当，真是有劳你了。"

"明日，下臣计划经由富士山山麓平原南下，游览浅间神社[①]的人穴和白丝瀑布，大人意下如何？"

人穴乃是一个直通富士山山腹的熔岩洞穴，被认为是浅间大菩萨的修行之地。而白丝瀑布则是一道形似半开的屏风的扇形瀑布，缕缕细流倾泻而下，状如白丝，由此而得名。紧挨着瀑布还有一块巨大的岩石，据说是因替父报仇而扬名天下的曾我十郎、五郎[②]当年的藏身之处。

家康将接下来的日程安排和值得一看之处一一细细讲来。

"若我记得没错，曾我兄弟复仇之日，正是当年源赖朝在富士山脚平原围猎之时，对吗？"

"正是。"

"不过是手刃了自己的杀父仇人，便能留名千古，被世人代代传颂，想来还真是叫人匪夷所思啊。"

"想必是因为此事就发生在百姓的身边，所以才会被当地人所津津乐道，由此传为美谈。"

"话说回来，梅雪啊，"信长放下酒杯转移了话题，"我听说你前日曾去拜访信忠，还献上了黄金两百锭，可有此事？"

"一点薄礼，只为答谢大人的知遇提携之恩，信忠大人却未肯赏脸收下。"梅雪表面强作镇定，心里却直打鼓，不知信长为何会

---

[①]浅间神社：位于今静冈县富士宫市宫町，原官币大社。木花开耶姬命为主神，配祀迩迩艺命、大山祇神。被视为富士登山道之门户。骏河国第一宫，富士山本宫，富士权现。同名神社在日本全国有八座，其中山梨县东八代郡一宫町（甲斐国第一宫），静冈市宫之崎町的两座同样著名。

[②]曾我十郎、五郎：曾我十郎祐成和曾我五郎时致两兄弟。《曾我物语》中所记述的兄弟俩的复仇故事是能乐、歌舞伎、净琉璃等的好题材。

突然问及此事。虽说自己已升帐纳降，可梅雪心里也清楚，只要信长一个不高兴，便能叫他身首异处，死无葬身之地。

"难为你有这样的心思。不过，我听说甲斐、骏河两国有好几座金山，都是信玄的秘密藏金之所，想来里边必有数不清的金银珠宝。"

"信玄公当家之时，的确贮藏了不少宝贝以作军资。不过，到了胜赖公这一代，由于常年征战，又大兴土木建了新府城，据说早已千金散尽，被挥霍一空了。"

"那么你呢？一手掌管骏河一国，没有点儿像样的积蓄怎么行？"信长兜兜转转终于问到了点子上，令对方避无可避。若回答说并无半点积蓄，也就等于告诉众人，自己不过是个无德无能的城主；可是，若老实承认自己有积蓄，信长又哪里会轻易放过自己？定会大言不惭地向自己索要。其用意如此明显，连傻子也看得出来。

若是别的武将，定会吞吞吐吐，不知该如何作答。可是，梅雪却半点也没有犹豫："末将在江尻城①有大判②两千枚，在甲府的属地更有五百枚。如何处置，但凭大人吩咐。"他之所以毫不隐瞒地和盘托出，是因为听了家康的忠告——在信长面前可别遮遮掩掩，任何自作聪明的小把戏都逃不过他的法眼。

"如此甚好！江尻城我既已赐封给家康，那里的黄金如何处置自然应听从他的安排。对了，待国中诸事安顿妥当，你二人便可

---

①江尻城：骏河国庵原郡江尻（今静冈县静冈市清水区江尻町）的日本城池。永禄13年（1570），由甲斐国武田氏筑成。建于背靠巴川的小高地上，以本丸为中心三面环建的连郭式平城。

②大判：室町末期到江户末期流通的金银货币。形状为大块椭圆形，以十两为单位计算，与小判的换算比例通常为一比十，但不同时代也有改变。有天正大判金、庆长大判金、元禄大判金等很多种类。

来安土一趟。到时,我定会带你们游遍京中各处名胜,权作此番尔等精心招待的回礼吧。"

"臣等谢大人厚爱!"家康和梅雪齐齐俯身叩谢。

"有梅雪相助,想必骏河国的善后事宜也费不了多少功夫。你们看下月中旬如何?"

"那么,索性就定在十五日,大人觉得怎样?"

"甚好!阿兰,接待事宜就命光秀全权负责吧。"信长素来雷厉风行,二人来访之事就此板上钉钉,不容更改了。

"在座诸位听好了!本人即将受封征夷大将军,开设新幕府!"

原本热闹喧嚣的大殿瞬间安静下来,人人都屏息凝气,不敢随便说一个字。这时,唯有一人慢条斯理地开了腔:"可是主公,素来只有源氏一族的后人才有资格做大将军的呀。"此人便是堀久太郎秀政。

"什么破规矩,不过是朝廷定下的而已,不用当回事儿。"

"可是征夷大将军一职,本就是由朝廷任命的呀。"敢在信长面前如此直言不讳的,放眼织田一族,恐怕除了细川藤孝,就只有他堀久太郎了。唯有这二人,无论说了多么大逆不道的话,也不会惹得信长生气,可见与之多么地性情相投。

"你小子,这样的事哪儿轮得到你来操心?"这次也一样,信长表面上大声呵斥着,但心情仍是大好,"再说了,朝廷的规矩嘛,向来是装装样子,有名无实,略施小计便能糊弄过去。喏,家康,我说得没错吧?"

"大人明见。"也许是预感到信长接下来将要说什么,家康的表情似已蒙上了一层淡淡的阴云。

近年来,买卖宗谱之事盛行。出身没来历、欠高贵之人,只需高价买来源、平、藤、橘等名门的宗谱,设法与自己的祖先扯上干系，便能轻轻松松自抬身价。

事实上，他家康就曾如法炮制，买过宗谱。永禄九年（1566），成功统一了三河国的家康，曾上奏朝廷，请封三河守，品级从五位下。然而，正亲町天皇却以朝中未有任命松平氏为国守的先例为由驳回了他的奏请。若非出身朝廷的官位体系内的家族，就算有再大的权势，再高的功勋，也难以得到认可，这是有史以来朝廷一贯的立场。

一筹莫展的家康，只得去找三河誓愿寺①的僧人庆深，求他出面向朝廷说情。庆深与近卫家往来多年，便郑重托付了时任关白的前久，无论如何要求得天皇的一道圣旨。并承诺事成之后，家康每年会献上良马一匹、钱三百贯。

当时，前久正在为钱发愁，有这样的好事自然是欣然应允。可是，翻遍了各大名门的宗谱，似乎都与松平氏扯不上干系，更做不了委任国守的依凭。于是，前久便从万里小路家的记录中找出了一支名为"德川"的古老支系，将之与松平家的先祖生拉硬拽地联系到了一起。德川家本是新田义重②一脉的源氏后人，自然有被任命为国守的资格和先例。前久将捏造的族谱与奏疏一同呈上，天皇这才终于下旨，特准家康改姓"德川"，同时出任三河守。

信长也曾自称藤原氏或平氏后人，可是后来，随着对朝廷内幕的日渐了解，他越发觉得被这些陈规陋俗束手束脚是多么的愚蠢和可笑。为求一官半职而改姓更名，简直无异于出卖祖先的灵

---

①三河誓愿寺：位于现爱知县安城市姬小川町，净土真宗大谷派。姬城城主内藤氏的菩提寺。毗邻内藤氏居城姬城，寺内有内藤重清和内藤清长的墓地。

②新田义重：源义重（1135—1202），别名新田太郎。平安时代末期到镰仓时代初期河内源氏之武将，源义国长男，新田氏之祖。

魂，也无异于出卖自己的尊严屈服于朝廷。信长甚至想过，若要委屈自己做这样的妥协，还不如亲手灭了朝廷一了百了。

"幕府开设在即，百废待兴，还望你再接再厉，助我一臂之力。"信长亲自举杯，邀家康共饮。

"主公肺腑之言，微臣铭记于心。定当肝脑涂地，报效主公恩情。"家康立即还以君臣之礼，双手接过酒杯。

"此外，你我两家的关系也须更进一步。我有意将信忠之女许配给令郎，敢问你意下如何？"

家康的表情一下子僵住了，似乎正极力忍耐着满腔的怒火。三年前，信长逼他亲手杀死了自己的妻儿，只因怀疑二人私通武田胜赖。而在信长耳边无中生有、挑拨离间的，正是当时已嫁给了信康的信长之女。

此事对家康的打击之大，简直难以估量。不仅有被逼无奈，手刃妻儿的悔恨和绝望，更有一介武士、堂堂大名在声名扫地后的愤恨和不平。如今，若还要再一次迎娶织田家的女儿，恐怕就连家康自己的家臣和属民都会唾弃他，称他为信长的走狗，不配称作真正的男人。

（你究竟还要把我逼到哪一步？）

似乎是害怕被信长听到自己内心的呐喊，家康猛地一仰脖子，将杯中的酒一饮而尽，酒杯正好遮住了他那因愤怒而扭曲的脸。

家康的家臣们见此情形，也都纷纷目露凶光，紧握双拳。他们都是与家康出生入死的好兄弟，怎能坐视自己的主公受此羞辱？只等家康一声令下，他们便会一拥而上，对信长下手。

信长的家臣们自然也不是等闲之辈。他们早已打起十二分精神，虎视眈眈地监视着对方的动向。一旦对方有任何风吹草动，他们便会立刻挺身而出，奋起反击。一时间，席间的气氛紧张到了极点,一场腥风血雨一触即发。

就在这时,家康却缓缓地开口说道:"大人美意,微臣深感荣幸。然则,家中犬子均年纪尚幼,未经世事,恐怕还未到谈婚论嫁的时候。"

"年方几何了?"

"长子于义丸九岁,竹千代才不过四岁。"

"立了谁为世子?"

"尚未决定。"

"那就在你来安土之前赶紧把此事给定了。信忠之女刚满五岁,与你的两个儿子都算得上匹配。"信长吩咐完,不等家康回答便起身离席了。

(妥了!)

只要家康的世子做了信忠的女婿,成了我织田族中的一员,何愁德川家敢不对我信长俯首称臣?过几年等信忠承袭了将军之位,便可效仿足利幕府,设三大管领家,分别由信雄、信孝和德川三家来担当。只有趁现在构建好这样一个完备的政权体制,才能确保无论发生任何事,织田家的天下都能永远屹立不倒。

信长出了正殿,来到了僧房前,吩咐左右道:"今夜我不用人服侍。传令下去,加强警戒,天亮之前任何人不得靠近此处。"说完,便只身一人走了进去。

晴子和房子早已在厢房恭候多时。一侧的书斋中,黄灿灿的棣棠和斑斓的绣线菊装点在水盘里,婀娜生姿。

"酒宴喧嚣,大人想必也是累了吧?"晴子款款奉上樱花茶。喝来似乎比昨夜略咸,不过奇怪的是反倒觉得更有滋味,也许是因为疲累吧。

"妾身再陪大人喝两杯吧?"

512

"不用了。倒是这茶可以再来点儿。"此刻，一杯甘甜的樱茶才是信长所渴望的。他略觉喉咙发干，恐怕并非仅仅因为饮酒过量。而是对接下来有可能发生的一切生出了莫名的希冀，撩拨得他心头直痒痒。仿佛看透了他的心思，晴子减少了第二杯樱茶的盐分，喝起来似乎更加爽口了。

"时候不早了，睡吧。"信长说着，打开了卧房的隔扇门，一阵如雨后森林般宜人的甜香立刻扑面而来。既清新淡雅，又温馨暖人，令人不禁联想起甘醇的清泉和芳香的泥土。这股香气从鼻尖缓缓钻入咽喉，那甜香味儿也越来越浓烈，令人不禁意乱情迷。平日里的紧张和忙碌立刻被驱散得干干净净，一颗心变得平静而安宁，任凭时间一点一滴地流逝。就连信长也未察觉出，这是香薰中添加了大麻的缘故。

房间的一角，一尊洁白的瓷瓶中插了两束紫藤花。晴子特意选了一根笔直的枯枝插于瓶中以作支撑，将紫藤的藤蔓缠绕其上，同时又看似随意地任两串饱满的花穗垂落于瓶外。这插花清丽却又不矫饰，可谓别具匠心。

"说起来，今日日间，我恍惚听见了杜鹃的啼鸣。"信长猛然间想起，紫藤花开之时也正是杜鹃啼鸣之期。

"是的，妾身也听见了。"

"富士山下的紫藤花啊，相传能引发不治之症呢。"今夜难得信长有雅兴，竟拿诗词歌赋做起了文章，"自古咏叹紫藤的和歌可不少，随便吟两首来听听？"

"大人稍等。"晴子优雅地提笔，在书简上信手写来，

蒙茸一架吾家院，窈窕藤蔓绕心间。[1]

---

[1] 出自《万叶集·卷八·1471》。

"这是《万叶集》中所录的一首和歌。"

即兴便能吟诗诵歌,可见此女才华横溢。还有那一手端秀的字,也令信长为之动容。常言道,字如其人。那如行云流水般挥洒自如的字迹,不正是晴子外柔内刚的性格的最佳写照吗?

"好歌!等我死了,也在安葬我尸骨的寺院里种上紫藤树吧。"谁也没想到,此时信长不经意的玩笑话竟会一语成谶,死亡就在短短五十日之后等待着他。

"大人冷吗?"

"不会,身体热乎乎的,舒服着呢。"

"既然如此,请大人看这边。"晴子说着,打开了一侧书斋的明障子。窗棂下,幽深的湖水泛着粼粼波光,月半的一轮圆月清晰地倒映在湖面,轻柔地随波荡漾。水面将月光反射到白瓷瓶上,在浓浓的暮色中勾勒出一抹氤氲的白影。瓶中的紫藤花也被月光染成了银白色,仿佛即将融化在这黑白分明、幽远而神秘的光与影的世界里。

信长只觉得后背一阵寒气袭来。眼前的一幕,触碰了他敏感而纤细的神经,带给了他久违的感动和深深的战栗。这是一场晴子为他精心准备的视觉盛宴,同时也将她自身的过人才华和高雅情趣展露无遗。

"人死后的世界,或许就该是这个样子吧……"不知为何,信长的脑中竟闪过这样的念头。当人间的喜怒哀乐一一上演,当所有的纷纷扰扰尘埃落定,一切便将归于最哀伤的静寂。然而,在这静寂之中,却又蕴藏着最深沉、最隽永的安宁。

山中的夜晚果然寒冷异常。从富士山顶吹来的雪风,带来彻骨的寒意,是身在甲府时无论如何也感受不到的。

"妾身还是关上窗吧,再看下去大人该着凉了。"晴子说着关上了明障子。这下，紫藤花和白瓷瓶又都落回宫灯的照耀之下，重新被镀上了一层淡淡的朱砂红。那白瓷瓶形态婀娜，好似一位刚刚出浴的少女。而玲珑剔透的紫藤花穗则在夜风中轻轻摇曳，仿佛随时会像落樱一般洒下缤纷一片。

也许是因为刚刚才从黑与白的幽暗世界中回过神来，此刻，这照亮人间的温暖的灯火、这风情万种的怒放的鲜花，看上去竟格外惹人怜爱，令人眷恋。

紫藤花，原本随风吹散时最为美丽。又与"藤原氏"有一字相同，被视作高贵优雅的公家社会的象征。更令人由此联想到《源氏物语》中的重要角色——藤壶。藤壶本是桐壶帝的女御，光源氏的继母。却在后者不顾一切的疯狂追求下做了爱情的俘虏，陷入了一段痛苦而痴缠的不伦之恋。有一天，当她得知自己竟怀上了光源氏的孩子，命运的捉弄终于令她幡然醒悟，于是咬牙斩断情丝，削发为尼。

晴子，一位出身公家的名门闺秀，自然不会没有听说过这个著名的故事。那么，她特意在卧房中插上两株紫藤，恐怕也自有其深意。

信长坐在屋内，凝望着那瓶紫藤插花，一时竟有些恍然失神。瓷瓶形似曼妙的女子，而在其中注入了蓬勃生命力的紫藤花，难道不正象征了在女人身体中注入生命的男人吗？

"让妾身替您宽衣吧。"晴子牵起信长的手，让他站起身来。她动作娴熟地为信长脱下了阵羽织，又双膝跪地为他解开了腰间的袴裙腰带，卸下了道服。

"妾身为大人更衣，已不是第一次了。"

"是在桑实寺的那次吗？"

"不，是在京城举行骑兵检阅的时候。"当时，正欲沐浴的信长，偶遇正在四处寻找孩子的晴子，便命她服侍自己，却不知她竟是堂堂东宫太子妃。晴子后来还假借若狭局之名暗访安土，想来缘分这东西还真是妙不可言。

"那时，妾身无意间看到了大人身上的累累伤痕，不禁感慨万千。眼前的这个人，该经历了多少磨难，才打下如今的这片江山啊？思及此处，妾身禁不住热泪盈眶。"说完，晴子再次伸手轻轻抚摸起信长的胸膛。信长身上只剩下一件白色小袖，左胸口至左肋下那道长长的刀疤，透过轻薄的衣衫，被晴子那纤柔的指尖由下而上地缓缓抚过。

一阵强烈的快感瞬间传遍全身，信长忍不住猛地抓住了晴子的双肩。人体受过伤的地方会有特别敏感的神经。曾经被刀剑劈开的皮肉重新愈合之后，会远比其他地方的皮肤敏锐数倍，甚至残留着疼痛的记忆。当这样的地方被如此细腻柔软的手指轻轻抚过，那道令人震颤的快感，自然会如一道灵光，直抵人身体的最深处。

"让大人不舒服了吗？"晴子抬起头来柔声问道。

"没有，一点也不。"信长的内心涌起强烈的欲望，真想晴子能再用舌尖舔过自己身体上的每一道伤疤，他却忍着没有说出口。

"那么，请大人就寝吧。"信长依言在铺着绯红色罩子的寝具上乖乖地躺下。晴子则脱下自己的打褂盖在信长身上，然后规规矩矩地坐在一旁，开始整理起脱下来的衣物。她一件一件叠得十分仔细，手上的每一个动作都注入了无限的爱意。仿佛整理的不是衣物，而是即将分别的恋人留下的念想。她的举动，就算是在不知情的人看来也颇为打动人心。

"也真难为他想的，这个地方竟能做成这样。"晴子一脸新奇地摩挲着手中做工精细的袴裙。这袴裙是真皮制成，本就稀罕难得，信长又命人在胯下开了一道缝，并钉上扣子方便开合。

"打仗行军，哪有工夫正儿八经地如厕方便？这个地方开条口，想要方便时也不用费事穿脱，一打开便能就地解决了。"

"这样新巧的设计，妾身还是第一次见。旁的人又是如何方便的呢？"

"直垂铠甲的袴裙，后臀处可以大大地掀开，内急之时像女人一样往地上一蹲便能解决了。只不过，战场上生死一线，这样方便很是耽误工夫。据说，当年三方原之战中，家康就是在方便时被敌人钻了空子，最后狼狈得连裤子都顾不上提就屁滚尿流地逃回了浜松城。"

"信长大人您，也有过类似的经历吗？"

"有啊，不过就一次。"那是在越前金之崎城攻打朝仓军的时候，本为盟友的浅井长政突然倒戈，令信长陷入腹背受敌的危难之局。为了活命，他仓皇逃回京城，一路上甚至连方便都顾不上。

"憋着尿，湿着裤裆还要在马上颠簸，那滋味可不好受啊！所以我才命人把我的袴裙都改制成了现在的样子。"

"信长大人还真是爱干净呐！"晴子顽皮地将头一偏，巧笑倩兮。那白璧无瑕的肌肤在融融灯火的映照下，尽显万种风情。

"天底下哪有人乐意闻那臭烘烘的尿裤子？"

"可也同样没有人会为了这个原因，费老大的功夫将自己的裤子改成这样呀。说起来，信长大人真算得上是本朝第一人呢！"

"是么？听你这么一说好像还真是呢。"晴子的聪明伶俐越发引起了信长的兴趣。她的这股子聪明劲儿在谈笑间展露无遗，跟她聊起天来，说再多话也不觉得累似的。

"晴子。"信长的这一声轻唤，比以往任何一次都更加深情。

"妾身听着呢。"

"你此次为何肯随我同行?"

"给大人添麻烦了吗?"

"我并不是这个意思。若是在我武家,有夫之妇竟敢与其他男人一同出游,就算亲手把她劈了,也难解其夫心头之恨。在朝廷中,难道不是这样吗?"

"朝廷中自然也是如此。只是眼下,公武双方剑拔弩张,危机一触即发。妾身甘愿冒天下之大不韪,只求能解开信长大人的心结,为'公武一家'尽绵薄之力。"

"即便牺牲自己也在所不惜吗?"

"妾身并不觉得这是牺牲。我本是公家女子,见识浅薄,只知后宫琐事。自从结识了信长大人,才知天下之大。不仅如此,您还教会了我,人要遵从本心,活出真我。听了大人您的一番肺腑之言,您究竟为何会对朝廷始终心存芥蒂,妾身亦能明白一二了。"晴子说着,渐渐停住了正在叠道服袖子的手,"然则贵为帝王,身负天命,难辞保国安邦之重责;同样,身为臣民,更要珍惜眼下的安乐日子,并时时感戴皇恩浩荡。若非如此,必至君臣不伦,国将不国。"晴子深深地注视着信长,表情凝重。

"行了,别说了。你过来!"看她那副忧国忧民的样子,信长竟心生怜惜,便朝她伸出手去。

晴子闻言,双膝跪地,直起身来,转过身背对着信长开始脱自己身上的和服。她反手解开背后的衣带,将小袖一件一件地从肩头剥落。每脱一件,经过焚香熏染的小袖便散发出一阵迷人的芳香;每脱一件,那香气就愈发浓郁,令信长心旌荡漾。直至脱到最后只剩一件轻薄的素绢小袖,晴子才停了手。又转而将长长的垂发高高绾起,在颈项处熟练地结了一个髻。那发髻绾得低低,略微偏向一侧,晴子仿佛一眨眼换了一个人似的,显得风情万种。侍女房子进来将散落一地的绫罗绸缎三两下归拢到一处，一咕噜抱了便匆匆退到了外间。

"妾身失礼了。"晴子在信长的身边缓缓躺下。

"你这女人，还真是麻烦。"信长一把将晴子搂入怀中，不由分说地将唇压了上去。平日里，信长很少如此性急。今日却不知为何，也许是晴子让他等了太久，已经耗尽了他全部的耐心，他只觉得心中火烧火燎，欲望如决堤的洪水喷薄而出。

晴子却紧闭着她那如鲜花的花瓣一般粉嫩柔软的双唇，信长的舌头好不容易才撬开一条缝，旋即在晴子的唇齿间横冲直撞，一阵肆虐。晴子的舌头犹疑地迎合着，时而壮着胆子往前伸，时而羞涩地往后缩，时而与信长的舌头缱绻纠缠，时而又胆怯地躲到一边，好似一条顽皮的小鱼儿，稍不留神就会溜走，怎么也捉不住。

信长抓着她小袖的领子往两边一拉，晴子挺拔饱满的双峰登时暴露无遗。他伸出右手将一侧乳房温柔地托在掌心，又用嘴轻轻地含住乳头。立刻，一股清甜的香气在他的口中散逸开来。香精浴的芳香早已沁入晴子的肌肤，此刻正在信长的口中缓缓融化。

晴子情不自禁地扭动着身体，颤抖着伸出手轻抚起信长胸膛的伤疤。她仿佛感应到了信长内心的渴望，真的伸出舌头，用柔软的舌尖一一舔过那一道道脆弱的裂痕。信长直直地挺起上身，高高地仰起头，发出一声如野兽般的咆哮。袭遍全身的强烈快感之后，便是瘫软无力的虚脱和大脑被掏空般的空白。

突然，雷霆万钧响彻天际。从富士山巅刮下来的风，从湖畔的高台呼啸而过，摇撼着整座江岸寺。风起云涌，豆大的雨珠从天而降，噼噼啪啪地砸在屋顶的木板上。一阵阵惊雷从远方滚滚而来，仿佛无数头野兽发出阵阵低沉的咆哮，正横冲直撞地袭来。原本月朗星稀的晴朗夜空，一眨眼的工夫，被一场突如其来的暴风雨彻底吞没。

"啊，好可怕！"晴子惊恐地抬起头来，紧张地竖起耳朵听着外面的声响。她那润湿的双唇娇艳欲滴，分外诱人。

信长侧过身，解开了晴子的腰带。她身上唯一的小袖就这样完全敞开，洁白而柔美的身体在灯光下袒露无遗。那纤纤细腰柔软而紧致，没有半点赘肉。平坦的小腹也细腻、光洁，只留一方小小的荫翳遮住私密之处。

"别怕！雷神也不过是我的部下，没什么可怕的！"

"那就请大人命他安静一会儿吧。"

"此等良宵，怎可少了雷神的祝词？你只管听着便是。"

信长的指尖滑过晴子的胸部、腰间，最后落入那片荫翳之下。他小心翼翼地探入，只觉得那个潮湿而温润的秘穴，正如一尊空空如也的花瓶，正焦渴地等待着花枝的插入。直到指尖已探到秘穴的最深处，信长才突然发力往上一顶，晴子也随之剧烈地战栗起来。她急促地喘息着，自然而然地动手去解信长的腰带。两具裸露的躯体紧紧地贴合在了一起，细腻干爽的肌肤间每一次细微的摩擦，都带给人妙不可言的快感。

"事到如今，京城你可回不去了。"

"妾身不在乎。"

"那就来安土吧，永远陪在我的身边。"

"只要大人肯听妾身一句劝，要妾身做什么都行。"即便是这一刻，晴子仍未忘记她作为一名女官的使命。翻云覆雨之时，娇喘微微之间，她仍在极力地想要笼络信长的心。

信长灵活地驱动着手指，一次又一次攻入晴子的核心。在他猛烈的攻势下，晴子不由得挺起胸膛，整个身子向后仰去。信长可不肯善罢甘休,他抱起晴子的双腿大大地分开,整个人往下一沉,进入了那片潮湿而温热的秘境。那里的肌肤比晴子的舌尖更加柔软,将信长高耸的硕铁紧紧包裹。他只觉得自己仿佛被深深地吸入了一个漩涡之中,无法自拔。

"来安土吧!只要你肯来,你说什么我都听。"信长咬着晴子的耳垂,柔声细语道。

晴子的脸,因胸中难抑的欲望而扭曲。一边是令人战栗的无尽欢愉,一边是情欲与伦常的万般纠结……晴子不由得紧咬着下唇,痛苦地闭上了双眼。

征服者的凯歌却仍未停歇。在一次次波涛汹涌的撞击之下,晴子的发髻散了。及腰的长发垂落枕边,随着信长的每一次动作,丝丝缕缕地缠绕住她白皙的身体,牵绊着她的一举一动,令她不得自由。

"请、请大人稍候。"晴子想要将头发重新绾起,却被信长制止了:"无妨,就让它散着吧。"信长说着,将晴子抱起来,让她坐在自己身上。交缠而坐的两个人,身体贴合得更加紧密。晴子的满头秀发如瀑布一般披散在背上,伴随着信长的每一次耸动而轻轻荡漾。

电闪雷鸣仿若近在咫尺,风雨越发肆虐横行。

外间,侍女房子紧闭双眼,捂住双耳,匍匐在地上蜷缩成一团。雷声真可怕,然而更让她心惊肉跳的,是不时从里边卧房传来的,晴子那痴狂而销魂的呐喊。任凭她极力地捂紧双耳不愿去听,仍阻挡不住那声音无情地钻入自己的耳朵;任凭她用力地闭紧双眼不愿去看,那淫秽不堪的画面仍挥之不去地晃动在她的眼前。

(我的娘娘,您这是何苦呢?)

不久的将来，晴子即将遭遇怎样的噩运？房子不敢想，却又不得不去想。一个女人，做出这等丑事，哪里还会有安生日子过？就算想尽办法，又怎么堵得住悠悠众口？到时候，铺天盖地的流言蜚语，人前人后的指指点点，足以令晴子在朝廷再无立锥之地。

就算没有杀人的风言风语，晴子所失去的一切也再也找不回了。爱上一个人，是一次不幸的遭遇，更是一场疯狂的赌注。会让人迷失自我，像着了魔一般如痴如狂。这样一具被情欲玷污的身体，还怎么能厚颜无耻地侍奉在太子殿下的身边？

（完了，一切都完了！）

万念俱灰的房子在心底绝望地哀叹着，同时却又隐隐感到一丝莫名的安慰和庆幸。也许是因为，在晴子身边伺候了这么多年，那样发自内心的幸福而满足的欢叫，她还是头一次听到。

# 第十三章 委任三职

各位看官，接下来你们即将听到的，是一个悲壮的故事，一个关于旷世英雄织田信长如何被近卫前久层层设计，一步步走向死亡的悲剧。给你们讲述这个故事的人，正是我清麻吕——一个出身于近卫家门下，却又有幸在信长公身边侍奉过短短几日的无名小卒。正因我有着双重身份，写起二人间的明争暗斗来，竟有灵魂和肉身皆被生生撕裂之感。然而，既受贵人之托，誓为信长公著书立传，又岂能罔顾真相？若我也同那等无知鼠辈一般，写出扭曲事实的奇谈怪论传于后世，想必九泉之下的信长公也不会轻易放过我吧。

看官莫怪，在此，请容我再一次在讲述故事之前将其背后的真相和盘托出。当年，正是前久公唆使明智光秀举兵讨伐信长公；也正是他，将足利义昭公召回京城，试图重建幕府。不过，就连他也没想到，不久光秀竟又会遭羽柴秀吉反戈一击，功败垂成，令他的全盘计划化为泡影。

本能寺之变之后，各方的怀疑目标自然首当其冲地指向了前久公。信长公的三子信孝当即便欲挥兵讨伐前久，以报杀父之仇。却不想前久公已先其一步落发出家，躲入了嵯峨①。再后来，眼看嵯峨也藏不住了，他便又逃往醍醐②，最后竟然投奔了德川家康公，寄身于浜松城内。

前文已述，家康公正是在前久公的帮助下才被纳入了德川家的族谱，从而受封三河守。当年无心施舍的这份小小恩惠，后来却在危难之时，为前久公保住了一条性命。

然而，身经百战的前久公，又岂会从此明哲保身，老死浜松城？不过短短三年之后，他便利用家康公从中调解，成功与秀吉握手言和。并于天正十三年（1585）使出一招离间之计，收秀吉为近卫家义子，令其出任关白一职。

真相听起来往往是那么残忍。一个是本能寺之变的幕后推手，一个是这场兵变最终的最大获益者，却在整件事过去短短几年之后，便恬不知耻地狼狈为奸，企图将事变的真相永远地埋葬。后来做了秀吉家臣的太田牛一，在他所著的《信长公记》中对此次事变未作详细的记载，恐怕也正是出于这个原因。

而朝廷一方，同样不遗余力地想要彻底地抹去或者大幅度篡改与之相关的所有记录。例如，大内女官所记之《御汤殿上日记》中天正十年（1582）一月十七日以后的部分竟全部遗失；就连山科言经的日记《言经卿记》中，六月五日到十二日的部分也神秘消失了。

---

①嵯峨：位于今京都市的西北角，右京区地名。隔大堰川与岚山相对，有清凉寺、天龙寺、大觉寺等多处名胜古迹。以岚山为中心，自古便是赏樱、赏红叶的绝佳之地。

②醍醐：醍醐山，今京都市伏见区东部的一座山。海拔450米，全山皆为醍醐寺所辖区域。又称日野岳。

最令人玩味的，是事变的两位当事人——劝修寺晴丰和吉田兼和（后又更名为兼见）的日记。

晴丰公本是晴子夫人的兄长，时任武家传奏官，负责朝廷与信长公之间的通信联络。对公武间的矛盾和问题，他自然是再了解不过。当然，其日记（《晴丰公记》）中也刚好差了天正十年（1582）四月到六月的部分。不过，他还另留有一部手稿，并另取名为《日日记》。亏得晴丰公多了个心眼，我们才能离历史的真相更进一步，不至于被充斥在街头巷尾的八卦杂谈混淆了视听。

至于吉田兼和，他本贵为吉田神社的神官，却又与前久公来往密切，更是后者与明智光秀和细川藤孝等人之间互通消息的重要中间人。可以说是一个见风使舵的阴险小人。这样一个心机深重之人，在记日记时自然也留有后招。关于天正十年（1582）一月到六月的这段时日，他留有两本日记。其中一本内容已被篡改，乃为正册；而另一本才是篡改前的原稿，题为别册。看来，他虽然为掩盖真相修改了日记的内容，却又将原稿偷偷地藏在了鲜为人知的地方。只要将这一真一假两本日记稍加对比，当年他们这些人究竟干了什么，如今极力隐藏的又是什么，自然也就一目了然了。

此处，我仅举一例，供各位看官参详。

事变之后的六月六日，吉田兼和曾奉诚仁亲王之命，作为朝廷使者造访了光秀的府邸。关于此事，两本日记中分别有如下记载。

奉旨离京，出使日向守，旨曰，令其务必确保京中不生变故，诸事如常。（别册）

太子有旨，命臣出使日向守，臣领旨谢恩。（正册）

事变之后短短四日，诚仁亲王便将京中守备之要务全权托付给光秀,必然是事先就已暗中联络,互通消息。事后,又怕此事败露连累到朝廷,便对日记加以篡改,把这一句全部删除了。

闲言少叙,还是言归正传吧。让我们从天正十年(1582)四月二十日,前久公归京的这一日开始,接着把故事讲下去。

四月二十日,刚过晌午,近卫前久参拜了位于山科的劝修寺。他想要在返回神圣的都城之前,凭借神佛的力量,清洗掉在信浓、甲斐所沾染到的满身污秽和血腥。

劝修寺是醍醐天皇①执政时修建的一座真言宗古刹,同时也是劝修寺家的氏寺。佛院深而幽静,观音堂雕梁画栋。不过在这个时节,这里最值得一看的,还是那开在冰室池边的鸢尾花。前久连一个随从都不带,独自一人踱入院中,绕着池边信步徜徉。

来到这里,就离京城更近了。连风中都裹着前久所熟悉的京城特有的气息。紫色的鸢尾花娴静优雅,与荡漾在池面的含苞待放的莲花相映成趣。

从粟田口进入京城地界,前久先去了吉田神社。神殿前,神官们齐刷刷跪了一地,以大礼相迎。"恭迎家门大人平安归京!"吉田兼和俯首深深一拜,"殿内备有美酒佳肴,请大人尽情享用,好好休息。"

"我想先去大元宫拜一拜。"

大元宫乃是斋戒之所,宫内供奉着八百万众神,可算得上是神道第一神宫。前久在宫门前双手合十久久伫立,虔诚地祈求神灵助自己得偿所愿。漫漫旅途之中,他无时无刻不在绞尽脑汁、挖空心思地盘算着要拉谁入伙才能派上大用,要如何谋划才能彻

---

①醍醐天皇:(885—930)平安时期天皇,宇多天皇的第一皇子,在位897—930。又称后山科帝、小野帝。在藤原时平、菅原道真的辅佐下治国,史称"延喜之治",下令编撰古今和歌集。

底将信长打倒……此刻,当他站在神灵之前,双手合十,心中默念着自己替天行道、讨伐逆臣的宏愿,他的决心早已坚定不移,容不得有半分动摇。

入席之前,前久将兼和单独叫到了里间。

"大人此次随军,一切可好?"兼和一脸谄媚,讨好似的问道,一副恨不得亲自上前替前久捶腿揉腰的没出息样儿。

"惠林寺的情况,想必你也听说了。"

"听闻信长公又放了一把火。"

"是啊。快川和尚的遭遇,陛下得知以后也深表痛惜。我也曾多次向信长公传达过圣上的旨意,他却充耳不闻。"面颊上,烈火灼烧过的地方仿佛又开始隐隐作痛,仇恨之火也在前久的胸中越烧越旺,"要是信长也要烧掉这大元宫,你该怎么办?"

"是啊,我又能做些什么呢?"兼和的脸上浮出一丝意味深长的微笑,陷入了沉思。不过,他并非是在思考自己该如何回答这个问题,而是在琢磨前久为何会提出这样的问题。

"你会不会像快川和尚那样从容就死呢?还是说,明知无力扭转乾坤,仍会拼死一搏呢?"

"若换作家门大人您,又会作何选择呢?"

"若是我,绝不会坐等对方把自己逼到这一步,我早已先下手为强。"

"原来如此。大人果然高见!"

"眼下,我心中正在酝酿一个天衣无缝的计划,你可愿助我一臂之力?"

"能为大人效力,是在下几世修来的福气,就算拼出性命也在所不惜。大人有何计划?在下愿闻其详。"

开口之前,前久先命人端上酒来,好润润嗓子。常言道,君无戏言。前久明白,接下来的话一经出口,便是君子一言,驷马难追。所以难免有些紧张,以至于口干舌燥。

他将杯中的冷酒一饮而尽,一字一顿地吐出三个字:"杀、信、长!"说完,他不再做声,只是直直地盯着兼和,看他作何反应。

兼和却连眼睛也不眨一下,也同样直视着前久,紧闭的双唇微微向上一扯,竟露出一丝浅笑。

"你在笑什么?"

"没、没笑什么。"

"就刚才,你不是咧着嘴笑了笑吗?"

"我只是在想,死到临头的信长,不知会露出怎样惊讶的表情。"兼和竟对信长直呼其名。变脸变得如此之快,恐怕也只有这个男人才做得到。

"那么,你在犹豫什么?"

"啊?"

"我分明见你眼底闪过一丝犹疑。那是什么?是在想该不该去给信长通风报信吗?"

"怎么可能?就是借我十个胆,在下也不敢呐!在下不过是在担心,这样一个惊天动地的计划,恐怕很难实现呐!"

"这么说,你方才那一笑,是在嘲笑我的不自量力咯?"

"大人若非要这样想,在下也没办法。"兼和若无其事地端起酒壶,斟满了一杯酒,"不过,家门大人素来料事如神,以前也曾多次化险为夷,令所有人始料未及。请恕在下愚钝,不敢妄自揣度大人的心思,还望大人明示。"

要杀信长,有两个办法。

第一,骗信长入宫,伺机暗杀之。第二,收买其手下的某位武将,唆使其谋反。

第一种办法倒是简单易行,却只杀得了信长一人,织田家的势力依然毫发无伤。况且,若不小心走漏了消息,被信忠听到一点半点风声,恐怕连朝廷也会受到牵连,地位不保。

若是选择第二种办法,一举将织田家彻底歼灭,倒是能斩草除根,免除后患。可是,要想说服一个信长的重臣起兵谋反,又谈何容易?

"第一步,是要集结各方势力。"前久干了第二杯,将酒杯倒扣在案上。

"大人说的是备后的公方大人①吗?"

"没错。只要我们以拥立义昭,重建足利幕府为条件与之交涉,定能成功集结旧幕府势力。虽说他不过是个除了精通佛典之外百无一用的庸碌之辈,可他的态度却能影响很多人的决定。"

只要打着重建幕府的旗号,就更容易得到细川藤孝和明智光秀的支持。此外还有一直照应着义昭的毛利辉元,以及继承了关东管领家的上杉景胜,也都能成为他们强有力的后盾。更重要的是,就算万一计划失败,有了义昭这只替罪羊,也能确保朝廷不受连累。

"细川藤孝是我们的第一个目标。若能说服他与我们联手,三管四职家的上下人等定会争相前来投靠。你可愿首当其冲,当此重任?"

"所幸在下与藤孝大人恰为从兄弟,平日里也时有来往。只要家门大人一声令下,在下定当全力以赴,以效犬马之劳。"

"此事由我一手策划,这一点除了藤孝,你绝不能透露给第二

---

①公方大人:"公方"一词,在镰仓、室町时代,指代幕府。室町时代以后,指征夷大将军。这里指足利义昭。

个人。如此一来，在旁人看来，你便成了此事的幕后操纵者。"

"在下明白。此外还有一人，不知大人觉得该如何对付？"兼和口中的这个人，不用说也知道，便是指明智光秀。兼和的大舅子佐竹出羽守①正是光秀的亲信，他与光秀的关系也非同一般。

"此人与信长走得太近了，若无十足的把握，暂时还是不要惊动他，以免打草惊蛇。"曾经，前久与光秀并肩作战，为复兴足利幕府，拥立义昭而四方奔走。然而如今，后者却成了织田家的大红人，名利和地位足以令他安于现状，这一点，前久再清楚不过。

前久行事向来雷厉风行，刚一回到二条御所旁的近卫府，他便即刻修书一封，命人送与足利义昭。信中，他首先详细记述了武田家灭亡和火烧惠林寺的经过，痛斥此等暴行天理不容，并表达了自己欲杀信长而后快的决心。接着，又介绍了自己拥立义昭入京，再兴足利幕府的全盘计划，并敦促义昭广发檄文，号召细川、斯波、畠山三大管领家和一色、山名、京极、赤松四职家同仇敌忾，联手锄奸。最后，他还授意义昭将此计划透露给毛利辉元，令其做好随时可以挥师入京的准备，好与畿内风起云涌的兵变里应外合。

经过好一番苦思冥想，字斟句酌，这封信才终于写成了。前久搁笔抬头，才发现风之甚助已悄然出现在了前院。他一身黑衣，静静地匍匐在昏暗的暮色中："禀大人，今日信长一行已抵达岐阜，想来明日便能进入安土城。"

"那顶侍女的轿子也是一起回来的吗？"那顶轿子中坐的其实是晴子，此事甚助也略知一二，但前久毕竟不便挑明了问。

"的确一直跟在信长的后面。"

---

①佐竹出羽守：佐竹宗实，又称"莲养坊"。天正七年（1579）攻打丹波八上城。

"旅途中,可有几晚同床共寝?"

"确如大人所料。"

"辛苦了。你即刻连夜赶赴备后,将此信交与公方。"前久将信纸叠了好几折,交与风之甚助,另外还吩咐了他几句话,命他转述给义昭。

院墙外正是二条御所的高梁飞檐,如一个庞然大物,投下长长的黑影。现在,也许在那屋檐之下,太子殿下正在焦急地等待着晴子的归来。前久告诉他,夫人是去了伊势神宫参拜,所以才耽搁了回京之期,他也对此深信不疑。一想到此,前久不禁一阵内疚,可是如今的他早已变成了铁石心肠的魔鬼,就连太子也不过是他手中的一颗棋子而已。

"赶紧去请劝修寺中纳言。"前久吩咐一旁的近卫。他要以朝廷的名义派晴丰去安土,让他亲眼看看现在的信长和晴子是何光景。

待信长游完富士回到安土城,已是四月二十一日了。自十一日夜宿本栖湖之后,行程大致如下。

十二日,宿大宫浅间神社。

十三日,渡富士川宿江尻城。

十四日,宿藤枝田中城。

十五日,深夜翻过中山,宿挂川。

十六日,渡天龙川宿浜松城。

十七日,渡今切宿吉田。

十八日,过冈崎宿池鲤鲋。

十九日,宿清洲城。

二十日,宿岐阜御殿。

其间,劝修寺晴子一直如影随形,旅途中二人间的关系也越发紧密、微妙。

过了外壕沟上的大桥，行至正城门外，信长翻身下了马。自三月五日出征以来，他已离城多日。巍巍安土城，可以说正是信长的权力和威严的象征。此刻，双脚实实在在地踩在这片熟悉的土地上，让他感到分外的踏实和心安。

"晴子，你也下来走走。"殿上人身份高贵，双脚不可沾地。不过这样的规矩，信长向来不放在眼里。他把晴子请下轿来，还让她脱了鞋，二人一前一后登上了大手道上那条长长的石阶。

"这座山吸日月天地之精华。赤脚走在上面，人也能吸收灵气，涤荡身心，浑身充满力量。"

石阶整齐划一，每一步都打磨得光洁如镜。赤脚踏在上面，只觉得透心凉。伴随着这冰凉的感觉，仿佛全身上下都被注入了一股新的力量，信长的脚步越来越快了。

越往上爬，坡度越陡，晴子却仍是紧紧地跟在信长身后。她身上流着武家的血，平日里看起来柔柔弱弱，到了旅途中却像变了个人似的，处处争强好胜，不肯落于人后。

"哎呀！这是什么？"晴子突然踉跄退后一步，失声惊呼起来。原来，有些石阶是用从附近寺庙运来的石佛打造的，还刻意将佛像的脸部保留在了石阶的表面。方才晴子没留神，差点一脚踏了上去。

"别在意，放心踩。"

"妾身不敢。"

"任凭他雕成什么，也不过只是块石头。什么寺庙、石佛神圣不可侵犯，不过是人类为掩饰自己的卑微和怯懦而找的托辞罢了。"信长毫不犹豫地一脚踏在佛像的脸上，还使劲地踩了踩。

"大人，不可！这样来世会遭报应的。"

"哪有什么来世？人一死便万事皆休。"见晴子着了慌，信长竟心生快意，越发想要逗弄逗弄她。这一刻，他仿佛变成了一个恶作剧得手之后拍手称快的孩子。

"看来，那事果然不假。"

"什么事？"

"听说信长大人曾在令尊大人的葬礼上朝着亡者的牌位扔沉香粉，真有此事吗？"

"的确不假。"

父亲信秀死时，信长已年满十八。他朝牌位扔沉香粉，并非因为憎恶父亲。那些前来出席葬礼的织田族人和重臣们，一个个表面肃穆凝重，实则各怀鬼胎。信长自幼便心细如发，比任何人都更善于洞察世人平静外表下的险恶用心。他实在看不惯这帮人道貌岸然的丑恶嘴脸，自然要给他们点颜色瞧瞧。火烧比睿山和惠林寺，执意与强势的朝廷作对，也都是源自这股子不服输的执拗和冲劲。

"信长大人好比那冒犯天界的素戈鸣尊。"只有晴子，一眼就洞悉了信长冲动而叛逆的本性。

"那么晴子你，就是素戈鸣尊大闹天照的织房时，那个被纺锤扎中阴部而一命呜呼的侍女咯？"织田家世代承袭神官之职，守护供奉素戈鸣尊的剑神社，就算是信长，对这些神神鬼鬼的传说自然也略有耳闻。

不久，二人进了黑铁门，抵达了本丸的宫殿。这座宫殿去岁岁末刚刚落成，是模仿大内清凉殿而建。四面宫墙和高高的穹顶都镶满了金箔、银箔，隔扇门和格子顶梁上则绘满了狩野派画师色彩艳丽的画作。

不过，看官也已知晓，这座极尽奢华的宫殿，不过是信长为了将朝廷的一举一动控制在自己的眼皮底下而筑造的一个牢笼而已。真正的清凉殿朝东依次建有鬼厅、御帐殿、东中段等。然而，本丸的这座宫殿却将东西两边的房间位置对调，使得天皇的御帐殿刚好位于天守阁下方，而殿中的天皇对高高在上的天守阁中的信长，自然也就只有仰视的份儿了。

"这、这未免也……"连晴子也不由得面露忧惧。高耸入云的天守阁凌驾于御帐殿之上，好似一个巨人藐视着脚下的猎物。此情此景，任谁见了，也会立马领会到信长的用心。

"待太子顺利登基，立了新的储君，我便要让五王子迁入此宫。到时，你也可以一同迁来。"信长志得意满地说着，连嘴角的胡须都有些微微颤动。

"妾身不敢。如此大逆不道之事，为世人所不容。"

"有了迎诚仁亲王入二条御所的例子在先，此番迎五王子入住此宫，又有何不妥？"

朝廷行事向来讲究遵从先例。只因朝廷的一切仪式皆与神灵有关，若为了凡人的一己私念便任意改变神灵定下的规矩，对神灵乃是极大的不敬。朝廷一贯用这套冠冕堂皇的说辞来搪塞信长提出的要求，这样的伎俩信长再熟悉不过。所以，他也渐渐琢磨出了应对之法。那便是，在对方察觉到自己的真实用意之前就先开创先例，再以此先例作挡箭牌，让对方不得不答应自己的无理要求。三年前，他将二条御所献与诚仁亲王，也正是在为将来能顺理成章地把五王子迎入安土城做准备。

"过不了几年，我便会让五王子登上皇位，以天皇之尊重回皇宫。修建这座宫殿，正是为这一天的到来而做准备。你该高兴才是啊！"

"大人为何执意要行此大逆不道，欺君犯上之事？"晴子怒目圆睁,厉声质问道。

"只为改变这个腐朽的国家!"

"既然如此,为何不效仿赖朝公和尊氏公,开设幕府,辅政治国?以信长大人的雄才伟略和赫赫威名,要做到这一点那还不是易如反掌?"

"我要的又岂是这么简单?"信长看了看激愤的晴子,伸手按住她的肩头缓缓让她坐下,好让她渐渐平静下来,"晴子,你听我说。所谓将军,也不过只是天皇的臣子。若果真如你们所说,天皇和朝廷一心只为百姓谋福,日日向上天祈求神灵的庇佑。那要我信长当个将军,听凭天皇差遣,我自然也不会有半点异议。只可惜,朝廷成日里将为政治国挂在嘴上,却坐享大片皇室封地,霸占着数不清的庄园,对寺社、座①也享有特权。还要我挂个将军的头衔,事事听命于他,叫我怎能甘心?"

"过去如何妾身无从知晓,只是如今,皇室封地也好庄园也罢大都被武家巧取豪夺,就连对座的支配权也受'乐市乐座'之制②的限制而变得有名无实。而今朝廷所拥有的领地早已所剩无几,恐怕还不到一万石吧?"

"可是,朝廷的权力却并未尽失。封官授爵,没有那一纸敕令便是空谈;时辰历法,也全要由朝廷的阴阳寮说了算,稍加改动便会横遭非议。最令我愤怒的是,这一切却并非出于圣上的本意。"

"大人此话何意?"

---

①座:中世的日本,工商业者等的同业组织,受贵族、寺社的保护。在商品的制造、买卖上享有垄断权。

②"乐市乐座"之制:战国、安土桃山时代,大名为将商人招揽到自己的领国,在城下町或重要都市废除原有的垄断式的市、座等特权,让新兴的商人可以自由经营。

"天皇身在皇宫大内，为重重宫墙所困。尔等藤原氏一族只手遮天，蒙蔽天皇耳目，令民意民怨不达天听。我记得你曾说过，天下臣民若无感戴皇恩之心则国将不国。殊不知，利用天下百姓这份感恩之心而大肆搜刮民脂民膏，中饱私囊，正是尔等公家的真面目。"

自中臣镰足成功推行大化改新以来，其子孙藤原氏便逐步掌控了朝廷的主导权。而后，藤原一族分裂为近卫、一条、二条、九条、鹰司五摄家，历来享有各种特权。甚至可以说，以关白为中心的朝廷的官位制度，正是为了藤原氏的利益而设置的。从三位以下不得面圣——正是通过这项制度，藤原氏成功让帝王的权威沦为满足家庭利益而供其随意利用的工具，并将这样的局面一直维持至今。

不仅如此，一旦发生什么于己方不利的情况，他们便会说是天皇的旨意，以此为借口逃避搪塞，令事情不了了之。此等腐败的体制若不彻底改革，那么任谁也无法将日本建设成为一个律法森严、江山稳固的大国。

"我将皇宫大内移至安土，并非对天皇有何不敬之念。正是为了将天皇从藤原一门的囚禁和操控中解救出来。"

"大人此言差矣。藤原氏的祖神乃天儿屋根命，乃是受天照大神之命下界辅佐迩迩艺命的天神。千百年来，藤原一门一直恪守先祖遗命，誓死效忠天皇。"

"你讲的这些神代传说，也不过是尔等祖先编造的谎言，只为方便他们更好地支配这个国家。事实上，皇族与藤原氏本就毫不相干，并无半点渊源。"

"大人您、您怎可信口雌黄？"

"我早已将这一切看穿。其实，尔等祖先本是外来移民，用尽手段才挟制住了我们的天皇，使之沦为他们的傀儡。若非如此，又如何统治得了这一国上下，万千百姓？"

"此等荒诞无稽的想法，普天之下恐怕只有信长大人一人才有吧？藤原一门对皇族素来表里如一，绝无二心，一直忠心耿耿守护天皇。惟其如此，朝廷的统治才能稳如磐石，维系了上千年之久。"

"那么，就让我来推翻这座顽石吧！"信长的心底突然涌起一种打破一切的冲动，旋即转化成一股邪恶的情欲——他想要在这神圣的清凉殿里占有晴子。

"我现在就证明给你看！"说着，信长一把抓住晴子的手腕，不由分说地将她拉入自己的怀中。

啪！——一声脆响，信长的脸颊立刻火辣辣地疼起来。

"不得无礼！玩笑也要讲点分寸！"直到晴子转身逃出殿去，信长才如梦初醒般地意识到自己脸上挨了一巴掌。这一耳光，完全出乎他的意料。除了小时候，他还没被人这样打过。可是，奇怪了，他一点儿也不觉得生气。

傍晚时分，近卫信基不请自来。这位前久的嫡长子，十八岁那年便少年得志当上了内大臣，更是信长所属意的下一任关白的热门人选。

"义父大人此次大获全胜，晚辈欣喜之至。得知您今日班师回朝，便快马加鞭，特从京城赶来朝贺。"

"难得你一番心意。京中一切如常吧？"

"京中诸事无恙，请义父大人放心。百姓们都在议论着，待您平定了东国，不日便会荣任大将军了。"五年前信基元服之时，信长做了他的乌帽子义父，更赐"信"字作其名讳。从那以后，信基便视信长如亲生父亲，崇敬之至。去岁四月，因信长无视信基

537

的苦苦哀求，一刀结果了阿驹的性命，二人之间曾一度疏远，而今早已冰释前嫌，和好如初。

"胜赖父子的首级已送到了吗？"

"在京城中各条大道上游街示众之后，眼下已被挂在了四条河原①的街头。"

"据我所知，公家中暗地里同情、帮衬武田一族的人不在少数，眼下恐怕正如热锅上的蚂蚁，坐卧不安吧？"

"这样的人想必也是有的。不过，平民百姓们倒是纷纷拍手称快，都说义父大人平定天下之日就在眼前了。"

"关于火烧惠林寺一事，坊间又是如何议论的？"对于自己做过的事，信长绝不会有半点悔意。只不过，他也想听听京城中人对此事的看法。

"快川国师临终时留下一句'心头灭却火自凉'的偈语，似乎深得民心。"

"对我又作何评价？一定没啥好话吧？"

"黎民百姓个个深信，只有仰仗神佛的庇佑方能过上安乐日子。要他们明白义父大人您的苦心，一时半会儿怕是很难的。"

"那么，你怎么看？"

"晚辈也觉得义父大人的处置稍欠妥当。"信基毫不迟疑地老实回答道。在信长欲手刃阿驹时亦能挺身而出，以命相搏，这样一个年轻人，绝不会为了讨信长一时的欢心而说出任何言不由衷的虚伪之词。

"为何？"

"义父大人的此番作为，朝野上下必定寻不到一个支持者，不

---

①四条河原：京都鸭川、四条大桥附近的河原。古时设有剧院、戏台。

过徒遭反感和非议而已。"

"若不下此狠手，怎能令那些假借神佛之名招摇撞骗之徒闻风丧胆？又怎能令今日之日本日月换新天？"信长深知，若不粉碎朝廷和寺社这根精神支柱，令天下百姓从千百年来的迷信和教化中清醒过来，他永远无法将这个国家打造成为可与西班牙和葡萄牙媲美的世界强国。如今，信长真正的敌人早已不是什么毛利、上杉，而是这个国家根深蒂固的信仰。

"甲斐来的信你已收到了吗？"

"晚辈已收到，谢义父大人指点。"

"事情眼下进展如何？"

"心志不坚之人虽已被我说服，但这毕竟是关系到朝廷存亡的大事，凭我一己之力实在很难成功。"

前文提及，信长从甲斐遣人给信基送了一封信，信中命信基设法促成三件事———诚仁亲王顺利即位、信长出任征夷大将军、信基就任关白。事成之后，信长便会进一步让自己的义子五王子即位，自己则将大将军一职传与信忠。如此一来，公武两重大权信长便能一手掌握。

"为何不能？去年圣上不是已经答应让位了吗？"

"太子殿下希望能在义父大人就任朝廷所封官职之后，再行即位大典。"

"可笑至极！这一点上我要是能让步，问题不是早就解决了吗？"

去年朝廷提出让信长就任左大臣一职时，他就曾再三坚持要等到现任天皇让位之后。因为他明白，一旦自己在诚仁亲王即位之前当上了朝廷的左大臣，便身负辅佐新皇的重责，又怎能立刻就逼迫新皇让位五王子？却没想到，诚仁亲王竟不肯做出让步，坚持要信长先行就任左大臣。信长才不得不选择妥协，接受了金神之年的托词，同意将让位一事延缓。

"我既然已退让至此，朝廷当然也该兑现承诺，让天皇让位在先。事到如今，难道还想出尔反尔吗？"

"或许朝廷的确与您有过这样的约定，可那也并不是太子殿下本人的意思。恐怕只是武家传奏官们为了能快些了结此事，好向上面交差，才擅作主张的吧？"

"混账！简直岂有此理！"

"于情于理虽然的确有些说不过去，不过这项约定的确并非殿下真意。据说太子殿下曾向其近臣透露，若义父大人执意不肯任职在先，非要逼他即位，殿下便会采取一些非常手段。"

"手段？他能有什么手段？"

"具体的晚辈也不甚清楚，莫不是要废了五王子的嫡子之位？"

这一惊非同小可，信长一时竟说不出话来。若事态真的发展到这一步，信长让五王子即位，自己稳坐太上皇宝座的计划便会落空。更令他懊恼的是，他竟然忘记了诚仁亲王还有这样的权力，真是失策！迁入二条御所以来他的老实和顺从，原来都是做给信长看的，为的是让他对自己放松警惕。

"快动动你的脑子，想想还有什么办法能阻止他这么干！"

"恐怕您只能答应他的要求，先行就任官职。然后再让殿下即位，并设法让他尽早立五王子为太子，最好是把太子的册封大典也一道办了。"

"那样一来，可就太迟了。不知何年何月才能让五王子继承皇位。"信长撒气似的将拔出腰间的短刀往地上一掼。

四月二十二日，黎明时分，晴子正挣扎在一个可怕的梦境之中——不知何时,晴子竟成了大和①的女王,前方告急的战报却一个接一个地送到她的眼前。在白肩津吃了败仗的敌人,竟迂回到南面的熊野,一边收服周边的百姓一边向都城攻来。

"我方军队早已是一盘散沙,溃不成军。为今之计,只有舍了都城,转移至山城,再从长计议。"此刻,匍匐在晴子脚下苦苦相劝的,正是一身戎装的侍女房子。

"敌人、敌人是什么人?"

"他们打西方异国攻来,扬着鲜红的战旗,身披黑色的铁甲,攻势凌厉,锐不可当。"

据说,敌军人数并不算多,所使的铁剑却极为锋利,长弓也射程极远,令我方将士毫无还击之力。甚而,他们还用已被其征服的军民做先锋,一边用弓箭胁迫战俘们向前冲,一边紧随其后,步步向都城逼近。

晴子集结都城中残存的兵力,向山中的岩城撤退。这座城建在险峻的山巅之上,绕城垒起了高大而坚固的石墙,城内储备着充足的武器、弹药和粮草。此外,后山还有一条不为人知的密道,可暗中与己方援军取得联系。故而,坚守此城,打个五年甚至十年的笼城战,也绝对能撑得住。

敌人一次次攻城,又一次次被成功击退,就这样,这场笼城之战不知道打了多少年。终于,敌人打累了,决定放弃进攻,提出议和。他们搜罗了各种山珍海味,摆了一场丰盛的宴席,邀朝中众臣赴宴,商议和谈事宜。朝中的男人们竟信以为真,下山赶

---

①大和:大和朝廷、大和政权。日本最早的统一政权。以大和为中心的畿内地方的诸豪族联合而成皇室,从中诞生君主或大王,后来被称作天皇。4—5世纪时统一了除东北地方以外的大半日本国土。6世纪确立世袭制王室,众豪族依据"姓"形成阶级秩序,由此形成氏姓制度。

赴如今早已在敌人的支配之下的都城而去。

殊不知，这竟是一场鸿门宴。歌舞喧嚣，酒至半酣之际，敌人突然拔出早早藏在身上的刀剑，大开杀戒。

忍坂大室屋兮，人头攒动

人来人往兮，人头攒动

进进出出兮，人头攒动

斗志满满哟，久米之子，挥舞起头椎大刀

斗志满满哟，久米之子，挥舞起石椎大刀

此刻正是出击的好时机

斗志满满哟，久米之子，挥舞起头椎大刀

斗志满满哟，久米之子，挥舞起石椎大刀

此刻正是出击的好时机。[①]

在悠然回荡的歌声中，男人们还未来得及弄明白是怎么回事，就纷纷成了刀下亡魂。

晴子得到消息，仓皇逃往大山更深处的岩洞之中。这是一个巨大的石窟，人称"奥院"，晴子躲在里面忍辱偷生，只带了几个侍卫和侍女随侍左右。

敌人正在一寸一寸不断扩张着自己的势力范围。然而，没有女王之命，他们始终无法顺理成章地统治这个国家。不断有不甘屈服之人奋起反抗，敌人顾得了这头顾不上那头，疲于应战，苦不堪言。终于，敌人决定集结全部兵力，要一举生擒女王。

晴子只能继续逃亡。她翻越了大和的一座座深山密林，辗转于一个个石窟和岩洞，却始终不忘在心底向神灵祷告，祈求他们保佑自己的百姓平安无虞。

---

①出自《古事记》中卷。相传在忍坂（今奈良县樱井市古地名），道臣命奉神武天皇之命诱杀逆贼。

542

关于逃亡中的女王的事迹，在山民、村民、流浪者之间口口相传，最终传到了那些不肯向敌人屈服，仍在继续抗争的反抗者们的耳朵里，更加激发了他们的斗志和决心。

敌人害怕了，竟无耻地宣称"女王若再不返回都城乖乖投降，我们便要拿已沦为奴隶的你的子民开刀了，一天砍一千颗人头，直到全部砍光！"而且，残忍的敌人还真的这么做了。一天一千人，十天就是一万人，二十天就是两万人。被押解到散所①，被当作奴隶一样使唤的晴子的子民们，眼看就要被杀光了。街边的大树上悬挂着被绞首的人的尸体，成群的乌鸦歇斯底里地嘶叫着，日日在都城上空盘旋。

此等惨状，晴子怎能熟视无睹？她决意向敌人投降。

"万万不可！女王若向他们投降，我们男人们全都会被砍掉脑袋，女人们全都会被赤柄的长箭插入下体而惨死。"房子拼死阻挠。

"放开我！让我去！牺牲我一人，若能挽救更多人的性命，余愿足矣！"

最终，晴子只身一人下了山，直奔都城而去。在那里，狡猾而残忍的敌人正在等着她。虽然她只穿了一件薄绢的贯头衣②，可百姓们还是一眼便认出来她是女王。道路两旁，人们纷纷跪拜在地，只扬起一张张憔悴的脸凝望着晴子，那凄凉而又充满希冀的眼神仿佛想要将她吞噬。有的人默默地淌着泪，也有人不停磕头失声痛哭。

---

①散所：日本古代末期到中世，权门、寺社的属民为免除年贡，而从事扫除、土木或出行等杂务的地域。其中居住的居民多被视作贱民，室町时代以后，以占卜、曲艺为生者开始增多。

②贯头衣：原始服饰样式的一种，在一张布上开一个洞，头部从洞中穿出，无袖。

晴子穿过南城门，踏入了都城的地界。满眼尽是敌军那鲜红的旗帜，彰显着他们的嚣张气焰。数以千计的黑甲士兵沿街森然而立。正前方，是一段长长的石阶，石阶的尽头，矗立着朱漆的王宫。宫门洞开，一个头戴金冠的男人走了出来。

这个人，竟然是信长！

信长从头到脚打量了晴子一番，缓缓开口说道："从今日起，你便是我的妻子，早早为我王室诞下子嗣，开枝散叶吧！"说着，一把将她打横抱起，一步步登阶而上。

——晴子只觉心口一紧，猛地睁开了眼睛。天已大亮，清晨的阳光透过明障子照了进来，投射在枕畔。也许是昨日信长的一番话勾起了晴子的重重思虑，她辗转反侧，彻夜难眠，今早竟一不小心睡过了头。

"房子，你在吗？"

"娘娘您醒了？"绑着襻带的房子，从院子里走进屋来。

"现在是什么时辰了？"

"刚过巳时。"

"这个时辰，你在院子里做什么？"

"濯洗衣物啊！看样子，今儿个天气不错。"

房子说着，转身进了隔壁房间。不一会儿，端着洗脸净手的热水进来了，脸上却换了一副严肃的表情："娘娘身子有何不适吗？"

"没有呀，挺好的。"

"既然如此，奴婢有话不得不说。近日来，娘娘行事越来越不成体统。以往，何曾有过像今日这般睡到日上三竿的时候？"

"此番长途跋涉，难免身体倦怠。"

"难道不是因为夜夜春宵，伤了身子吗？"房子毫不客气地讲了一句大实话，顿时羞得晴子面红耳赤，"瞧瞧您，脸上的肌肤松弛浮肿，腰也粗了，屁股也变大了，还敢说不是纵欲过度所致？"

"你今天是怎么了？谁得罪了你不成？怎么一大清早就冲着我发邪火？"

"因为奴婢实在不明白娘娘您是怎么想的。日日为您忧心，这一肚子的话叫我还怎么憋得住？"

"这件事我不是跟你解释过好几遍了吗？"

"明日娘娘的兄长好像要来。"

"什么？"

"据说是作为朝廷的敕使，来恭贺信长大人得胜而归。娘娘做了这等不体面的事，该如何向兄长解释，您可想好了吗？"若晴丰果真来了安土，必然会留意到信长与晴子的关系非同寻常。到那时又该如何是好？房子心里直发愁。

"那我就实话实说。事到如今，想瞒也是瞒不住的。"

"那怎么行……您那眼里揉不进一粒沙子的兄长，又岂能容忍娘娘您的所作所为？"

"那又如何？容不下便容不下吧。我不过是遵从自己的内心而活。"对未来的不安和恐惧如一尊巨石沉沉地压在心头，然而，如今的晴子，已经没有回头路可走了。

"娘娘！您怎么就这么倔呢？"

"我怎么倔了？你一个接一个地给我出难题，我不过是照直了回答你而已。"

"您自知罪孽深重，所以才会如此提高嗓门，虚张声势，不过是为了掩饰自己的心虚而已。"

一语中的！的确，多少个不眠的夜晚，晴子也曾无数次如此扪心自问，又无数次自己骗自己：不是这样的，事实不是这样的……

"圣人不是也说吗？知错能改，善莫大焉。只要从今往后吃斋念佛，潜心修行，终有一日能洗清自身的罪孽。而眼下，娘娘您的当务之急，是要将此事彻底隐瞒下去。"

"这岂不是自欺欺人吗？背地里不知干了多少丑恶肮脏的勾当，表面上却要做出一副道貌岸然、洁身自好的模样；饱受繁文缛节、清规戒律的束缚，说的每句话、做的每件事都无法出自本心。这样的生活，不正是我最最深恶痛绝的吗？我之所以答应与信长大人同行，不正是为了摆脱这样的生活吗？"

"事情到了这个份儿上，您怎么还说这样的话？"房子将房间的隔扇门全都关了个严实，这才凑上前来，紧挨着晴子继续说道："既然生在公家，过这样的生活还不是天经地义的事儿吗？如此简单的道理，娘娘您还有什么不明白的？"

"一直以来，我也把这一切看作是天经地义，所以才稀里糊涂地活到了今天。可是，自从遇见了信长大人，我才意识到过去的自己有多么令人厌恶。我也相信，大内也好后宫也罢，今后也绝不会一成不变。"

"变？还能怎么变？朝廷事务乃属神事，应遵天命，就算如今衰微的朝廷有恢复元气的一天，那也绝非人力的结果。"

"你今天到底是怎么了？突然满嘴的大道理，是要教训我不成？"晴子说着猛地站起身来，打开隔扇门。在这封闭阴暗的房间再这么耗下去，她简直觉得自己快要窒息了。

"做奴婢的怎敢教训主子？怪只怪娘娘您的想法太过荒唐。"房子迅速将门再次关上，又一把将晴子拽回了屋内，"将自身的丑事隐瞒到底，绝非什么刻意欺瞒。试问在神灵面前，天底下有谁敢说自己是绝对清白的？正因如此，圣上才会以常人没有的毅力坚持斋戒沐浴、礼拜祭祀，代天下芸芸众生侍奉于神前，为我等洗清罪孽。此举何其神圣？何其崇高？我等凡夫俗子又岂能成为它的阻碍，玷辱了它的圣洁？故而，静心修身方是我等应尽之责。"

房子的意思是，举行什么祭典之时，断不会有人蠢到大声喧哗，干扰仪式的顺利进行，而隐瞒自身的罪孽和污点也正是同样的道理。

"想当年，我与心上人私定终身，珠胎暗结。为了不被旁人知晓，不也是偷偷躲回老家生下了孩子吗？也多亏了家主大人和夫人为我保守秘密，奴婢才能有幸留在娘娘您的身边继续伺候您。"

"是啊，你说的也并非全无道理。"如果可以，晴子当然不想让晴丰知道这件事。自从自己入了宫，兄长明里暗里处处维护自己，她又怎忍心令他失望？此外，要想维系信长与朝廷之间目前至少表面上还算和谐的关系，维持自己现在的地位也非常重要。晴子清楚地知道，一旦哪天自己被逐出宫外，她这个人在信长眼中将变得一文不值，现在的光芒和魅力都将荡然无存。

"可是，连招呼也不打一声就私自回京，恐怕也有些说不过去吧。我还是想再与信长大人见上一面，亲自跟他说清楚，你这就去请他过来一趟。"

房子依言去了，可却没能请来信长与晴子相见。

"主公现在总见寺闭门静修，恕不见客。"森兰丸如实相告。总见寺是信长亲自下令在安土城中修建的，并将自己作为神灵供奉寺中。此刻，他正独自待在寺里，不知为何事而虔心祝祷。

"今日傍晚能见到大人吗？"

"说是要在寺中待到天明，看样子最早也要等到明日午后才能见上一面了。"

"大人此番入寺祈愿，究竟所为何事？"

"奴婢不知。大人似乎未将此行的目的告诉任何人。"

看来事情非同小可。记得去年信长去竹生岛闭关归来之后，就曾以私自外出为由砍了一大批侍女的脑袋。这一次，晴子也绝不敢掉以轻心。

翌日，劝修寺晴丰等敕使四人如约造访安土城，代表朝廷前来祝贺信长打了胜仗。信长在本丸刚刚建成的宫殿内接见了他们。而这期间，晴子一直待在房门紧闭，昏暗潮闷的房间中，与房子相对而坐，连大气也不敢出。二人所待的这间御台所①，与那座仿造清凉殿而建的宫殿遥遥相对，中间只隔了一方庭院，连那边的说话声听起来也似乎近在咫尺。

而这边，信长正在议事厅与敕使们相对而坐。按他原本的意思，索性就在寝殿见一见得了，可转念一想，若是太过目中无人而激怒了朝廷，对自己也没啥好处。

下首方相当于台盘所②的一室中，晴丰和庭田中纳言等人正襟危坐，表情复杂。接下来，将会有怎样一场艰苦卓绝的交涉在等待着他们，从他们凝重的神情中便能读出一二。

首先，晴丰依照惯例宣读了论功行赏的圣旨，并一一介绍了朝廷的各种赏赐，有太刀、时服、香料等等，不一而足。其中，又要数太刀最为重要。奉朝廷之命出征并凯旋的将领，都会得到朝廷御赐的太刀，这项规矩古已有之。而今，打了胜仗的信长同样得到了御赐的太刀，也就等于承认讨伐武田一仗是奉了朝廷之命。同时，该如何论功行赏自然也就成了一个问题。眼下，朝廷

---

①御台所：大臣、大将、将军等的妻子的敬称，原指其居住的房间。又称"御帘中"。
②台盘所：放置台盘的地方。在宫中，乃为清凉殿内的一室，通常是女官们工作和聚集的地方。

能够给信长的，除了官位还有什么呢？

"且慢！"当晴丰正打算谈及此事时，兰丸却冷冷地打住了他的话头，"在此之前，关于去岁商定的让位一事，在下还有点小小的疑问。今年已非金神之年，太子殿下的登基大典，按理应该可以顺利举行了吧？"

"的确如此。"

"具体会在何时举行，在下可否问个明白？"

"殿下的意思是等到信长大人受封领赏之后。"

"也就是说，要在主公出任朝廷所封的官职之后，对吗？"

"也可以这样理解。"

"那么，请恕我们主公不能领受朝廷的赏赐。我方坚持按照去岁的约定，待天皇让位之后才能接受左大臣一职。"朝廷千方百计想要在让位之前迫信长任职，所以想出了这个"恩赏先行"的借口。信长早已洞悉了朝廷的意图，所以断然拒绝了朝廷的赏赐，并坚持要求对方履行去年做出的承诺。

"大人此番大获全胜，深得圣心。圣上的意思，一定要予以重赏。他老人家还说，这也是他在位期间完成的最后一桩大事，还望大人体恤圣上的一番苦心，遵旨而行。"

假话！一听便知是假话！信长攻打武田家，本就不是正亲町天皇的意思。甚至，他还忤逆圣意，执意灭了武田一族，又烧死了快川国师，天皇怎么可能还想给他什么恩赏？只不过，要想在让位之前迫使信长任职，没有比这更好的借口了。这样一来，天皇便可以死扛到底，称信长若不接受恩赏自己便拒不让位。天皇的用意，晴丰也一定早已心领神会。所以，他那张五官端正的容长脸上才会面无表情，任信长一方如何刁难，他仍一口咬定这是天皇的意思，不肯让步。

549

渐渐地，信长有些不耐烦了。他知道，这是朝廷惯用的手段。利用天皇的权威，将人控制得死死的，令你不得不屈服。此等卑劣无耻的手段，真是令人痛恨。

"那我便接受封赏！"信长决定将计就计，"难得陛下如此看得起微臣，微臣斗胆请圣驾亲临此殿，亲自为我行册封之礼。"

"圣上近日龙体欠安，恐难耐奔波出行之苦。"

"那么，可否请太子殿下代圣上前来？五王子乃是臣的义子，大可以一同带来。"信长意欲将诚仁亲王和五王子诱至安土城幽禁起来，迫使天皇先行让位，这一招可谓机关算尽。然而，晴丰似乎敏锐地洞察出了他的真实意图，推托说要先问问太子殿下的意思再做答复。

"要么照我说的办，要么兑现去年的约定，两条路只能二选其一。三日内让村井贞胜来回话吧。"信长厉声命令道，说完便离席而去。

躲在屋内的晴子将事情的来龙去脉听了个明明白白。自己的兄长是个诚实正直、心地善良的人。身为武家传奏官，夹在公武两方势力之间受了多少夹板气，没有人比她这个做妹妹的更能体会。可是此刻，她却不能因为一时冲动而贸然冲出去向信长进谏。

（哥哥，再等等，妹妹一定会想办法帮你的！）

晴子坚信，她一定能找到一个两全其美的办法，来结束这场公武间的争端。

四月二十五日是个艳阳天。从甲斐回京以来，日日都是这样的好天气，可近卫前久的心情却一片阴霾。不久前，他命细川藤孝与备后的足利义昭取得联系，并将再兴幕府的计划告之，更命其尽可能地集结支持幕府的各支力量。然而，事情却迟迟没有进展。

（要不，还是将其诱至宫中，实施暗杀？）

想当年，中臣镰足便是在三韩进调①的仪式上谋杀了苏我入鹿，才得以顺利推行大化改新。眼下，只要能成功将信长骗进宫来，想要取他的性命，办法多的是。

"劝修寺中纳言大人求见，现在会客厅等候。"下人进来禀报。

此刻，晴丰正端坐于会客厅。他本就是个身形瘦削、身量高挑的男子，这几日跟信长周旋，劳心伤神，越发显得消瘦了。

"看样子，往后还有得你辛苦呢。"前久免不了先说几句体恤抚慰的话，一面命侍女端上酒来。

"在下昨日便已从安土返回，只因事务缠身，未能及时来向大人汇报，实在罪过。"

"无需自责。你一定是有要紧的事，才抽不出工夫来我这儿。"

"今日，村井长门守那边派人送话来，说是关于征讨武田的封赏，对方提出要在太政大臣、关白和征夷大将军三者之中，任选一职出任。"这一要求便是历史上著名的"委任三职"。究竟该如何应对，据说晴丰也是和京都所司代村井贞胜一番促膝长谈之后才来找前久商议的。

"昨日我刚得了加贺②的菊花酒，怎么样，喝一杯吧？"前久说着，将一个酒杯放在了晴丰面前，亲自为他斟满。

"谢大人赏酒，在下实不敢当。"

"那么，村井都说了些什么？"

---

①三韩进调："三韩"乃为新罗、百济、高句丽三国的统称。"进调"则意为进贡、朝贡。645年，三韩的使者来日本朝贡，朝廷举行欢迎仪式，苏我入鹿如约赴宴，中大兄皇子和中臣镰足借此良机实施了暗杀。

②加贺：加贺国，日本古代令制国之一。相当于现在的石川县南部。又称加州、贺州。

"听他的意思,信长公似乎想当大将军,开设幕府。故此,推举他做将军或许最为妥当。"

"那不就结了!只要他答应在太子继位之前就任,管他将军还是关白,他爱当什么当什么便是。"

"大人,事情可没这么简单。信长公的确答应在天皇让位前就任,但条件是必须由太子殿下和五王子前往安土城宣旨,并为他主持册封仪式。"

"什么?这又是闹哪出……"前久话只说了一半,仰头将杯中之酒一饮而尽。极品的菊花酒喝到嘴里,那苦涩的滋味几乎令整条舌头都麻木了。

"此事又该如何应对?"

"决不能答应!"若太子和五王子果真去了安土,信长定会将他二人扣为人质,向朝廷提出更多无理要求。更有甚者,说不定还会像南北朝分裂时期那样,建立自己的安土王朝,与京城的朝廷分庭抗礼。

"不过,光是拒绝也无济于事。明日我便去一趟二条御所,与太子殿下商议商议对策。你嘛,还是去阵定[①],让文武百官想想办法。"

"朝廷的根本态度是什么?"

"派敕使前去安土,同意信长出任三职。但是,宣旨和册封之仪,必须要在宫中举行。"

"下官明白。"

"安土那边情况如何?有什么异常吗?"前久装作不经意地随口一问,实则是为了试探晴丰,看他是否留意到晴子和信长之间

---

[①]阵定:朝廷每逢重要事务时,在阵座召开的会议,一起商议后做出决定。

不同寻常的关系。

"信长公照着清凉殿依葫芦画瓢,在本丸新建了一座宫殿。用尽了天下的金银珠宝、绫罗绸缎,宏伟奢华可谓天下无双。"

"前来恭贺他得胜凯旋的人,想必也不少吧?"

"下官还见了一个人,实在出乎意料,不知当不当对大人您讲。"

"是吗?谁呀?"

"正是令公子信基公。为敕使接风洗尘的酒宴上,他也一同列席。"

"他对你说了什么吗?"

"倒是没跟下官说话。不过,他和信长公的关系,看上去似乎比过去更加亲密了。"

"人嘛,年轻时难免有是非不分、不知轻重的时候,总有一天他会意识到自己现在的所作所为是何其愚蠢。"

"若是这样,下官也放心了。就怕咱们的人嘴不严实,倒被对方当枪使。"

"我自有分寸,此事切莫向第三个人提及。"前久几乎是赶他走似的让晴丰退了下去。他满心以为能借晴丰之口揭露晴子的丑事,没想对方却不接招。反倒是自己的儿子被人抓住了把柄,令他脸上都有些挂不住了。

傍晚,近卫府来了一位不速之客。此人便是正忙着攻打备中的羽柴筑前守秀吉。他像个下人一般俯首帖耳地跪拜在庭院中,身旁是他带来的礼物,已堆积如山。

"承蒙近卫太阁大人接见,下官深感荣幸,惶恐之至。"说着,秀吉行了一个叩首大礼。那毕恭毕敬、卑躬屈膝的态度还是老样子,夸张得让人以为是在做戏。他本与前久同年,也是四十

553

七岁,却因为过早秃顶而略显老态。他善于察言观色,又很会说话,足以弥补其外形上的不足。唯有那双眼窝深陷的眼睛,总是闪烁着令人捉摸不透的光。

"你不是正在和毛利交战吗?"

"正是。目前两军正在备中激战。"

"那怎么突然有空上京呢?"

"在下有事,一定要面见太阁大人。这才夜以继日,快马加鞭赶上京来。为了不让敌军察觉,我留了影子武士在军中坐镇。"

"嗬?这可奇了怪了!什么事这么要紧?难不成是为了义昭的事来求我?"前日二人在安土见过一面,秀吉曾拜托前久,让朝廷出面削了足利义昭的将军之位。

义昭一直受毛利家庇护,备中、美作的地方豪族们大多也因此拥戴毛利家,认为其拥有真正的大义名分。要想消除他们的顾虑,使之倒向织田军,与己方里应外合,剥夺义昭的将军之位才是最直接、最有效的办法。相较于东国,西国对将军乃至天皇的尊崇更为根深蒂固。远比常人更善于审时度势的秀吉,在这件事上同样做出了精准的判断,找到了正确的对策。

"此事的确也是其中之一,不过在此之前,先容在下献上我带来孝敬大人的礼物。虎之助,念出来!"在秀吉的催促下,一个二十出头的大块头年轻人展开礼单读了起来。此人便是加藤虎之助[①],后来的清正。"黄金二百锭、白银一百锭、绢二百匹、白瓷壶五把、吕宋壶两把、雄鹰两只、良马五匹。"这些礼物,价值相当于前久四五年的收入。秀吉却命人堂而皇之地大声念出来,丝毫不懂得避讳,这也正是这个男人的有趣之处。

---

①加藤虎之助:加藤清正(1562—1611),安土桃山时代武将。尾张人。丰臣秀吉的重臣,人称"虎之助"。贱岳七枪之一。关原之战时为家康一方主力,后受封肥后国。

554

"果然大手笔！"

"我等粗鄙之人，不通风雅，对大人的一腔敬仰也不知该如何表达。只能献上这些自己视作珍宝的身外物，以表寸心，还望大人不嫌弃。"

"你的心意我心领了，只是这吕宋壶，你还是收回去吧。"

"这、这是为何？"

"这玩意儿，我可实在爱不起来。"

近年来，吕宋壶传入日本，被用作茶器，备受文人雅士珍爱，价格也越炒越高，贵得离谱。但其实，它原本是南洋的高床式房屋中，用来装屎尿的器皿。别人也就罢了，博学广识的前久又怎会不知？

"大人不愧是皇宫贵族，果然见多识广，眼光高于常人。"秀吉发自内心地赞叹道，尽管他并不懂得前久的品味究竟高在哪里。

"这里隔得太远，说话实在不方便，还是去会客厅，边喝边聊吧。"

"下官不敢！下官身份低微，怎敢与一人之下万人之上的太阁殿下同席共饮？"

"无需多礼。把虎之助也叫上来吧。"于是，前久当真把二人请到了会客厅，还命人摆上了酒肴。

"对了，找我究竟何事？"

"近日，在下正为一事发愁，"秀吉立刻端正坐姿，正色说道，"毛利一方最近改变了战术。此前调集了大量兵力入驻边境七城，稍有机会便会伺机反攻。这几日，却不攻只守。甚至，原本坚守在城中的军民，似乎也在一点一点地偷偷撤离。"

秀吉于四月四日抵达冈山①大营，十四日便与宇喜多忠

---

① 冈山：池田氏领下俸禄32万石的城下町。位于现冈山县南部的一个市。名园、后乐园所在地。

家①的大军会合，攻入了备中。而毛利一方，则以足守川②沿岸的宫路山城、冠山城、高松城等七座城池为据点，全力抗敌。然而最近，后者却突然缩短了战线，开始撤退了。

"难道不是因为惧怕织田家的威势，被你羽柴秀吉的赫赫威名吓破了胆吗？"

"若果真如大人所说，那自然是谢天谢地的大好事儿。可是，毛利如今坐拥六万大军，又怎会被我区区三万人马吓得撤兵呢？"

"那么你说，究竟是为何呢？"

"看样子，恐怕是在等待援军。可是，若是真有援军，又是从哪里来的呢？"秀吉假装糊涂地憨笑着，眼底却闪过一丝令人毛骨悚然的寒光。连前久也不禁心中一凛。

恐怕是毛利家从义昭处获知了前久的计划，打算保存兵力，以备将来大事所需。不过，仅凭这么一点细微的风吹草动就觉察出形势有变，连前久也不得不暗自惊叹，这个秀吉的鼻子还真灵！如此看来，他能从一个为信长提鞋的无名小卒，逐渐成长为一名战功赫赫的领兵奇才，也是不无道理的。

"老夫对领兵作战的事知之甚少，也实在想不出有谁会是毛利家的帮手。"前久缓缓饮干杯中之酒，借此调整心绪。

"我家主公是个急性子，又屡遭盟友背叛。浅井长政、足利义昭、荒木村重、松永久秀……要数起来还真是没个完。"秀吉说的这些人，多多少少在背地里都与前久有些瓜葛。也许秀吉此次突然造访，正是因为看出了这点玄机。

"既然信长公宣称要从根本上改变这个国家，明里暗里树敌甚

---

①宇喜多忠家：（？—1609）战国到江户时代武将。宇喜多兴家之子，宇喜多直家的异母兄弟。

②足守川：属今冈山县水系，二级河流。

多，也是在所难免。"

"那么近卫太阁大人您呢？也把我家主公视作敌人吗？"

"过去的确曾有过一段时间，我与信长公势同水火。可如今，我俩早已坐在了同一条船上，只能同舟共济，共同进退。"

"四日前扫帚星出现，大人可曾看见？"

"没有。"

"扫帚星乃是天地大变的先兆，还望大人多加小心呐。"

"嗯，你也是呀。"

"对了，前日在下向大人提及的足利将军一事，不知大人考虑得如何了？"

"我查了查古时的记录，并无褫夺将军位的先例。只有在宣旨任命新一任将军时，前任将军的地位才能自动被取代。任命信长公为将军的圣旨不日便会下来，到时候义昭自然也就失了名分。"

"听大人这么一说，在下放心了。那么，我就盼着这一天，在此之前只要提防着别落入毛利的圈套便是。"

"待信长公成了大将军，你大可以请他亲征备中。届时，冥顽不化的西国武士，也自然会被他征夷大将军的威仪所震慑。"

"此言极是。大人高瞻远瞩，下官自愧不如。从今往后，还请大人多多提点。"

秀吉已离开了许久，前久却仍觉得双膝发软，无法站起身来。自己的计划不会被他看穿了吧？——这一丝不安在他心中久久挥之不去。过去，前久从未将这个一朝得志的小人物放在眼里。可今日，当秀吉终于将他心机深重的本性展露在自己面前，他才猛然发现这个人原来这么不好对付。

啪啪啪——前久重重地击了三下掌。

"小人在这儿。"风之甚助的声音从地板下传来。

"你去给我查查那人的底细,说不定是他在义昭身边安插了奸细。"如果秀吉当真已经洞悉了前久的全盘计划,却还敢来登门拜访,那么,这场较量可就更有看头了。

翌日,前久拜访了二条御所。这座府邸,乃是信长三年前献与诚仁亲王的。府外挖了深深的壕沟,筑地屏的四个角上还设有瞭望台,分明更像是一座城池。太子殿下及其家眷在这座府邸已居住了三年之久,所以既可以称之为二条御所,又可以称之为太子府。

前久在会客厅等了许久。下人告诉他殿下正在见客,但他心里很清楚,是太子殿下不愿见自己。"此人表里不一,心机太重。总有一天会机关算尽,自取灭亡。"——太子私底下对身边近臣说的话,也辗转传入了前久的耳朵里。讨厌便讨厌吧!看自己不顺眼,曾出言诽谤的事,前久也不是不知情。但是,朝廷能有今日的复兴,全要多亏了自己——这点自负,前久还是有的。

等了足足一个时辰。太子殿下终于姗姗来迟。最近,奉当今圣上之命,他已经开始代为处理政务,那张丰满富态的圆脸上,也开始隐隐显现出帝王的气度。

"若是关于信长的事,本宫已经听说了。"没有半句废话,太子开门见山地说道。仿佛是要告诉前久:跟你,我甚至懒得寒暄。"方才本宫正是在与他们商议此事。"

"可商讨出了什么结果?"

"本宫决不会答应去安土。无论信长出任什么官职,宣旨和册封都必须在宫中进行。"

"殿下英明!不过,信长恐怕不会善罢甘休。"

"你的意思是,叫本宫去安土?"

"殿下误会了,微臣怎么会有这样的想法?只不过,去岁让位一事，便是按照太子殿下您的意思才延缓至今。因此，信长也表示，此次他出任官职，务必要得到殿下您的赞同。若殿下回绝了去安土的邀请，那也应该想个别的什么方式来表达您的立场。"

"若他能入宫受封，本宫自然会赐他贺礼。"

"按信长的意思，要么答应去安土，要么兑现去年的约定，只能二选其一。若殿下不显示出相当的诚意，怕是应付不过去呀。"

"近卫，你是不是早已知道信长的企图？"太子殿下又急又气，声音显得有些激动。

"微臣自然是知道的。"

"那还不快说！"

"此事非同小可，臣实在不知该如何启齿。"

"少啰嗦！你不是巧舌如簧嘛？还有什么不敢说的？"

"殿下您即位之后，信长便会设法迫使您让位于五王子。待五王子即位之后，他便成了实质上的太上皇，从此凌驾于朝廷之上。"

"眼下本宫若是答应了信长的要求，岂非正中其下怀，为他的计划推波助澜？这一点你不会不知道吧？"

"那么，索性灭了信长，如何？"一句话，仿佛一把尖刀刺向对方的胸膛。前久已狠下心肠，今日定要令太子幡然醒悟，痛下决心。"想当年，信长为了一纸劝和的皇命，不惜扬言火烧上京。这一次若是不能满足他的要求，他岂不是要将整个京城变成一片火海？"

"那么，你说该怎么办？"

"臣斗胆，恳请太子殿下下达这样的一通旨令。"前久说着，将事先拟好的文案呈上。太子粗粗浏览了一遍之后，便闭上双眼沉默了。很显然，他很难接受其中的内容。

"殿下动怒也是情理之中,然则,若不把话说到这个份儿上,怕是很难说服信长入宫的。"

"可是,按这篇旨文的措辞,俨然本宫已是当今圣上,岂不等于我已即位在先了吗?"

"您大可放心。待到太子殿下您当朝执政之时,信长早已不在这个世上了。"

"这到底是怎么一回事?"

"宣旨册封之前,微臣会安排得力之人埋伏在殿上,伺机诛杀之!"或者,在庆祝的酒宴上下毒也行。朝廷的司药局里,多的是从远古流传至今的毒药配方。

"本宫不需要知道这些。你的这些阴损计划,本宫可从未参与。"

"这是自然。不劳殿下费心,一切都交给我前久吧。"前久终于说服了太子殿下,依照自己拟定的文案下达了旨令。

旨令上说——

此诚天下大治,四海安平之期。实为朝廷之柱石,国家之干城,古今无可类比者也。任何官职皆可委任,一切悉听尊便。但请务必入宫,设宴同庆,此乃重中之重。此等佳讯,可喜可贺,故遣御乳(亲王的乳母)为使,前往传旨。

# 第十四章　华丽的陷阱

随着征伐武田一战的胜利，织田信长一统天下的伟业也进入了最后阶段。从武田家手中夺取的领地，上野一国和信浓的两个郡封给了泷川一益，信浓北部四郡封给了森长可，而甲斐和骏河则分别被河尻秀隆和德川家康收入囊中。关东的北条氏政也因为在攻打武田时有功而保得了自己的一方国土。至于奥羽的伊达家，则早已向织田家示好。

剩下的敌人，只有越后的上杉景胜和中国的毛利辉元，还有四国的长宗我部元亲以及被称作"纪州总国一揆"的地方武士联军。其中，为对付上杉势力，以柴田胜家为大将的北陆方面军已经包围了越中的鱼津城①。同时，从信浓一方还有森长可、真田昌幸的队伍正向春日山城②逼近。至于中国的毛利，东有羽柴秀吉的

---

①鱼津城：位于今富山县鱼津市的日本古城池。别名小津城，小户城。松仓城的副城之一。天正十年（1582）的鱼津城之战中，柴田胜家率织田军围攻此城。

②春日山城：位于今新泻县上越市的日本中世古城池，山城。长尾氏的居城，后因是战国武将上杉谦信的居城而闻名。

大军已兵临备中的高松城下，西有早已与信长结盟的九州的大友宗麟①正蓄势待发。

眼下，唯有四国的长宗我部氏最令信长头疼。

一开始，刚刚完成了土佐一国统一的元亲本已与信长结盟，目的是为了对抗在阿波、淡路、河内等地迅速扩张的三好三人众势力。在这次盟约的缔结过程中起到关键作用的，正是明智光秀。光秀身边的重臣斋藤利三②的妹妹正是元亲之妻，故而，光秀与元亲的私交本就不浅。

然而，天正五年（1577）前后，随着三好一族的重要人物康长的主动投诚，信长却渐渐地改了主意，想要同时拉拢三好氏和长宗我部氏两方。为三好康长牵线搭桥的乃是羽柴秀吉。没过多久，秀吉更是让自己的侄子秀次做了康长的养子，进一步强化了与三好家的关系。

这样一来，光秀、元亲一方，和秀吉、康长一方自然就形成了对立关系，而且，形势还在逐渐向着对光秀不利的方向发展。一心统一四国的元亲，开始做出一些忤逆信长的举动。他不仅无视信长的旨意，擅自发兵攻打阿波和赞岐③，甚至还背着信长偷偷与纪州总国一揆结盟。

信长忍无可忍，终于在天正六年（1578）六月与元亲断交，

---

①大友宗麟：本名大友义镇（1530—1587），战国时代到安土桃山时代武将、战国大名。基督教大名。丰后国大友氏第二十一代家主，法号宗麟。父亲大友义监，母亲大内义兴之女。平定了势力错综复杂的北九州东部，鼎盛时期曾支配九州六国。后败给岛津义久，晚年成为丰臣秀吉旗下的一位大名。最初醉心于禅宗，后钟情于基督教，私自受了洗礼。

②斋藤利三：（1534—1582）战国时代到安土桃山时代武将。明智光秀家臣。原美浓斋藤氏的一族，与斋藤道三不同系谱。斋藤利贤之次子。与光秀同为幕府奉公出身。

③赞岐：日本古代令制国之一，相当于今香川县，又称赞洲。

命秀吉向阿波和淡路的长宗我部军展开进攻。秀吉自然是求之不得，立刻从姬路发兵，于十一月十七日先后攻下了岩屋城①和由良城②，一举荡平了淡路。

当然，讨伐长宗我部一事，需要慎之又慎。一旦处理不当，便会令光秀信誉扫地。令信长头疼的正是这一点。

近日来，信长的健康状况也不甚理想。自从在甲斐偶感风寒，身子便迟迟没有康复如初。仿佛身子被掏空了一般，这几日更是白天不思饮食，夜晚睡觉盗汗。时而头痛欲裂，时而脊背恶寒。旅途中尚有晴子朝夕相伴，令他暂时忘却身体的不适。可如今回了安土城，夜夜只能孤枕难眠，尤其到了黎明时分，更觉寒气侵入骨髓。

还是说回光秀的事。若要以元亲叛乱为由，治光秀一个失察之罪，令他彻底失势倒也不难。可是，若没了光秀，还有谁有这个本事，能将出身足利幕府而投靠了信长的武将们一个个管得服服帖帖？要论家世，自然是出身管领家后裔的细川藤孝在光秀之上。不过，藤孝也有他不可信的地方。据说，他本是第十二代将军足利义晴的私生子，与旧幕府势力未免走得太近。

此外，若光秀就此失了势，就只剩羽柴秀吉一人独大了。这个猴崽子怎会放过这个大好时机？定会用尽一切手段，将本是光秀党羽的武将们统统拉拢到自己麾下。此人实力非凡，柴田胜家、丹羽长秀之流全部加在一起也不是他的对手。有时候，甚至连信长也猜不透他在想什么。

---

①岩屋城：位于筑前国御笠郡（今福冈县太宰府市浦城）的日本古城池，山城。天文年间（1532—1554）由大友氏武将高桥鉴种修建，与立花城同为大友家的筑前据点。后高桥鉴种反，成为此城城主。因岛津军与大友军的攻防战"岩屋城之战"而闻名。

②由良城：淡路水军主力安宅氏在由良町的北侧的丘陵上建造的日本城堡。

（怎样才能名正言顺地讨伐元亲，而又不伤了光秀的颜面呢？）

剧烈的头痛一阵阵袭来，信长咬牙强忍着，仍在努力思考着这个问题。思前想后，办法只有两个。权衡、掂量了整整一天，信长才终于下定了决心，便即刻宣光秀入安土城。急性子的信长难得如此小心谨慎，甚至还将光秀请到茶室，亲自为他烹了茶，可谓用心良苦。

"此次出兵甲信，你也功劳不小啊。"信长用黑色的天目茶碗点了一盏茶，单手递给光秀，手法甚为干净利落。

"谢主公赐茶！"光秀按照茶道礼法，一小口一小口地啜饮着，直至将茶饮尽。也不知信长今日到底要说什么，他一直揪着一颗心，表面上却看不出丝毫破绽，真不愧是一代谋臣明智光秀。

"那天怪我下手太重，其实并不是针对你。只是近卫那副张狂的样子，实在叫人气不过。"信长这话，是在为那天在法花寺当众打了光秀而致歉。

"是臣思虑不周，出言不逊，主公教训得是。"

"出兵丹波以来，你的表现丝毫不逊于秀吉。畿内能治理得如此妥帖，也多亏了有你从旁协助。"

"主公过誉了，微臣实不敢当。"

"如今就只剩下中国和四国了。"信长端起茶碗开始点第二盏。"既然长宗我部不肯臣服于我，我也不能听之任之。我已决定，近日便要出兵讨伐。"

"臣无能，不能为主公分忧，心中悔愧不安，还请主公降罪。"

"战国之世，风云突变本是常事。这次失手，下次有机会再夺回来便是。"

"那么，臣斗胆请主公赐我一个将功赎罪的机会。"

"剿灭元亲，并非我的本意。只要他愿意臣服于我，以换取土佐一国的安定和平，我当然愿意与他议和。出兵之后，待时机成熟，你大可以适时地向他透露我的这个意思。"

"讨伐军的阵容已经确定下来了吗？"

"总大将是信孝。不过，一定要以三好康长养子的身份出征。"

三好家乃名家之后，统治阿波、赞岐、淡路一带长达近百年。信孝以其养子身份出征，自然更容易收服那些对三好家顾念旧情的地方武士。并且，这样一来也就自动解除了秀次与康长之间的养父子关系，可避免造成秀吉一人独大的局面，真可谓一举两得。

解决问题的另一个办法，便是任命信长的侄子、光秀的女婿织田信澄为副将。同时授意光秀"信澄年纪尚轻，出征之际，还需从家臣中挑选一名得力之人为其保驾护航。"

在信长这样的暗示下，光秀定会派斋藤利三甚至其一门众人一同出征。有这个人从中斡旋，与元亲之间的谈判定能进展顺利，既避免了讨伐军不必要的伤亡，又保住了光秀的颜面，实乃两全之策。

"主公深谋远虑，下臣感戴不已。"光秀激动得深深拜倒在地。他与信长相识已有十四年，时间真不算短了。

"待平定了四国，毛利便成了孤军，自然难成气候，多半会不战而降。届时，我便可以号令天下，重建一个全新的国度。今日难得与你坐下来聊聊，我便要问问你有何高见。"

"主公要问什么？臣洗耳恭听。"

"你曾为足利义辉近臣，协助他处理幕政，又与近卫前久及其他摄关家来往密切。想必对皇家和朝廷的一片赤胆忠心，非常人可比吧？"

光秀忠于皇室，世人皆知。天正七年（1579）他攻下丹波时，就曾写过一篇昭告领国子民的公文，开篇便是一句"普天之下，莫非王土。王土之上，皆为臣民"。自打进了织田家，他行事低调，尽量不流露出这样的态度。可是，他的心思依然逃不过信长的眼睛。

"无需顾虑，怎么想的就怎么说。"

"日本乃神道之国。无论哪个领国的子民，皆应对众神怀有一颗敬畏之心。惟其如此，才能团结一致，凝聚成一股强大的力量。"

"那么，对天皇呢？"

"自古以来，正因有天皇日日向神灵礼拜祝祷，天下百姓才能平安度日，生生不息。若失去了天皇的信任，行政治国便只是一纸空谈，足利尊氏的例子就是最好的证明。"

"那么，五摄家呢？"

"乃是辅佐天皇治理天下的忠臣良将。"

"这一点我可不敢苟同。天皇礼拜神灵，心忧天下，身份尊贵，可敬可畏，这或许不假。可是，藤原一门却另当别论。他们利用官位制度打压贤德之才，更设置了'从三位以上方能面圣'的制度，将天皇的权威变为其为谋取家族利益而肆意操控的工具。"

圣德太子所制定的"冠位十二阶"[①]已有上千年的历史，在这期间，也常有其他氏族的人才被封为从三位以上。可是，不知从何时开始，高阶的官位竟全被藤原一门独占了去。为维护藤原一门的权益，他们更是设置了种种不公正的制度。若不将这些制度

---

[①]冠位十二阶：日本最早的官位制度。603年，由圣德太子和苏我马子制定，以冠，即官帽的颜色来表示位阶。冠名参考儒教分为德仁礼信义智，各有大小两级，共12阶。分别用紫青赤黄白黑等颜色浓淡来区别，可根据功劳得到晋升。

一一推翻，又如何能打造一个全新的国度？——这，便是信长的看法。

"你方才说，没有天皇的信任便无法为政治国，此话不假。可是你想想，传话递奏章的都是公卿，天皇的真实想法，我等又从何得知？如此下去，天下布武将永无实现之日。"

"主公的话，下臣不敢反驳。"光秀似乎还有别的想法，却无意与信长唱反调。

"目前还好，国内的战事、行政皆要依赖咱们武家，可是与各国之间的邦交往来，却不能照现在这样下去。"

征夷大将军手握国内统治权，而外交权却仍在朝廷手中。因此，即便在信长统一天下之后，要想与葡萄牙、西班牙往来交流，也必须事事征得朝廷的许可。更何况，决定权归根结底掌握在那群眼里只有自家利益的公卿们手里，要想迅速有效地建立外交关系，哪里能指望他们？

"所以，我不能满足于只做大将军。而是应该尽快让五王子即位，自己成为太上皇。只有这样，才能将藤原氏踩在脚下。现在你明白了吧？我所做的一切，并非毫无道理的僭越犯上。"为了让光秀心悦诚服，信长讲得口干舌燥，实在是有些乏了。

为了让家臣信服而费尽唇舌，这可不是信长的作风。可是这一次，他却一反常态地急于为自己剖白。因为他发现，对于自己对朝廷的做法，不仅是光秀，足利幕府出身的武将们大都不以为然。

也许是伤了风，信长只觉得一阵阵恶寒，浑身每一个关节都酸痛不止。天色尚早，他却早早地歇息了。

翌日一早，剧烈的喉痛令信长苏醒过来。这一夜，他流汗不止，连寝衣都湿透了，黏黏地贴在身上。头更是钻心地痛。

"阿兰，热水！"他本想唤森兰丸进来伺候，可一张嘴却只听到沙哑的嘶鸣，根本说不出一句像样的话来。他想吞口唾沫润润嗓子，喉咙顿时如针扎一般剧痛不已。

"主公，村井长门守从京城派来了使者。"隔扇门外传来兰丸的声音。

"无妨，让他进来。"信长想开口回答，却仍是发不出声。信长为身体突如其来的异变而深感意外，却还是强撑着拉开了隔扇门。只见兰丸正领着一个四十出头的使僧①跪在外面。信长用眼神示意他们进来。

"禀大人。对于大人前日提出的要求，朝廷已有了回复。"信长之前提出，要么兑现去年的承诺由天皇让位在先，要么由诚仁亲王亲自赴安土宣旨册封，只能二者选一。朝廷对此的答复是，诚仁亲王不能前来，但可派使者代他宣读委任三职的旨令。"敕使仍是劝修寺中纳言，太子殿下派出的使者则是晴子夫人和太子乳母。"

"不行！"信长在心中怒吼道，却只看见自己的嘴唇徒劳地翕动了几下。

信长此刻有一肚子话想说却发不出声来，这份无奈和焦灼，与同朝廷博弈时的心情何其相似？任你怎么叫怎么喊，对方还是无动于衷，不温不火。只是摆出一条条看似冠冕堂皇的理由，含糊其词，敷衍塞责。

走到今天，信长忍耐得何其辛苦。只因他知道，在敌国入侵时，或是在战事于己不利而需要和谈时，没有比皇命这张王牌用起来更顺手的东西了。可是如今，能与他信长抗衡的敌人都一个

---

① 使僧：使者身份的僧人。

个被除掉了，皇命的甜头他也尝够了，当然，他也终于忍不住要彻底爆发了。

"主公，请用这个。"兰丸察觉出信长的异样，机智地递上了纸笔。

信长深吸一口气，稳定情绪，写下了最后通牒。大意是，既然已经说好只能二选其一，那么其他任何折中的办法他都绝不会予以认可。

"主公的这个意思，我家大人也对朝廷提过。可是武家传奏官们说，太子殿下既已亲自颁发了委任三职的旨令，与他亲自来安土宣旨无异，所以无论如何也不肯让步。还说，主公若能亲自入宫，太子殿下自然会有更为妥当的安排。"

"无须"——信长饱蘸墨汁，愤怒地写下了两个大字。这种自欺欺人的权宜之计，你们以为还能行得通吗？这一次，我定要叫你们好好长长记性！——此刻信长心中的暴怒，好比狂风肆虐、电闪雷鸣，仿佛又回到了火烧比睿山的那一天。

而另一边，毫不知情的敕使一行，已于五月四日向安土进发了。朝廷派出的敕使是劝修寺晴丰和上腾局，二条御所派出的使者则是晴子和乳母。他们带着诚仁亲王的亲笔旨令前来求见，上面声称只要信长上京，想出任哪种官职全凭他自己说了算。谁知，信长却拒不相见。

第三日清晨，兰丸来禀："二条御所来的夫人听说主公病了，想来探望。"

"不用！今日就让他们回京去！"信长不是不想见晴子，可是他怕一见了面自己就会心软，只得狠下心将晴子赶走。

五月七日，大病初愈的信长在天守阁的大殿发布了讨伐四国的军令。他任命信孝为总大将，信澄为副将，并派经验丰富的丹羽长秀和岸和田城①城主蜂屋赖隆②从旁辅佐。总兵力二万五千，再和镇守淡路、阿波的三好康长的军队一会合，兵力可达长宗我部军的两倍以上。

尽管如此，关于这场仗该怎么打，信长依然做了周密的部署。他特意把信孝叫到跟前，细细地指点了一番。

"听明白了吗？你虽为总大将，对四国的国情却一无所知。可将三好山城守视作严父、良师，遇事皆可找他商量，务必做到推心置腹，虚心求教。"

"儿臣明白！"刚满二十五岁的信孝斗志满满。嫡长子信忠在讨伐武田时大展神威，从此稳坐织田家继承人的位置，不可动摇；次子信雄也在平定伊贺时建立功勋，洗雪前耻，获得了伊势、伊贺的大半疆土。而他信孝，又怎肯输给两位兄长？此刻，他早已蠢蠢欲动，好似一头发现了猎物的猎犬。

"你来打赞岐，山城守来攻阿波，先将这两国牢牢控制住。随后便按兵不动，静待我的下一步指示，再一起向土佐进军。在此之前，切不可贸然行动，擅自发动进攻。"说完，信长命人呈上了盖有朱印的军令状，要信孝立下誓言，一定要等到自己出兵淡路之后，再决定伊予、土佐两国该如何处置。他是担心信孝军杀气腾腾，越战越勇，恐怕会葬送掉与长宗我部议和的机会。

明明点上了火，却久久感觉不到热度传来。刚觉得纳闷儿，敌人却突然原形毕露，热气一浪高过一浪地袭来，如烧红的火钳

---

①岸和田城：位于今大阪府岸和田市岸城町的日本古城池，连郭式平城，别名千龟利城。由和泉国守护楠木正成派其侄和田高家与岸和田筑此城。天正十年（1582），和泉一国被织田信长封与蜂屋赖隆，岸和田城亦成为其居城。

②蜂屋赖隆：（1534—1589）战国时代到安土桃山时代武将、大名，通称兵库头、出羽守。先后出仕于土岐氏、斋藤氏。在织田信长攻陷美浓前后成为织田氏家臣。敦贺城主。

信长燃烧·第十四章　华丽的陷阱

一般灼烤着人的肌肤。近卫前久俯身而卧，紧紧地攥着双拳，死死地咬住牙关，忍耐着炙热的火灸。

自从回到京城，前久日日费心劳神，以至腰酸背疼，头痛欲裂。此时一剂火灸是最好不过的灵药。不过，这热度着实让人吃不消。前久试着扭动身体，又试着全身用力，可是似乎都不起作用。那火烧火燎的疼痛依然直冲天灵盖。更有两股热力贯穿腰间，痛得仿佛要将他拦腰斩断。

"小的替大人拔去两根吧？"近卫中有一人谙熟医理，见状便小心翼翼地探问道。

"无妨。我先问你，天海坊还没回来吗？"

"是的。"

"这家伙！到底在干什么？"

前久口中的天海坊，说的是谈山神社①的修行者，实则被他当作忍者驱使。前久听闻信长拒绝接见朝廷敕使，便命天海坊前去打探个中缘由。他暗暗担心，莫不是自己假借委任三职之事诱其入京，意欲伺机暗杀的计划已被信长看穿？

然而，足足等了五日，派去的人仍不见回来。前久越发焦灼不安了，难不成被人逮住了，受了严刑拷打？果然，除了风之甚助，全是些没用的东西！可甚助偏偏又被自己遣去了备中侦察秀吉的动向。为了这点儿小事，也犯不着把他叫回来。

恐惧和不安正如顽固的恶疾，你越是脆弱，越是退缩，它就会越发肆无忌惮地侵入你的身体，在里边横行霸道。若没有遏制其势头的强大气魄，若没有就算是刀架在脖子上亦能一笑置之的胆量，那么又怎么算得上是一个真正的谋士？

---

①谈山神社：位于今奈良县樱井市的多武峰的神社，祭祀中臣镰足，即谈山大明神、谈山权现。

前久自负已拥有了这样的力量，独独今日，却不知为何竟如坐针毡，心绪不宁。明日，德川家康和穴山梅雪便会抵达安土。信长特别设宴为其接风洗尘，前久自然也受到了邀请。可是，若信长果真已察觉了他的计划，那么前往安土赴宴则意味着必死无疑。

火灸的热度达到了巅峰，随后便渐渐凉了下来。周身的灼烧和疼痛仿佛被一把火钳全部拔了去，只觉得每一根神经都松弛了下来，顿觉浑身轻松。

（不会的，他怎么可能知道！）

前久将这几日行动的每一个细节逐一回忆了一遍，终于释然了。诛杀信长一事他只对吉田兼和和细川藤孝二人提过，而诱其入宫伺机暗杀的计划也只有太子殿下一人知道。虽说出主意的人是他前久，可下达委任三职的旨令督促信长上京的却是太子殿下，一旦事情败露他自然也脱不了干系，又怎会贸然将此事泄露出去？

（那么，为何信长会那般坚决地拒绝面见敕使呢？）

这一难解之谜阻断了前久的思路，再怎么琢磨也不过是来回兜圈子，得不出任何合理的解释。眼下，揭开谜团的钥匙就握在天海坊手里，可是一直到傍晚仍不见他回来。事到如今，前久只能冒死前往安土。不过，在此之前，他必须要为自己铺好退路，以便在危急之时能够虎口脱险。

"秀吉所赠的雄鹰和骏马，即刻派人在今日之内送到安土。"

"大人是说现在吗？可是，天都快黑了呀。"

"当然是现在！天黑没黑我还看不出来吗？"前久没好气地扔下一句话，便起身去了信基所住的偏殿。

信基正伏案疾书。他后来更名为"信尹"，被尊为三藐院书法的鼻祖,其遒劲有力的笔法,现在已初见端倪。

"你不去安土吗?"

"儿子另有安排。"

"德川家康这人绝非等闲之辈,有机会与他结交一下也不是什么坏事。"

"父亲大人此次会去吗?"信基终于搁下笔转向了他。信基为信长出谋划策,曾被前久无情地斥责为助纣为虐。可信基却丝毫不肯让步,坚持认为要想改变这个国家唯有先彻底推翻现在的朝廷。从那以后,二人便水火不容,形同陌路。虽同住一个屋檐下,却极少打照面。

"信长相邀,我自然要去。"所以你也随我一同前往吧——前久难得如此好言好语。

"真是没想到呀!父亲大人竟会劝儿子去安土,今日太阳可是打西边出来了?"

"难得父子一同出席,也没什么不好。信长想必也乐于见到吧。"

"可若是谈到让位一事或是宣旨册封的事又该如何?难不成父亲大人还想在义父大人面前跟儿子争个面红耳赤吗?"信基刺耳冷笑,看样子就算真到了那一步他也一定会据理力争。

"这次酒宴意在为家康接风,想必不会聊什么令场面尴尬的话题。"眼下,前久要尽量避免与信长单独相处。两个人面对面时,内心的想法难免会被对方看出点什么,如果有信基在就更容易扯开话题。

"父亲难得相邀,儿子却难以从命。我已答应了别人,明日之前定要将手头工作完成。"

"是一幅字吗?"

"不是。是一个达官显贵托我为《古今和歌集》加注。说是注释，不过也就是在我个人比较有感触的地方添加几句评注而已。"

"真是遗憾呐，本来还想着到了安土，和你一同去鹰猎呢。"

"和义父大人一起吗？"

"那是自然。想要他加倍器重你，在他面前露两下子也是有必要的。"前久在鹰猎上的造诣，远在信长和家康之上。只是身为太政大臣，太过热衷于武艺难免遭人非议，故而最近他变得十分谨慎，极少参与此类活动。

"那儿子当然要去。我可以骑马吗？"深得前久真传的信基，态度突然一改。

五月十五日清晨，前久和信基带着参阵公家五十人向安土出发了。他们要将马留在坂本，坐上明智家的大船渡过琵琶湖。

"近卫公，下官已在此恭候多时啦！"光秀热情地迎到了登船口。此次宴席，他受命负责接待家康，脸上掩饰不住地紧张和忐忑。

"下官本就不擅长待客接物，想必会有很多思虑不周之处。到时还请大人多多提点。"

"以前足利家的典礼、宴席你也没少操持，有什么可担心的？想点儿好点子，让他们好好乐一乐。"

二人并肩立在船头，无言地凝听着那一声声激越而有力的起航的太鼓声。船夫们和着太鼓声有节奏地划动船桨，船慢慢地离了岸，在风平浪静的湖面上向着安土徐徐前行。

"话说，信长公今日心情如何？"前久似作无意地问了一句。

"似乎不太乐观。"

"这倒是令人担心呐。会不会是得了什么急症？"

"那倒未必，恐怕还是讨伐武田太过劳累所致。在下听说似乎是偶感风寒。"

"我听说信长公拒而不见朝廷敕使,还以为出了什么大事,原来是因为身体不适,那倒也在情理之中。"前久不动声色地观察着光秀的反应。若真是因为患病的缘故才不见敕使,那前久的担心也就是多余的,信长并未觉察到他的异动。

"这几日未在主公身旁伺候,所以在下也不是很清楚。"

"听说不久又要出兵征讨四国,不知是哪一日出征呢?"

"大军现已驻扎在住吉,做好了渡海的准备。只等主公一声令下,便要踏上征程。"

"那么,我倒有一事想向阁下请教。"

"⋯⋯"光秀不置可否。

"一统天下之后,信长接下来的目标是什么,你不会不知吧?身为武家却凌驾于朝廷之上,此举能否为天下所容?"

"关于此事,在下从未听主公提及。"

"就算他不说你也应该知道吧。"

"身为臣子,在下不敢妄言。大人有何疑问,大可向主公明言。"话虽说得委婉,态度却很坚决。很明显,光秀继续追随信长的决心十分坚定。

(这个冥顽不化的死脑筋!)

前久在心头暗骂了一句,抬头望向远处高高耸立的安土城天守阁,不再说话了。

船在城下的大型码头靠了岸,一行人改乘光秀命人事先准备好的轿子一同进城。穿过大手门,登上陡峭的石阶,连前久也终于有些心慌了。因为紧张,心跳得越来越快,胃部也感到灼烧般的疼痛。虽然都说信长是因病才不见敕使,可前久还是放心不下。

那人可是信长啊!想当年,他不就是假装称病,引其弟信行上钩，再亲手将他斩杀的吗？为达目的，什么阴损的招数他想不出来？

不，岂止是信长。武田信玄、上杉谦信、毛利元就……这些赫赫有名的战国枭雄，哪一个不是在骨肉相残的战争中一步步崛起的？虽说身逢乱世，身不由己，可他们身体里隐藏的残暴的天性，应该才是真正的原因所在。

（这些六亲不认的畜生，我岂能容忍他们玷辱朝廷的圣洁？）

前久的心中燃起了愤怒的火苗。这种时候，愤怒和使命感恰恰是对抗不安和恐惧的最好武器。

一行人被带到了天守阁的会客厅。从这里的格子窗往下看，正好能看见本丸那座与清凉殿如出一辙的新建宫殿。很显然，信长就是要让他们看看，自己是如何将皇家和朝廷踩在脚下，甚至不乏炫耀的意味。

"近卫，你来得正好！"信长兴高采烈地走了进来，径直坐上了首座，丝毫看不出大病初愈之人该有的羸弱和迟缓。

"今日见大人精神矍铄，谈笑如常，在下甚是欣慰。"

"嗯。信基，你也来啦？父子一同应邀出席，是我信长的荣幸啊！"

"风闻义父大人贵体抱恙，如今可大好了？"不出所料，信基直截了当地问出了自己最关心的问题。

"不过是小小的风寒。你们送来的东西我已经看到了。择日不如撞日，明日便出发去鹰野，如何？"

"当然，下官愿意一同前往。"看来，信长的好兴致不是装的，前久总算松了一口气。

"光秀也辛苦了。前次出征，家康出了不少力，此次还要拜托你好好招待，切莫怠慢了他。"

"微臣明白！请主公放心！"光秀的回答前所未有的笃定。一定是信长对他用人不疑的态度，给了他这样的自信和从容。

（原来如此，那就难怪了。）

主仆二人的亲密无间，前久全都看在眼里。

原来，信长现在真正忌惮的，是羽柴秀吉。正因为担心此人的势力越来越壮大，信长才会有意提携正处于劣势的光秀，以牵制秀吉的发展。

"备中的战况如何了？"前久故意将话题引到秀吉身上。

"秀吉那猴崽子，眼下正是决定成败的紧要关头，还能不玩命吗？"

毛利一方在足守川一线的边境七城都派有重兵把守。对此，秀吉采取了由北向南，各个击破的打法。到了四月末，他终于包围了高松城，这座城却成了他最难攻破的难关。只因高松城位于一片沼泽地中央，形成了天然的屏障，城主清水宗治又是声誉极高的名将。故此，秀吉已命人在城的四周筑起了高高的堤坝，准备采取水攻。

"是吗？水攻？这样的打法还真是少见呐！"前久的脑中突然闪过一个念头——毛利一方为保存实力正逐步缩小前线阵容，此事秀吉早已察知。他既已手握三万重兵，要想攻下高松城应该用不了几天时间，又为何要舍近求远，采取水攻这一耗时耗力的打法呢？是担心中了毛利的奸计被引入敌军腹地而遭到埋伏？还是想利用高松城引出毛利的主力队伍才故意为之呢？不管怎么说，目前唯一可以肯定的是，秀吉一定是预料到京中会有异变，才用这个办法保存兵力，以备万一。

"只要攻下四国，毛利可就是四面楚歌了，想必过不了几日便会缴械投降。我已命猴儿攻下高松城之后便暂停进攻，只沿足守川向东巩固战果,同时静待我的进一步指示。"

"羽柴可是出了名的好战,如今到手的机会被硬生生夺走,想必很是不甘心吧?"

"那倒无妨。最近他多少有点得意忘形,给他敲个警钟,让他收收心也是好的。"

"四国一战,您会亲自出马吗?"

"我必须亲自前往淡路,亲手处置长宗我部。随后再乘大船前往备中。"

"这一次的船队一定声势浩大,我也真想随军前往,开开眼界呢。"嘴上说着言不由衷的奉承话,前久其实心急如焚。

一旦四国落入信长的手中,毛利牺牲足利义昭向他摇尾乞怜的日子也就不远了。到了那个时候,不仅自己再兴幕府的计划会化为泡影,同时也丧失了讨伐信长的大义名分。然而,要赢得这场赌注,前久手中能用的棋子实在太少了。

德川家康和穴山梅雪抵达安土城时已是巳时。两人随身都只带了几百名近卫,可见对信长何等信任。

信长将二人安置在大手道一旁的大宝坊,并在那里大摆宴席为二人接风洗尘。前久在信基的陪同下出席了酒宴,与家康和梅雪相对而坐。他与家康本是旧识,当年正是前久设法将他写入德川家的家谱,令他成功当上了三河守。时至今日,家康仍恪守着当年的承诺,每年都会向前久送上一匹良马和三百贯钱。

"这位便是近卫的儿子信基,也是我的乌帽子义子。"信长首先将信基引荐给家康,"他不久便会荣任关白,全权主持朝廷的各项事务。别看他年纪轻,将来一定大有作为,绝不会输给他爹。你说是吧,近卫?"

"大人过誉了,犬子可当不起。"前久简单客气了两句便应付过去了。

负责主持酒宴的光秀坐在大厅的正中间，又是亲自端酒上菜，又是忙着劝酒寒暄，简直忙得不亦乐乎。今夜的菜式名曰"迎客席"，从主菜到配菜共有五套，谓之"五之膳"，山珍海味，应有尽有。其中，近江最负盛名的鲫鱼刺身和长良川的鲇鱼更是堪称绝品，家康和梅雪等人吃在嘴里纷纷赞不绝口。

酒宴过后回到宿所，前久命侍者替他按揉后背。日前的火灸加上近日的操劳，背上肌肉僵硬，仿佛铁板一块。

（这样下去，什么事也成不了。）

信长思虑周全，行事滴水不漏，令前久没有半点空子可钻，叫他怎能不急？

"有京城来的使者在外求见。"随着近卫的一声通传，前久回头一看，只见一个一身乌帽子装扮的公卿正跪在廊下。前久定睛一看，此人竟是风之甚助。他竟然乔装成使者，大白天就堂而皇之地进得城来，真是胆大包天呐。

"备中高松城的水战进入胶着，毛利的大部队已掉转马头前去相助。羽柴秀吉为了与之一决雌雄，扬言要请信长亲临前线督战。"

"消息可靠吗？"

"秀吉军中有好几处竖起了标语牌，应该没错。"

秀吉的做法也可以理解为是为了鼓舞将士们的士气，不过前久立刻敏锐地洞察出了其真正的意图。秀吉张扬欲请信长亲自出马，就是为了看看此消息一经传出，各方势力明里暗里究竟会作何反应。

蒲生野位于安土城辰巳方大约两里之外，是一片广袤的大草原。草原正中有座小山丘，名曰船冈山。草原的丑寅角还有一座箕作山，仿佛平坦的大地上生了一个突兀的大肉瘤。

紫茜围猎场，君马正徜徉。

岂不虞人睹，君袖乃尔扬。[1]

这是额田王和大海人皇子在蒲生野上作的相闻歌[2]，此地也因此歌而天下闻名。

五月十六日清晨，明智光秀和前久、信基一同来到此地，为接下来的鹰猎勘察场地。为迎接家康二人，光秀原本安排了连歌[3]、茶道、能乐等风雅之戏，就因为前久的提议，临时改成了鹰猎。事出突然，自然是准备不足。光秀本就不擅长鹰猎，对规则、手法也不甚了解，所以事事都要向前久请教。

"近卫公，势子[4]应安排在何处？"一行人刚一到蒲生野，光秀就询问开了。

"势子是围猎时所用的术语，鹰猎时则应称之为'下守'。"一说起这事，前久就打开了话匣子，滔滔不绝地说个没完。而且还一脸的鄙夷，仿佛在嘲笑光秀竟连这也不懂。光秀虽不好发作，心里却很不是滋味。

"请恕在下无知。那么，众下守应该安排在何处为好？"

"让我想想，嗯……依我看，箕作山山麓和船冈山北坡这两处为最佳。"

"船冈山以南不用吗？"

---

[1] 出自《万叶集·卷一·20》。

[2] 相闻歌：万叶集的一部，也是和歌分类的一种。主要是以恋爱为主题的和歌，也包括唱和、赠答之歌。

[3] 连歌：相当于和歌的上句和下句的五七五长句和七七长句交替唱和而形成的诗歌形式。最初为短连歌，院政时期形成多人或单人联句的长连歌。流行于中世、近世。宫廷、朝野多举行连歌会。

[4] 势子：狩猎时专门负责驱逐鸟兽的大夫。

"阁下究竟想如何待客？"

"……"光秀一时不知对方何意。

"我的意思是说，你打算让客人在何处狩猎？"

"在下以为船冈山是最佳的狩猎场所。"

"这就对了。站在那山丘顶上，从原野上飞过的鸟儿们，便全都成了猎鹰的猎物。也因为这个，众下守应由北至南驱逐鸟群。故而，我方才说的两处才是最佳地点。"

"原来如此，在下明白了。此外，是否应用猎犬？"

"当然要用。"

"那狗脖子上是否需要挂铃呢？"

"如此广袤的原野，若不挂颈铃，谁知道狗会跑到哪里去？"前久说话的语气越来越不客气。光秀听着，心里也越发不舒服了。

放狗是为了将鸟群从草丛中赶上天，而给狗戴上颈铃是为了方便知道狗的去向，如此简单的道理光秀怎会不知？他担心的是，若是铃声太大，反而会过早地惊飞了鸟群，恐怕会错过放鹰的最佳时机。他之所以再三确认，正是为了避免出现这样的过失。

此外，鹰的身上也可以挂上铃铛，这样更能吓得鸟儿们没力气飞。若遇到雾霭沉沉的天气，猎鹰最容易飞丢。所以，最好给每一只鹰都装上假尾。不过，今日这样的天气究竟该不该装假尾，光秀实在有些拿捏不准。于是，他冒着被前久耻笑的危险，再次鼓起勇气道出心中疑惑。

"这就要看每个猎手自己的本事了。作为组织者，你只需要确保猎场中的鸟儿全都顺利上天就行了。"前久压根儿没把光秀提的问题放在眼里，而是自顾自地做起了准备工作。

首先，要把猎鹰喂饱，饵料是现杀的新鲜兔肉。若不让它们吃得饱饱的，哪有体力坚持一整天的飞行和猎捕？通常这项工作该由负责饲养猎鹰的鹰匠来做,不过前久更喜欢亲手将血淋淋的生肉喂给自己的鹰吃。他认为,只有这样才能与鹰建立更为牢固的信任关系。"不给恩赐的君主,谁愿意为他卖命?鹰也是一样。"前久说着,从鸟棚中先后领出三只鹰,像雌鸟哺喂幼仔似的——喂饱了它们。

半个时辰之后,信长等人终于到了。他们每人都带着自己最得力的三只猎鹰。就连家康和梅雪,也早就预料到会有这样活动,把自家的猎鹰大老远地带了来。

光秀带着三人登上了船冈山。此山并不算高,位置却极佳,站在山顶就能将整片广袤的蒲生野一览无余。

"不错,不错。站在这里,鸟被击落的情况全都可以看得清清楚楚。"热衷于鹰猎的家康,此刻正忙着给刚刚从鸟棚领来的自己的猎鹰装上假尾。

"近卫去哪儿了?"信长却把这些准备工作全都交给了鹰匠。

"说是为了给信基公做个示范,要从猎场放飞头鹰。"

"是吗?那咱们就开始吧!"

光秀命随从高高举起信号旗,立刻,箕作山山麓也有人打出了信号旗,与这边遥相呼应。看来,众下守已经做好了准备。夏草繁茂的蒲生野上,雉鸡们正悠闲地找找食儿,打打盹儿,浑然不知自己已被团团包围,危险正在一步步逼近。

不一会儿,那边亮出了第二面信号旗,随后,数十只猎犬如离弦的箭一般冲了出来。犬吠声、铃声,惊得雉鸡们仓皇逃窜,纷纷扑扇着翅膀飞上了天。

一百多只,不,有近两百只雉鸡,从北面被驱赶上天,争先恐后地向南逃去。紧随其后,两只雄鹰一前一后划出一道优美的弧线,直直地冲入了鸟群,那便是前久和信基所放的头鹰。雉鸡群再一次受到惊吓，慌不择路地朝船冈山飞来。信长和家康让猎鹰停在自己的手臂上，静静等待着屈身放鹰的好时机。

开头一切顺利，光秀心上悬着的一块石头刚落了地，只见船冈山的南面又有一群雉鸡惊慌地拍打着翅膀飞上了天。这一大群雉鸡少说有五百只，一只接一只飞离地面朝南飞来。起先的那群鸟原本正朝着船冈山飞，为了怕撞上后来的这一群，突然调转方向朝东飞去。

（哎呀！糟糕……）

光秀无声地惊呼着。明明预先勘察过，却没发现还有更大的鸟群，这个罪过可不小。若鸟群就这样朝别的方向全逃光了，信长的脸可就都被他丢光了。回来吧，快飞回来吧——光秀在心中苦苦求告，却没法挽留住越飞越远的鸟群。

正在这时，箕作山山脚的小路上，一匹漆黑的骏马突然飞奔而来。马背上，前久左手托鹰，右手执鞭，连缰绳也不拉，仅凭双腿的力量驭马飞驰。

"近卫，干得漂亮！"那马背上的飒爽英姿，连信长也不禁为他拍手叫好。迂回了几周之后，前久冲到了鸟群的前头，从马上放飞了猎鹰。猎鹰展开巨大的羽翼，凌空翱翔。翼端上挂着的两个铃铛叮当作响，鸟群被这声音一惊，再次掉头向南飞来。那只雄鹰仿佛驱赶羊群的牧羊犬，将雉鸡群赶向船冈山。

好机会！信长和家康瞅准时机一只接一只放飞了手臂上的猎鹰。六只雄鹰腾空而起，越过天际，以惊人的速度朝众人头顶上的鸟群俯冲下去，瞄准雉鸡的脑袋猛地一踢，又高高地凌空跃起。只消这么一击，可怜的雉鸡便一命呜呼，如断了线的风筝一般纷纷落回地面。速度远远快过鸟群的雄鹰们，忽而俯冲，忽而跃起，不断地将猎物击落。无路可逃的雉鸡们想要降落到地面躲进草丛中，可那里也有死神一般的猎犬们在等着它们。狼狈不堪的鸟群宛如吃了败仗的哀兵，只能束手就擒。

鹰猎结束之后，刚回到安土城，光秀就拜访了近卫前久的住处。首先，他要表达自己由衷的谢意，感谢前久危难之际出手相助，扭转局面。最近，因为在让位一事上立场不同，二人似乎有些疏远，故而，前久今日的仗义相救才更加令他欣喜和动容。

前久正在院中。心爱的猎鹰们拴在一旁的树枝上，而他自己则在手把手地教信基如何给鹰装假尾。方才将雉鸡群成功赶向船冈山而立了大功的那只猎鹰，此刻正乖乖地窝在他的怀里，一动也不动，仿佛一尊雕像一般。

"假尾多用白色。'雾霭之中疑是雪，雄鹰一尾天边来'，这首歌中唱的正是这样的场景。"前久一面说，一面熟练地将白天鹅的羽毛接到猎鹰的尾巴上。下人进来禀报，说光秀已到，他却连头也不回一下。

尽管心中挂念着晚膳的准备情况，光秀仍耐心地等候着。如今，他已是织田家响当当的人物，可在前久面前却仍觉得抬不起头来。并非因为对方是五摄家之首的近卫家家主，也并非因为他太政大臣的身份。只因他既是足利义辉的表兄，又是他的妻舅，这层关系牢不可分。而足利义辉，恰恰是他光秀曾经不惜肝脑涂地、誓死效忠的主人。

"有何事？"等了近一个时辰，前久才姗姗来迟，却连一句表示歉意的话都没有。

"今日得大人仗义相助，下官感激不尽。小小心意，不成敬意，还望大人笑纳。"光秀说着，呈上一个桐木箱，箱中装着一个天目茶碗，乃是千利休亲手赠与他的，珍藏多年的珍品。

"哟！原来是利休藏品。要是羽柴筑前，恐怕会送一座金山银山吧。"前久看似漫不经心地拿起茶碗。

"恕下官直言，这天目茶碗怕是金山银山都买不到的。"光秀最近对别人动辄拿自己跟秀吉作比较的行为，本能地心生反感。也许正是因为这个原因，在前久面前他也没了往日的顺从和隐忍，说了本不该说的话。

"我对利休没什么兴趣，你要吗？"前久说着，顺手递给了信基。

"既然如此，儿子就不客气了。谢父亲慷慨转赠，儿子往后定会倍加珍爱。"信基双手接过茶碗，立刻爱不释手地把玩起来。

"你不是挺忙吗？等了这么许久该不会就是为了道声谢吧？"

"下官冒昧，还有今日晚膳的菜式想请大人过目。"光秀说着，将御膳房送来的菜单呈到前久面前。

待客的菜式有特别的形式和讲究。奉信长之命，今夜的主要食材应用鹰猎时捕获的猎物。可烹调的方式是否能令宾主满意，还需要问问精通礼法、古制的前久的意见。

这一日的晚膳，也是光秀亲自为大家上酒、布菜。日语中的"驰走"①一词，顾名思义就是为款待客人而奔走忙碌。所以，遵循古制，酒宴的主持者往往要坐在宴席的正中央，斟酒、布菜……忙得不亦乐乎。

主膳是信长特别喜欢的汤泡饭，和盐烤若狭青花鱼、山芋子、烤长良川鲇鱼干、以及干鱿鱼和醋泡鲑鱼的拌菜。再加上用石釜烹煮的小粒米饭加香油拌咸菜。

第二膳是三个烤海螺加乌鱼子，寓意多子多福。还有油炸大块章鱼以及以海参干和串腌鲍鱼干为材料熬制的浓汤。此外还有

---

①驰走：日语中本意为款待、宴请或美味佳肴。也有奔走之意。这里是从汉字的字面意思进行读解。

一道菜,是用今日捕获的雉鸡做成的烤串,外加醋拌海蜇黄瓜。那烤串长约一尺,上面穿满了大块儿的雉鸡肉,也算是野外作战时常见的吃法。不过调味却另有讲究。因为撒上了传教士从印度带来的咖喱粉,更烘托出雉鸡肉特有的鲜美。

这一系列的菜式,油炸章鱼块也好,咖喱粉也好,显然都是为了迎合喜欢新鲜事物的信长的口味而精心准备的,可谓用心良苦。

"嘀!这道菜叫什么?"家康似乎对油炸章鱼块特别感兴趣,一筷子接着一筷子吃得津津有味。

"这是一种叫做天妇罗的葡萄牙菜,怎么样?味道还不错吧?"信长一脸得意,好像这是他亲手做的似的。

"微臣还是第一次吃到这么美味的菜肴。不知是怎么做出来的?能否也教一教我家里的厨子?"据说后来,家康临终前的最后一餐吃的也是天妇罗,可见他对这道美味是何等痴迷。不过,他第一次品尝到它,却是在这一日的酒宴上。

第三膳是椒味酱烧海鳗,竹筒烤天鹅肉。后者也是一道战旅菜品,取刚挖出来的新鲜竹笋的中段,剖开掏空,填上天鹅肉,再用明火炙烤而成。另外还有整只龙虾拼盘、盐拌干鲍鱼片、鲤鱼汤。

第四膳是名为"百菊烧"的鸟杂烩熬制的汤汁,苍鹭炖汤和盐拌青瓜。

最后压轴的第五膳是一盘烤鹬鸟,涂满各色香料精心烤制而成的一整只鹬鸟,展开双翅立于盘中,仿佛随时准备展翅高飞。另外还有鲸鱼尾肉炖当归汤,清烧乌蛤。

这道菜一端上桌,前久突然神色大变。

"近卫,你怎么了?"信长眉头一皱,用近乎责备的眼神看着他。

"没、没什么。"

"无需顾虑,有什么不满意的地方尽管直说。"

"既然如此,请恕下官冒昧,堂堂日向守何以会安排这样的菜式,下官实在是百思不得其解。"

明明是他亲口向自己担保这些菜式绝无问题,现在却突然说出这样一番话,究竟是什么意思?——光秀气得脸色发白,死死地瞪着前久。

"哦?此话怎讲?"

"将军待客,素来只应用鹤、雁、雉三鸟。然则眼下却有四种鸟,且还用了苍鹭、鹬鸟之类下等的鸟,对客人岂不会失了礼数?"

"请容在下解释!"光秀得到了信长的暗许,立刻反驳道:"这些鸟无一不是今日鹰猎的战利品。按寻常的规矩虽应用三鸟,但微臣想着,准备一些新鲜的时令菜品让各位大人尝尝鲜也没什么不好,所以才斗胆搭配了这样的菜色。"

"真没想到日向守会说出这样的话。'四鸟'与'死鸟'谐音,且传说中鹬鸟①本就是预示死期将至的鸟。这些道理你不会不知道吧?为何还要明知故犯?莫不是别有用心?"前久态度强硬,咄咄逼人,光秀一时露了怯,竟无言以对。多年来伴君如伴虎,养成了他处处隐忍、遇事退让的性格,没想到到了关键时刻竟绑住他的手脚。

光秀越急越不知道该如何应对。都被人说成了"别有用心",若还不能证明自己的清白,不知道主公会怎么误会自己呢。可

---

①鹬鸟:日语中鹬鸟的读音"shigi"与"死期"一词的读音相似,故被视为预示死期将至的鸟,十分不吉利。

是,前久的态度前后判若两人,也不知其用意何在,一时他也拿捏不准该如何反击。

"近卫,什么四鸟、鹬鸟的,真有你说的这么不吉利吗?"

"绝不能出现在庆典、喜宴之上。"

"危言耸听!"信长突然提高嗓门,轻蔑地一笑:"这些所谓的规矩、讲究,还不都是你们这些公家人为了自抬身价而故意杜撰出来的?比起盐腌的鹤肉,自然是刚刚捕获的新鲜鹬鸟肉更加鲜美可口。"

此言一出,席间的气氛立刻变得尴尬而紧张了。

正好此时,森兰丸进来禀报:"备中高松城的羽柴筑前大人派使者送来加急密函,说是十万火急,请主公务必即刻亲览。"信长一把接过他呈上来的信函,打开后迅速浏览了一遍,又从头逐字逐句地细细读了起来。原来,是毛利大部队的五万援军已经赶到了高松城,秀吉来信请信长亲自出马,领兵增援。

"这猴崽子!惯会讨人欢心,还做得不显山不露水。"不想做得太露骨招人讨厌——秀吉的这点小心思立刻被信长看穿。他脸上虽一阵苦笑,心里却十分受用。

"那么,您会亲自出马吗?"听信长这么说,前久似乎突然来了兴致。

"我本打算先平定四国,不过,一口气把毛利打趴下也不是什么坏事。"

"那么,您大可以在受封将军之后再领兵出征。届时,便可以名正言顺地剥夺足利义昭的将军之位,令毛利丧失其一直依托的大义名分。"

"还是等诚仁亲王即位在先吧。光秀,设宴待客之事你不用再操心了,即刻便启程返回丹波,为出征一事做准备。"

此次出征，信长决定带上细川忠兴、池田恒兴[①]、高山右近等人，助自己一臂之力。总兵力三万，足以与秀吉的大军相匹敌。

被信长亲指为大军的先头部队，自然是有面子的事。可不知为何，光秀的心里却好像少了点什么，感到前所未有的空虚和失落。也许是被前久放了冷箭，令他心下戚然。一直以来，他虽为信长做事，心中却从未忘记过和义辉、前久间的旧情谊。甚至可以说，正是为了幕府和朝廷，他才有了精神上的支柱，能够如履薄冰地走到了今天。可是如今，连前久都抛弃了他，从今往后，他还能为什么而活？光秀陷入了无边的孤独和绝望之中。

五月十七日清晨，信长昏昏沉沉地醒过来。或许是昨夜的酒宴上一时贪杯，脑仁现在还钻心地疼。信长素来不爱饮酒，过去每逢酒宴总是早早地离席。可是近些日子，他似乎突然品尝到了醉酒后的欢愉。是心里的那根弦松了吗？还是悄然而至的衰老令他原本异常敏锐的神经变得迟钝了？

信长也没多想，只顾着和家康、前久等人把酒言欢，不知不觉地消磨了一夜良宵。可第二日，宿醉的头痛再一次折磨着他。看来，体质并未因兴趣的改变而产生丝毫变化。

信长模糊记得，好像方才做了什么不吉利的梦，醒来之后也依然闷闷不乐。可究竟是什么梦，他却怎么也想不起来了。这一点变化也是最近才有的。要是以前，无论做了什么梦，他总会记得很清楚。更别说是不祥之梦，醒来之后，连做梦的原因，他也会分析得十分透彻。他相信，日有所思夜有所梦，不祥之梦一定预示着什么。就因为他的这个习惯，他曾多次防患于未然，得以

---

[①]池田恒兴：（1536—1584）战国到安土桃山时代武将、大名。织田家家臣，池田恒利之子。尾张犬山城、摄津兵库城、美浓大垣城三城城主。自称纪伊守，晚年入道，法号胜入。

化险为夷。

可是，今天早上，信长没有那个精力再去细细琢磨了。

（光秀心里有疙瘩。）

只有这点，从光秀昨夜的神情信长就能看出一二。这个男人忠心耿耿，任劳任怨，也正因如此，他对旧主足利义昭也旧义难断，很难痛下杀手。要如何才能令他痛下决心，与过去的恩怨一刀两断呢？

"阿兰！"信长唤来当值的兰丸，细细询问了光秀的情况。

"昨日鹰猎之后，他曾造访近卫公的住处，还送上了天目茶碗，以答谢猎场上的及时相助。另外，还同近卫公商量了昨夜晚膳的菜式安排。"兰丸将光秀的行踪查了个明白，事无巨细无一遗漏。

"这家伙，我看他昨夜可吓得不轻呐。"看到平日里一向沉着冷静的光秀也慌得乱了阵脚，信长心中竟有一丝窃喜。只因前久在危急时刻出手相救，竟不惜将自己珍藏多年的天目茶碗拱手相送，还真是情谊深重啊！信长这么想着，只是淡淡地苦笑了一下，对晚膳菜式的事却并未太在意。

如果信长还是过去那个敏感而多疑的信长，他一定会发现事有蹊跷——光秀明明事先找前久商议过晚膳的菜式，前久为何还要拿四鸟、鹬鸟什么的大做文章，当场给对方难堪呢？只要信长再细细推敲推敲，自然能觉察到一个可怕的陷阱正在秘密酝酿之中。然而，此时的信长已如猎场上的雉鸡群一般破绽百出，满脑子想的都是如何能叫光秀乖乖听话。

（光秀这人实在太过清心寡欲了。）

初次见面，信长就有这样的感觉。

光秀曾任足利幕府的奉公，置身政治中枢。所以要论政治手腕，他在家臣中可算得上数一数二；让他上战场，也不会输给任何人，当年越前金之崎的那场撤退战，也全靠他和秀吉殿后掩护；说到性格，更是克己奉公，真诚率直，再加上国学、汉学的造诣都颇深，实在是文武双全的人中龙凤。

正因为自己没有欲望，所以对别人的欲望也同样容易忽视。光秀始终坚信做人应该义字当先，故而，比起眼前的一点好处，他更愿意用情谊和道义来打动人心。若要他像秀吉那般用钱财、女色收买人心，或是用一些下三滥的卑鄙手段迫人就范，就算刀架在脖子上他也是不会干的。

归根结底，怪就怪光秀这个人出身太过高贵，家教太过严苛。出身土岐氏一门的他，自幼熟记教条、古训，恪守着"存天理，灭人欲"的信条。这样的人，若想要他死心塌地地追随自己，就要不断地委以重任，让他忙得甚至无暇顾及自身。一直以来，信长就是这样对待光秀的。因此，当他发现光秀心生迷惘，首先想到的自然是要更加严厉地鞭策他、磨练他。

心中主意已定，信长便命人将光秀请到了会客厅。

"此次出征，你重任在肩。我还有一件事要嘱咐你。"一见面，信长就故意抛出这么一句郑重其事的话，转而命兰丸宣读朱印军令状。

"今收回近江、丹波两国所领，待尔攻下西国，再用其中两国换回。尔更应精忠报国，加倍勤勉。如上所述，军令如山。"

光秀拜倒在地，双手接过军令状，却迟迟没有抬起头来。

"日向守大人。"兰丸久久等不到对方的回复，忍不住唤了他一声。

光秀抬起满是苦涩的脸，反问道："臣斗胆，敢问西国两国具体指的是？"语气中毫不掩饰心中的不满。

"待平定西国之后,主公再行定夺。"

"可有时限?"

"这也一样,事后由主公决定。"

秀吉和光秀拥兵六万,原本征战四国的大军则有三万人马,两军分别从海陆两路夹击,用不了几天便会叫毛利乖乖投降。接下来,便以毛利、长宗我部两军为先锋,平定整个九州。再将筑前封与秀吉,肥后和日向封与光秀,让二人为将来的出兵海外做准备。这便是信长多年来的构想。让秀吉出任筑前守,光秀出任日向守,正是为了给二人一个大义名分,方便他们日后管辖自己的领国。

"怎么,光秀,你有何不服?"

"臣不敢。只是丹波一国的治理初见头绪,主公可否宽限一段时日?"

"你如今年岁几何?"

"已年满五十五。"

"还没老得不能动吧?古人云,生于忧患,死于安乐。一味待在太平之乡饱食终日可不行呐。"

信长也知道,自己这道军令实在太过严苛。可是,为了将日本建设成为可与西班牙、葡萄牙比肩的强国,他必须激发出光秀更强的斗志、更大的潜力。

这一夜的晚宴,便是由信长亲自主持的。

这样的情况实在少见,连重臣们都吃惊不小。其实,信长此举是在为光秀考虑。虽说奉命出征,事出突然,可设宴待客之职好好的干了一半便被撤掉了,在面子上也总还是有点不好看的。可若是信长亲自接手,便不会再有人敢非议,说是光秀哪里办得不妥了。信长心想,自己虽然交给了光秀一个艰巨的任务,可同时也身体力行地为他解了围,此事若传到他的耳朵里,想必他也应该能明白自己的一番苦心。

这下,家康和梅雪真是受宠若惊了。主公信长就坐在自己的面前,像个侍女一般为自己上茶斟酒、添汤布菜,叫人怎能不诚惶诚恐?

惶恐归惶恐,可又不能中途离席。就这样小心翼翼,战战兢兢,晚宴竟也太平无事地进行完了第五膳。

晚膳之后,信长将家康叫到另一室,屏退下人单独谈了谈。

"你的驯鹰之术也算是练得有模有样了呢。"

"多亏有主公您亲自指点。"

"平定天下之后,真想去三河一带再搞一次鹰猎啊。"

信长将家康叫来,主要是商量家康的嫡长子与信忠女儿的婚事,今日怎么也要逼对方给个答复。可是,他却故意东拉西扯,就是不肯主动提起这个话题。

"莫若效仿赖朝公,在富士山的山麓平原上举行一场鹰猎,如何?"

"有意思!再冠之以'天下第一猎'的美名,还怕不能震惊世人、流芳千古吗?"

"在下已定义丸为世子。届时,若能得主公赏识,当众宣布此事,实乃家门之幸。"

"那是自然,这是天大的好事嘛!"

"若还能有幸与织田一门喜结良缘,更不知是我德川一门几世修来的福分。"

"此言当真?那我明日可就派人去知会信忠了?"信长的言语间掩饰不住的志得意满。

"主公意欲将幕府设在何处?安土吗?"

"还是大坂吧。那里面朝大海,视野开阔。唯有在这样的地方,才能与西班牙等国一较高下呀。"

"那么,新城的城址选在何处?"

"本愿寺旧址之上。我要建一座比安土城还要大上好几倍的城池,让那些远道而来的南蛮人一入堺港便能看得见。"他要以大坂为据点,牢牢控制濑户内海的航线,再组建一个规模宏大的船队,浩浩荡荡地出兵海外。多年来的梦想仿佛已近在咫尺,唾手可得。

"在这个国家,最无可救药的莫过于当今朝廷。"也许是一直对宣旨册封之事耿耿于怀,信长竟一不留神说出了心里话。"为了统一大业,我不得不利用朝廷的威势。可是,天皇简直就是魔鬼,你以为他会乖乖被你利用,殊不知不知不觉中你已受了他的诅咒,被他缚住了手脚。"

"这种诅咒,何时才能得解呢?"

"我也不知啊。自封为神,我不是没试过,可谁又会像膜拜天皇那样膜拜我呢?恐怕只能等到开设幕府之后,再整顿朝纲,以期能最大限度地限制天皇和朝廷的权力。"

信长的构想,后来在家康的手中通过《禁中并公家诸法度》这一形式变为了现实。因为,要想确保武家政权的稳定,限制朝廷的权力是必不可少的条件。

同一时刻,近卫前久正在自己的府邸,用一杯香茗款待远道而来的细川藤孝。宽不过三席的狭小茶室内,用和纸做灯罩的灯台放在最低处。在那昏黄灯光的照射下,两个巨大的人影投射在墙面上,几乎占满了整面墙。

前久亲自点好一盏茶,将手中的暗红色茶碗递给藤孝。

"这个茶碗可是出自宗易大师①之手?"藤孝双手接过,饶有兴味地问道。

"非也。不过是仿制品而已。"

近卫家的领地中有一个村庄,特产一种优质的红土。前久命人在那里开了窑,专门仿照自己中意的名器珍品烧制茶碗。这个茶碗本是仿照利休茶器所特有的风格所制,虽不能与真品相比,但就连藤孝这般精通茶道之人也险些看走了眼,可见做工精良,足以乱真。

前久对利休的喜爱已到了痴迷的程度。当日光秀送上的天目茶碗,他其实一眼就爱上了。只是为了要将光秀逼得无路可退,他才故意做出一副无所谓的样子,好像根本没把那个茶碗放在眼里。

其实,鹰猎那一日,他也早就发现了猎场上还有另一个更大的雉鸡群,为了让光秀被信长斥责,他才故意没告诉光秀。然而,酷爱鹰猎的前久,又怎能眼睁睁看着雉鸡群越飞越远?他抑制不住身体中躁动的热血,所以才奋然跃上马背,朝鸟群放飞了雄鹰。

"赝品就是赝品,成不了真。茶碗如此,人亦如此。"前久无奈地苦笑,心中的甘苦,只有他自己知道。

对于没有兵权的公家,谋略是他们唯一可以依仗的看家本领。如何巧妙地利用天皇的权威操控武家、寺社以及普通百姓?如何让他们都对朝廷惟命是从?这才是决定朝局稳定、朝家安宁的关键。为此,他们要极力笼络得力之人为己所用,同时也要将碍手碍脚之人设法铲除。这,便是公家人的战争,没什么见不得

---

①宗易大师:千利休。

人的。

而这一次，前久唯一的失误是，无论如何也不该在危机四伏的战场上还在意什么鹰猎的成败，以至分了心神，乱了计划。

"你那边进展得如何了？准备得还算顺利吧？"

"我已暗中遣人给足利家旧臣都送了信，支持咱们的人也越来越多了。"

"具体多少人？"

"请大人看看这个。"藤孝说着，呈上一封书函。

这其实是一篇联名签署的檄文，誓要打倒信长，重建足利幕府。文章末尾，有一长串血字签名，其中除了细川、斯波、畠山三大管领家，山名、一色、京极、赤松四职家之外，还有被信长夺取了领国的大名们。不过，这些大名早已没落和失势，虽聚集了十多个人，却也成不了什么大气候。其中稍具实力的，不过只有武田元明①、朽木元纲②、京极高次③等几个而已。

"虽说聊胜于无，可就这些人也很难组织起一支队伍啊。"

"张三李四全都算上，能有个五千人就不错了。"

"再算上你的人马，能达到一万吗？"虽说不知道信长究竟会带多少人上京，可自己这边只要有个一万人马，再加上攻其不备，一招制敌也不是不可能的。可是，暗杀成功之后呢？一想到

---

①武田元明：(1562—1582)战国到安土桃山时代武将、大名。若狭武田氏最后的第九代家主。后濑山城城主。又名元次。

②朽木元纲：(1549—1632)战国到江户时代前期武将、大名。父亲为朽木晴纲，母亲为飞鸟静雅之女。先后出仕足利义辉、义昭，织田信长，丰臣秀吉，德川家康等。官位从五位下，任信浓守、河内守。

③京极高次：(1563—1609)战国到江户初期武将、大名，近江大津藩藩主，若狭小浜藩首代藩主。父亲为京极高吉，母亲为浅井久政之女。先后出仕织田信长、丰臣秀吉、德川家康。

这个，再看看自己手头的这点儿人，前久可就心里没底了。

"下官惭愧，目前我手头能调集的兵马只有两千。"

"怎么可能？你统领丹后一国，怎会只有两千人马？"

"我那不肖子忠兴早已被信长迷得五迷三道，若咱们的计划被他事先知晓，说不定他会亲手杀了我这个当爹的，赶去安土报信。"因此，他只能等忠兴率领大队人马启程去了高松城之后，再将余下的兵马集结起来。藤孝一脸苦涩地道出实情。

"说到弑父欺君的不肖子，恐怕没有谁比得上我家的这个吧。"

"下官失言了。"

"你我是同病相怜呐。也罢，万事不可强求。只是这样一来，咱们更是无论如何必须把日向守争取过来。"正因如此，前久才处处设法离间信长、光秀二人，可是似乎并没有什么成效。

"下官也曾多次话里话外暗示光秀，可他似乎心志颇坚，又小心谨慎，始终不予回应。"

"这也难怪，信长待他恩宠有加，他又在官场磨砺多年，自然行事谨慎，很难攻下。"

"能否求得义昭公亲笔书信一封，劝其归顺？"

"恐怕日向守同我一样，早已对义昭公丧失信心。要想说动他，恐怕除了一纸皇命再无其他了。"就算光秀不同意起兵，有皇命在手，量他也不敢去向信长告密，这一点前久倒是可以确信。只是，正亲町天皇似乎对信长还顾念着一丝旧情，要说动他下令暗杀信长，恐怕绝非易事。

（要是能在行事之前迫其让位……）

这个念头一旦冒出来，就像茫茫草原上点燃了一粒火星，立刻熊熊燃烧起来，一发不可收拾。若诚仁亲王成了天皇，自然会爽快答应下达圣旨。天皇既已让位在先，信长当然也会欣然接受朝廷的册封，将其骗进宫来就更容易了。原本零星的火苗，瞬间便成燎原之势，似乎一转眼就要将前久的思想全部吞没。

"前久公，您怎么了？"

"没事。只是突然想起我新近得了萨摩的美酒，你可要尝一尝？"说着，便命人取来葡萄酒和琉璃酒樽，与藤孝对酌起来。这酒乃岛津义久[①]所赠。倒入琉璃酒樽中的葡萄酒，在灯光下呈现出鲜血一般的红色，晶莹动人。

"这就是洋文中所说的'wine'吗？"藤孝嚼了一小口，立刻皱起了眉头。夏日临近，酒却没有被放在适度的温度下储藏，自然已经变味。

"传教士们都说，这酒乃是神之子耶稣的鲜血所化，你再用心品一品。"

"这么说来，喝着的确带一点鲜血特有的铁锈味儿。"

"若是拿下了光秀，想必他手下的其他大名也会一同归顺。"沉默片刻，前久再次提起了刚才的话题。此次奉命随光秀一同出征的有池田恒兴、高山右近、中川清秀[②]等人，若这些都成了自己人，那么前久一方的总兵力便可迅速达到四万左右。畿内有四万大军压阵，再命毛利、长宗我部、上杉以及纪州的总国一揆合力讨伐织田军，不愁不能一招定胜负。

"虽说他们是明智的部下，可其中跟我家那不肖子一样深受信长蛊惑的人也不在少数，真正能算得上是自己人的，恐怕只有大

---

[①]岛津义久：（1533—1611）日本战国时代到安土桃山时代武将，萨摩国守护大名、战国大名。岛津氏第十六代家主。幼名虎寿丸，法号龙伯。

[②]中川清秀：（1542—1583）日本战国到安土桃山时代武将。幼名虎之助，通称濑兵卫。本姓源氏，清和源氏的一支摄津源氏一脉的多田源氏的后裔。父中川重清，母中川清村之女。

和的筒井而已。"

"住吉尚有三万四国讨伐军，已做好了出征的准备，正等着信长下令。若池田恒兴和高山右近等人的军队与之联手，一起攻来，凭你和光秀现在的兵力能否抵挡？"

"撑个十天半个月应该是没问题，不过再久一点怕就抵挡不住了。"

"如此说来，咱们还得再争取一个人才行。"

"大人心里已经有人选了吗？"

"是谁，你猜？"

"这个嘛，如今能与住吉的大军相抗衡的，除了丹羽长秀大人，就只有羽柴秀吉大人了。"

"正是这个秀吉。只要咱们一出手，这家伙一准上钩。"秀吉明知毛利军有异动，背后定有阴谋，却还要请信长亲自出征，可见其对信长的忠心不过只是表面文章。然而，此举究竟用意何在，就连前久一时也难以断言。

"原来如此。此人的确是个识时务的聪明人。"藤孝不愧是足利义辉亲点的管领，果然一点就通。同时，他也深得信长重用，对织田家众位重臣的性情和境遇自然也了如指掌。"羽柴大人眼下正如日中天，可也正因其势头太盛，近日开始有些不受信长公待见。平定中国之后，信长应该会封他为筑前守，并任命他为出兵海外的先锋。若他对这样的安排心有不满，自然会将我等抛出的橄榄枝视为千载难逢的好机会，赶着对咱们投怀送抱。只是……"

"有话便说，别吞吞吐吐的！"

"此人两面三刀，狡黠善变。古语云，成也萧何败也萧何。咱们不能不小心呐。"就算秀吉发誓绝无二心，可是依他的性子，一旦发现形势对自己不利，肯定会立马变节，转而去向信长告密。

要把这样的敌人变为战友,必须要事事谨慎小心,时时盯紧他的一举一动。

"至于引他上钩的鱼饵嘛,摄津、播磨、美作就绰绰有余了,只是不知该怎样下钩。若没能选对时机,叫鱼儿钻了空子,轻易就扯断了鱼钩,抢走了鱼饵,岂不是竹篮打水一场空?"

"岂止是扯断鱼钩,抢走鱼饵,说不定还会将你我也拖下水呢!"

"光秀乃是奉皇命,行大事,此话可否事先让秀吉知道?好叫他明白事情的轻重。"既然我方的行动秀吉已经有所察觉,那只须稍加暗示,他一定能领会其中深意。相反,若他们当真看错了秀吉这个人,计划被他泄露,那这话也算不得阴谋造反的证据。前久大可以说,所谓的"奉皇命,行大事"指的是征讨西国的大战。前久身为谋略家的天性令他按捺不住内心的激动,连自己的语速陡然加快也浑然不觉。

"大人英明。只是,此事若累及近卫公,恐为朝家埋下祸端。给羽柴大人的密函,还是以在下的名义送去为好。"

两人商议已定,便起身准备离开茶室,却突然听见有人在轻敲茶室的躙门①。原来,是前久派去坂本,探察光秀动向的风之甚助。

"日向守大人将于五月二十三日动身离开坂本城,赶赴丹波。"

"光秀可有什么特别的举动?"

"他在西教寺逗留了许久,闭门诵经礼佛,想是有什么心愿急于达成。"

西教寺乃是天台真盛宗的总本山,离坂本城约有半里的路

---

①躙门:茶室特有的出入口,通常宽约一尺九寸五分,高约二尺二寸五分。进出需跪着膝行。

程，在信长进攻比睿山时已被烧毁。后来，光秀成了坂本城城主，就立刻下令重修该寺，并将之作为明智家的菩提寺。寺中还有殁于天正四年（1576）的光秀妻子熙子的陵墓。光秀此次入寺参拜究竟许了什么心愿虽不得而知，但一定是有什么事令他感到烦恼和困惑。看来，前久的离间计似乎已经奏效了。

前久命风之甚助原地待命，又命藤孝赶紧拟好密函："好事不宜迟。此人是个伊贺忍者，和信长有血海深仇，这项差事交给他，最妥当不过。"

得了密函的甚助立刻马不停蹄地赶往正在包围高松城的秀吉的军营。

同样马不停蹄的，还有前久。翌日一早，他便赶着入宫，求见上臈局。

"让大人久等了，您可有日子没进宫来了。"上臈局带着几个侍女出来，一见面就尖酸刻薄地挖苦道。

去年三月，因让位一事引发的风波中，上臈局曾涕泪纵横地哭诉圣上的龙体是何等老迈病弱，恳请前久立即让其退位。然而，前久一边向她承诺一定会想办法，另一边却在翌日召开的小御所会议上提出了金神之说，导致让位一事最终被延缓。当然，前久的目的是为了摧毁信长扶五王子上位自己当太上皇的阴谋，可因此而丢了颜面的上臈局却从此与前久结下了梁子。

"今日本官前来，是想借阿局大人之力。"

"哎哟，难得大人如此看得起奴婢，奴婢可担当不起呀。"

"去岁因故延期的让位一事，眼下不能不提上日程了。请恕本官唐突，可否请大人奏请圣上，将此事全权委托我来料理。"

"当初奴婢便是如此拜托大人的，可您又干了些什么呢？"

"此一时彼一时，当时本官也有本官的苦衷，实在是情非得已呀。但是,请大人一定相信,本官绝无半点私心。"

"如今与当日又有何不同?"

"今非昔比啊。如今,信长一统天下之期指日可待,他的态度也越发强硬了。"

"这一点奴婢倒也不是不知。"前日她以朝廷敕使的身份出使安土,却被信长拒之门外,上臈局也隐隐感到了危机。

"故此,让位一事无论如何也不能再拖了。可是,如何说服东宫太子?如何与信长交涉?这一切都困难重重,非一朝一夕可以解决。所以,还求圣上恩准,将一应事务交由微臣全权处理,同时,也由微臣来决定让位之期。"

"奴婢明白,我会如实向陛下禀报。"

"若圣上恩准,可否将此圣意拟作奉书,赐与微臣?"前久所说的奉书,乃是由天皇的贴身女官亲笔记录的女官奉书,与圣旨有着同等的效力。要想成功拿下光秀,这道奉书至关重要,前久无论如何要将它拿到手。

然而,事情进展得却并没有想象中的那么顺利。已对前久心存芥蒂的上臈局,并不敢轻易相信他所说的话,恐怕派了不少人各方打探消息,想确认前久所言是否属实。眼下已过了两三日,她那边却仍然没有任何消息。

光秀启程之期临近,焦急的前久只得转而向上臈局的母家花山院家施压,同时又拜访了二条御所,将自己的计划对太子殿下和盘托出。

"殿下一即位便要立即宣旨册封信长为将军,以此为诱饵骗其入宫。同时下旨令,命明智日向守迅速起兵,诛杀信长。"前久也不兜圈子,直接告诉太子该如何行事。

"此事日向守是否已同意?"

"还没有。微臣正是来求殿下的旨令,才好借此说服他。"

"此人可是信长的家臣中首屈一指的人物,轻易怎能答应?"

"等到信长荡平了毛利,可就一切都来不及了。想必殿下也早已容不下这个人,何不赌一把,看看微臣的计划能否成功?"前久暗中使了手段,令有关信长和劝修寺晴子的流言悄然传开。他说太子容不下信长,自然也包含这层意思。

自从太子殿下按前久的意思下达了委任三职的旨令,他就一直被前久牵着鼻子走。更何况现在前久的态度如此强硬,他又怎敢说个不字?

五月二十五日,上臈局那边终于送来了女官奉书。翌日,前久一手拿着太子殿下的亲笔旨令一手拿着记录着圣意的奉书来到了吉田神社,单独与光秀见了一面。

吉田神社与春日大社、大原野神社①齐名,乃是藤原氏氏神三社之一。对前久来说就好比回了自己家一样。这不,他无需旁人指引便径直进了偏殿,只等光秀的到来。吉田兼和已被他遣去栗田口迎接,想必过不了多久就会到了。

庭院的池塘中开满了洁白的莲花,在碧绿的莲叶间亭亭而立,随波轻漾,一阵阵宜人的清香扑鼻而来。

(我心似青莲,出泥而不染②。)

脑海中突然浮现出这样一首歌,却怎么也想不起下一句是什么了。

不久,光秀在兼和的陪同下过了渡殿③,朝偏殿而来。他本不

---

①大原野神社:位于现京都府京都市西京区大原野的神社。二十二社之一。旧社格为官币中社。因从奈良的春日大社中请神分祀于此,故又有"京春日"的别称。

②出自《古今和歌集·夏·165》,作者遍昭。

③渡殿:传统日式建筑中,连接两座寝殿造建筑物的走廊,又称"渡廊下"。

想来，却又犹豫着不敢贸然回绝。此刻走在路上，仍是双目低垂，一脸的纠结和不情愿。

"出征在即还劳烦你跑一趟，真是对不住。"前久的这声对不起不过是嘴上说说而已。

"大人哪里的话？在下也想来这儿，求神灵保佑我打个胜仗。"

"那可真是来对了！说到打胜仗，是要跟谁打呢？"

"自然是毛利。"

"毛利拥义昭而立，讨伐毛利，无异于断了足利幕府最后的指望。这样的祈愿，你觉得作为其家族的氏神，这里的神灵会听吗？"

"……"光秀无言以对。

"你为信长出生入死，不正是为了匡扶义昭为将军，保住幕府的天下吗？义昭虽生性愚钝，常年流落他乡，终难成大器。可当初你、我和义辉三人立下的誓言，想必你也还没有忘吧？"

永禄八年（1565）弥生三月，义辉在二条御所邀前久、藤孝和光秀共赴赏樱大宴。席间，四人立下誓言，要复兴朝廷与幕府，恢复旧制，重现太平盛世。谁承想，短短百日之后，义辉便遭松永弹正起兵谋反，含恨而终。

"当日誓言，在下一刻也不敢忘。"

"我当然相信你，所以一直以来才会不遗余力地帮你。记得你刚出任畿内的管领时，为了让你无所顾忌地大展拳脚，是我在朝中和寺社为你打通关系，广结人脉。少了我的帮助，你在织田家又怎能有今日的地位？"

"大人所言极是。"

"而今，信长欲打破朝廷和寺社的原有秩序，妄想叫这日本的天下完全按照他个人的意愿来构建。你却要助纣为虐，为其讨伐毛利，这难道不是对我和义辉的背叛？"

光秀羞愧得说不出一个字。幕府和信长，若一定要逼他只选一个，对于常年作为奉公为幕府效力的光秀来说，自然只能选择前者。他之所以一直犹豫不决，无非是出于三点：对信长强大力量的信赖，对强悍的织田军团的畏惧，以及对有可能会失去今日之地位的担忧。

"大人说了这么多，是要在下中止出征备中的行动吗？"沉默良久之后，光秀终于嗫嚅着问出了这么一句。

"何止如此简单？我要借你明智的兵力灭了信长，再将义昭召回京城，重建幕府！"前久拿出女官奉书和太子旨令，将骗信长入京的计划如实相告，"只要我们告诉他登基大典之后行将军册封之礼，信长定会风风火火赶着上京。到时，凭你的兵力，定能不费吹灰之力将其一举剿灭。"

"可是，这样做……"光秀早已吓得脸色苍白，双目无神。他心里清楚，就算自己拒不合作，此等大事自己既已知情，又岂能轻易脱得了干系？

"这茫茫丰苇原中国，本是天皇的天下，本是神道之国。若无天皇的信任和委托，无以治国。他信长就算再强，也不过是凭武力镇压，何以服众？终有一日，定会民怨沸腾，叛乱四起。难道我们还要眼睁睁看着火烧比睿山、屠杀一向宗信徒的惨剧再一次次重演吗？"

"……"光秀只能默然。

"就算他信长真能杀尽所有的反叛者，收服整个国家，到了那时，又还有你光秀什么事儿？你不过是一枚被利用完了的弃子，充其量保得住一条性命，同什么林通胜、佐久间信盛一样，落得个被放逐的下场。"

"大人此言何意？"光秀果然也沉不住气了，蓦地脸色一变，冲口反问道。

"信长如此重用你，不过是看在你背后有个我。然则，此次行动你若拒不参与，那么你我之间的这层关系今日也就算彻底断了。此外，开设幕府之后，信长显然会更加重用家康。家康的嫡长子不是刚与信忠的女儿定亲吗？这就是最好的证据。"

新幕府建立之后，信长便会让嫡子信忠承袭将军之位，并任命信雄、信孝、家康为三大管领，从旁辅佐。而光秀和秀吉则会被逐渐排除在权力中枢之外，最有可能作为进军海外的先锋部队被派往九州。

"所以，我计划的这次兵变就是要效仿后汉的光武帝。而你，即将成为足利幕府中兴之祖，得后世代代景仰。土岐家也将成为三大管领家之一，荣耀万代。"前久一再强调成败在此一举，可光秀却始终固执地保持沉默，迟迟不肯点头。

"是吗？看来你是怎么也不肯答应了。那么，你大可就在这里砍了我的项上人头。"

"……"光秀一惊，不知该如何作答。

"你既已得知整个计划，若不杀了我，如何能保全你自己？别犹豫了，动手吧！"

"关于此事，在下绝不会泄露半个字！所以，也请近卫公您……"

"此言差矣！我可不会因为你的拒绝而中途放弃。必要的时候，你我今日的谈话我也会适时透露给信长。"

"可是，此等大事……凭在下一己之力，又岂能成功？"

"日向守大人，你怎么会是一个人？"一直在隔壁房间默默听着二人的对话的藤孝，缓缓拉开了隔扇门。谈话进行到这里，他觉得是时候轮到自己出场了。

"请大人看看这个。"藤孝麻利地展开那篇联名签署的檄文,"过去,幕府对我等恩重如山,此次行动,我等岂会袖手旁观?只要您答应奉皇命讨伐信长,迎义昭公回京,那么池田、中川等一干人都会听你差遣。"

"光秀啊,醒醒吧!若你讨伐毛利灭了义昭,你可就成了负恩义、弑旧主的逆臣。相反,只有诛杀信长救幕府于危难,才是一个顶天立地的武士应做的选择。"

前久也好藤孝也罢,对光秀来说都相当于主子。且要论权术,亦可说是当今首屈一指的人物。这样的两个人一唱一和联手对光秀展开攻势,晓之以情动之以理,就算是意志坚定的光秀也很难招架得住。

## 第十五章　时不我待

壁龛里挂着藤原定家的一幅字，水盘里插着鲜艳欲滴的菖蒲花。用作教材的《古今和歌集》已按人头分成数摞放在书案上，笔墨纸砚也都已准备齐全。接下来再备好中间休息时所用的茶点，便万事俱备了。

"房子，派出去的人还没回来吗？"劝修寺晴子稍稍提高音量，询问待在侧室的侍女房子，却迟迟无人应答。她只得放下手中的花剪，起身拉开了隔扇门。房中，茶具摆放得整整齐齐，却不见房子她人。到底跑哪儿去了？晴子心中疑惑，便走到廊下一看，原来她正站在内殿的一间房前和人说话。跟她说话的好像是勾当内侍高仓凉子的侍女。此人看上去精明老到，想必也是宫中的老人了。她一见晴子，只匆匆颔首示意后便逃也似的跑了。

"怎么了？出了什么事吗？"

"没什么，不过是为了些东宫中的琐碎事务，来找我问个明白。"

"派出去的人是怎么回事？怎么还没回来？"

"说的也是呢，想来是娘娘吩咐的干点心不太容易找吧。"

"讲读眼看就快开始了，不抓紧点儿可就赶不上了。"晴子要面子，心里直发急，可房子却似乎并不以为意。

"到时候用事先备好的点心不也一样嘛。"她淡淡地敷衍了一句，便退回了侧室。

集合新选入二条御所侍奉的女官们，举办一场《古今和歌集》①的入门级讲读会，这是晴子的提议。这项活动早在一个月前就已开始了。这些女官们虽说年纪尚轻，可也未免太过胸无点墨了。后宫女官的形象关系到后宫的体面和朝廷的威严，不容忽视。故而，晴子决定每五日集合一次，从敷岛之道②开始学起。

第一次讲读会，所有的女官都悉数到场，晴子的博学多才和多情善感令所有人啧啧赞叹。可从第二次开始，参加的人就一次比一次少了。

她们不知从谁那里听说了晴子和信长的丑闻，一传十十传百，流言好似一场可怕的瘟疫，在整个后宫蔓延开来。与此同时，女官和侍女们对晴子的态度也越来越疏离，没过几日，就开始对她冷言冷语，视而不见，仿佛她突然变成了空气。

偏偏若草君身边的丹波局也不肯放过这个好机会，想要报当日的一箭之仇。这个老奸巨猾的女人背地里在女官之中说了不少晴子的闲话，想要挑起众人推翻晴子在七草粥那一日定下的规矩。

---

①《古今和歌集》：日本历史上第一部敕撰和歌集，八代集、二十一代集之首。20卷。由纪贯之、纪友则、凡河内躬恒、壬生忠岑等人编撰。延喜五年（905）前后成书。收录了大约1100首和歌，歌风和谐、优美、纤丽。有真名序和假名序，被誉为"续万叶集"，简称《古今集》。

②敷岛之道："敷岛"乃是大和国、日本国的别称。原意为日本自古便有之道。后引申为指代和歌之道、歌道。

就在半月前,丹波局突然不请自来,故作殷勤地邀请晴子:
"后宫众人有要事想请教夫人,还请夫人移步正厅。"

大殿正厅里,即将出任上臈局的花山院满子、将任大典侍的万里小路厚子、将任目目典侍的飞鸟井雅子等等,所有即将任职于内侍司的女官全都到了。这些为了入宫而自幼受名师教导,被培养得礼仪端正的年轻女子,眼下正带着各自的贴身侍女,神色凛然地端坐于大厅之中。

至于座次,是按照女官们母家的门第高低来排的。今年二月刚产下皇子的若草君中山亲子的座位恰好在中间位置,不上不下。而晴子,则被安排在清华家出身的花山院满子的下首。

(葫芦里到底装的什么药?)

晴子心知情况不妙,却也无所畏惧。就算这些女人合起伙儿来为难自己,也丝毫不能动摇她的立场和决心,这点自信她还是有的。可是,当她发现首座尚虚位以待,也禁不住心里打起了鼓。

(太子殿下应该进宫了。那么,坐在首座的究竟会是什么人呢?)

这个问题不一会儿便有了答案。晴子刚走入大厅没多久,侍奉当今圣上的上臈局就前后脚走了进来。她也出身花山院家,是满子的伯母。论家世论阅历,晴子都远不能比。

有关晴子的丑闻,她并未提及半个字。只是告诉晴子,满子已有身孕,要求她撤回那日定下的凡太子殿下的骨肉都应做晴子养子的规矩。

"本官深知您一心铲除后宫流弊,也不是不赞成您的做法。但凡事不可强求。孩子还是该由自己的亲生母亲抚养,才是最幸福的。"上臈局听上去温柔恳切的一番话,却暗含弦外之音——若你还要强人所难,我也自有我的办法。今时不同往日,面对对方的公然挑衅，晴子也只能选择让步。

从那以后，晴子的处境益发艰难了，出席讲读会的人也一日少似一日。即便如此，晴子仍不肯放弃。因为她深知，此时若不能咬牙挺住，她们便会群起而攻之，将自己逼上绝路。

自鸣钟的钟声敲响，时间已到巳时。

一下，又一下……那钟声仿佛来自祇园精舍①，道尽了世事无常的真理，一声一声好似敲打在晴子的心上，她本就阴云密布的心情也一点一点地更往下沉。讲读会本定在巳时开讲，可是直到钟声敲完，还是没有一个人来。

"房子，再派人去请！去她们每一位的房间，把她们一个个全都请来。"

"娘娘，这么做也没用啊。"

"甭管它有用没用，若有人不肯来，就请她说明不能来的理由。"

"真正的理由，娘娘您不是比谁都清楚吗？"

"那她们大可以直言不讳。现在这般藏着掖着，躲在背后说我闲话，算怎么回事儿？"晴子当然知道自作孽不可活的道理，在她决定要与信长同游富士之时，她就已经预料到自己终有一日会面对今天的一切。然而，当她真正置身于这流言蜚语的漩涡之中，当她真正面对后宫女人们的阴毒和恶意，她终于还是受不了了。

"她们可并不是都躲在背后议论呢。方才高仓大人的贴身侍女就明白告诉奴婢了，在对您不利的流言平息之前，她家主子暂不会出席讲读会。"

---

① 祇园精舍：须达长者在中印度的桥萨罗舍卫城南部（今尼泊尔南境）的祇园，为释尊及其弟子修建的僧坊。释尊多在此说法，与竹林精舍并称为两大精舍。又称"祇陀林"、"逝多林"。《平家物语》开篇有"祇园精舍钟声响，诉说世事本无常"的诗句。

"就是方才站在外边和你说话的那位?"

"正是。飞鸟井大人也派人来说了同样的话。"

"那你怎么不早点告诉我?"

"奴婢是想,要是事先就给您说了,娘娘说不定会亲自去找二位理论。要真是那样,也不过是雪上加霜,让您丢更大的丑。"

高仓凉子和飞鸟井雅子本是晴子的推崇者,也算得上德艺双馨的名媛闺秀,上一回的讲读会也是如约前来的。可是,不堪的丑闻如今已传得沸沸扬扬,就连她二人也不得不选择放弃。

"所以嘛,奴婢当初是怎么劝您的?但凡听奴婢一句话,又怎会有今日?"

"我绝不后悔。为了维护朝家的利益,这是唯一的办法。"

最终,讲读会只能不了了之。因为无人参加而不得不半途而废,出了这档子不体面的事,自然无可避免地令晴子在后宫的处境进一步恶化。

然而奇怪的是,晴子却丝毫未见消沉。不仅如此,被逼入绝地的她反而感到体内重新焕发出无穷无尽的活力,甚至暗暗下定决心,要朝着自己的目标奋力前行,决不再顾及旁人的目光。

一直以来,晴子虽然对公家社会的繁文缛节和后宫的清规戒律觉得反感,却始终委曲求全地活着。不仅因为她深信这样的生活是自己的宿命和本分,也更因为她压根儿不清楚自己心生反感的原因是什么。于是,她一面漠然地感到无聊和不满,一面又麻木地忍受着一切,从未想过要改变这种生活。

然而,如今自己变成了众矢之的,她才终于看清了公家社会和后宫的本质,也懂得了周围的这些不惜一切攻击自己、排挤自己的女人们,想要维护的究竟是什么。可悲的是,她们真正想要维护的,并非是天皇,也更不是朝廷。她们真正在乎的,不过是在公家社会中早已被分为三六九等的母家的颜面，以及自己在后宫中的地位而已。

人，若丧失了作为一个人的自由，甚至连自主地选择和坚持自己想要的生存方式都不被允许，唯有放弃自我，迎合世俗，委曲求全而已。这样的人生，岂是自幼便渴望活出真我的晴子所能够忍受的？

就在晴子刚刚意识到这一点时，就在她将欲打破这人生的落差时，信长出现在了她的生活中。用他那遍体鳞伤却不屈不挠的坚韧和毅力，用他那誓凭一己之力改变这个国家的无畏和勇气，深深打动了晴子的心。仿若黑暗而绝望的世界里射入了一道光，令晴子感到重获新生般的振奋和欣喜。

所以，她决意破茧成蝶，重新起飞。她不知道自己能飞多高，也不知道自己能飞多远，只知道朝着那道光射来的方向，奋力地扇动翅膀。一种类似于殉教者的虔诚和决绝，让晴子变得义无反顾，变得不顾一切。

"娘娘，近卫相国来了。"房子进来禀报。相国乃是太政大臣的唐土式的称法。

"老夫已是前朝太阁，哪里还当得起相国之名？"前久满脸堆笑，一面打趣着一面走了进来。他那清逸俊朗的长脸，和乌帽子配水干的装束可谓相得益彰。他的身形也颀长优雅，举步之间似有馥郁的清香散发出来。

（此等人才，不知有多少女子为之一见倾心，神魂颠倒？）

见过前久的人或许难免这么想，可他本人似乎从不在意自己的容貌，甚至从未传出过一条绯闻。如此一来，他在后宫的威望也就更高了。

"听说新皇仍任命大人为太阁，可是您却婉拒了，可有此事？"

"的确如此。老夫已是年迈昏聩,若一味地霸占着职位迟迟不肯退下来,岂不是挡了后生们的道?"

"大人正当盛年,何须妄自菲薄?"

"哪里哪里?已近知天命之年,早该削发出家,遁入空门了。"

前久辞去太阁一职,本是担心万一计划败露,恐怕会牵连朝廷。不过,晴子自然不会想到这一层。

"看来妾身也该追随大人,出家为尼才是。"

"夫人哪里的话?晴子夫人才真正是风华正茂,人比花娇呀。"

"在后宫,妾身已尽到了该尽的责任,是时候该遁入佛门了。青灯古佛相伴,静心聊度残生。"

"夫人这么说,老夫可就为难了。今日不请自来,我还有一事相求呢。"

"何事?"

"六月一日即将举行登基大典。太子殿下即位之后,便要亲自册封信长为将军。因此,还要劳夫人去一趟安土,传信长速速上京。"

"大人此话来得突然,此前何以从未听到半点风声?"

关于是天皇让位在先还是册封将军在先,公武之间针锋相对,各不相让。一心想拥立五王子上位的信长执意要在诚仁亲王即位之后才肯出任将军;而企图阻止其阴谋得逞的朝廷则坚持要在正亲町天皇在位期间册封信长,否则就拒不让位。

而今,朝廷何以突然做出了让步?

"如今,信长已灭了武田氏,控制了东国。中国的毛利和四国的长宗我部,过不几日也都会沦为织田军的手下败将。朝中大半人认为,与其等到那时再被迫答应他的要求,还不如在他出兵讨伐中国之前就任命其为将军,或许方为上策。"

"此事太子殿下是否知情？"

"当然知情。殿下自然是心有不甘，可事已至此也别无他法，还是慷慨应允了。往后，我等只能竭尽所能，防范信长做出任何僭越犯上之事。为此，也请晴子夫人鼎力相助。"

这话是暗示晴子要设法让信长放弃拥立五王子的念头？还是要她劝信长凡事不可操之过急？晴子脑子转得飞快，挖空心思地揣摩着前久的弦外之音。

"夫人考虑得如何？可愿作为朝廷敕使出使安土？"

"妾身责无旁贷。只是，大人答应妾身的事，您也千万别忘了。"

"绝不会忘。待到一日天下太平，夫人回首往事，想起今日种种，定会感慨万千。"

离六月一日不过只剩下四天。晴子赶紧着手准备，翌日一早便出发去了安土。

（事情怎会突然发展到今天这一步？）

在赶往安土的轿舆中，晴子的脑子里仍然充满了疑问。若当真依了信长，在天皇让位之后再行将军册封礼，那么短短数年之后，信长便会让长子信忠承袭将军之位，同时迫太子殿下让位于五王子。到了那时，朝廷哪里还有什么办法能阻止事态的发展？

心高气傲的太子殿下，真的会同意这么做吗？哪怕将来自己会面临如此屈辱的境地？莫非，这背后还有什么秘密计划，是她晴子所不知道的？

晴子努力镇定心绪，希望能想出个所以然来。可是，心中却有一种莫名的躁动，令她的思绪无法集中。一旦五王子继承大统，做了天皇，她晴子也就成了一国之母，可以顺理成章地执掌后宫。再加上太上皇信长的扶持，她在后宫从此便可大展拳脚，恢复朝仪，摒除流弊。光是这样想想，晴子就已经有些忘乎所以，飘飘然起来。可是冷静下来，她也知道这么做有悖道义。

（不行！人心不足无异于自取灭亡。）

她虽竭力告诫自己，可是一个人若动了贪欲的念头，再要想将它从脑子里赶出去，可就没那么容易了。

晴子出使安土一事，当日一早已由京都所司代遣人骑快马，先一步去安土通报了。信长想必也猜到晴子此行的目的绝不简单，所以等她刚一到安土便在本丸的御殿中接见了她。

"无需多礼，今日来此所为何事，请有话直说。"想是刚练习完骑射，持弓的左手手臂上还套着弓笼手[①]。

"登基大典将于六月一日在宫中举行。太子的意思，翌日便要行将军册封之礼。还请大人火速上京。"

"这是谁的主意？"

"近卫太阁大人。"

"朝廷为何突然改了主意？"

"大人征讨中国在即，若在此前受封将军，拥戴足利义昭的毛利家便失了大义名分。同时也是在昭告天下，信长大人统一天下乃是奉了朝廷的旨意。对圆满维护公武关系，可谓有百利而无一害。"

"是吗？怎么着，近卫也学乖了？"

"妾身还在等着大人的答复。"

"既然如此，那就月末动身上京。为庆贺太子登基，来一场盛大的茶会，想来也不错。"

"也就是五月二十九日，对吗？"

---

[①]弓笼手：在"流镝马"、"笠悬"等活动中，射箭时持弓之手上所戴的配饰，为了防止弓弦摩擦衣物，由肩部到手指用棉布或皮革制成的袋子套住。又称"射笼手"。

"没错。"

"妾身明白了。我便即刻返京,将大人的意思禀报上去。"

"难得来一趟,何不盘桓两日再走?"

面对信长殷勤的挽留,晴子却坚决地拒绝了。她已暗下决心,既然五王子即将即位,自己也该更加小心谨慎,检点言行。

五月二十七日,天微明,明智光秀正在一场噩梦中挣扎。

梦中,他被困在重重迷雾之中。乳白色的浓雾在身边弥漫,低下头,甚至连自己的脚都看不分明。光秀漫无目的,彷徨无助地走着。

我究竟身在何地?又该去向何方?这份迷惘和痛苦,何日才能解脱?看不清前路,辨不清方向,唯有心灵深处涌起的一阵阵哀痛在催促着自己继续朝前走。

(啊啊,主啊!请宽恕我吧!)

这一声"主",喊的是信长,还是天皇,抑或是女儿玉子所信奉的基督教的那个神?连他自己也说不清楚。不过,他的呐喊似乎真的得到了回答,不知从何处传来阵阵悠扬的木鱼声。一声,又一声,那轻盈而空灵的木鱼声穿过迷雾,回响在耳畔。

光秀循声而去,来到了一座寺庙前。山门紧闭,高耸于浓雾之中,唯有阵阵木鱼声从门后不断传来。

光秀伸手推门,却发现不知何时自己的双手已沾满鲜血。那是多年来被他残忍屠戮的僧侣们溅起的鲜血,将他的手、脸和全身都染成了鲜红色。光秀继续用手推门,可用尽了吃奶的力气,门却依然纹丝不动。

(罢了,罢了,这个地方我是没资格进了。)

光秀绝望地瘫坐在地上,山门却在这时悄然洞开。门内,一条平缓的坡道通向本堂,参道两旁,两行樱花树已是满树繁花,如云似锦。浓雾不知何时已经散去，眼前豁然开朗，一派春意盎然的景象。

（啊，原来是这里。）

这是坂本的西教寺，是比睿山的延历寺毁于战火之后，光秀亲自下令重建的天台真盛宗的总本山。伴着悠扬的木鱼声，还隐约有佛前诵经之声不断传来。这声音，光秀再熟悉不过。在它的牵引下，他加快了脚步，登上陡急的石阶，朝本堂走去。

在阿弥陀如来像前虔诚祈祷的，竟然是一身尼姑装扮的妻子，熙子。光秀唤了几声，她却连头也不回。每默念十遍"南无阿弥陀佛"，她就敲一下手边的木鱼，这是天台真盛宗特有的修行方式，她已深深专注其间。那木鱼声，时而舒缓如清泉浸入心田，时而急促如尖刀刺痛心扉。

光秀思妻心切，急着想看看她的脸，于是踏上了本堂的回廊。熙子生前是出了名的贤内助，即便是一身尼姑装束也丝毫掩饰不了她的花容月貌和绰约风姿。

光秀的思绪突然飘回了遥远的过去。那时，他还未得将军义辉的赏识，未被提拔为奉公，空有一腔抱负和一身的本事，却始终怀才不遇。

一日，他接到了来自里村绍巴①的连歌会的邀请。当时，绍巴刚刚崭露头角，他主持的歌会上，总是云集了众多公家、武家有名望的人物。对光秀来说，这是一次施展才华，得遇伯乐的难得机会。只不过，要想在这样的集会上露面，所需的束脩一定不

---

① 里村绍巴：（1525前后—1602）室町末期连歌师，奈良人，号宝珠庵、临江斋。先后师从周桂、里村昌休。被誉为连歌界第一人。其作品中《称名院追善千句》《明智光秀张行百韵》等尤为著名。理论著作有《连歌新式注》《连歌至宝抄》等。其子孙世代任江户幕府的连歌师。

菲，这对当时的光秀来说可是一个大难题。虽说已家道中落，可他毕竟是名门土岐氏之后，堂堂贵公子怎能向人伸手借钱？正当他打算放弃这个机会时，妻子熙子却从怀中掏出一袋钱，这是她将自己的长发卖给假发作坊换来的。光秀不停地抚摸着妻子短得如孩童一般的头发，心中万分愧疚。可也全亏了妻子的无私相助，光秀顺利出席了那次连歌会，从此与近卫家和细川家有了来往。

时光如梭，三十年后的今天，光秀再一次站在了命运的十字路口。

（我究竟该何去何从？）

光秀百感交集，心乱如麻，不禁想要问问妻子。可不知为何，一张嘴却发不出一点声音。可是，熙子却好像已经听见了自己心里的话，她停下敲木鱼的手，幽幽地转过身来。

（人都有迷惘的时候，只有朝着自己笃信的方向坚持走下去，才会有出路。）

（我早已不知道自己该相信什么。自从那一日亲手杀死数千僧徒，我就已经丧失了人生的方向。）

（既然如此，何不咏歌一首呢？）

（咏歌？为何要咏歌？）

光秀的疑问却并未得到回答，不知何时熙子已消失得无影无踪……

光秀不禁在睡梦中喊出了声，刚一张嘴眼睛也随之睁开了。天还未大亮，四周一片寂静。光秀蜷缩着坐在被褥之中，久久地陷入了沉思。

是该遵信长之命出兵备中，还是该加入前久的队伍讨伐信长？直到光秀抵达丹波的龟山城①，他仍未做出抉择。方才做的这个噩梦，想必也是忧思过度所致。

若迷失了自我，就应咏歌一首——梦中熙子所说的这句话，究竟是何意？难道说仅仅通过咏唱一首和歌便能找回真正的自我？还是在暗示自己，明日在爱宕神社②举行的连歌会上就能找到答案？

百思不得其解的光秀，只得走出房间，信步登上了龟山城的天守阁。站在三层高的天守阁的阁楼上，脚下一马平川的丹波平原便可一览无余。光秀满心以为只要看上一眼这辽阔天地的大好风光，自然能一扫心中的抑郁。可是没想到，当他打开板窗的一瞬间，他几乎怀疑自己又回到了那可怕的梦境之中，不禁打了个寒战。

屋外，茫茫迷雾深锁。丹波平原是一个四面环山、地势低洼的盆地，昼夜温差较大，一早一晚极容易起雾。故而，光秀所建的这座城也被冠以"霞城"的美誉。可是即便如此，像今日这般的浓雾也是十分罕见的。层层迷雾阻隔了光秀的视线，那种迷茫和无助，与梦中的感觉简直一模一样。

（迷雾总会散去，迷途之人总能找到出路。）

光秀在心中这么告诉自己。刚这么想着，一阵清风吹开了浓雾，远远地，爱宕山显现出它的雄姿。不过，只能看见高约三百丈的山巅，在碧蓝的天幕上勾勒出清晰的轮廓。那巍峨神圣的雄姿深深震撼了光秀，他决定今日便去登山。他想，今夜若在山顶

---

①龟山城：位于今日本京都府龟冈市的平山城，别名龟宝城、龟冈城，明智光秀于天正六年（1578）建造，是其统治丹波国的据点。

②爱宕神社：位于爱宕山山顶的神社，祭祀雷神，为防火的守护神。爱宕山乃是位于今京都市西北部，上嵯峨北部的一座山，标高924米。

的神社中彻夜冥想,明日的连歌会之前一定可以得到自己想要的答案。

"即刻出发去爱宕山参拜,尔等随我同行。"光秀带着嫡长子十五郎等十数人,待云开雾散之后便出城而去。

从龟山城下到爱宕山,要走过一条沿山脊蜿蜒的小路,先到水尾里。在这条后来被称作"明智越"的陡峭山路上,每年七月三十一日的千人祭这天,总会挤满前来参拜的善男信女,熙熙攘攘,人山人海。光秀做了龟山城城主之后,也曾大兴土木,扩建和整修这条参道,使得原本窄小的山路如今已可骑马轻松通行。

光秀让随从牵着马,自己领头走在队伍的最前面。道路两旁的杂木林生得郁郁葱葱,林中蝉鸣声声,喧嚣嘈杂。那刺耳的蝉鸣声铺天盖地而来,倾诉着努力活过一整个夏天的短暂生命的执着和不悔,听着叫人喘不过气来。

身下心爱的栗毛马健步如飞地登上了山。越往高处走,空气渐渐变得寒冷,嘈杂的蝉鸣声也渐行渐远。漫步在这远离人世喧嚣的寂静山林之中,偶有微风掠过树梢拂面而过。远处不时传来杜鹃的啼鸣,这传说中招魂的鸟儿叫得是如此哀婉、凄凉。

稳稳地坐在马鞍上,双膝紧紧地夹住马腹,走着走着,光秀的心情渐渐舒畅起来。

冷静下来一想就不难发现,道理还是在信长一边。若任由那些依仗着神佛的威信而作威作福的势力一直嚣张下去,何以指望将日本治理成一个律法森严、稳定繁荣的国家?朝廷、公家和寺社均享有庄园、市座、守护不入等等特权,这样的特权一天不取缔,这个国家就一天不能从政、教双重支配的桎梏中解脱出来。这个镰仓幕府和足利幕府都没能解决的课题,而今,信长高举着天下布武的大旗,一心想要将它攻破。

只要再给信长十年时间掌舵，他一定能驾着日本国这艘巨轮，驶上一条前人无法想象的航线，驶向一片辉煌灿烂的新天地。终有一日，日本将成为能与西班牙、葡萄牙比肩的世界强国，雄霸七大洲四大洋。

被信长视为左膀右臂的光秀，眼界和胆识自然非寻常人可比，又岂会看不到这一点？至于自己的领国，出云也好，石见也罢，又或者是日向，其实他都无所谓。他只想要努力改变这个国家，在这一点上，他与信长不谋而合。同时，为了实现这个目标而从现在起一步一步打下坚实的基础，这才是他追随信长的初衷，难道不是吗？

随着爱马不疾不徐的脚步轻晃，光秀有一种拨开云雾见青天的轻松和释然。

"父亲大人，请看！"身后的十五郎高声提醒他。光秀四十岁上才得了这个嫡长子，去岁刚刚元服取官名光庆。这次去备中是他第一次随父出征，光秀也准他出席明日的连歌会，并将扬句①的重任交给了他。

顺着十五郎手指的方向，龟山城的雄姿尽收眼底。在一片缀满金黄的麦穗，随风翻滚的麦浪之上，三层高的天守阁巍巍耸立，灰白色的城墙显得格外醒目。

"这片土地，这座城，都是信长公赐给我的，他的恩情我片刻不敢忘怀。"这句话，每一个字都出自真心，发自肺腑。不知不觉间，一个决定已在光秀的心中悄然产生。

从水尾里到爱宕神社，是一段及其险要的山道，骑马是无论如何也走不过去的。于是，所有人都下了马，改为徒步登山。

---

①扬句：连歌的最后一句，七七调，作此结句的人便可将整首连歌收尾。

途中，便是著名的水尾山皇陵，陵中安息着元庆四年（880）十二月驾崩的清和天皇①的遗骨。遵照天皇本人的遗诏，并未修筑坟冢。可是，水尾里的百姓却世世代代用心守护着这座皇陵。前去爱宕神社参拜的信客，往往会先到这里来瞻仰一番。光秀也跟平日一样，打算顺道去拜一拜。可是独独今日，感觉似乎有些异样。

皇陵四周，围了约半间高的木栅栏。光秀一踏进去，便感觉到一股无形的强大的力量，似乎在努力地向自己倾诉着什么。

清和天皇本是源氏的祖先。其在位期间，藤原氏专横，天皇深受其害，三十一岁便英年早逝。天皇逝后，其皇子贞纯亲王被赐姓源氏，降为臣籍。从此却反而人丁兴旺，家族也逐渐壮大起来。不论是源赖朝还是足利尊氏，以及出身美浓源氏末流的土岐家的光秀，其实都是清和天皇的后裔。

这一点，平日里光秀并未太放在心上。可今日，当他跪在陵前虔诚叩拜时，却分明感到冥冥中一股强大的魔力将自己牢牢地控制住了。仿佛在战场上被人一枪击中了头盔，光秀顿觉昏昏沉沉，意识朦胧。几乎忘记了自己身在何处，在做何事，满脑子想的都是清和天皇离世时的遗恨。

（信长不正是平氏后裔吗？）

脑中突然冒出这个念头。怎可让平氏之后出任将军？只有打倒信长，守护朝廷和幕府，才对得起身体里流淌着的清和源氏的血脉——光秀在心里告诫自己，同时感到一阵阵强烈的震动撞击着自己的胸膛。艰难地行走在怪石嶙峋的参道上，光秀一面挥汗

---

① 清和天皇：（850—880）平安前期天皇，文德天皇的第四皇子，母亲为藤原明子。名惟仁，又称水尾帝。幼年即位，其外祖父藤原良房为摄政。后皈依佛道，879年剃度，法号素真。

如雨，一面再次陷入了迷惘。如果说今早他是在迷雾中徘徊，那么现在他则是在黑夜中摸索，心中只剩无法排解的困顿和无助。

所以，刚一到达爱宕神社的太郎坊，光秀就一连摇了三次签。第一支签，求的是是否该出兵备中；第二支签，问的是讨伐信长是对是错；最后一支签，求的是明智家的运势和将来的荣华，结果全都是"凶"。竹签的签头，好像故意在跟光秀开玩笑似的，一次又一次出现了这个预示着灾祸的文字。

"瞧我都干了些什么！愚蠢至极！"光秀不禁嘲笑起怯懦而荒唐的自己，竟然在这生死抉择的紧要关头却只想到求神拜佛。可是，求签的结果仍给了他意想不到的沉重打击。

翌日二十八日，是个雨天。连歌会的宗匠里村绍巴，带着数名连歌师，已时刚过就已到场。这一日的连歌会，也是光秀的多年挚友绍巴为预祝他出征备中大获全胜而特意为他举办的。

"哎呀呀，日向守大人，您到得可真早啊。"绍巴比光秀年长四岁，一身僧人打扮，却身体健硕，脚力惊人。在这绵绵细雨中步行了整整一个时辰，可那宽阔的额头上却连一粒汗珠也看不见。

"本官昨日就来了，一直在寺中祈福冥想。要说来得早，还是宗匠大人您呐。"

"话说，有位大人托老僧将这个转交与您。"绍巴将光秀引到里间，递上一封折了好几折的密函。信中写道，

敌人二十九日上京。随行不过二百人。

信末虽未署名，但光秀一看便知是近卫前久的笔迹。

（这样的差事为何会托宗匠大人来做？）

有一瞬间，光秀的心中闪过一丝狐疑。不过细想想，这位连歌师的确与近卫家有颇深的渊源。绍巴不仅曾师从前久的父亲稙家研习《源氏物语》，他之所以能获得"天下第一连歌师"的美

誉，在歌坛站稳脚跟，想必也离不开近卫家的提携和扶持。

（宗匠大人以预祝胜利的名义邀他出席这场连歌会，想必也是近卫公暗中安排的。）

不愧是前久，行事果然周密。一边这么想着，光秀又浏览了一遍手中的密函。若信长果真只带了两百人同行，此次兵变想要得手，岂不是如瓮中捉鳖一般容易？

（没想到无所不能的信长公，有一天也会落到我的手里。）

光是这么想想，光秀就从心底里涌出一种难以言状的兴奋和喜悦。这十五年来，他在信长手下俯首听命，忍受了种种屈辱。曾经对自己颐指气使的主子如今也要听凭自己的摆布，一想到这个，他就好比一个被囚禁多年而重获自由的奴隶，兴奋得几乎想要振臂高呼。

只要没有了信长，这该是一个多么自由的世界！

（既不是为了朝廷，也不是为了幕府，原来是为了我自己，我要讨伐信长！）

直到这一刻，光秀才豁然开朗。一种难以想象的解脱感，令他浑身充满了力量，几乎想要在雨中狂奔一场。

"不知今日的歌会上会听到怎样的锦句妙对，近卫太阁也很是期待啊。若能不枉大人冒雨从清泷①登山而来，老僧也算是功德圆满了。"绍巴此话，其实是在暗示光秀，将自己的决定暗藏进歌句之中并咏唱出来。

这场被后人称作"爱宕百韵"的连歌会，于午时在威德院西坊正式开始。连歌会的参加者通称作"连众"。这一次，除了光秀和绍巴，还有西坊的住持行祐法印等，共九人。

---

①清泷：位于今京都市右京区嵯峨，爱宕山南麓往南流，注入保津川的清泷川沿岸地区。

"日向守大人,请!"

发句向来应由歌会的上宾来提,这是礼节。于是,光秀首先提起了笔,挥笔写道:

时不我待兮,天下五月哉。

这句歌字面上是在描绘五月梅雨季,西坊庭院中细雨霏霏的景致。

连歌的作法是,发句为五、七、五调,后连胁句七、七调,然后再连第三句。第三句需与前一句相关联,却又要与上上句意境不同。

在《爱宕百韵》中,光秀所咏歌句共有十五句。其中,长句有七,对连胁句的短句有八。每一句都如实地道出了自己从彷徨、苦恼到下定决心的心路历程,情感真挚,打动人心。

笔者虽出身公家,却对诗词歌赋不甚通晓。不过,还是让我们一起从这些歌句的字里行间,去探寻光秀的心路历程,剖析他举兵谋反的动机吧。比如这首句:

时不我待兮,天下五月哉。

有一种流传甚广的说法,认为这句话表明了身为土岐氏后裔的光秀意欲夺取天下的决心。更有甚者,认为"时不我待"的"时"字与"氏"字谐音,实则暗指土岐氏。不过,出征连歌乃是献给神灵的祝言,只要想想这一点就不难发现,这种说法其实不过是自作聪明的曲解。光秀这等满腹经纶、德才兼备之人,又怎会将自己意欲夺取天下这等大不敬的歌句,作为以歌颂神灵为主旨的发句咏唱出来呢?"时不我待"的"时",既有"天时"之意,又与"秋实"的"实"字谐音。这样的解释才真正符合祝言的做法。

后汉的学者王充在其《论衡》中写道:

儒者论太平瑞应，皆言……关梁不闭，道无掳掠，凤不鸣条，雨不破块，五日一风，十日一雨……

将此等预示着天下太平的祥瑞之兆唱诵于祝言之中，即便在我国亦是自古奉行的礼法。譬如，世阿弥所作之谣曲《高砂》中就有"四海波静，天下大治之时，凤不鸣枝，御代昌隆"的祝言。

而光秀所咏之"时不我待兮"，应该也取意于"天下大治之时"一句。故而，其嫡子光庆在作与发句首尾呼应的扬句时，才会以"四海无风波，万国犹安平"来收尾。

然而，却也并不能因此就说这句话丝毫没有表达出讨伐信长的意愿。因为后半句"天下五月哉"，恰恰将信长比喻为平家，暗藏了打倒信长的深意。

要做这样的读解，需要到《平家物语》中去寻找依凭。

土岐氏之祖源赖政[①]，奉高仓宫以仁王[②]的旨令，举兵征讨平氏，最后却在宇治川之战中兵败，含恨自刎。这次大战的时间正是五月二十三日。"五月哉"三个字，充满了对历史的缅怀和感悟，也表明了自己奉诚仁亲王的旨令讨伐信长的决心。

光秀的暗喻，想必在场的连众当即就领会了。比如，行祐法印所连的胁句"水漫庭中池，风动夏之山"就是极好的印证。这一句原本描写了威德院的前庭中，雨丝淅淅沥沥洒在池塘水面的景致。实则也暗喻五月梅雨中水涨涛急的宇治川。因为"水漫"一词的典故，乃是出自《平家物语卷第四》的"时值五月梅雨

---

①源赖政：（1104—1180）平安末期武将，摄津源氏源仲政之子，白河法皇麾下出类拔萃的兵库头。在保元、平治之乱中战功卓著。剃发出家之后人称源三位入道。后奉以仁王之命讨伐平氏，兵败之后在宇治平等院自杀。

②以仁王：（1151—1180）后白河天皇第三子，又称三条宫、高仓宫。治承四年（1180）与源赖政合谋，号召诸国源氏之后共同举兵讨伐平氏。后来计划败露，逃往园城寺，在去往南都的途中，于光明山鸟居前战死。

季，水漫时节"一句。

发句和胁句如此，宗匠里村绍巴的第三句则取典自《源氏物语》。

点点落花阻，池水不肯流。

有人说，这句歌是在劝诫光秀不可举兵谋反，其实绍巴的真意却恰恰相反。此句中的"落花"并非暗指信长，而是出自《源氏物语》的花散里一卷。

光源氏与深得朱雀帝宠爱的内侍胧月夜私通一事，惹怒了其父右大臣。于是，光源氏决定躲到须磨，暂避风头。临行前，他前去花散里与心上人道别，当时正是五月梅雨时节。熟悉这段故事的人不难看出，绍巴的这句歌暗含了两层意思。表面上是要解救困境中的光源氏，实则暗喻了被当时的右大臣信长流放的足利义昭，希望光秀能救其于水火之中。得近卫前久授意的绍巴，恰恰是在督促光秀，举兵一事，切莫迟疑。

作为回应，光秀在他的第二句长句中这样咏唱道：

风是夜半清，月是中秋明。

在发句中借用《平家物语》中的典故，光秀表达了自己打倒平家的心愿。而在这一句中，他进一步阐明了自己会将心愿付诸行动并且志在必得的决心。

中秋月夜的典故，乃是暗指治承四年（1180）八月十七日的深夜，源赖朝夜袭山木判官平兼隆[①]的官邸，打响讨伐平家第一枪的故事。

领会到句中深意，大善院的僧人宥源随即连道：

低声细语处，千钧一发时。

---

[①]平兼隆：（？—1180）平安末期武将，伊势平氏庶流和泉守平信兼之子。治承三年（1179），被流配到伊豆国田方郡山木乡，故后又被称作"山木兼隆"、"山木判官"。

出征的武士们只有在夜袭时才会低声互换暗语。从此句可以看出，宥源也早料到光秀举兵讨伐信长可能会采取夜袭的战术。

从源赖政兵败自刎到赖朝举兵，一句句歌句将相关的历史事件——串起，充分体现了它们的创作者期望光秀能继承源氏的传统，替天行道，惩奸除恶的强烈意愿。这里面所谓的匡扶正义，所谓的铲除奸佞，不过是一种心理上、情感上的自我标榜。光秀明知如此，却仍难以摆脱家族和血统加诸在自己身上的义务和束缚。

虽说主意已定，光秀心中却仍有迷惑。也许是看出了这一点，绍巴的弟子心前接着连道：

泊濑路上行，惊逢有缘人。

"有缘人"一词，自然是暗指近卫前久这个突如其来之人，将一个光秀连想也不敢想的惊人计划摆在了他的面前。

作为回应，光秀咏道：

遥闻杜鹃啼，青山深处寻。

真实地道出了自己为了驱散心中的迷雾，是如何循着杜鹃的啼叫，寻访爱宕山而来的。

那么，他心中的迷惑究竟是什么呢？于是光秀在他接下来的第三句长句中这样咏道：

葛叶洒甘露，如玉又如珠。

极易随风翻卷的葛叶，叶背是纯白色，恰恰象征了使用蓝底白花的桔梗纹旗印的光秀的队伍。

而经过百般纠结，终于决定听天由命的心情，被光秀写到了他的第四句长句中：

今朝或明日，前路有神知。

而之后的第五句长句则是：

朝霞薄如纱，飘渺万千重。

这句歌借着云雾缭绕的龟山城的美景，暗喻年老体衰，华发早生的自己，如今却被重重疑云所扰，脑中一片混沌。

也许是对光秀心生同情，心前也表达了自己对举兵的后果的不安和担忧：

凄凄落日影，没入芦叶丛。

这是一个令人无端联想到没落和灭亡的长句。对此，光秀连道：

鹰啸惊鹧鸟，嘈嘈扰人心。

用鹰猎时，鹧鸟群扑扇着翅膀纷纷惊起的情景，暗喻事情有可能一败涂地，变成一场遗臭万年的闹剧。蒲生野鹰猎那日，躲入草丛中的雉鸡群被猎犬撕咬得血肉模糊的情景；安土城的晚宴上，自己精心准备的佳肴被近卫前久以鹧鸟寓意死期将近为由横加斥责的场景……这一幕幕仍清晰地烙印在光秀的脑海之中。

此外，"嘈嘈"之声不仅暗指夜袭时兵荒马乱的场景，更寓意天下大乱，人心惶惶。因此，光秀的最后一句长句如此写道：

迟暮四方静，一诺重千金。

"迟暮"一词既有夜色渐浓之意，又可比喻隆冬将至或年华老去。整句话表达了这样的深意，时令虽已近深秋，自己也已是迟暮之年，但这次行动仍会全力以赴，换得朝廷安泰，一国平安。

光秀的愿望究竟能否实现呢？绍巴的得意门生猪苗代兼如紧接着这样暗示道：

千门次第开，直上青云路。

暗示计划成功之后，光秀将会从此飞黄腾达，从千万户武士家族中脱颖而出，青云直上。然而，封官授爵、荣华富贵对于光秀来说不过是过眼云烟。现在的他，一心只想着如何才能不辱使命，就算拼出一条性命也要完成太子的旨令。所以，当宥源咏出"碧田连万顷，殷殷耕耘忙"这样的长句时，光秀随即便连道：

阡陌万千条，纵横笔直行。

阡陌既可指田野上的道道田埂，又可指笔直的道路。换言之，这句歌表达了光秀认准目标勇往直前，绝不旁顾的决心。同时也暗含了木曾义仲和新田义贞的典故，因为这二人恰恰是从田埂跌落泥田而被擒杀的。此外，义仲是受了后白河天皇[1]的指使，义贞也是奉后醍醐天皇之命才举兵，最后却惨遭利用落得个兔死狗烹的下场。

可见，光秀对自己奉太子旨令发动兵变之后可能会被弃如敝屣的命运也并非毫无预感。然而，即便如此，为了朝廷的安危存亡，为了源氏一族的名誉和荣耀，他仍毅然决然地挑起了这个重担。

连歌会结束了，光秀也终于拨云见日，眼前豁然开朗，内心一片清明。

"日向守大人果然文采斐然，才思敏捷。此次歌会可算圆满成功啊！"绍巴走上前来，不无称许地说道。

"还要多谢宗匠大人费心操持。如此一来，本官便可无所牵挂，放心踏上征程了。"

"看了今日的百韵，家门大人想必也会倍感欣慰吧。"家门大人当然指的是前久。连歌会上所作的歌句会由数人执笔誊录下来，其中的一册会被送回京城。

---

[1] 后白河天皇：（1127—1192）平安后期天皇。鸟羽天皇第四皇子。名雅仁。在位1155—1158，即位第二年，爆发保元之乱。让位于二条天皇后，施行了长达34年，历经五代天皇的院政。1169年出家为法皇，大兴寺庙、佛像的修造。酷爱今样，编撰有《梁尘秘抄》。

"请您转告近卫太阁大人,请他教教我如何才能不从田埂上跌落泥田?"

"老僧明白。看来,离举办下一场连歌会,庆祝行动胜利的日子也不远了。"

将誊录好的百韵奉于神前,又目送绍巴一行下山返回清泷,已是夕阳西下,夜幕将临。光秀赶紧收拾停当,在雨中动身返回了龟山城。

最后,让我们再来看一看光秀为缅怀已逝的妻子而作的短句:
阴阳两相隔,相思不得见。

如此诚实率直,至情至性之人,实在不适合充当一场阴谋的主角啊!

与此同时,织田信长正端坐于安土城天守阁的最顶层。脚下,是浓雾笼罩下的琵琶湖,白茫茫一片。远处,比睿山至比良山的连绵山峰,也掩映在缠绵的烟雨之中,宛如一幅浓淡相宜的水墨画。

信长久久伫立在回廊的尽头,盘算着明日上京一事。我终于战胜了朝廷——他在心中一次次强调。若明日傍晚能如期抵达本能寺,他便将以太上皇的规格接受众公卿的拜谒。集公武双权于一身——这前无古人的千秋伟业,终于就要在他信长的手中实现了!

(不容易啊!)

信长发自肺腑地感慨道。原以为,只要逐放了足利义昭,自己便立马可以号令天下,谁承想,这条路竟走得如此艰辛,如此漫长。比睿山、石山本愿寺、高野山,乃至伊贺和纪州的总国一揆,光是在畿内他就树敌无数。

在这些敌对势力的背后,当然不能忽视朝廷的存在。神社也好，寺院也罢，都与朝廷势力有着千丝万缕的联系，就连事事标榜佛前众生平等的石山本愿寺也不例外。打从显如时起，历代住持都要入近卫一门做义子，该寺也成了近卫家的门迹[①]寺院。连堂堂石山本愿寺都需要依附于近卫家这座靠山，其他的寺社也就可想而知了。

所以说，信长所面对的敌人，并非某个单独的势力集团，而是那早已在百姓中深入人心、植入骨髓的旧观念、旧思想。为了改变这一切，他必须要凌驾于天皇之上。只有基于这一点，他所做的一切才是一场真正意义上的剜肉剔骨的革命，才真正配得上"天道思想"四个大字。

（太上皇。）

信长在心中反复掂量着这三个字的分量，这个头衔即将冠在自己的头上。在诚仁亲王顺利即位的同时，他手中的权力也就毫无悬念地落入了信长的手中。可是，不知为何，信长此刻的心境却如眼前的景致一般，一片混沌。或许也有得偿所愿后的安心和释怀，却丝毫没有想象中的欣喜和满足，更多的还是前路未卜的不安和恐惧。

原本一心想要超越皇权，可是临到真要走出这实质性的第一步，信长却又害怕了。仿佛一股不可思议的强大力量在威胁着他。帝王乃九五至尊，上要敬神礼佛，下保天下平安，真可谓本国最高神权的象征。想要超越这样一个存在，也就意味着要彻底否定日本人千万年来一点点构建起来的，以神道为中心的世界观。

（这样做究竟是对是错？）

信长的心灵深处，仍有一丝连自己也不易察觉的疑惑。

---

[①]门迹：皇子、贵族出家的特定寺院及其住持。始于宇多天皇出家仁和寺，到了室町时代成为代表寺格之语。

织田家祖辈乃是剑神社的神主,其父信秀也事事尊朝廷为大。信长自己不仅积极修缮、维护伊势神宫、热田神宫、剑神社等,更是从不吝惜对朝廷的援助。这其中,想必也少不了祖辈和父辈的影响。

这样的信念,难道从今往后便要彻底推翻吗?否定了神道之后,他信长又究竟能否树立一个新的信仰,来指引和支撑这个国家呢?

信长是一个冷静而客观的执政者。虽然一直以来,他对朝廷可谓是又爱又恨,可是同时,他也充分认识和肯定了朝廷的强大力量。

想那对后醍醐天皇高举叛旗,一心建立武家政权的足利尊氏,最后不也只得乖乖拥立北朝,以奉天皇之命开设幕府的形式才得以控制住混乱的局势吗?

而信长,这个我国历史上第一位想要超越皇权的人,又怎能不倍感压力呢?

一片淫雨霏霏之中,暮色悄然降临。黄昏时分,又被称作"逢魔之时"。在这黑暗袭来,阴阳交替的时刻,世间万物都会洗尽铅华,回归本真,令人无端端地平添几分伤感。

"阿兰,进来!"信长唤来森兰丸,命他点亮了房间四角的灯。这种特制的巨大宫灯,将整间房照得一片雪亮。这间屋子的柱子、四壁和房梁上都镶满了金箔,在灯光的照耀下更是金碧辉煌,仿若飘浮在半空中的金阁寺[①]。

想当年,一手打造了金阁寺的足利义满也恰与信长一样,一

---

[①]金阁寺:位于今京都北山的临济宗鹿苑寺的别称。本为足利义满接受了西园寺家出让的宅邸营造的北山殿,后遵其遗命改建为寺院。

心想当上太上皇，凌驾于天皇之上。金阁寺的第一层为寝殿造①，第二层为武家造②，第三层为唐风式样的佛殿造。这别出心裁的设计正是义满君临天下的宣言，被明朝皇帝封为日本国王的他急于昭告世人，朝廷和武家都已尽在自己的掌握。

安土城的最高两层的设计，也恰恰沿袭了与之相同的构想。第五层的八角段③，象征着日本神佛合一的现状。外观为八角形的建筑式样与吉田神社的大元宫如出一辙，象征着朝廷所信奉的唯一神道；而建筑内部所描绘的阿鼻地狱图、释迦说法图等又体现了佛教的精神世界。

而在此之上的四角段，则象征着天界。四壁上，描绘的是根据中国传说而想象出来的天地初开时的样子。这样的设计，同样也意味着只有秉持天道思想的信长才能真正成为这个神佛合一的日本的最高统治者。

每当心中有了困惑，信长总爱独自待在这四角段里。在四壁三皇五帝、孔孟老庄的威严目光的注视下，他似乎觉得分外安心。仿佛这些治国有方的明君、贤人的不凡力量也一点一点地注入了自己的体内。

此刻，他朝南而坐，正对着的是伏羲、神农和黄帝的画像，他们便是传说中的三皇。相传，黄河中的龙带来了宇宙之图，龟带来了人知之书，伏羲便据此创造了八卦；又说，神农一日尝尽百草以检测其毒性、药性，于是便开创了农业和医学；而黄帝，

---

①寝殿造：平安时代贵族住宅的建筑样式。中央朝南修建寝殿，左右后方建对屋，寝殿与对屋之间以渡殿相连。与寝殿相隔一个南庭修造池塘，池中设人工小岛，临池建钓殿。宅邸四周筑围墙，东西两面开院门。南庭与院门之间设中门以供出入。

②武家造：符合武家特点的住宅样式，初期为主殿造，后期为书院造，但并无武家特有的建筑样式。

③八角段：呈八角形的一层。四角段则为呈四角形的一层。

635

则苦心钻研帝王之学,终于成功统一全国,成为了汉民族的始祖。

信长的西面,是老子和文王的画像。老子著有《道德经》,提倡"无为自然"之道,乃是道教的始祖;而文王则是武王之父,后者成功推翻殷商,建立了周王朝。

北面,画的是渭水之滨,文王初遇悠然垂钓的姜太公的情景。还有立法改制、振兴周朝的文王第二子周公旦,在洗发时会见宾客的逸事。

东面,则画的是传道授业的孔子,和他那十个得意门生。以及齐桓公在灵庙观欹器时的情形。所谓欹器,乃是三只高高吊起的青铜水瓶,里边都装了适量的水,故而必须保持绝对的平衡,稍有倾斜便会有水溢出。这个器皿时刻警示着帝王,保持政治、经济、宗教的三方平衡是何等重要。

就这样,四面的壁画按照南、西、北、东的顺序,一幅幅首尾呼应,讲述了隔海相望的大陆如何从一个混沌初开的原始状态逐渐形成了一个统一、完整的国家。

信长在每一幅壁画前都站了许久,正准备坐回首座。这时,他恍惚听见有人在毫不客气地唤着他的乳名:"吉法师哟!"

信长心中一凛,回头一看,只见东面的孔门十哲聆讯图上,孔子的脸竟变成了父亲信秀的模样。

"父亲大人……"信长不由得双膝跪下。

自信长记事时起,信秀便对他耳提面命,亲自传授文武二道,打骂责罚更是家常便饭。甚至有时候,信长都怀疑自己会死在父亲手上。正因如此,直到现在,信长仍对父亲又恨又惧,既心存叛逆又心怀感激。父亲,是他唯一心悦诚服愿意向之低头的人。

"吉法师啊,天皇的宝座你怎可觊觎?"

"儿子并非觊觎皇位，只想当上太上皇，一统公武两权。"信长一改平日的不可一世，口气十分谦恭，仿佛又回到了儿时。

"这岂是身为臣子该有的念头？明知不可为还执意为之，搅得一代朝堂动荡不安，这与谋逆篡位又有何异？"

"父亲此言差矣。儿子若不斗胆凌驾于朝廷的权威之上，又怎能彻底改变这个国家的现状？长此以往，武家将永远受公家的压制，事事都要等朝廷点头。"

"既然如此，设法说服公家便是。若还是行不通，那也只能顺应朝廷的意思。"

"公家中尽是些因循守旧、明哲保身之辈，父亲您不是不知。天皇身边尽是些小人当道，又哪里听得进去旁人的忠言？如此一来，他们更是肆无忌惮，竟拿圣意作挡箭牌，为所欲为，谋取私利。特权犹存，何以立法？奸臣不除，何以安国？"

"吉法师啊！你若一意孤行，不肯回头，终有一天会步义满的后尘，落得个死无葬身之地的下场啊！"信秀的预言令人心惊。

他说得没错，义满一心想扶植亲子义嗣登上皇位，自己好稳坐太上皇的宝座，没想到却在立太子之仪的前夜突染恶疾，一命呜呼了。史书上虽如是记载，可病死之说却疑点重重。当时宫中就传出了不少风言风语，说义满其实是被那些皇室尊严的坚决维护者们下毒给毒死的。

"开什么玩笑？我信长的命，岂是谁都拿得去的？"

"是吗？如此看来，你尚未真正了解天皇的实力啊。"说完这句话，信秀就消失了，想是回他的黄泉国去了吧。

（胆小鬼！）

信长朝着狩野永德所画的那幅鲜艳逼真的孔子像小声咒骂了一句。方才的敬畏之心已然消失，取而代之的是灵魂深处涌起的愤怒和反叛。父亲越是这样说,他越是要证明给他看,不久的将来,他信长定能将威威皇权踩在脚下!

翌日二十九日,风停雨住,却仍是阴云沉沉。清晨卯时,信长从安土城出发,踏上了上京之路。为了六月一日的茶会,他带了秘藏的珍品茶器三十八套,而随行前往的近卫和仆从却不到一百五十人。

"主公,眼下形势紧张,还是多带几个人,加强防范为妙啊。"也有重臣放心不下,好意相劝,信长却全然不予理会。一方面,京中现已有信忠的兵马一千五百余人;另一方面,登基大典还要带上大队人马,岂不是会让百姓以为天下仍大势未定?给他自己的脸上抹黑?

吉田兼和等人一直迎到了山科。

"恭迎大人上京,臣等欣喜备至。"

"多谢各位到此相迎。"信长高坐于马上,只礼节性地寒暄了两句。

"此外,还有诸多事宜需与大人商议,近卫公欲与大人一见,不知大人几时方便?"

"叫他午时过来吧。"

一阵狂风吹过,倾盆大雨突然从天而降。肆虐的风雨牵起一张张白色的雨幕,将远远近近的层层山峦变得朦胧一片。

"雨下得不小啊,也怪难为你们的。罢了,代我转告众公家,接风之礼就免了吧。"

"下官明白。我等便先行返回京中,安排好一切静候大人大驾。"俯身一拜之后,兼和立刻翻身上马,扬鞭而去。那轻盈矫健的身手,完全不像一个年近半百的神主。

这一日的事情经过,兼和在其日记中如此写道:

为恭迎信长上京,召具侍从出京迎至山科。降雨。信长未时入京。故命我等相迎之人先行回京,以作向导。即刻忙回京也。

然而,这不过是《兼见卿记》的别册,也就是日记原文的记述。而经过篡改之后的正册中,却是这样记录的:

为恭迎信长上京,出京迎至山科。等待数个时辰。午时起降雨。信长申时入京。故曰无需接迎之仪,命阿乱(森兰丸)令我等先行回京,以作向导。即刻忙回京也。

关于信长入京的时间,前者写的是未时,后者却改成了申时。其实,中间这段时间信长正与前久会面,商议让位和册封将军的相关事宜。兼和作此改动,目的正是为了掩盖这一事实。

让位和册封这两件事,都是前久为引诱信长入京而设下的圈套。若是二人事前的会谈被天下人所知,那么本能寺之变一事前久自然也就脱不了干系了。兼和声称自己白白等了好几个时辰,又说是兰丸让其先行回京,自己压根儿没能见着信长。这一系列的谎言不过是为了把前久与此事撇得一干二净。

比约定好的午时稍早一点的时候,近卫前久来到了本能寺。

"下官恭迎大人上京!"他戴着簇新的乌帽子,穿着紫色的绫罗水干,水干下白色的水袖忽隐忽现,这身穿戴在炎炎夏季实在再合适不过。

"京中可真热,今日尤其闷热难当。"信长拿着一柄扇子在胸前扇个不停。

"的确如此。所以下官想了不少办法来抵御这暑热。"

"兼和嘛,我在山科已见着了。"

"下官务必要在今日之内讨得大人示下,所以才冒昧遣人前去通报。"

"原定计划应该没什么变化吧?"

"明日将在清凉殿举行登基大典,将军册封之礼则定在二日。下官深知大人出征在即,时间紧迫,还望您能在宫中待到二日未时。"

"明白了。阿兰,拿上来。"

兰丸闻言,呈上事先誊录好的礼品单,上面全是信长为恭贺此次登基大典而带来的贺礼。不仅是正亲町天皇和诚仁亲王,就连众女官和公家也都会得到丰厚大礼。与其说是贺礼,还不如说是信长给的赏赐更为恰当,难得朝廷上下终于顺了他的意思,答应在册封之前举行登基大典,他当然要表表心意。

"大人厚意,下官感戴不已。我这就将礼单带进宫去,呈给陛下御览。"

"明日我将举办庆祝茶会,此次我带来了不少世间难得一见的珍品,不知能否有幸请来太子殿下?"新皇登基在即,还能应邀出席自己的茶会——要向天下彰显自己的权势,恐怕没有比这更好的办法了。信长千里迢迢将秘藏的宝物带上京来,自然也有这样的用意。

然而,面对信长的邀请,前久却面露难色:"按惯例,登基前后新皇必须留在宫中。再说,二日又将行册封之礼,在那之前恐怕难以成行。"

"是吗?那就改期再办吧。"

"那倒不必。五摄家以下的众公卿皆会悉数到场,代太子殿下前来恭贺大人,大人的茶会完全可以如期举行。"

"是吗?也好。那就把堺市、博多等地的富商巨贾也全都请来吧。"

诸事商议妥当,信长便亲自摆膳布菜款待了前久。

"说起来,咱俩相识的日子也不短了。"信长为前久斟上一杯酒，率先打开了话匣子。

离永禄二年（1559）信长第一次上京，已过去二十三年了。当年他奉足利义昭上京之后，二人也曾有过一段相互敌对的时期。不过，自从天正三年（1574）关系缓和以来，二人之间的合作关系就越来越牢固了。信长能统一天下，前久是不可或缺的助力，这样说也绝非言过其实。

"多亏有你，我才能走到今天。在此谢过。"

"大人言重了。大人能打下今日的江山，全凭您的英明神武、雄韬伟略，也是顺应天道，大势所趋。"

"此番让位一事，我就算有天大的野心，也绝无藐视君上之意。我一心想要掌控公武两权，只为令我日本国改头换面，焕然一新。对你来说，或许还有难以认同之处。还望你顾全大局，为了一国之将来，继续相助于我。"

"大人高瞻远瞩，下官佩服。定当竭尽全力，不负大人重托。"

"听说你辞了太政大臣一职，可有此事？"

"正是。"

"却是为何？"

"听闻朝廷原本委以三职，可任凭大人挑选。下官琢磨着，大人也许会更中意关白或太政大臣之职，自当腾出位子，虚位以待。"

"既然如此，明日便复位吧。信基当上关白之前，朝中可少不了你各方调停啊。"

"下官明白。大人荣任将军之日，便是下官复位之时。"就算是谎言，从前久的口中说出来也听上去那么地诚心诚意。他长得斯文儒雅，又巧舌如簧。就连信长也没有想到，就是这样一个人，正在策划着两日后的一场惊天大阴谋。

"主公，二条御所来的使者已在外等候多时了。"似乎等不及前久离开，兰丸进来禀报道。

"无妨，这就让他进来吧。"

"他说务必要请大人前往书斋一见。"

信长心下疑惑，不知这一次葫芦里又是卖的什么药。谁知来到书斋一看，却见身着素绢纱衣的晴子正两手撑地，深深拜倒在自己眼前："妾身恭迎大人上京。"房间里充盈淡淡的宜人清香，令他不由得联想起本栖湖畔那幽香醉人的一夜。

近卫前久刚一走出玄关，等在外面的吉田兼和立刻为他撑起一把伞，说道："大人辛苦了。"他的脸上带着一丝诡谲的微笑，莫非是怀疑他办事不牢？前久向他投以凌厉的一瞥，便快步走出了大门。门外有一辆槟榔庇牛车①等候在那儿，这种车依例只有亲王或五摄家的人才能乘坐。前久踩着下人事先摆好的踏板上了车，兼和也很自然地跟着钻了进来坐在了他的身旁。

"大人一定累坏了吧？下官命人在前方的茶肆备好了酒肴，大人不妨去坐一坐。"兼和还是一如既往地善解人意、体贴入微，可是前久现在却没有那份闲情逸致。

想来，他与信长也曾有过彼此肝胆相照、亲密无间的时候。可是如今，他却要背叛这个男人，亲手设下陷阱将他埋葬。虽说一切都是为了国家大局，前久也心甘情愿、无怨无悔，可是人非草木，他也难免有些于心不忍。这样优柔寡断的自己，实在令前久生厌。比起用真相和事实说服别人，用华丽的谎言蛊惑人心更令人身心俱疲、备受折磨。

因为，撒谎之人必须要首先说服自己，把谎言当作真相。谎

---

① 槟榔庇牛车：槟榔毛车的一种。槟榔毛车因将槟榔叶撕成细条，晒干成白色后粘贴覆盖在车厢上而得名。而槟榔庇牛车则在车厢前后和车窗上加了房檐。只供上皇、摄关、大臣等使用。

撒得越多，自己的灵魂也似乎越来越龌龊。撒谎之人总遭世人憎恶，其实他们也是被逼无奈。若这世间人人真诚相待，无需谎言和欺骗便能安稳度日，试问谁还会愿意撒谎呢？

牛车车轮辘辘，徐徐前行。雨点敲打着街边的屋檐，声音愈发密集。不知何处传来杜鹃的啼鸣，在如此阴雨绵绵的日子里，这执着的鸟儿仍不忘用自己的歌喉来歌颂夏季的到来。

"开窗！"前久朝兼和命令道。

"大人觉着热吗？"

"有杜鹃的叫声从你那边传来，你没听见吗？"

"是吗？在下还真是没在意呢。"兼和说着赶紧打开了车窗，可哪儿还有什么鸟叫？只有肆虐的风雨簌簌扑面而来。

"这么大的风雨，怕是连鸟也躲在窝里不敢出来了吧，想是大人听错了。"兼和一缩脖子赶紧关上了窗。

"五月雨如烟，月冷深山空。杜鹃形影只，时鸣深涧中。①"

前久随口吟出了一首定家的歌，本是想告诉兼和，杜鹃是一种即便在雨天也会鸣叫的鸟。可是，吟罢他才意识到，这首歌也容易令人联想到另一首歌：

杜宇②声声啼，翩跹跃长空。

五月雨沥沥，郁郁不得终。③

这首歌乃是后鸟羽天皇④所作，被收录在《新古今和歌集》

---

①出自《新古今和歌集·夏》。
②杜宇：杜鹃的别称。
③《新古今和歌集·236》。
④后鸟羽天皇：（1180—1239）镰仓前期天皇，高仓天皇第四皇子。名尊成，在位1183—1198。建久九年（1198）让位，施行院政。承久三年（1221），颁院宣追讨北条义时，失败后被发配隐歧，人称"隐歧院"。后没于该地，追号"显德院"。后怪异之事环生，故改追号为"后鸟羽院"。善歌道，下令编撰《新古今和歌集》。

里。当年，太皇让位于土御门天皇①，自己成为上皇，推行院政，并命人编撰和歌集以称颂朝廷的荣光。

荆棘生满地，千山路迢迢。

但告天下人，乱世亦有道。②

而另一首歌则抒发了上皇想要振兴日渐衰落的朝廷，摆脱镰仓幕府的压迫的强烈意愿。为了实现这个目标，他一手策划了承久之变，不想却一败涂地，惨遭流放。最后幽闭于隐岐③，郁郁而终。

"但告天下人，乱世亦有道。"上皇的决心是如此之坚定，就算将之明明白白昭告世人他也似乎毫不畏惧。而此刻，这句话也如当头棒喝，重重地敲打在前久困顿已久的心上。

"大人今日的壮举，也必然会同后鸟羽院的丰功伟绩一样，流芳千古，为后世所传颂。"兼和像是读懂了前久的心思，不遗余力地追捧道。

"你也读过后鸟羽院的大作吗？"

"当然。还记得在下第一次读到这首歌时，就被上皇的凌云之志深深震动，从那以后就再也无法忘怀。"

"既然如此，你把《新古今集》的真名序念与我听听。"

"啊？"

"我想听听歌集的序文，何妨用你那三寸不烂之舌唱诵一遍？"

"在下汗颜，实在没有大人那过目不忘的本事，望大人见谅。"

---

① 土御门天皇：（1195—1231）镰仓前期天皇。后鸟羽天皇第一皇子。名为仁，在位1198—1210。又称"土佐院"、"阿波院"。承久之乱后，自行隐居土佐国，后来又去了阿波国。

② 《新古今和歌集·卷第十七·1635》。

③ 隐岐：又称隐洲，或隐岐岛。日本中国地方的一个岛屿，亦是古国名。今属岛根县。

"你呀，我看你那榆木脑袋，除了能戴顶乌帽子，也没什么别的用处了。"

和歌集的序文，旨在阐明编撰此集的目的。《新古今集》的序文如下：

夫和歌者，群德之祖，百福之宗也。玄象天成，五际六情之义未著，素鹅地（出云）静，三十一字之咏甫兴。尔来源流寔繁，长短虽异，或抒下情而达闻，或宣上德而致化，或属游宴而书怀，或采艳色而寄言。诚是理世抚民之鸿辉，赏心乐事之龟鉴者也。

自从素戈鸣尊在出云之地咏唱出世间第一首歌，和歌就以长歌、短歌等不同形式，将民情民意传达给天皇，又将天皇的爱民之心广传四海，以教化民众、训诫众生。或直抒胸臆为游宴增彩助兴，或喻情于景赞颂落花红叶之美。可以说，和歌乃是育民治国之根本，怡情悦性之典范。——原文大概就是这个意思。

"我等筹谋此事，正是为了'宣上德而致化'，继承后鸟羽院的遗志。那冒平氏之名而为非作歹的狂妄之徒，朝廷岂可任其左右？"

"大人所言极是。下官不才，自当竭尽微薄之力，助大人成事。"

"你说什么？"前久突然脸色一变，瞪大双眼怒视兼和，"助我成事？你倒是说说，尔有何功？尔有何能？竟敢大言不惭地说出此等大话！"

"下官失言，实在是有口无心，大人莫怪！"

"少废话！光嘴上道歉有什么用？我还不知道你？口是心非，见风使舵，曲意逢迎……别以为凭你那点拙劣的小伎俩就能骗得了我！"前久说着，一把抓起车上备着的扇子，用力扇起了兼和的耳光。平日里前久绝不会如此情绪失控。不过,偶尔发泄一下心头的怒火,倒也觉得浑身一下子松快了不少。前久打得忘了情,手上的力道越发重了。

"哎哟哟!家门大人饶命!太阁大人饶命!饶了在下吧!是兼和不对,是兼和不知天高地厚,口出狂言。若没有家门大人的庇佑,我兼和哪有命能活到今天?求大人可怜可怜在下,饶过我吧!"兼和扑通一声跪下,紧紧抱着前久的腿苦苦哀求道。

他的乌帽子早已被打飞,发髻也散了。披头散发,衣冠不整,那狼狈样儿就跟一只刚才草丛里钻出来的雉鸡似的。看他那没出息的样子,前久越发想一脚把他踹下车了事。可是想归想,这么做毕竟还是太过分了。

"你明白就好!我本也不想为难于你。"

"都是在下的错。在下愚钝,不能替大人分忧,反倒惹大人心烦。实在是罪该万死!"兼和最近有些发福,脖子粗得都转不动了。他将那臃肿的身子缩成一团,抽抽搭搭地哭个不停。

车终于行至二条御所旁的近卫府,里村绍巴早已在那儿等得发急了。"家门大人,这是爱宕山歌会上所作的百韵。"绍巴说着,一面呈上专为明智光秀所办的那场连歌会的笔录。

"时不我待兮,天下五月哉……唔,有意思!"前久迅速地浏览了一遍这支百韵连歌。很明显,光秀已决意举兵。他之所以会将自己的心意如此直接地抒发到歌句之中,恐怕也是因为早就预料到它们会被送给前久过目。

"果然是歌如其人,真是句句都深明大义呀。"

"他托老僧代为请教大人,如何才能不从田埂上跌落泥田?"

"这个兼如是何许人也?"前久似乎对兼如所作的长句饶有兴趣。

出世无迟早，贤者待时发。

这句歌取意自后鸟羽院的另一句歌，"佛隐只一时，出世自有期"。这句歌也被收录到被誉为"追善连歌兴行"的著名连歌集《水无濑三吟》[①]中，而原歌又是取典于《周本纪第四》[②]中的一个故事。传说周武王欲举兵伐纣之时，行军至黄河之畔，却道"天时未到"而鸣金收兵。由此可见，兼如的这句歌是在暗示光秀，眼下时机已到，应继承后鸟羽院的遗志，效仿武王伐纣，举兵讨伐信长，一鸣惊人。

光秀则用这样的一句短句来回应他：

闲垂太公钓，不负渭川人。

很显然，他的这句歌取典于姜太公垂钓于渭水之滨，偶遇周文王，被其请出山襄助武王兴兵伐纣的故事。暗示自己只想成为姜太公那样的军师，一心一意辅佐天皇和将军兴邦立国，绝无夺取天下的野心。正是兼如的长句巧妙地引得光秀道出了自己的心中所想。

"此人全名猪苗代兼如，听闻其先祖世世代代侍奉奥州伊达家。"

"现在是何身份？"

"其父辈一代被卷入了伊达家的家族内乱，如今只是个无主可侍、流落京城的落拓武士。"

"如此人才，真是可惜了。想办法给他个出人头地的机会吧。"谁曾想，只因前久这有口无心的一句话，便为后来兼如东山再起，成为伊达家的连歌师开了一条路。

---

[①]《水无濑三吟》：百韵连歌。共一卷。长享二年（1488）正月，在水无濑宫中，作为法乐连歌，宗祇、肖柏、宗长三人所唱咏的三吟百韵。乃为百韵连歌的典型代表作。

[②]《周本纪第四》：《史记》中卷四，概括记述了周王朝兴衰的历史。

"老僧只有一事不明。"

"请讲！"

"那人只带了极少的随从上京，此事家门大人又是如何得知的？"

"我哪里知道？只是觉得若不这样写，又如何请得动日向守这尊大佛？"

他在撒谎！

其实，前久一听说信长答应上京，便立刻派人送信去安土，暗示他登基大典动用大军有违礼制。不难想象，自尊心比常人强出百倍的信长，自然会心悦诚服地听取他的忠告。

绍巴回去之后，前久的心情仍久久难以平复。不一会儿，下人备好了晚膳，他一边慢慢吃着一边试图整理思绪，却仍觉得心里很不是滋味。

（无论如何，一百五十人的随从也实在太少了。）

前久一面自斟自酌，一面在心中暗暗佩服信长的大胆和无畏。后人都说信长当年是输在疏忽大意，也有恶意中伤之人说他自以为天下早已是自己的，所以难免恃无恐。然而，没有人比前久更清楚信长的真实意图。信义二字重千斤——前久为自己周旋谋划，终于促成了让位一事。为了答谢他，就算让信长只身一人上京他也会毫不犹豫地答应。正因为清楚地意识到这一点，前久才更觉得良心备受谴责。如果可以，他多想留住信长的性命。

"事成之后，还是剃发出家吧。"前久默默放下酒杯，自言自语道。也许唯有这样，才能稍稍弥补内心的亏欠和愧疚吧。

傍晚，风之甚助从备中回来了。他匍匐在回廊边上，从小袖的领口掏出一封叠成一小块豆腐干状的密函，信中只有一行字："今次惟任日向守，蒙敕命、举义兵，亦深以为然。"看来，前久抛出的诱饵,已经让羽柴秀吉上钩了。

"备中情形如何?"

"羽柴军在高松城四周筑起土垒,欲用水攻。数日来阴雨绵绵,城外早已淹得如一片汪洋。"

"五月正是梅雨季节,果然是天时地利呀!"

"毛利动用了四万大军,布阵于足守川西岸。"

"嗯,辛苦你了。"前久给了赏钱,甚助却似乎不急着退下。

"小人有一不情之请,还望大人恩准。"

"你说。"

"今日请准许小人告假一日。"

"你是想去那儿吗,本能寺?"

"小人想亲眼看看仇人死到临头的样子,以告慰九泉下的妻儿。"

翌日,在大内的紫宸殿,让位仪式和践祚之仪如期举行。遗憾的是,如此重大的盛事并未载入史册。由于羽柴秀吉从中作梗,再兴足利幕府的计划胎死腹中。从那以后,朝廷就将与本能寺之变有关的证据全部隐匿起来。这一日的登基大典也不过是前久引信长上钩而设计的陷阱,与此相关的众多日记和文献自然也被雪藏起来,也许永远不得见天日。

不过,虽然微乎其微,但仍有暗藏着事实真相的证据被保留下来。

劝修寺晴丰卿从其日记《晴丰记》中将与当时相关的部分节选出来,另编一册,题为《日日记》,并将之秘藏在书库的最深处。该日记中就有这样的记述:

(六月)六日,降雨。局外者众多,皆置身事外。召吉田,为前往安土面见明智之敕使。明日出发。携御赐书卷。共商事宜。

也就是说，本能寺之变的四日后，吉田兼和被传进宫，奉命以敕使身份去见明智光秀。而同一日的兼和日记中，亦有奉亲王之命出使安土的记载。可见，下达此命令的乃是诚仁亲王。

那么，日记中为何会将亲王派出的使者称之为"敕使"呢？

这个问题唯一的解释是，亲王当时已然行过了践祚之仪，成为了实质上的天皇。与登基大典不同，践祚之仪规模较小，一切从简。参加者自然也只有最上层的王公大臣。当日，登上天皇宝座的诚仁亲王接受了众卿家的朝拜之后，众公卿便又即刻赶赴本能寺，恭贺信长受封大将军。当时露面的人都被山科言经记录了下来：

前往前右府（信长）处，觐见、朝贺，奉上贺礼。列席者有近卫（前久）大人、同御所公子（信基）、九条大人、一条大人、二条大人、圣护院大人、鹰司大人、菊亭、德大寺、飞鸟井、庭田、四辻、甘露寺、西园寺亚相、三条西、久我、高仓、水无濑、持明院、予（言经）、庭田黄门、劝修寺黄门（晴丰）、正亲町、中山、乌丸、广桥、坊城、五辻、竹内、花山院、万里小路、冷泉、西洞院、四条、中山中将、阴阳头、六条、飞鸟井羽林、中御门、唐桥等。此外更有僧侣、地下①少许。（《言经卿记》）

五摄家及以下的清华家、名家、羽林家等的家主全都露面了。

信长独自等候在改建成宫殿模样的寺院本堂之内。而前久等众公家则按照身份高低依次跪坐在外间，座次与言经日记中所记载的完全一致。

"恭祝大人入京。今日我等承蒙大人盛情相邀，实在惶恐、感

---

①地下：没有资格进入大内清凉殿的官员或家族姓氏，一般为六位以下，与殿上、堂上相对。

激之至。"前久一番寒暄之后，众公家也随他一起恭恭敬敬地俯身一拜。只见满座黑压压一片乌帽子，忽高忽低好似随风摇摆的芦苇丛。

"践祚之仪，顺利圆满。尔等费心操持，信长在此谢过。"信长身着金黄色的大纹，头戴绯红色乌帽子。这身穿戴可谓标新立异，与众不同，与附庸风雅的众公家的着装形成鲜明对比。彼此立场的对立，就连在着装这等小事上也尽显无遗。

"为庆贺此番盛事，我特意带了不少珍品入京。今日尔等可算是有眼福了！"信长话音刚落，外间一侧长长的垂帘便被卷了起来，露出一座铺着绯红色毛毡的雏段①。这雏段一直延伸到回廊上，上面错落有致地摆放着信长从安土带来的三十八件茶具。有九十九茄子、圆座肩冲、绍鸥白天目、堆朱龙之台、牧溪笔濡鸟、千鸟香炉、芜无②花瓶等等，可谓珍宝云集，应有尽有，无一不是财富和权力的象征。这里的每一件茶器都是有来历的，每一件都是令痴爱茶道的文人雅士们垂涎的无价之宝。

"别客气，凑上前去看个仔细吧！"信长倒是慷慨，可是在座的公家却没有一人敢站起身来。只要五摄家之首的前久没有表态，别的人自然不敢轻举妄动。公家的内部的等级制度就是这般森严。前久明知如此，却似乎是想刻意摆摆架子，故意坐着没动，过了好一会儿才一拂袖，缓缓起身。信基、九条兼孝、一条内基、二条昭实等众公家这才跟着他依次走上前去。

"近卫，如何？"

"果然件件都是珍品，下官大开眼界。"

"诸位要是钟意，我愿意慷慨相赠。"信长说了一句令所有人

---

①雏段：日本女儿节等重大节庆时，用以摆放人偶等装饰物的架子。
②芜无：青瓷或古铜的花瓶名称，芜菁状没有弧度的容器。

651

感到意外的话，"今后，朝廷应另设一司，专事茶道。若非风雅之士，不懂其中精髓，这些珍品也就变得一文不值。今日，我便赠你们每人一件，喜欢哪件就记下来，告诉阿兰。若是有哪两位不谋而合，挑中了同一件，那就抽签决定其归属。"信长此举，可不是为了考验众公家的眼光。而是为了利用这类似投标的奇招，从根本上与事事讲究家世，动辄论资排辈的公家社会的成规旧习叫板。

此时的备中高松城，已如一座水上之城。此城原本地势低洼、四面环水。所以，羽柴秀吉才进一步筑起堤坝，援引足守川之水，欲以水攻之。

奉信长之命攻打备中的秀吉，刚一入春便从姬路城①出发了。先至备前的石山城，与宇喜多家的重要后盾宇喜多忠家联手，形成里应外合之势。

与此同时，毛利一方则以位于备前和备中两国交界处的足守川为前线，加强了边境七城的守卫，欲全力击退秀吉军。这七座城皆沿河而建，由北至南依次为，宫路山城、冠山城、高松城、鸭庄城、日幡城、庭濑城和松岛城。

七座城内共驻扎了一万以上的兵力，既可独立迎战又可相互配合，如同在备中国边境筑起了一条坚固的长城。其中，防守的重中之重当属高松城，现由享誉盛名的名将清水宗治及其手下的五千精兵驻守。

秀吉将对方形势看得分明，便将手中的三万余人马兵分两路，左翼主攻宫路山城和冠山城，右翼主攻鸭庄城和日幡城。待

---

①姬路城：近世，酒井氏居城。14世纪中叶由赤松贞范初建，17世纪初，由池田辉政扩建后保存至今。因其形似展翅欲飞的白鹭，故又名白鹭城。位于今兵库县姬路市姬山。

成功粉碎了南北两端的防线之后，再集中兵力攻打高松城。

然而，高松城的防守之坚固却远远出乎他的意料。此城四周皆为大片的沼泽和泥田，正城门外更有一条名为"八反堀"的深壕。就算举大军攻之，亦无路可进，不知该如何下手。

奉命打先锋的宇喜多忠家本率八千精兵意欲强攻，没想到人和马都陷进了城外的沼泽和泥地中，进也进不得，退也没法退。正在他们进退两难之时，城中守军趁机发起了突袭。一时间枪林弹雨，万箭齐发，更有颇识水性的小兵分乘小舟杀入阵来，令宇喜多军伤亡惨重。

"这么耗下去可不是办法，怕是一年半载也攻不下来！"还是秀吉身边的军师，素以智谋著称的黑田官兵卫[1]首先发现了问题的关键所在，提议水攻。城四周的低洼湿地，以北、以东皆有高山，形成了一个三面高中间低的三角形地势。时值五月梅雨季，足守川业已涨水。若将城东面、北面的高山用堤坝相连，再将足守川水引入其间，那么整座城就会被淹没在一片汪洋之中。

听了黑田的建议，秀吉立刻便派人去勘察周围的地形，发现足守川的确是一条河床高于河岸的地上河。确认了这点之后，秀吉军便于五月八日开始动工修建堤坝。没过多久，从西北面的足守川改道之处到石井山南麓的蛙之鼻便筑起了一道底部宽约十三间，顶部宽约六间半，高约四间的长长的堤坝，全长约一千七百三十间。

每筑造一间长的堤坝需要三千五百个土袋，也就是说筑完整条堤坝总共需要六百一十多万个，工程不可不谓浩大。为了能在

---

[1]黑田官兵卫：原名黑田孝高（1546—1604），安土桃山时代武将。初为小寺氏，通称官兵卫。剃发出家后号如水。播磨人。助丰臣秀吉夺取中国、九州以及出兵朝鲜，领丰前六郡。关原之战后转投德川家康。后信奉基督教。

短时间内收集如此多的土袋，秀吉命人传令下去，告知周边的村民，每个土袋可换钱百文、大米一升。村民们得到这个好消息，纷纷争着抢着送来土袋，堆在用高低错落的木桩子围成的堤坝地基之上。结果，如此浩大的工程竟然只用了短短十二日便全部完成了。

堤坝筑成的第二日，秀吉军又凿沉了三十艘载满石头的木船，将之沉入足守川河底。如此一来便阻断了足守川的滚滚波涛，改变了它的流向，将水引入了堤内。

计划正如秀吉所希望的那样顺利推进。而今的高松城内，就连本丸的地面都已被泡在水中。且不说粮草弹药的供给，就连将士们晚上睡觉的地方恐怕都成了问题。更要命的是，奉秀吉之命，浅野长政的战船和水兵已在城外集结，一时间千帆霍起，锣鼓喧天，一场攻城水战即将打响。

军情紧急，五月二十一日这一天，毛利军终于派兵前来增援。小早川隆景率军两万前往日差山，吉川元春领兵一万赶赴庚申山，此外还有毛利辉元亲自带兵一万助阵猿挂城①。为了一座高松城，毛利家几乎调动了全部兵力。无奈却被水势汹涌的足守川挡住了去路，无法靠近，只能望城兴叹。秀吉又命人在堤坝上开了好几个出水口，让堤内的部分河水流回原来的河道。这样一来，别说是城墙，就连围城的堤坝，毛利的援军也靠近不得。

万事俱备，秀吉这才将主营安扎在石井山山顶，居高临下，以便总揽全局，指挥调度。

然而，大战在即，这位军事奇才的内心也并不像表面看来这么平静。他早已与近卫前久达成协议，同意参与后者的暗杀计

---

①猿挂城：位于备中国小田郡（今冈山县仓敷市真备町到小田郡矢挂町的猿挂山上）的日本古城池，属山城，平安时代末期建城。历代城主主要为庄氏、三村氏、毛利氏。

划,条件是摄津、播磨、美作三国疆土。不过,在起事之前,他当然不能对任何人透露消息。若万一此事泄露,他秀吉便会被斥为背信弃义、卖主求荣之人,还如何能在战国之世立足?唯有等到光秀顺利诛杀信长,成功重建足利幕府之后,再以皇命难违为由向朝廷投诚归顺,方能瞒天过海,保住自己的颜面。

可是,对于生性乐天、喜欢热闹的秀吉来说,要保守住一个不为人知的秘密,其痛苦程度不亚于剜骨抽筋。更何况,就算是皇命难违,要他背叛对自己恩重如山的信长究竟是对是错,直到现在秀吉仍然心中没底。再加上大概十日前,他的双脚突然开始奇痒难忍。肉体和心灵的双重折磨,实在令他苦不堪言。

在秀吉的家乡,这种瘙痒被称作"穴股腐",患病者多为农夫。梅雨时节下田作业,泥田中的真菌侵入脚趾间细嫩的皮肤,便会引发剧烈的瘙痒。几日来,秀吉频繁出入工地,巡查筑堤工程的进展情况,双足自然常常泡在泥地里,会得这个病也不奇怪。

(痒死了!真受不了!)

秀吉返回自己的临时住处——一座寺庙的本堂,席地而坐,动手给左脚脚趾上药。这药是精通医药的官兵卫给他的,谁知竟毫无疗效,双脚痒得越发厉害了。

雨依然下个不住。多亏了这雨,高松城变成了水中浮城,毛利的援军也举步难行。可是,秀吉却在心里默默地祈祷这雨快停。若能早一天雨过天晴,阳光普照,他的足疾也能早一天痊愈。

此刻,秀吉正在等待毛利的使者。既然毛利家也参与了前久的计划,就一定会派使者前来议和,假装交涉,拖延决战的时间。只需再拖上个两三日,待前久那边事成,便能成功救出清水宗治和城中官兵。换做秀吉自己,也一定会这样做。之所以对方迟迟不见有动静,想必又是前久使的什么花样。

(暗地里偷鸡摸狗，弄权使诈，也不过是个"穴股腐"一般的货色。)

　　虽说必要时秀吉总对前久卑躬屈膝，极尽谄媚，可暗地里却对他的所作所为嗤之以鼻，对他所说的话也不敢尽信。

　　午后，秀吉所等的使者终于来了。

　　"大人，官兵卫大人带着毛利的阵僧①在外求见。"近卫加藤虎之助进来禀报。

　　"唔，让他们进来吧。"秀吉将西国的地图摊开在榻上，盘腿坐在几案前，佯装正在研究战略战术。

　　"筑前守大人，下官把安国寺大人带来了。"官兵卫拖着残废的右腿走了进来。他曾被幽禁在有冈城的土牢里长达一年之久，膝部的关节已完全僵硬，扭曲变形，还得了严重的疥疮病，留下了满头的疮疤。可就算这样，也没能令他变节投降。

　　在官兵卫的身后，高傲地扬着头的，便是安国寺的僧人惠琼。年纪不过三十二三岁，与其说是僧人，更像是一个恃才傲物、孤芳自赏的风流才子。

　　"安国寺大人受毛利家之托前来议和，并借下官从中引荐。"

　　"我便是筑前，有话请讲。"秀吉淡淡地瞥了惠琼一眼，目光便又落回面前的地图上。

　　"此番攻打高松城，大人神机妙算，贫僧实在佩服。"惠琼虽是僧人模样，说话却颇有武士气概。"贫僧曾在《史记》中读到，春秋时期，晋国有个知伯曾水攻晋阳城。不过在本朝，大人此举可算是前无古人。实乃古今难寻，天下无双之大智大勇也。"

　　"此事多亏官兵卫献计献策，原非我的功劳。再说，我既为一

---

①阵僧：日本中世时期，在战场上为战死者超度，或作为使节被派往敌方的僧人，亦常用作文书。

军之将领，若当真被这山野泥田中的弹丸小城缚住了手脚，又何谈平定天下？"

"贫僧惶恐。"惠琼看似心悦诚服地垂下了头，脸上却是一副扫兴的模样，"为了天下大义、国家大局，我家主公欲救清水备中守及其手下五千将士的性命，还望大人大发慈悲，放他们一条生路。"

"条件呢？"

"全都写在这上面，请大人过目。"惠琼呈上清单一张，上面写着：

一、备中、备后、美作、因幡、伯耆等五国，割让与织田家。

二、赦免高松城全体将士。

所列五国之中，美作、因幡两国已在秀吉军的控制之下，但其余三国却几乎未受战火波及。毛利能开出这样的条件，实在出人意料。

"请替我转告辉元大人，我方一两日之内便会予以回复。"若非起事前的缓兵之计，毛利方又怎会如此慷慨？秀吉心下明白，不禁暗暗打起了算盘。

"敌方提出和谈，你怎么看？"待惠琼告退之后，秀吉便转而询问官兵卫的意见。

"无须理会。"

"何故？"

"在下听闻信长公本月二日便会出任将军，四日便会亲率三万大军入驻京城。如此看来，毛利已如风前烛，气数将尽，哪里还有什么和谈的必要？"

恰好一个月前，信长曾派堀久太郎为使者赶赴前线，勒令秀吉务必在毛利军主力的救援军赶到之前攻下高松城。而今，秀吉却违抗命令，想着与对方议和。毫无疑问，此举定会激怒信长。

"可是，若我能赶在主公抵京之前收服毛利，不就是我筑前的一大功劳吗？"

"单凭这区区五国，大人觉得能让信长公满意吗？"

"说的倒是，不过话虽如此……"秀吉欲言又止，因为他意识到无论如何也不能说出自己想要议和的真正原因。此时，脚趾间突然传来一阵剧烈的瘙痒，似乎是在嘲笑它的主人的虚伪和懦弱。钻心的奇痒令秀吉如坐针毡，他试着用右脚的大脚趾去蹭，却怎么也够不着，急得直冒汗。

"就算大人答应放毛利家一条生路，最后真正能得到手的也不过只有周防①、长门②两国而已。明知主公不会同意，您为何还老想着要议和？到头来，只怕非但没捞着什么功劳，说不定还会因此丧命呢！"官兵卫费尽唇舌，苦苦相劝，秀吉却一个字也没听进去。脚尖的奇痒令他几欲抓狂，几乎想撕开皮肉挠个痛快。

"大人您怎么了？"

"该死！穴股腐痒得要命！"原本跪坐着的秀吉一屁股瘫坐在地上，伸直双腿张开脚趾，直往上吹气，"当年你头上的疥疮想必也痒得厉害吧？在有冈城土牢的那一年多可真是苦了你了。"

"多年来，在下受尽各种折磨。要论忍功，不怕大人笑话，在下也算是无人能敌。至于瘙痒，您只要把注意力转移到另一件事上，想得入了神，也就感觉不到痒了。"

"此话当真？"

"只是切不可分心。倘若三心二意，思维无法集中，反而会越痒越急，越急越痒。"

---

①周防：日本旧国名，相当于今山口县东部，俗称"防州"。
②长门：日本旧国名，相当于今山口县西部、北部。古称穴门，俗称长州。

"没错，言之有理。"

犹豫片刻，秀吉终于将自己答应参与前久的计划一事如实告诉了官兵卫。不管怎么说，在与毛利家周旋之时，少了官兵卫的智谋可不行。既然如此，还不如早早让他知道实情，也可分担自己身上的压力。

"原来如此。难怪方才安国寺大人会提到晋阳城的典故。"原以为官兵卫突闻事情的内幕，会大惊失色，谁料他只是淡淡地感叹了这么一句。

"什么典故？说来听听。"

"知伯本是晋国元老，却夺了其他三大元老的封地，意欲灭了晋国王室并取而代之。三大元老中，韩、魏两家忌惮知伯的威势，只能屈从于他，唯有赵家固守晋阳城欲与之抗衡到底。知伯于是下令水攻此城。赵家军师张孟谈却趁夜溜出城去密会韩、魏两家，最后三家联手夹攻知伯军，将其一举歼灭。换言之，那个和尚正是想暗示大人，知伯就是信长公，赵家就是毛利，而救主家于危难的张孟谈就是他自己呀。"

若果真如官兵卫分析的这样，那么惠琼的话里也是在询问秀吉，是否愿意效仿韩、魏两家与他们联手。当然，如此暗藏玄机的哑谜，秀吉却没法听得出来。

"那么你怎么看？是否操之过急？"

"在下还不知大人决定参与其中的真正原因。在此之前，实在无法回答。"

"是吗？"秀吉突然沉默了。

因为，为何自己会默许暗杀信长一事，连他本人也说不清。他只记得，当名为风之甚助的伊贺忍者将前久的秘密计划告诉他时，他竟感到说不出的畅快，仿佛就要与朝思暮想的姑娘私会，难以抑制澎湃的心潮和纷乱的思绪。正是怀着这样心情，他不由自主地一口应承下来。这样的承诺，并非深思熟虑的结果，或许应该说是直觉的驱使才更为准确。

"细细想来，主公近日来的所作所为的确有违道义。荣任将军、开设幕府自然是无可厚非，然则身为武家却藐视朝廷，却委实不妥。长此以往，若真有一天主公能君临天下，那么这个国家铁定会变成一个既无寺社、亦无神佛的国度，从此人心不古，千百年来形成的优良传统也会一朝殆尽。"

"哟，什么时候大人也学会说这种虚情假意的大道理了？"官兵卫刺耳冷笑。

"难道你不这么认为吗？"

"能言善道可是在下的看家本事，与大人您可实在不搭调啊。"

"说实话，我自己也说不明白。只记得当时听到这个消息，只觉得心情为之一振，顿觉畅快释然。主公明明对我恩重如山，难不成我却对他心怀恨意？"

"主公对大人的确有恩在先，但多年来您为他出生入死，想来这恩情也该报答完了。这一点，我想信长公也不能不承认吧。"

"这么说，我与主公已经两不相欠了吗？"

"其实，大人与信长公一样，都是身负天命之人。既然天降大任，您自当心无旁骛，放手一搏。"

"你这家伙，煽风点火还真是有一套！不过话说回来，如今竟然连你也来劝我放手一搏。想来，为主公卖命的日子我也的确是过够了，累了，也厌倦了。过去，无论主公说我什么我都从不放在心上。可如今，他不经意的一句话却总能惹得我怒火中烧。我也是四十七岁的人了，成日家被他'猴儿、猴儿'地唤着，试问谁心里会舒坦呐？"

"大人非池中之物,前途不可限量,又岂是一个信长公可以掌控的?"

"现在看来,继续留在主公身边的确不是长久之计。与其被发配到筑前之类的穷乡僻壤,还不如先将播磨、美作、摄津三国弄到手,再站稳脚跟。我这办法,你觉得如何?"

"若计划如期推进,毛利会在其中扮演怎样的角色?"官兵卫自幼熟读兵法,可谓天赋异禀的旷世奇才。能请来此人做自己的军师,实乃秀吉之大幸也。

"自然会奉足利义昭入京,重建幕府。眼下他调动四万大军,正是在为这一天做准备,又哪里是为了襄助高松城?"

"那么届时,大人您又将作何打算呢?"

"自然是胡乱打一仗做做样子,再遵从皇命归顺足利将军一方。一来可以保住性命,二来又保全了自己的名声。"

"这一点上,我官兵卫可不敢苟同。"

"怎么?不是你叫我放手一搏吗?"

"大人既有夺取天下的雄心,自然也该有取信长而代之的气概,又岂能甘心转投毛利麾下?"

"仅凭我手中区区三万兵马,又能干什么?只怕稍有个风吹草动就会遭东西夹击,连死都不知道怎么死的。"

"不是三万,分明是六万。"

"……"秀吉惊讶得说不出话来。

"摄津不是还有信孝公的三万大军吗?"

"哦,原来如此。原来你是这个意思……"秀吉若能迅速挥师反攻,与信孝军联手,打着替信长报仇的旗号同光秀打一仗,必定胜算不小。问题是,又该如何躲过毛利的追击呢?

"此事就包在鄙人身上。"

"你有办法?"

"在下会和安国寺大人同去毛利主营,声称大人欲效仿韩、魏两家,自请带兵打头阵。如此一来,便能为大人举兵反攻赢取时间。"

"好主意!真有你的,官兵卫!只要一切顺利,何愁我秀吉不能扭转乾坤?"在初次听闻前久的计划时他就蠢蠢欲动,原来是因为冥冥中他早已预感到事情会朝着这个方向发展。

"只是,请大人务必谨记,若您与日向守大人的这一仗打得太久,便是与朝廷为敌了。"

"那是自然,我怎会让那个光头碍了我的事儿?你放心,只需三日,我定能速战速决。"

秀吉手中掌握着有力的证据,能证明前久与暗杀信长一事有关。只要成功讨伐了光秀,整个朝廷也就任由他摆布了。秀吉不由得欢欣鼓舞,积极地投入到大反攻的准备中去了。脚上瘙痒,早已被他忘到了九霄云外。

# 第十六章　遥不可及的梦

手扶马鞍的前沿欲翻身上马，却怎么也踩不着马镫。刚把脚伸进去，马镫却像不情愿似的一个劲儿往前溜。好不容易踩着了，也不过只是脚尖钩住而已，一使劲儿便会打滑。征战沙场多年，这样的事儿还是头一遭遇到。

（风雨欲来，果然心绪难平啊。）

明智光秀暗暗苦笑。爱宕山的那场连歌会上，他早已决意举兵讨伐信长。自那以后，他自问从未有过片刻动摇。可是，如今大战在即，他却紧张得连马镫都踏不稳了。以一万三千大军讨伐不足两百人的信长主仆一行，双方实力悬殊如此之大，结果当然不足为虑。真正令光秀担忧和紧张的，是讨伐信长一事本身的重要性。

"众将士听令！"等光秀终于上了马，斋藤利三这才扯着他那破锣嗓子，开始发号施令，"明日便是信长公荣任大将军的册封礼。在出兵备中之前，我等受命入京护驾，随同出席明日盛典。大家打起精神来，让京中的百姓都见识见识我明智军的威风，可不能叫别的队伍给比下去了。"在龟山城的正城门前整装待发的浩浩大军，齐齐振臂高呼，响应着利三的号召。

什么护驾、随行，不过是为方便大军入京而找的托词。可见，就连被光秀视为左膀右臂的利三，对事情的真相也毫不知情。整整一万三千将士，鲜衣怒马、全副武装，同去年年初那场骑兵检阅时一样，浩浩荡荡地开向京城，个个脸上都洋溢着骄傲和自豪。

六月一日申时，明智军在出兵的太鼓声中肃穆前行，朝着京城出发了。行军距离约六里半，中途只在老之坂岭稍事休息，预计明日黎明之前便能抵达京城。

天气阴沉，闷热难当。明明已近黄昏，却感觉不到一丝凉意。

驾着心爱的栗毛马一路小跑，光秀微觉眩晕。身子轻飘飘的，仿佛已不属于自己。马鞍似乎比平日足足高出了三尺，也丝毫感觉不到马蹄踏在地上的真实感。

（阡陌万千条，纵横笔直行。）

这是爱宕山的连歌会上，光秀所咏唱的最后一句长句。此刻，这句歌再次涌上他的心头，令他反复回味。

生于战国之世，对于一个武士来说，没有比为天皇而战更大的荣耀。而今，光秀自己也与古往今来众多的源氏武将一般，有了为天皇而战的机会。曾经，密受后醍醐天皇之命的足利尊氏，在代表镰仓一方出征的途中突然高举反旗杀回京城，一举诛杀了六波罗探题[①]。而今，光秀讨伐信长，重建幕府，恰同当年的尊氏

---

[①]六波罗探题：镰仓幕府继京都守护之后，在京都的六波罗地方所设的行政机关首领，主要任务是监视朝廷，统辖西国的御家人。由于镰仓位于关东，而京师在关西，所以六波罗探题相当于镰仓幕府在西日本的代表，位高权重。历来由掌握幕府实权的北条家指派本族中的才俊出任。

一样起兵于丹波。在他看来,这或许是前世早已注定的宿命。

丹波平原四面环山,一条保津川穿流而过,在崇山峻岭中辟出一道保津峡,流至洛西①方更名为桂川。驱马沿河而上,光秀默默地欣赏着沿途的美景。远方起伏连绵的群山,缀着饱满穗粒、层层绿浪翻滚的稻田,自行基②那时起就已广泛投入使用的用于灌溉的水池和水渠……光秀观之不足,心中充满了不舍。他第一次发现了这片土地的美丽和丰饶,一切都是那么新鲜。

听闻光秀要带兵出征,沿途聚集了许多前来送行的领国百姓。不过,却无人下跪,亦无人行大礼。世人皆知光秀素来深恶虚礼,所以只是肃然垂手而立,同时投来仰慕和信任的目光。

自从光秀做了领主,百姓们的日子一天好似一天。赋税减了,年贡少了,针对大小案件,官员们的判决也公平了。鲜有战事,亦无官吏征兵征粮。水利工程也更加完善,防洪灌溉卓有成效,再也没有田庄乡村为用水起过争执。这一切,全要感谢光秀治国有方。

一国之领主是好是坏,没有人比领国百姓更有资格评判。今日,百姓们自发前来相送,又送上自己亲手编的足半③和马草鞋,衷心祝愿他们的领主和将士们能平安凯旋,足见光秀在百姓中的威望。

(就算是为了他们,我也要努力建造一个更强大的国家。)

开垦田地,整修道路,栽培桑麻……将孩童们召入寺庙,教他们识文断字,四书五经……刹那间,一个又一个新举措涌上了

---

①洛西:指京都以西。因后汉以后,洛阳为中国数代都城,故常以"洛"一词指代都城。在日本特指京都。有洛中、洛外、上洛等说法。
②行基:(668—749)日本奈良时代高僧。曾率百姓修筑灌溉水利,深受崇敬。为日本国第一位受封"大僧正"称号的僧人。
③足半:草鞋的一种。没有脚后跟和脚踝的部分,只有大约脚的一半长。

光秀的心头。努力把国家治理得比现在更好，不过是为了证明自己明日的选择并没有错。

队伍出了山阴道，路过念佛寺时，酉时的钟声已经敲响。从龟山城到此地，不过短短半里，可毕竟是一万三千的大军，又是分批行进，竟足足用了一个时辰。

（怎么都这个时辰了？）

光秀不禁心里咯噔一下，按这速度，天亮之前无论如何也到不了京城呀！距离京城不过只有六里半的路程，换做平日，他定会一笑置之，坚信一定来得及。可是唯有今日，一想到夜间行军可能遭遇的种种突发情况，他愈发坐立不安，心中焦躁。

（莫不是我遗漏了什么重要环节？）

一直以来，从行军、布阵到战场上的指挥调度，事无巨细光秀都会找重臣们商议。尤其是在做出某项重大决策之前，他一定会尽量听取更多人的意见。然而，此次计划却只有他一人知道，每走一步都必须由他自己做决定。至于重臣们，还有这整支大军，不过都是受了他的诓骗。光秀向来光明磊落，如此瞒天过海，暗度陈仓之事，于他还是生平头一遭，难免担心会有什么疏漏和失策。

（是什么？我到底漏掉了什么？）

还不知自己是否真有疏漏，光秀就已经一门心思地琢磨起来了。不安的情绪刚刚冒出点苗头，便瞬间长成了参天密林，遮挡住了光秀心中的一方晴空，压得他喘不过气来。他禁不住将自己这几日的筹划安排在心里一一过了一遍。

（上京、册封将军、本能寺……）

这些零散的词汇不断地从脑子里冒出来，杂乱无章，毫无头绪。突然，他似乎想到了什么——信长深信明日将举行将军册封礼，出入皇宫时的随行队伍必然声势浩大。本能寺虽只有不足两百近卫，可是，他不是还安排了信忠的一千五百人马在天亮前入驻妙觉寺吗？更有甚者，他说不定已下令信孝的四国征讨军也在同一时间入京，再算上奉命出征备中的中川清秀和高山右近，到时京中岂不是会有超过五万人的织田大军？——光秀根本无法控制自己朝最绝望的方向去想。

（究竟，为何……）

为何自己会如此笃定地以为讨伐信长比踩死一只蚂蚁还容易？为何自己会毫无根据地相信计划一定会成功？都是因为近卫前久！是他给自己的各种讯息让自己掉以轻心，误入歧途。可是，公家说的话有多么不可信，久居都城的光秀难道不应该比谁都清楚吗？

信长说的没错，这帮人不过是利用天皇的权威操控政局，胡作非为。而当他们阴谋败露，自身难保之时，又会打着保护天皇的幌子抽身而退，将对自己不利的一切证据尽数销毁，堵住悠悠众口。

木曾冠者义仲、新田小太郎义贞……哪一个不是他们钻营弄权的棋子，被利用完之后又被弃如敝屣，落得个身败名裂、死不瞑目的下场？这一次也没什么不同，万一计划生变，前久肯定会毫不犹豫地将光秀这个替死鬼抛出去。光秀顿时陷入了深深的绝望，仿佛丧失了所有的力量，真想抛下一切返回龟山城。

只有信长才是这个国家唯一的希望。能将天下百姓从天皇和朝廷的蛊惑和禁锢中解放出来的，除了信长别无他人。

然而，此时的光秀，除了继续开进京城打倒信长，已经没有别的路可走。心底一直有个声音在提醒着他，为天皇而死，这是源氏后人无法逃避的宿命。

尸骸飘零逐海浪，白骨森森埋荒野。

血染沙场为君死，粉身碎骨亦无悔。①

大伴家持在《万叶集》中如此咏唱，歌中所昭示的精忠报国之心也深深震撼着光秀。

不多时，队伍已过了野条，到达了筱村八幡宫。此地正是当年足利尊氏奉天皇之命宣布起兵的所在。大军在八幡宫境内列队已毕，光秀携斋藤利三、明智秀满②等股肱之臣一同来到神前。

"我有要事告知诸位！"光秀说着，从怀中取出诚仁亲王的旨令，恭敬一拜之后郑重地交到了利三手中。利三粗粗看过之后，又默默地传给秀满。不一会儿，六位重臣都一一看过了，却无人开口说一个字。

"今日太子殿下已行过践祚之仪，此旨令等同于皇命。故此，明日一早我等便要举兵起义，诛杀国贼信长于本能寺。"说完这番话，光秀的内心突然平静了，所有的不安和焦虑瞬间消失，只觉得浑身上下又充满了力量。"昔日尊氏公也是在此地，将奉后醍醐天皇之命举兵一事敬告神灵。今日我等也要效仿尊氏公，奉皇命、举义兵，以八幡大菩萨之名替天行道！"

重臣们一片默然。有的双眸低垂，茫然失措；有的仰天长叹，一脸凄楚。反应虽各不相同，但毫无疑问的是，并无一人赞成光秀的决定。

"讨伐信长公之后，您还有何打算？"女婿秀满终于打破沉默。

"恭迎尚在备后的义昭公入京，重建幕府。明日事成之后，义昭公即刻便会率四万毛利大军上京。此安排细川藤孝大人和近卫

---

①出自《万叶集·卷十八·4119》的一首长歌，原歌名为"贺陆奥国出金诏书歌"。

②明智秀满：（？—1582）安土时代武将，原名三宅弥平次，俗称左马介光春。光秀的女婿。本能寺之变的先锋。在安土战败之后渡湖入城，被包围后自刎。

太阁也都清楚。"

"既是皇命,我等自然无权质疑。"利三看出光秀的坚决,于是第一个表示赞同。"只是,大人既已决定讨伐信长公,那么自当取而代之,将这日本国变成您的天下。"

"我并无这样的野心。只愿能亲眼看到幕府再兴,我便可以功成身退了。"

"那么至少在事成之前,请大人昭告全军,此次举兵乃是为了助您夺取天下。将士们浴血奋战,为的就是有朝一日能够实现天下布武的共同目标。如今却要眼睁睁看着历史的车轮往后倒退,试问他们怎会甘心?"利三一改往日的顺从,态度十分强硬。

战无不胜,所向披靡的明智军,除了得益于装备的精良和光秀的用兵之道,更离不开一兵一卒的奋勇厮杀。因为他们每一个人建功立业、出人头地的梦想,都是与信长统一天下的宏图伟业紧密联系在一起的。如若他们得知光秀不仅不能将这项事业进行到底,还要将到手的胜利彻底粉碎,试问这些将士怎么可能还留在他的麾下为他效力?恐怕会争先恐后地倒向信长一边吧。

与此同时,京中本能寺内,寂光寺的日海[1]正在与鹿盐利贤对弈。小小一方棋盘上,黑白两军激战正酣。日海便是日后的本因坊算砂,乃是本因坊家之祖,名气不小。信长每次上京常得他指点,故而特邀他出席今夜的酒宴,并命他当场对弈一局以助雅兴。这一年,日海不过二十五岁,对手利贤却已初显老态。眼见着,胜负的较量已从一开始的布局逐步进入相持阶段,日海明显技高一筹,显得游刃有余。

(这家伙,分明未尽全力!)

---

[1] 日海:(1559—1623)安土桃山至江户时代围棋名家。生于京都。显本法华宗寂光寺塔头本因坊之僧,法号日海,后更名为本因坊算砂。本姓加纳,幼名与三郎。

信长看出端倪，立刻对棋局的胜负失去了兴趣，心思转移到旁的事上，竟渐渐想得忘了神。昨夜晴子焚的香，依稀残留在鼻尖唇畔。这香气仿佛已深入肌骨，连他浸出的汗似乎都带着淡淡的甜香。信长不动声色地双眼微合，深深一吸，让那香气顺着鼻腔流入心田，滋润着自己的五脏六腑。这香气唤醒了美好的记忆，二人共度的温情时光，现在回想起来仍令人心旌荡漾。

其实，两人什么也没干。不过是在书斋中相对而坐，聊了聊晴子所焚的香。然而，正是这平淡如水的交谈，比任何肉体和感官的刺激都更让信长感到满足，令他的整颗心都沉浸在难以言状的欢愉和安宁之中。

昨日，晴子带着自己秘制的香薰特意赶来，在信长面前如数家珍地一一展示。此刻，信长回想起晴子那因激动而微微泛红的面容，突然冒出一个念头——是时候谋划谋划五王子即位的事了。若能说服新皇立五王子为皇太子，再请他入住安土城的本丸御殿，那么晴子自然也会一同搬来。到时候，信长就可以随心所欲地与晴子相会，不用再忌惮任何人的目光。那淡淡的馨香仿佛有一种神奇的魔力，在它的驱使下，这个厚颜无耻的想法竟牢牢占据了信长的心。

这时，席间突然产生了一阵骚动。头戴乌帽子端坐在两侧观战的公家们，纷纷将惊愕的目光投向了棋盘。原来，与信长预料的相反，棋局竟在利贤的明显优势下迎来了中盘。若这样继续下去日海必输无疑，可没想到他却再出奇招，令所有人眼前一亮。

那便是人常说的"三劫"。

所谓"劫"，乃是指对弈双方轮流提取对方棋子的情况。熟悉围棋的人想必都知道，这种情况已很难分出胜负。你提取我的，我提取你的，反反复复，没有了局。而眼下，日海竟在棋盘上做了三处劫材。

按照围棋的规则,"打劫"时,被提取的一方不能直接提回,而必须在棋局的其他位置另找劫材,使对方应一手之后方可提回。然而,眼下棋盘上既已有三处劫材,那双方便可以互相无休止地连续打劫下去。若非其中一方作出让步,永远分不出胜负。可是,这三处劫皆是生死攸关的要害之处,本就占了上风的利贤自然不肯让步。而日海更加不敢轻易手软,一旦让步则败局已定。于是,二人只得眼巴巴守着三块黑白交错的漩涡,无止尽地相互打劫下去。

这令人意想不到的情况,难道仅仅是偶然吗?日海明明可以赢得不费吹灰之力,却故意让利贤占尽便宜,最后却又使出"三劫"奇招,将战事拖入僵局。这一切,难道不是在暗示信长,明日将会突生变故?

笔者之所以会作此猜想,乃是因为民间一直流传着一个与日海和信长二人有关的传说,相关佐证至今仍保留在骏河国芝川[1]沿岸的西山本门寺[2]内。这座寺庙内有一座陵墓,据说埋葬着信长的头颅。相传,偶然被牵扯进本能寺之变的日海,在兵变之后将信长的首级托付给了原志摩守宗安,命他将之送到这座寺庙中来。后来,日海又在寺内建了一座名为本因坊的别院,从此隐居院内聊度残生。再后来,宗安之子日顺当上了该寺的住持,经营该寺直至今日。这位日顺大人在其回忆录中如此写道:"总见院信长,为明智所诛。"

若这个传说是真的,可见日海对信长颇有英雄相惜之意。可

---

[1]芝川:流经今静冈县富士宫市的一级河流,属富士川水系。
[2]西山本门寺:位于今静冈县富士宫市西山,单立本山。继承日兴法脉,属胜劣派富士门流,"富士五山"之一,"兴门八本山"之一。

是，他深知这个阴谋也有朝廷参与其中，不敢对信长明言，所以才布下"三劫"棋局，暗示信长应保持三足鼎立之势，不可造次。

这"三足"，指的正是朝廷、武家和天下万民。唯有三者相互监督又相互扶持，才能确保江山稳固、天下太平。无论其中哪一方太过强大，都有可能打破这种平衡，动摇国之根本。日海一定认为，若信长参透了自己的用意，果断打消了超越皇权的念头，或许还能死里逃生，保住一条性命。可惜当时的信长却并未体会到他的良苦用心。

"这样僵持下去何时是个了局？不如就算和局吧。"所谓和局即是打个平手，不分胜负。在围棋的世界里素有"三劫无胜负"的说法，也许就是起源于这一日的这局棋。

随后，信长命二人退下，酒宴重新开始。

已近黄昏光景，信长渐觉倦意袭来，正打算屏退众人准备就寝，森兰丸突然送进来一张清单。原来是方才众公家各自挑选的茶器，已被兰丸分门别类地誊录了下来。信长草草浏览了一遍，嘴上什么也没说，脸上却有掩饰不住的失望。上等茶器皆被摄关家挑走，中档茶器则被清华家或名家的人相中。人人都中规中矩地挑选了符合自己家世和身份的茶器，无一例外。这样的结果，显然违背了信长惠赠宝物的初衷。

"这些虚头巴脑的家伙，连自己想要什么难道都不能自己说了算吗？"信长轻蔑而厌恶地咒骂了一句，将清单转手递给了近卫前久。

"这就叫没有规矩，不成方圆。凡事安分守己，不忘本、不越矩，方是礼乐之根本。"

"少在这儿装模作样！你以为这些条条框框在葡萄牙人和西班牙人面前能行得通吗？"信长怒从中来，嗓音一下子拔高了。座下原本嬉笑喧闹的公家们，顿时噤若寒蝉，一片死寂。"近卫，你给我听好了！所谓的家世、身份，不过是尔等为确保朝家的中心地位而找的托词。在这里被奉若圣旨，到了别的国家可就一文不值啦。"

"话虽如此，然则家有家规，国有国法，我国自然该有我国的规矩。身为本国子民，恪守本国国法，本身就意义重大。"

"什么国法？不过是尔等愚民奴民、混淆视听的一种手段。人生来自由，各负天命。若人人都循规蹈矩，束手束脚，又何谈新未来，何谈新希望？"信长负气欲起身离席，想了想又转身回来，打算把心里的话一股脑儿全说完，"明日行过册封礼，索性连同五王子的立储之仪也一道办了吧。过些时候再另择吉日，请新任储君移居安土城。"

"大人的意思，下官定会如实回禀圣上。"

"此外，今春本应更改年号，重设历法，此事荒废已久。但依西洋历法，今年十二月应为闰月。那便依照尾张历编设历法吧。来年开始，世间的年辰时刻就由我信长说了算了。"

"下官明白。一切都依大人的意思来办。"前久未提出半点异议。

观看了棋局之后，信长回到自己的卧房，叫来弥助为自己揉揉肩背。久坐之后，他只觉得腰间酸胀，后背僵硬得如铁板一块。弥助十指纤长，柔若无骨，揉捏得信长很是受用。绷紧的神经得到舒缓之后，信长想起自己赠与公家们的那些珍品茶具，不免有些后悔起来。

唯有在一杯茶的面前，人并无高低贵贱之分。一旦进入茶室，每一个人都会被视作一个平等而独立的个体，与他的财富多寡、权势高低并无半点关系。那些终身被官位和家世所困，只知安分守己、循规蹈矩的庸碌之辈，哪里有资格论茶品茗？

"阿兰，进来！"信长唤来候在外间的兰丸，命他停止向众公家派发那些珍品茶器，"你即刻派人去告诉近卫，就说我已经想明白了，茶道与朝廷本就格格不入。"

"那么，那些珍品茶器又该如何处置？"

"当然是带回安土。眼下暂时先储藏到库房的最里边。"库房里藏有暗道，可供危急时刻逃生。此时的信长根本不可能想得到，短短几个时辰之后，那里便会成为他死里求生的唯一希望。

弥助一言不发，全神贯注于手上的工作。单凭最近信长身体的僵硬程度，他便能观察出其身体状况的细微变化。

"我第一次见你，应该是……"

"是去年二月。"

"当时的无心之举，让你受了不少委屈，你不会还在怪我吧？"初见弥助，信长怀疑他那一身黝黑的皮肤是涂了墨汁，便命他裸露上身，任人搓洗。现在想起来，信长突然觉得有些过意不去。

"哪里，小的怎么会怪大人呢？"

"你就别嘴硬了。"

"真的，小的丁点儿也没放在心上。小的明白，大人不过是惊讶于小的这身黑皮，并无半分瞧不起我的意思。"

"眼下这时节，你的故国该是怎样一番光景？想必一定很热吧？"

"越过赤道往南，四季便与日本正好相反，现在正是秋收时节。"

"范礼纳诺建议我进军美洲大陆，此事你怎么看？"同样的问题，信长已是第二次问了。足见他有多么在意范礼纳诺的话。

"想要横渡太平洋，从日本出发怎么也要花上一个月以上的工夫，回程耗时恐怕更要翻倍。大人若有足够强大的船队，掌握了足够发达的航海技术，能扛得住这趟艰辛和危险的旅程，那么美洲大陆倒的确不失为一片值得挑战的土地。"

"那位巡查牧师，现在何处？"

"听说正在肥前的长崎。"

"我这就修书一封，你来替我翻译。"想起那个为自我救赎而日日鞭打自己的范礼纳诺，信长还颇有点想念。于是决定去信一封，聊聊最近心境。弥助也通晓意大利语，听了信长的吩咐便立刻命人摆好书案，取来竹制蘸水笔，准备记下信长要说的话。

"匆忙去信，恐词不达意。"信长按照往日自己写信时的习惯，用了文言文。可是弥助却提醒他，还是用日常说话的措辞更容易翻译。

"哦，是吗？那我注意。"信长轻咳两声，接着往下说：

"自去年七月一别，已有近一年未见，阁下别来无恙？

"我于五月二十九日上京，现暂居京中本能寺。明日即六月二日，我将进宫受封将军，四日便会亲率三万大军出征西国。备中本有羽柴秀吉的三万人马，犬子信孝的三万大军也即将攻入四国。故而，最多不出一月，我便能荡平西国，直入九州。

"为迎接这一历史性的时刻，我已命博多[①]商人岛井宗室[②]着手准备，定会举办一场盛大的庆典。阁下若是愿意，届时请务必前往博多与我一见。我二人久别重逢，既能共叙旧情，又能展望未

---

[①] 博多：今福冈市东半部地名，临博多湾。自古便是繁华的贸易港口、商业都市，亦是与朝鲜半岛的交通要冲。西郊城下町福冈。

[②] 岛井宗室：（1539—1615）战国至江户时代的博多商人、茶人。名茂胜，号虚白轩。与神屋宗湛、大贺宗九并称为"博多三杰"。

来,各抒己见。

"我戎马一生,身经百战。自从十八岁丧父,我就开始独当一面,御敌杀敌,从来首当其冲,身先士卒。二十六岁时终于统一了尾张一国。过程中的艰辛和历练自不用赘述,甚至不得不狠心手刃胞弟。二十七岁时,我与号称'天下副将军'的今川义元决战桶狭间,大获全胜,得以奉足利义昭入京。

"我本以为成功重建足利幕府之后,便能天下大治,国泰民安。谁曾想,却不断有奸佞之徒起兵谋反。令我不得不思考,或许是时候摒除旧制,推行新政了,若不如此无以立国。

"然而,本国改革,究竟路在何方?

"当我不得不直面这个问题时,我有幸遇到了在畿内传教的路易斯·弗洛伊斯。从他那里,我了解了世界局势,接触到了西方先进的执政理念,更坚定了我彻底改变这个国家的决心。

"然而,有人却不希望看到这个国家产生丝毫变化。他们是朝廷、寺社,和所有一切依靠古老信仰支撑,享有种种特权的阶级。在这些人的暗中支持下,比睿山、高野山以及石山本愿寺之流竟胆敢公然与我叫板。各方明暗势力的阻挠,使得统一大业愈发困难重重。披肝沥胆,十年征战,我才终于将他们一一收服。

"去岁七月阁下离开安土之后,我陆续征服了伊贺国,又剿灭了宿敌武田,更从毛利手中夺取了三国疆土。如今放眼天下,已经无人敢与我信长为敌。出任将军,开设幕府之期指日可待。如何对付朝廷?这个多年来一直困扰我心的问题也终于在今日大有进展。不久的将来,我定能摆脱朝廷的遏制,手握公武双权,集全国之力进军海外,使日本成为西班牙和葡萄牙那样的世界强国。届时,还要劳烦阁下将我引荐给罗马大教皇。

"一路走来,可谓千难万险,呕心沥血。只因,要想凌驾于朝廷之上，必然要首先否定神道。要知道，那可是日本人世世代代所信奉的信仰啊！若无神道，便难以将这个国家凝聚为一体。此乃本国最大的难题，迄今为止仍无人能攻破。正如基督教是西方诸国共同的精神家园，日本国也正是以神道这一概念模糊、教义零散的宗教信仰为基础，才形成了一个统一的国家。

"然而，我国即将迎来的应是一个天下布武的时代。在这个崭新的时代，推动这个国家进步的原动力，不再是虚无缥缈的宗教信仰，而是每一个平等而独立的国民的奋斗和努力。

"为此，我决定制定宪法。我国自古便有《十七条宪法》[①]、《御成败式目》[②]等类似于宪法的条例。在此基础上，我将进一步细化条款，加强效力，形成绝对公正、透明的法度，真正做到'王子犯法与庶民同罪'。惟其如此，才能缔造一个法制严明、没有特权的新国度。

"然而，仅仅做到这一点，我觉得还远远不够。"

说到这里，信长却突然停住了，因为接下来究竟该怎么做，他还需要再想想。

面朝三条坊门大街的二条御所，隐没在沉沉的暮色之中。

用过晚膳，劝修寺晴子正欲更衣就寝，好像突然想到了什么，赶紧打开香屉。昨日造访本能寺时，信长曾给过她一个香囊，还说："这是今夜的回礼。也算难得的佳品，你试试吧。"香囊外并未注明其中香木的品名，越发引起了晴子的好奇。再加

---

[①]《十七条宪法》：604年，圣德太子制定的十七条条例。训诫群臣，以和为贵，融合儒、佛思想，强调君臣之道。

[②]《御成败式目》：贞永元年（1232）北条泰时面临承久之乱后的混乱局势面针对政治、法制等诸多问题制定的51条法典。直到室町时代都是武家的根本法。

上，今夜莫名心绪不宁，即便上了床只怕也很难入眠。

她从装饰着千鸟莳绘①的十数层香屉中分别取出各种制香工具，依次整齐地摆放在案上。制香之道自古便是后宫女子的必修功课之一。同茶道一样，焚香的手法、顺序等都有很多规矩和讲究。

首先，晴子在引火香炉中点上了炭火，移至香席之上。这项准备工作原本应由下人来做，可是她现在不敢招惹房子。昨日她连声招呼也不打就去了本能寺，房子知道后生了老大的气，到现在还不跟她说话。

接着，晴子取出引火香炉中的火屋，用火钳夹住移入焚香香炉之中。再接着，她又用香灰盖住炭火，打开火窗，右手半掩香炉观察其中的火势。若火烧得太旺则会烧焦香木，产生异臭；倘若不够旺，又无法令香木的香气充分释放。因此，用手掌测试温度这一步至关重要。此时，晴子便感到火烧得稍旺了些，于是又往炭火上撒了厚厚一层香灰，再用火钳将香灰拨匀并戳了几个风眼。

此刻掌心的温度令她回想起昨日本能寺的那场相会。香薰比世间任何事物都更能撩动人的心弦，即便仅是些微残存的香味，也同样能唤醒如梦境一般遥远而又清晰的记忆。今夜，晴子所焚的乃是游览富士山时用过的香料，自然令她深深沉浸在当日二人共度的美好记忆中，除了肌肤相亲的缠绵和甜蜜，更有灵肉结合的战栗与沉醉。

晴子将一枚银叶置于香灰之上。这银叶其实是镀银的云母片，用于搁置香木，因形似叶片而得名。银叶若用手拿便会沾上

---

①莳绘：涂漆，上金银粉或彩粉的一种美术形式，多用于器物的表面。始于奈良时期，是日本代表性的制漆工艺。

指间的油腻、污渍，进而也会污染香木，令香气浑浊。故而，放于香灰上时，要用专门的银叶夹来夹。

晴子终于从香包中取出香木，轻轻搁在银叶之上。不一会儿，香木受热，便有馥郁的馨香四溢开来。果然如信长所说，这是块难得的好香。闻上去似乎是伽罗沉香，可又不那么刺鼻，还隐约带有一股沉静的甜香，悠悠钻入鼻尖，沁润着咽喉。晴子左手端起香炉，凑到自己面前，一边用右手轻轻扇动，一边闭上双眼深深吸气。

一瞬间，脑海中浮现出一幅草木葱郁的森林美景。古木参天，遮天蔽日，树荫下、枝头上，处处涌动着生命的无限活力。阳光从茂密的枝叶间穿过，投下点点光斑。小鸟欢快地鸣叫着在林中穿梭。地面长满厚厚的青苔，好似铺了一张柔软而湿润的地毯。大地上淙淙流淌的山泉的甘甜，林中空气的清爽宜人，茸茸绿苔的淡淡苦涩，未熟透的果实的清甜和微酸……所有这一切滋味都蕴藏在这块小小的香木之中。

普通伽罗一般会有两味以上不同成分，而这一块少说也有五味以上。故而层次丰富，宛若纵情流淌的琴音，忽高忽低，忽急忽缓，富于变化。

（难道说，这是……）

难不成竟是正仓院①中秘藏的兰奢待？除此之外，晴子实在想不出还有别的香木能散发出如此美妙的香气。兰奢待乃是天下闻名的名木，连正亲町天皇也赞之为"圣代之余熏"，原本没有天皇的特许是不能采割的。然而天正二年（1574）三月，信长却向朝

---

①正仓院：奈良东大寺大佛殿西北方的木制大仓库。分为宝库、圣语藏等。内藏圣武天皇的遗物，东大寺的镇寺之宝以及典籍、经卷等大量七至八世纪东洋文化瑰宝，共九千多件。又称厅院西双仓或三仓。

廷施压,将这种香木成功弄到手了。当时,他不过只采割了一寸八分大小的一块,没想到时隔八年他依然郑重收藏着这块兰奢待。想来过去的这么些年,他一定也常常取来把玩,爱不释手吧。

虽然只是薄薄的一块残片,晴子却明白,信长将之赠与自己一定有着非同一般的意义。因为信长常说,天下无双的珍品唯有天下第一人才配拥有。以兰奢待相赠,不正意味着他已将晴子视为能与自己平起平坐的人了吗?

(他说要立五王子为太子,又说要让他们移住安土城,看来都是动真格儿的。)

置身于兰奢待特有香气的环绕之中,晴子仿佛堕入了缥缈的梦境。心中隐约有个声音在告诉自己,信长所做的一切都是为了让她也能去安土,令她不禁沉浸在自欺欺人的幸福和满足之中。

猛然回过神来,香木已快燃尽了。木片已经碎成细渣,银叶上只剩下一小撮炭灰。

晴子慌忙唤来房子,她急于想叫她也闻闻这世间少有的香气,甚至忘了自己和她正在闹别扭。

"来了来了,奴婢又不是聋子,用不着娘娘您三催四请的。"房子没好气地小声咕哝着走了进来。可是刚一踏进屋,她就愣住了,眼睛瞪得比铜铃还大。

"哎呀,好香啊!"她闭上双眼由衷地赞叹道。

"怎么样?把你叫来,不算冤吧?"

"就好像坐在沙罗双树[①]下,闻着花香。这是伽罗,还是普通沉香?"

"这事你可别对任何人说。"

---

[①] 沙罗双树:传说释尊涅槃时的卧榻两端各有两棵沙罗双树。涅槃之际,东西、南北的双树合一,各成一树,树色变白。关于双树枯荣的寓意,各经典各有不同解释。

"奴婢好怕,最近娘娘不能对人说的事儿越来越多,真是为难死奴婢了。"

"这可是正仓院的兰奢待。昨日信长大人才刚给我的。"

"什么?"房子慌忙用手掩住口鼻,好像再吸上一口就会遭天谴、遭天打雷劈似的。

"你这是干吗?难得遇到这样的好香,还不静下心来好好品味?"

"可是,这可怎么成?奴婢听说,这兰奢待可是上用之物,除了圣上还有谁配闻它?"

"都已经闻了,还能怎么着?你瞧,这都快燃尽了。"

在晴子的催促下,房子忍不住探头朝香炉里看去。在东大寺正仓院中珍藏了数千年的香木,已经努力释放出最后一缕香气,完成了它的使命。主仆二人像两个背着大人闯了祸的小孩儿,只知道你看着我我看着你,谁也不敢先开口。

"不管怎么说,还是先想想该送什么回礼吧。"最后还是晴子先说话了。整块香木已经化为灰烬,银叶上好似躺了一具死掉的虫子的躯壳,"正好信长大人明日即将领旨受封将军,我也想送点什么聊表祝贺,你可有什么好点子?"

"奴婢觉得还是算了吧。"

"为何?"

"娘娘就不怕被太子殿下责罚吗?最近您得罪殿下的地方已经够多了,就算您不在乎,也该小心为妙。"一转眼,房子又变回了那个老成世故的侍女,一本正经地劝诫起晴子来。

"太子殿下怎么了?"

"这个嘛,奴婢倒没多打听。"

"殿下现在何处?多半是在若草君那儿吧?再不然就是上臈局

那儿。"太子殿下已行过践祚之仪,内侍司的女官们也都正式上任了。如今在新皇身边侍奉的上﨟局乃是由花山院满子出任,可谓"后宫第一女官"。

"殿下的确在上﨟局那儿,不过据说从宫中回来就一直闷闷不乐。"

"或许是身子不适吧。"

"奴婢可不这么想。一定是遇到了什么不顺心的事,听说喝了不少酒。方才还大声呵斥下人,连长廊下都听得见呢。"

(那可就奇了怪了!)

今日迫于信长的压力,太子殿下不得不勉强即位,心里自然不痛快。可是明日便是册封将军的大日子,殿下即将亲自主持大典。他素来克己自律,严守宫规,明知大事当前又怎会饮酒作乐失了体统?实在是咄咄怪事。

想到这里,晴子有点发慌,赶紧站起身来走到长廊下,竖起耳朵听着殿下那边的动静。花山院满子的局所①内果然正在举办酒宴。太子殿下张狂、放浪的笑声不时越过中庭传过来,看来他已是酩酊大醉了。

"你速速派个机灵可靠的人去母家,把兄长给我请来。"

"现在吗?"

"当然。骑匹快马去,请兄长也务必骑马过来。"

天黑之后,公家人通常不会遣使传信,除非是特别要紧的事。晴子此举,在公家社会可算是有违常规。可是,就算会遭人非议,晴子也必须这样做,因为眼下有一件事她必须要尽快确认。

----

①局所:殿舍、宅邸、寺院等之中,独立分隔出来的房间。又称曹司。又特指在宫中或贵族府上,赐予在此任职的女官们的房间。进而"局"一词又可引申为拥有这种房间的女官,或对在宫中、公家及武家任重要职务的女性的尊称。

（明日的将军册封礼，莫非是个圈套？）

这个念头一起，旋即占据了她的整个大脑。不安啃噬着她的心，令她心急如焚。

过了差不多一个时辰晴丰才姗姗来迟，说是从本能寺回来之后便早早地歇下了。

"明日的将军册封礼准备得如何了？"晴子一见到兄长，就迫不及待地迎上前去，急切地询问道。

"不太清楚。此次大典从头到尾都是中山公一人操持，旁人无从插手。"中山亲纲乃是若草君之兄，也是太子殿下最为信赖的近臣之一。

"是否已派使者前往石清水八幡宫[①]？"

"这个为兄也不得而知。"

"房子！房子！"晴子高声唤来外间的房子，"今日中山公可曾到府上来过？"

"来了呀，此刻正与太子殿下同席喝酒呢。"

"天啊！果不其然……"晴子闻言，大惊失色，好半天才蹦出这几个字。朝廷大典乃属神事，将军册封礼自然也不例外。按理，应先派使者去参拜八幡大菩萨，征询神佛的旨意，看看菩萨和神灵是否同意任命新将军。今夜本应忙于料理此事的中山亲纲，哪儿来的闲情逸致在此饮酒作乐？整件事真是越想越不对劲。

"有何不妥吗？"不愧是常年周旋于公武两方的武家传奏官，晴丰立刻觉察出晴子的反应非比寻常。

---

[①]石清水八幡宫：位于今京都府八幡市的原官币大社，祭祀誉田别尊（应神天皇）、息长带姬尊（神功皇后）、比买神三座。贞观元年（859），请来宇佐八幡。深得历代朝廷信奉，镰仓以后作为源氏的氏神而深得武家崇敬。与伊势神宫、贺茂神社并称。二十二社之一。又称男山八幡宫。

"没什么，我不过是随口问问。突然要兄长深夜前来，实在是对不住。"晴子故作镇定，转身命人送晴丰回府。说心里话，她真想把一切都告诉兄长。那样的话，自己也不用像现在这般担惊受怕，心里多少也能好受些。

若其中果真有什么阴谋，还得赶紧通知信长才是啊！此刻，晴子恨不得自己能生出一对翅膀，转眼便能飞到本能寺去。可是，无凭无据，她又如何能让信长相信呢？

若明日之事果真是个陷阱，只等着信长前去送命。那么在背后操纵一切的，除了近卫前久绝不会有第二个人。当然，刚刚登基的太子殿下自然也牵涉其中。也就是说，在此事上整个朝廷早已达成共识。就算晴丰选择站在信长一边，到头来必然会陷自身于险境。退一万步说，就算他兄妹二人真能力挽狂澜救信长于危难，并凭此功劳换取一世荣华，可信长死后呢？又或者织田家覆灭之后呢？到那时，劝修寺家在朝中又该如何立足？就算等上一百年、两百年也要算清旧账，这便是公家社会和五摄家体制最可怕的地方。

（怎么办？我该如何是好？）

太子殿下那边的酒宴上正轻歌燕舞，还不时传来阵阵欢声笑语，仿佛是在嘲笑如热锅上的蚂蚁一般焦躁不安的晴子。那一声声毫无顾忌的嬉笑怒骂，在这个静谧而凝重的夜晚，听来尤为刺耳。

晴子一怒之下，竟顾不得后果，径直朝花山院满子的局所走去。太子殿下正盘膝坐在壁龛前，左右有中山亲纲、吉田兼和等四人相陪。毕竟夜已深了，满子和其他侍女都已经退下了。发现了这一点后，晴子竟偷偷松了口气。

"哟呵，夫人真是稀客呀！"兼和不无恶意地揶揄道。而太子殿下却只恶狠狠地瞪了她一眼，一个字也没有说。至于其他的公家，自然也不好说什么，只默默地看着晴子。

"明日便是册封将军的大日子，臣妾放心不下，特来看看殿下。"晴子在太子殿下身旁刚一落座便直截了当地问道，"宣旨册封定在几时？"

"未时开始。"太子使了个眼色，兼和立刻代为回答。

"既然如此，殿下和诸位不早些歇息，何以三更半夜还在此寻欢作乐？"

"今日乃殿下即位的大日子，我等近臣追随太子殿下多年，自然是感同身受，喜不自禁，故而特来朝贺。殿下也是不好驳了我等的面子，这才深夜作陪。"

"中山大人。妾身听闻册封之礼乃是由你全权负责，敢问你是否已派了使者前往八幡宫？"

"后宫不可干政。此事事关朝政，下官无需向夫人您禀报。"亲纲的语气中充满了不屑，似乎在说：你一个内宫妇人，凭什么对我指手画脚？他本是若草君的内兄，自然早就对晴子心有不满。

"妾身受圣上与殿下之托，曾多次前往安土，当然有权过问此事。"

"你到底在担心些什么？"太子殿下突然插话道，声音里有隐忍的怒火，"本宫已如你所愿，一即位便立刻册封信长为将军，你还有什么不满意的？"

"殿下此言差矣。信长大人当不当将军与臣妾何干？臣妾何尝有过这样的心愿？不过是依照您的吩咐，尽一个使者应尽之责而已。"

"真是笑话！你还真把本宫当傻子不成？"太子殿下说着，抬手一挥，四位近臣会意，立刻退了出去。

"去年春天你出使安土，今年春天又不远千里前去恭贺他打了胜仗，这前前后后几次相见，你与信长之间究竟发生了些什么，别打量我啥也不知道！"

"不过是后宫女官间捕风捉影的闲言闲语，殿下莫非还当真了？"

"是不是闲话你最清楚！本宫可是听近卫太阁大人亲口说的。你二人干下的丑事，光是听听都觉得脏了我的耳朵！"太子殿下声量不高，语气也不重。可正是这种看似心不在焉的冷漠和平静，反而越发令晴子感到不寒而栗。

"是吗？的确是近卫公的做派。"巧言令色唆使晴子向信长投怀送抱的是他，在太子殿下面前挑拨离间的也是他。面对这样的敌人，你心里就算再恨，也不得不承认他手段高明。

"听你这口气，算是承认这一切都是真的了？"

"自打臣妾迈出了第一步，就早已料到会有今天。事到如今再来作何辩解也都毫无意义，臣妾甘愿领受任何惩罚。"

"看来，你对信长还真是死心塌地呀。"太子殿下凄楚一笑，一仰脖子喝尽了手中的一大杯冷酒。殊不知借酒消愁愁更愁，再多的烈酒也无法麻醉被晴子背叛所带来的伤痛，"那个男人也活不过明天了。待到旭日东升，只怕他早已化作一缕青烟，踏上早升极乐之路了。"

"什么？究竟怎么回事……"

"本宫已下旨，命明智日向讨伐信长。现在应该有一万三千兵马，正翻越老之坂岭朝都城进发。"

"什么？！"晴子惊得几乎要跳起来，拔腿就往外走。

"你等等，本宫的一番苦心，难道你真的一点也不明白吗？"

"……"晴子沉默。

"我并不想失去你啊！你所做的一切本宫既已知晓，只要你愿意继续留在我身边，我便可以既往不咎，当作什么都没发生过。"听得出来，太子殿下的这番话句句发自肺腑，绝无半分虚情假意。可是，晴子却依然狠心将这份真情抛诸脑后，毅然奔向信长的身边。

谁知，她往外没跑几步，脚下就被什么东西绊了一下，重重地摔在了地上。原来是躲在一旁的兼和偷偷伸出一只脚将晴子绊倒了。

"娘娘，在下也是奉命行事，实在是对不住了。"嘴上假惺惺地道了个歉，兼和迅速将晴子的双手绑了起来。

二条御所相邻的近卫府中，此刻正灯火通明，亮如白昼。原来是前久命人绕中庭点起了一圈篝火。殿内聚集了家礼和门流等参阵公家三百余人，每人手中都紧握着一柄最新式的长铁炮。这种长铁炮乃是通过萨摩的岛津家从西班牙人那里买来的。射程远、威力大，比普通铁炮射程远了近一町，可以一枪射穿铠甲。如此精良的武器，前久竟能一下子弄到三百挺，足见天下虽大却没有他前久的势力到不了的地方。

参阵公家们身披带菊花纹徽章的新制铠甲，肩插锦旗。满庭熊熊燃烧的篝火，则是为了照亮黄泉路，为信长送行。这支队伍浑身上下的穿戴，让人一望便知是朝廷的军队。前久之所以这样安排，目的是为了在光秀成功讨伐信长之后能够尽快与明智军会合，同时昭告世人，这次行动乃是奉了天皇和朝廷的旨意。

此刻，身着锦缎直垂铠甲的前久正盘膝坐于房中，细细擦拭着心爱的马上筒。原本，他无需现在就穿戴整齐，全副武装。可是今晚大敌当前，心绪难平，注定是个不眠之夜。

（此时的信长一定高枕无忧，香梦正酣吧？）

前久将马上筒的枪身擦得锃亮，食指扣住扳机，咔哒一声合上了火挟①。果然是把好枪！做工精细，比例匀称，也难怪前久总是爱不释手，只恨不能亲手用它一枪射穿信长的胸膛。这二十三年来，二人亦敌亦友，相生相克。没想到，他前久会成为最终的胜者。一想到短短几个时辰之后就能迎来最后的胜利，即便是久经历练的前久也无法再保持一颗平常心。

"小的就此与大人别过……"匍匐在院中向前久道别的，正是即将赶赴前线的风之甚助。多年来，他无时无刻不在关注着信长的一举一动，今日终于等来了报仇雪恨的机会。

"看样子，你是不打算活着回来了。"

"留着小的这条贱命，就是为了报仇。若能亲手杀了那男人，与他同归于尽，我便能追随妻儿而去，也算是死得其所！"

"信长的这条命早已逃不出你的手掌心，何用拼得鱼死网破？"

"话虽如此，可是……"

"兴福寺那边来了消息，你的孩子已寻到了十五个。孩子们都吃了不少苦，也算是死里逃生。就算是为了他们，你也该努力让自己活下来。"前久可不想失去这个难得的人才，以后用得着他的地方还多着呢。

"大人替我寻子之恩，小的没齿难忘。只是，幸得近卫大人仗义相救，保住了小的这条贱命，自从那天起，与信长同归于尽就成了我活下去的唯一理由。除此之外，小的再没有资格奢求别的。"甚助拼尽全力，却没能救得了自己的毕生至爱，只能眼睁睁看着身怀六甲的志乃死在自己怀中。从那一刻起，他就已经失去

---

①火挟：火绳枪支的扳机旁附带的插入火绳的装置。

了活下去的力量，变成了一具没有灵魂的躯壳。

"既然如此，今日就再做最后一搏，了却平生夙愿。我听闻信长改建本能寺之时，曾加修了不少机关暗道以备不时之需。你可要多加小心，切莫让他钻了空子。"

"小人多次潜入寺内做过详细勘察，寺中大致情况早已了然于胸。大人尽管放心。"

"想必那个男人也没想到你还活着，在他咽气前的最后一刻，一定要让他知道你是谁，好教他死个明白。"

去年十月出征伊贺之时，前久救了信长一命。当时，甚助从高高的松树树梢上悄然落下，正欲偷袭信长，却在即将得手一瞬间被前久用马上筒一枪击落。作为酬谢，前久从信长手中讨得甚助带回京中，对信长却谎称自己已在大肆炫耀了一番之后将他处置了。

信长临死前若得知当年的刺客甚助并没有死，如今竟回来索自己的命，一定会顿时恍然大悟——原来早从那时候起，前久就已经为打倒他信长埋下了伏笔；原来他信长能活到今天，不过是因为前久心慈手软，迟迟未动手而已……一想到信长那张因悔恨和愤怒而扭曲的脸，胜利的喜悦立刻充盈了前久的整个身心，令他热血沸腾。

甚助前脚刚刚离开，吉田兼和后脚便走了进来。他满脸通红，浑身酒气，看来喝了不少："没想到御所的酒宴开了如此之久，下官迟迟无法脱身，所以来晚了，还望大人莫怪。"

"情况如何？"

"一切顺利！太子殿下醉得不轻，方才已经歇下了。"随后，兼和又将自己在二条御所是如何擒住晴子的，添油加醋地描述了一番。"晴子夫人任性妄为，太子殿下终于忍无可忍，把该说的、不该说的,全都说了出来。这下可好,夫人知道了真相,竟急着要去本能寺通风报信。在下见情况不妙,赶紧躲到暗处,趁其不备将晴子夫人逮了个正着。眼下夫人已被我五花大绑,正关在里间的小屋里呢,想想也怪可怜的。"

"你这么干,是太子殿下吩咐的吗?"

"怎么可能?太子殿下明知夫人行为不端,却欲睁只眼闭只眼不予追究。谁知夫人却不识好歹,竟不顾殿下的阻止,执意要赶去信长那里。下官也是逼不得已,情急之下才出此下策。都说情爱使人盲目,在下此番也算是开了眼界了。哎呀呀,女人这东西,一旦动了真情还真是什么都干得出来!"

"你在偷笑什么?"

"在下不敢。只是想到夫人被我擒住时那花容失色的小模样儿,嘿嘿嘿,心里禁不住一阵痒痒。"谁能想到,堂堂神官竟会笑得如此猥琐?

"你的那点小心思可给我藏好了,切不可在旁人面前流露半分。"前久清楚,就算明日之事大功告成,殿下与晴子二人的关系恐怕也永远无法修复了。成功重建足利幕府之后,前久打算恢复旧制,在五摄家的女儿中间挑选合适的人做新皇的皇后。

谁承想,前久的这番构想却随着计划的失败和太子殿下的骤亡而不了了之。四年之后,又以另一种形式得以实现。前久的女儿前子如愿成了后阳成天皇①的皇后,自后醍醐天皇一代以来的三百年间一直形同虚设的立后之制,终于不再是一纸空文。

"老夫明日便出家。"和兼和举杯对饮,酒过三巡之后,前久突然冷不丁地冒出这么一句。

---

①后阳成天皇:(1571—1617)安土桃山至江户初期天皇,正亲町天皇的皇子诚仁亲王(阳光院)的第一王子。在位1586—1611。名周仁,初名和仁。

"大人万万不可！若没了家门大人，我等如同暗夜行路失了明灯，如何还能辨得清方向？"

"我也快到知天命之年。信长一死，我在朝中也就没了价值，是该功成身退了。"这番话绝非惺惺作态，实在是前久此刻心境的真实写照。多年来他处心积虑、苦苦经营，就是为了除掉信长。而今此生最大的敌人既已不存在，什么治国平天下，对他来说早已索然无味。

"那么出家之后，大人还有何打算？"

"不如隐居东求堂，聊度残生吧。"银阁寺[①]本是近卫家所属，早在前久决意出家之时他就有了隐居东求堂的打算。

"大人正当壮年，人生之路还长着呢。家门大人可不像是安于现状，只图安稳的人呐。"

足利义辉、毛利元就、上杉谦信、武田信玄、朝仓义景、浅井长政、快川国师再加上织田信长……自从十九岁就任关白以来，三十年光阴似箭，前久打过交道的人形形色色、多不胜数，其中的大多数都已在战乱和历史的洪流中灰飞烟灭了。

"依在下看，大人不如就此弃武从文，著书立传吧？"

"无聊透顶！"

"大人可别这么说。想来，能被大人写入书中从此名留青史，对那些已逝的亡灵来说定是最好的祭奠。不仅如此，出自大人之手的史书，作为一个时代的记录也是极其珍贵和难得的呀！"

"明里暗里维护朝家利益，才是我等职责所在。人死不过黄土一抔，若能保全皇家颜面、圣上天威，就算没有白活一场。古人有云，了却君王事，何计身后名？"表面虽严词拒绝，前久心中却

---

[①]银阁寺：位于今京都市左京区的临济宗慈照寺别名。文明十四年（1482），本是为足利义政修造的山庄，后依东山殿遗命改为寺院。劝请开山为梦窗疏石。

也有所动摇。

说到著书立传，他想写的东西实在太多太多。年轻气盛时，他曾直下越后，与长尾景虎同战北条氏；景虎在鹤冈八幡宫继承上杉一族，成为新任关东管领之时，他也曾以关白的身份亲自出席，可谓锦上添花；为正亲町天皇的登基大典筹措资费，他曾私访安艺，与毛利元就推心置腹，促膝夜谈；为再兴公武一体的盛世，他曾与足利义辉共谋大业，义辉罹难之后，他又为拥立义昭而各方奔走……

特别是这些年来，他与织田信长斗得热火朝天，却为了各自利益一朝和解。从此以后，他便摇身一变成了信长盟友，为统一天下和复兴朝廷出了不少力。然而，二人观念上的鸿沟却始终无法填平，矛盾和仇怨越积越深，终于走到了今天这一步……

"大人，近卫内府大人在外求见。"下人的高声通传打断了前久的思绪，是信基来了。

"他是一个人吗？"前久不明白信基为何会在这个时候突然造访。

"不，是和劝修寺大人一同来的。"

"啊哈，我明白了！"前久听说不久前晴丰曾被晴子请去了二条御所，一定是在那时他觉察出册封将军一事另有隐情，于是便去找信基商量，这才相约一同前来探个究竟，"瞧瞧我，真是里外不是人呐。"

前久立刻命人将二人请了进来："尔等深夜前来，所为何事？"

许是走得太急，信基连呼吸都还没来得及调匀，晴丰的神色也显得有些不自然。身为公家，怎能将自己的心思如此明明白白地写在脸上？看来，这两人的道行还浅得很呢。

"我正在集合参阵军，为明日将军册封大典助阵。"

"话虽如此，可也用不着彻夜燃起篝火，准备三百挺长铁炮吧？大人此举实在非同寻常啊！"

"长铁炮又算得了什么？我等公家参阵军本就人数不多，再不拿点儿像样的武器，还有谁会注意到咱们？况且，彻夜燃烧篝火也是为了扬扬咱们的威风，别叫织田军的家臣给比下去。再说，眼看已入六月，虽说稍微早了点，就把一年一度的水无月①祓除大祭也一同办了，也未尝不可。"

所谓水无月祓除大祭，乃是每年六月末宫中的一项盛事，为洗涤半年来的罪孽和污秽而沐浴斋戒、焚香礼拜，又称"夏越祓除大祭"。"夏越"②一词在日语中音同"平和"，又取"为神排解忧思，保国泰民安、朝局稳定"之意。信长贯会兴风作浪，搅得朝廷不得安宁，在这样一个特殊的日子将他了结最合适不过。

"既然如此，大人何以未准备白茅？"

"中庭内点了一圈篝火，你们没看到吗？那熊熊燃烧的火环，正好可代替茅草环③不是吗？待会儿你俩回去，从篝火之间穿过时可要小心了，别被火苗烧着了衣裳。"

"那么，石清水八幡宫那边，大人又是派谁去的？"

"我派了广桥和德大寺去，想来天亮之前也该回来了。"前久可没撒谎，他的确一早派了二人赶去男山，为的就是不让人在这一点上起疑。

这下信基无话可说了，只得与晴丰面面相觑，一脸茫然。

---

①水无月：日本六月的古称。
②夏越："夏越"一词在日语中意为"度过夏天"，发音为"nagoshi"，与"平和、安定"一词相同。
③茅草环：用纸包裹白茅草捆成圆环状，从中间穿过可以洗涤身心。是六月祓除大祭的重要活动。

"怎么？你们是对我有所怀疑吗？"

"不、不，下官不敢。只是听闻府上热闹喧天，觉得有些不寻常。"

"有劳二位挂心。相请不如偶遇，既然来了，那就一起喝一杯吧。"前久热情地邀二人共饮，看起来兴致颇高。

"此番义父大人能顺利荣任将军，多亏有父亲大人费心张罗，儿子在此谢过。"酒过三巡之后，信基一脸真诚地对前久说，"关于五王子即位和迁宫一事，想必父亲大人还有所顾虑。但儿子敢以性命担保，信长公绝无僭越犯上之所为，更不会给圣上添忧添愁。"

"你倒是对他挺有信心呐。我可记得阿驹刚死那会儿，你可是一副心灰意冷、生无可恋的颓废样儿啊。"

"私事与公事岂可混为一谈？再说，吃一堑长一智，那件事以后儿子也长进了不少。前尘往事虽仍难以释怀，但儿子坚信信长公的所作所为乃是正道，所以甘愿抛却儿女私情为他效犬马之劳。"

"你倒说说看，信长做的什么是正道？"听到儿子说自己甘愿为信长效力，前久心里很不是滋味，却没有即刻发作。

"正是其'天下布武'的理念。从今往后，朝廷也好、寺社也罢，都不能再插手政治，整个国家应全权交由信长公来治理。惟其如此，才能凝聚一国之力，发奋图强，励精图治，誓做堪与西班牙、葡萄牙比肩的世界强国。"

"嗯，说得倒也有几分道理。"年轻气盛的信基，谈起统一天下之后信长的治国方针和出兵海外的计划来，一时口若悬河，滔滔不绝。前久也不打断他，还装出一副深以为然的样子，信基自然愈发得意，聊得忘乎所以。

二人此时都未曾想到，此事日后会成为父子间永远无法修复的裂痕。翌日，本能寺之变爆发，信基这才明白自己不过像个小丑一样被人耍了一场，自然是悔恨交加，发誓此生都不会原谅父亲前久。

送走酩酊大醉的信基二人之后，前久静下心一想，才发现关于信长努力想要攻破的这一课题，自己似乎从未有过明确的答案。如若将来果真只有一种力量能支配这个国家，那么如何才能凝聚一国之力与国外势力相抗衡呢？

前久坚信，即便上天注定真有这么一天，那么这支支配日本国的唯一的、核心的力量也只能是朝廷，而绝非武家。恢复古代律令制，构建以天皇为中心的中央集权制国家，才是无可取代的治国良策。等到有一天这一切终于实现，像前久这样为了维护朝家的尊严而忍辱负重、呕心沥血的人，也终将得到世人客观而公允的评价。

翻过老之坂岭，山道忽然变成了又陡又急的下坡路。山阴道宽不过四尺，只容一人一马通行。明智的一万三千大军此刻正排成长长的一列，如蚁队一般默默行进在暮色中的山道上。夜空中云层暗涌，月亮和星星都已被乌云吞没，眼看大雨将至。为避免引起沿途行人的注意，行军队伍连火把都未点，将士们只能扶住前面的人的肩头一步步往前挪。夜风呼啸，掠过树梢，发出沙沙的巨大声响，连铁甲兵器相互碰撞而发出的铿锵之声和马蹄声都被淹没其中。

明智光秀用双膝夹紧身下的栗色爱马，吃力地支撑起大幅度前倾的上半身，艰难地行进着。事到如今，他已不能有一丝一毫的犹豫，必须将全副精力集中在这场剿杀信长、信忠父子的战斗之中。

子时已过,队伍已到沓挂。道路到此一分为二,向东便可上京,往南则是山崎。若按照信长的命令,明智军本应在此直下山崎,沿山阳道奔赴备中。

沓挂有个小小的驿馆,不过只有五六间房。光秀刚一到这儿,就命人把原本住在驿馆内的人统统抓了起来,关进了一间小屋,随后命全军就地休息。将士们胡乱吃点干粮,给马喂了水和草料,又把马草鞋全都换成了新的。再往下走山路将会越发陡峭,恐伤了马蹄,此外也可以减弱马蹄的声响。

光秀和重臣一起用了点干白饭。经过长途行军他早已饥肠辘辘,今日吃起饭来觉得异常香甜。还能分辨出米饭的滋味,看来状态还不算太糟——光秀刚在心里这样安慰自己,却突然感到一阵恶心,几乎要把刚咽下去的东西一股脑儿全都吐出来。光秀紧闭双唇,咬紧牙关极力忍住,又急忙喝了一口水把涌到嗓子眼儿的东西硬生生咽了下去,生怕被旁人看出什么异样。

"报!"一个被派去前方探路的小兵冲进了临时搭建的主营。据前方侦察,信长的确只带了一百五十个家臣留宿本能寺,而妙觉寺的信忠军也不过只有五百人。京城中各条主干道上设有栅门,晚间严禁军队通行。所以至少在黎明之前,信长他们做梦也不会想到,本应在住吉的四国征伐军和已被派往备中的明智军会突然全部出现在本能寺。

"大人,还是派一支先锋队先赶到桂川吧?"斋藤利三嘴里塞满干白饭,含含糊糊地说道,"依在下看,由天野源右卫门带队就不错,我这就派人去把他叫来。"

"那倒不必。"

"是时候该将此次出征的真正目的告诉兄弟们了,若有不从者,当即斩了便是。"直到现在,全军上下仍蒙在鼓里,大家始终以为此次赴京是为了给信长的将军册封大典保驾、助阵。可是，马上就该做战前的准备了，再隐瞒下去也不是办法。

"不可，还是先按兵不动。若有心生疑虑者，就说我等是奉天皇之命上京讨伐德川的。"若将真相如实相告，光秀真担心自己手下的将士会争先恐后地往信长那儿跑。所以，他不能不慎之又慎，"还是由你和秀满先带兵打头阵，先在桂川布下阵来，等候大部队前来会合。"他还是选了自己更信得过的利三和秀满来打先锋，同时也能监视其他人，以防有人临阵脱逃。

"正式攻入京城时，也由我俩来打头阵吧！"

"你二人可兵分两路，你带兵专攻本能寺，秀满则负责攻打妙觉寺。此外，光庆！"

"……在！"直到抵达沓挂，光庆才获知此次出征的真正目的。此刻，就连夜色也掩饰不住他脸上的惊愕和慌乱。

"我命你率千余兵力，先赶赴皇宫，确保宫中众人的安全。务必将大内围得严严实实，连只蚊子也不能放进去。"光秀担心，在成功包围本能寺之前若被信长觉察出什么，他说不定会冲进皇宫挟持天皇。若不事先做好防范，一旦发生这样的事，那他光秀岂不是搬起石头砸了自己的脚？光秀天真地以为诚仁亲王即位之后自然也会留在宫中，所以没能顾得上加强二条御所的防御。这一小小的失策，后来却给他带来了巨大的麻烦。事发之后，妙觉寺的信忠果然冲入二条御所，将太子殿下劫持了。而最后拼出性命将殿下营救出来的，却是劝修寺晴丰和京都所司代村井贞胜。

"禀大人，御所大人①派来的使者在外求见。"三日前，光秀曾派人去备后，将自己举兵一事告知了足利义昭。义昭感服于光秀

---

①御所大人：这里指足利义昭。

的义举，作为回礼特派其麾下重臣细川摄津守前来助阵。"

"御所大人在备后敬候佳音，待吉报传到，便会立刻随毛利辉元大人挥师上京。大人现已派使者前往四国和纪州，通知长宗我部大人和纪州的总国一揆联军，事成之后便刻不容缓即刻上京。"

"备中的羽柴筑前有何动静？"光秀并不知道近卫前久已将秀吉拉入了自己的计划之中，这是他的又一次失策，也是后来令他追悔莫及的原因之一。

"安国寺一个名叫惠琼的僧人曾与之交涉，恳请筑前放高松城一马。不过，若得知京城突发兵变，想必筑前也不得不向毛利军举手投降。"若得知信长被诛，原本追随秀吉的备前、备中的将士们一定会纷纷倒戈，投入足利义昭麾下。到时候，就算是神通广大的秀吉，恐怕也很难凭区区一万兵力力挽狂澜吧。

"此乃御所大人所赠之信物。"使者说着，将一柄用锦帕包裹的短刀放在三方台上呈了上来。原来是足利家世代相传的名刀，鬼切丸。相传乃是源赖光①手刃大江山恶鬼时所用的兵器。"大人承诺，重建幕府之后定会任命您为副将军。到时候，您便可以名正言顺地继承土岐氏本家。"

土岐美浓守光秀——摄津守所呈上的书信上，义昭亲笔写下了这几个大字。想来，这便是从今往后他光秀的正式名号了吧？

"微臣惶恐，还请尊使向御所大人代为转达我的一番感激之情。"当初信长不屑一顾的副将军之位，而今光秀却战战兢兢、诚惶诚恐地接受了下来。

六月二日丑时，明智大军抵达了桂川的西岸。只要渡过这条江，本能寺便近在咫尺了。光秀下令全军穿上足半，铁炮上膛，

---

① 源赖光：（948—1021）平安中期武将，满仲长子。历任摄津等国受领，以骁勇著称，位至左马权头。因杀死大江山的酒吞童子和土蜘蛛等传说而著名。

698

脱下所有马匹的马草鞋，做好了渡江的准备。

"众将士听令！"斋藤利三在马上挥舞着火把大声说道，"敌人就在本能寺内！今日杀了织田信长，咱们的主公从此便是一统天下之人。尔等自当抛却生死，奋勇杀敌。事成之后，必定论功行赏、奖罚分明。"这番话宣布了大战打响。果不出利三所料，一听说自己的主公将要夺取天下，将士们顿时欢欣鼓舞，士气高涨。

光秀握紧了手中的鬼切丸，目光远远地投向江对岸那一片无声的黑暗之中。

二条御所的内室里，劝修寺晴子被五花大绑，扔在地上。有生之年她还从未受过这样的屈辱，震怒之后，晴子陷入了深深的绝望之中。明知会有身败名裂、万事皆空的一天，还是要奋不顾身地投入这场不伦之恋。这一切难道不是她咎由自取吗？

可是现在，她不仅双手被反绑，甚至连双脚也被捆得死死的。这个兼和，下手未免也太重了！晴子拼命挣扎，试图挣脱绳索，谁知反而勒得越来越紧。

绝望中，晴子忽然想起了《伊势物语》[①]中二条皇后的故事。身为清和天皇中宫的二条皇后，只因少不更事，春心萌动，竟与在原业平双双坠入情网。难以抵挡绝世美男业平的魅力，皇后不由自主地在这段恋情中越陷越深。几番幽期密会之后，二人的丑事传到了天皇耳朵里，于是业平遭流放，皇后也被羁押起来，关进了仓房。身陷囹圄的皇后看破红尘，绝望而哀怨地吟唱道：

小虫藏藻里，被刈自丧身。

今我亦如此，责己不尤人。[②]

---

[①]《伊势物语》：平安时代和歌物语，作者不详，疑是在原业平的传记。共有约125段故事，记录了主人公以男女情事为中心的风流生活。

[②]译文参考丰子恺译本。

渔夫所采捞的海藻中，栖息着一种名为"由我"的小虫。皇后以歌明志：正如这种海藻虫的名字一样，整件事也是由我而起，是我心甘情愿。就算眼泪流干，也怨不得那个人；就算身败名裂，我也无怨无悔。

此刻，晴子小声地吟出这支歌，眼眶里却干干的，不曾掉下一滴眼泪。只因她早已对这充斥着清规戒律的俗世和罪孽深重的自己心如死灰。

远处一声惊雷。晴子怀疑是自己的错觉，可是紧接着又是一连串雷声，从北方的天空由远及近滚滚而来。

晴子想起在本栖湖畔的那一夜，信长曾说过，雷神不过也是他的部下。想到这里，这滚滚雷声听上去似乎更像是信长的怒吼和咆哮。当然，翻越老之坂岭朝京城步步逼近的一万三千明智大军那震天动地的马蹄声和脚步声，一定也毫不逊于这滚滚惊雷。

这样下去可不行，得赶紧想想办法……无论如何她一定要赶到本能寺，将即将到来的危机告诉信长……现在是什么时辰了？离天亮还有多久？晴子不禁竖起耳朵，用心聆听着周遭的动静。

每过一个时辰，守夜的卫兵便会在御所中巡逻一圈。晴子努力想分辨出他们的脚步声，可是除了雷鸣声她什么也没听见。再不想出个办法来，可就来不及了。一旦明智军进了京城，可就一切都完了。晴子心急如焚，身子却动弹不得。

她转而用目光搜寻起整间屋子，看看有没有什么东西能帮自己脱身。内室空空荡荡，只有壁龛里有一盏孤零零的宫灯。对了！用灯火烧断绳索，手脚不就自由了吗？再将宫灯推倒，把屋子引燃，定能引起骚乱，自己便可以趁乱逃出去。晴子心下盘算着，向前扑倒，像只尺蠖一般匍匐着一曲一伸，朝着那盏宫灯拼命蠕动。好不容易才挪到了壁龛前，她伸出两只脚想要将宫灯踢倒。

"娘娘，可使不得！"房子惊慌失措地跑了进来，"要是失了火可不是闹着玩儿的！还没等您烧断绳子只怕就被活活烧死了。"

"那你就把这绳子给我解了！我可不能待在这里。"

"奴婢不许娘娘去本能寺。您只要能答应我不去，奴婢这就帮您解开。"

"不去、不去，我只是想去净手①。"晴子撒了个谎，还缩了缩身子，装出一副快憋不住了的样子。

"哎呀呀，娘娘受苦了。"房子闻言，赶紧掏出怀中的短刀准备割断绳索。可是绳子绑得实在太紧，她又怕不小心伤到晴子，急得直跺脚，"我的天，绑得可真够紧的，真真是一点情面也不讲。就算娘娘有天大的过错，也不该下此狠手啊。殿下不也一样？今日宿在这一个房中，明日又去那一个局所。男人可以朝三暮四，偏就咱们女人要吃这样的苦，老天爷真是不公平！"

"别再唠唠叨叨了，赶快动手吧！稍微蹭破点儿皮也没关系。"

"那怎么行？娘娘金枝玉叶，奴婢怎舍得让您受伤？"房子哆哆嗦嗦，总算把晴子手上的绳子给解开了。说时迟那时快，晴子立刻翻身坐起，一把抽出自己怀中的短刀，把绑在脚上的绳子也咔嚓一声割断了。手脚重获自由，晴子立刻疯了似的朝外面冲去。

"娘娘，茅厕在那边。"

"不用你告诉我。我是要去救信长大人。"

"什么？万万不可！娘娘一意孤行，可曾想过太子殿下的处境？"房子张开双臂挡在了晴子前面。

"那你现在就把我杀了吧！与其眼睁睁看着信长大人去送死，

---

①净手：古时对如厕、方便的一种委婉的说法。

自己却无能为力,还不如现在就死了的好。"

"请娘娘息怒,您可知道您现在的模样有多可怕?"

"少废话!快拿起你的刀,用力朝这儿刺!你要是下不去手,就别挡我的道儿!"晴子一把抓住房子握着短刀的手,将刀尖对准自己的心口,一步步逼得房子直往后退。

房子被逼到墙角,无路可退,终于屈服了:"罢了罢了。娘娘既已下定决心,奴婢自然无话可说。可是,大门、后门都有重兵把守,娘娘想出去可没那么容易呀。"听她这么一说,晴子才突然意识到现在正是半夜。方才自己一直处于慌乱之中,竟忽略了这一点。

"后门的警戒相对松些,奴婢带您去碰碰运气。"房子说完,举着宫灯在前方引路,将晴子带到了通向后院门的小门侧。门的这一边有两处哨卡,还燃着两堆篝火。门关得紧紧的,当值的是两名年轻的武士。

"门口有鞋子,您先穿好,找个地方躲起来。"

"你要干吗?"

"奴婢打算在膳房放把火,听见动静,在哨卡当值的卫兵定会全部出动,趁他们急着灭火的当口,您就能偷偷溜出去了。最好再披上这个。"房子说着脱下自己身上的打褂递给晴子。晴子一把接过来,搭在头上遮住自己的脸,一闪身躲进了小门后的暗处。

房子毫不迟疑地大步走进膳房,将手中的宫灯移向障子拉窗。灯火迅速引着了薄薄的窗户纸,不一会儿便有鲜艳的火舌蹿了出来,在黑夜中越烧越旺。

"失火了!救命啊!快来人呐!救火呀!"房子一边大声呼救一边朝哨卡跑。正在站岗的两名卫兵和另两名在哨卡中休息的卫兵听见动静,全都跑了出来,往膳房冲去。瞅准这个机会,晴子像只猫一样嗖的一下从小侧门蹿了出去。她朝着后院门不顾一切地狂奔起来，可是脚被绑得太久竟怎么也使不上劲儿，刚跑了不过五六步就啪嗒一声摔倒在地。这一下惊动了膳房里的年轻武士，他们正打算上前来抓晴子，却被身后的房子一把给推开了。她抢先一步冲上前去，用力扶起晴子，一边关切地询问道："娘娘您没事吧？快抓紧奴婢。"

"快！快扶我出去！"晴子抓住房子的手臂勉强站起身来，吃力地往前挪。院门紧闭，可是一旁的小偏门却只松松地上了一根门闩，将之轻轻一拨，门便自己打开了。

"这里交给奴婢来应付，您赶紧出去，趁这点时间跑得越远越好，最好能找个隐蔽的地方先躲起来。"房子把晴子用力往外一推，哐当一声从里边关上了小偏门。不一会儿，门内便传来几个年轻武士厉声盘问房子的声音，随后便是房子短促而尖厉的惨叫声，然而这些，晴子都没能听见。

此刻，她早已通过了御所外壕沟上所架的索桥，踏上了乌丸大街，正往南一路狂奔。木屐上的带子不知何时已经断掉了，晴子打着赤脚踩在铺满小石子儿的大路上，竟浑然不觉得疼。身后隐约可见有几点火把的光在晃动，追兵的脚步越来越近了。晴子四下里一张望，情急之下钻过低矮的栅栏躲进了一座神社境内。一转眼，她已置身于一片漆黑的松林，脚下是蓬松而柔软的青草地。晴子壮着胆子往松林的深处跑去，也顾不得林中的荆棘会刺伤自己的双足，刮破小袖的下摆。就在这时，四个高举着火把，凶神恶煞的人从她眼前匆匆跑了过去。其中一人已拔出了佩刀紧握在手中，裙袴上沾满了暗红色的血。

（天哪！难不成房子她已经……）

一定是在替自己堵住小偏门时被卫兵给杀了。晴子强忍住眼泪，屏住呼吸，一颗心却在滴血。

若现在回到大路上，说不定追兵还会折回来。于是，晴子决定横穿过整座神社，插到西洞院大街上，再继续赶往本能寺。

当她好不容易钻出灌木丛，来到大街上，眼前却凭空出现了一扇栅门。原来，已是夜深人静，京城中的各条大街上早已设了栅栏封了路。明明本能寺已近在咫尺，晴子却被一道紧闭的木栅门挡住了去路。

（天神呐，求您帮帮我！）

晴子不禁仰天长叹。夜空中，乌云压阵，电闪雷鸣。不多时，倾盆大雨便从天而降。偏偏晴子已经走到了松林的边缘，连一片可以遮风避雨的树荫都没有。顷刻间她便被淋成了一只落汤鸡，从头到脚都湿透了。晴子心一凉，颓然坐倒在地上。心中希望的火苗终于彻底熄灭，她已经连站起来的力气都没有了。

（不管了！听天由命吧……）

她懊丧地捶打着地面，随手抓起几把青草狠狠扔在地上。却不知为何，一片空白的大脑里，竟一次又一次浮现出《伊势物语》中的一段。

前途辽远，夜已深重，不知有鬼。期间忽而雷声轰鸣，大雨倾盆。

这是第六段"芥河"中的一节。二条皇后终于决心与自己心爱的男人亡命天涯，男人背着她逃到了芥河岸边。这是一个月黑风高夜，电闪雷鸣，暴雨骤降。男人只得带着皇后躲进一个破烂的仓房中，他并不知道这里竟是恶鬼的栖息之所。

有一荒芜仓屋，将女隐藏其中。自己手拿长弓，身背箭壶，站于门口，一心只盼天明。不知鬼已将女一口吞食。

男人让皇后待在仓房内，自己站在门口把守，却不想皇后竟被仓房里的恶鬼一口吃掉了。这本是二条皇后还在其表姐妹某女御的身边侍奉时发生的事，打算与男人私奔的皇后最后其实是被这个女御的兄长，堀河①的大臣藤原基经等人给抢了回来。

前文说有鬼，便是暗指此事。

这件事却被后人误传为皇后被恶鬼所食的奇闻怪谈——作者在文末这样解释道。

（哎呀呀，别想了！别想了！）

晴子双手捂住耳朵，拼命地摇着头。难道她也会和二条皇后一样，被恶鬼给吃掉吗？无论她如何哭喊，如何挣扎，最终还是会被强行拖回宫中，过那行尸走肉一般的生活吗？冥冥中，仿佛有一个声音在狞笑着告诉她，这就是她的结局。

少顷，雨渐渐停了，雷声却仍未停息。滚滚惊雷由北至南掠过天际，令人不禁联想起那马蹄声声、浩浩荡荡而来的明智大军。

（会被恶鬼吃掉的，不是我，而是他啊！）

晴子猛然意识到，曾赋予她自由和幸福的信长，眼看就要落入近卫前久这只恶鬼之口，已是命悬一线，危在旦夕。想到这里，晴子只觉得脑子里轰的一声，一把愤怒之火被瞬间点燃，直烧得她双拳紧握，浑身战栗。在愤怒的驱使下，她再次站了起来。

街对面传来汩汩的流水声，原来是因为天降暴雨，街边的水沟中涨了水，流水声比往常更响了。对呀！街面上架了栅栏自然是过不去，可是再坚固的栅栏也不可能挡住流水。只要晴子钻进水沟，匍匐向前，一定能从栅栏下面钻过去。

想到这里，晴子纵身跃出神社的院墙，赶紧俯下身去确认栅栏的底部。果然，栅栏的底端并没有延伸到水沟里，沟底恰有可

---

①堀河：堀河天皇（1079—1107），平安后期天皇，白河天皇的皇子，名"善仁"，在位1086—1107。其父做上皇，首开院政。

供一人通过的空隙。晴子又将一只脚踏入沟中试探水的深浅,还好,水深只及膝部。水沟散发着一股令人作呕的腐臭味,可是晴子已经顾不得那么多了。她紧紧地闭上嘴和双眼,埋头潜入沟底,匍匐着从栅栏下方钻了过去。等她终于站起来,身上的小袖已经湿透了,紧紧地贴着肌肤。

身后传来一片嘈杂声,明智的大军已经越来越近了。晴子不顾一切地狂奔起来,一口气跑了三町路,终于到达了本能寺,却被大门口值夜的卫兵给拦了下来。

"信长大人……我有要事求见信长大人!"晴子跑得上气不接下气,好半天才说出这么一句话。

全副武装的卫兵们看到晴子,像躲瘟神似的捂着鼻子直往后退。此时的晴子像只刚从阴沟里钻出来的湿漉漉的老鼠,面目全非,浑身恶臭。再加上又急红了眼,指手画脚像个发了疯的女人,也难怪卫兵们不敢接近。

"妾、妾身……乃是信长大人的旧相识。绝、绝不是什么可疑之人。请、请相信我!"可是,值夜的卫兵之中却没有一个人见过晴子。听了晴子的话,他们也仍然无动于衷,只是掩着鼻子面面相觑,一脸茫然。

"既然这样,快去请森兰丸大人,就说二条皇后来访,请他速来相迎。"二条皇后可不是寻常人,卫兵们不敢怠慢,其中一人将信将疑地走了进去,果然把兰丸给叫来了。看到那张熟悉的脸,晴子突然心里一松,终于支持不住颓然倒地。

"夫人!"兰丸赶紧上前一步,一把抱起如一片落叶一般虚弱无力的晴子,"您怎么了?出了什么事?为何会在这时候跑来?"

"快!快让我见见信长大人!"晴子只觉得喉咙干涩,舌头僵直,心也跳得厉害,仿佛随时可能跳出胸膛。

兰丸将晴子带入寺中，命下人给她换上干净的小袖。信长素来爱干净，可不能让晴子就这么脏兮兮、臭烘烘地去见他。

"没时间了！顾不得这些了！"晴子想赶紧告诉他，明智的大军就快攻来了。可是不知为何，她却发不出声音，只能像条鱼一样双唇徒劳地一张一合。

"在下明白。请夫人在此稍候。"兰丸将晴子暂时安置在自己的营房，自己则赶紧去向信长禀报。

晴子在房中来回踱步，心中焦急万分，只觉得每一分、每一秒都无比难熬。

不知有鬼。期间忽而雷声轰鸣，大雨倾盆。

——方才的故事再次从她的脑子里冒出来。

"本宫已下旨，命明智日向讨伐信长。"

——太子殿下的话，又一次回响在她的耳畔。

片刻之后，信长来了。借着宫灯的光亮，他看清了晴子的脸，不由得一惊，愣在原地："晴子，你这是怎么了？"

听到信长的声音，晴子立刻一头扑进他的怀里。她把脸深深埋进信长的胸膛，哭得像个委屈而无助的孩子。

"是不是受了打骂？所以才连夜逃到这儿来找我哭诉？"晴子的手腕和脚踝上还隐约可见被绳子捆绑之后留下的青紫血痕，小袖被刮破了，露出被荆棘扎得伤痕累累的双腿。难怪信长会认为她受了打骂。

"恶鬼、有恶鬼……"晴子努力想把自己获知的惊天大阴谋告诉信长，却怎么也发不出声音。只是瞪大了惊恐的眼睛，直愣愣地看着寺院大门，然后就晕了过去。

"看来她是吓坏了。身上脏成这样也没法睡，还是先给她洗个澡换身干净衣服吧。"信长温柔地抱起晴子向浴室走去，就像当初在桑实寺时一样。

　　与此同时,明智军派出的先锋队已暗中包围了本能寺。光秀得到消息,亲率大部队八千兵马,开始强渡桂川。

# 后记

历经一年零九个月的报纸连载，为了出版单行本又进行了几番修改润色，当我终于拿到这部书时，不瞒大家说，我着实松了一口气。

从公武相争的视角来描写本能寺之变，这个想法其实早在创作《关原连判状》一书时我就已经有了。一方是以天下布武为目标的织田信长，另一方是誓死捍卫朝廷尊严的近卫前久，通过这二人的对立，或许我们能够看清，朝廷对于日本人来说究竟是一个怎样的存在。

可我没想到的是，关于近卫前久和公家社会的研究类书籍少之又少，在历史上对其的论述也并不多见。该从何处着笔，一开始我简直毫无头绪。为了克服这个困难，我决定尝试着以前久为主人公来构思一部小说。因此，我才着手写了《敬告诸神》一书。

时间回到弘治三年（1557）到永禄二年（1559）的三年间，

当时，年轻的近卫前久正在为正亲町天皇的登基大典而各方奔走。结识初次上京的织田信长、长尾景虎，与足利义辉、细川藤孝共谋公武一体的复兴大业，也正是在这个时候。

正是在这部作品的创作过程当中，我逐步了解和把握了前久的人物原型和公家社会的本质，打下了扎实的创作基础。这才有足够的底气提笔写这部《信长燃烧》。

执笔之初，我首先确定了三个基本要点。

第一，小说的时间必须设定在从天正九年（1581）开年到本能寺之变为止的一年半之内。如今小说界以信长为主人公的作品大多是传记式的长篇小说，我却想缩短时间的跨度，用更多的笔墨着力描写信长与前久在政治上的互动，及其内心世界。

第二，虚构一个故事的叙述者，也就是文中的"臭小子清麻吕"，借着他的眼睛来审视那个时代和当时的各色人物。我之所以选择这种第一人称的报告文学与第三人称的小说相结合的创作手法，是因为年轻时就爱读陀思妥耶夫斯基，这种手法正是从他的作品中学来的。后来又读了米哈伊尔·巴赫汀的评论，更加深了我对这种创作手法的理解，并一直想尝试将它用在时代小说的创作上。

不过仔细一想，其实这种方法早在一千年前，紫式部在她的《源氏物语》中就已经用过了。后来的《平家物语》、《太平记》等也都用过类似的方法。说起来，这部作品我一直写得还算得心应手，想必也是因为继承了前人的经验和传统吧。

第三，以信长与劝修寺晴子的感情为暗线，穿插于整个故事之中。王朝物语乃是日本传统文化的源头之一，而恋情和和歌则是其不可或缺的两大核心。如果我能得王朝物语之精髓，将二人恋情描写得感人至深，或许也能从文化的角度来探讨朝廷对于日本人的意义这一课题。

近年来，有关本能寺之变的原因，在史学界也颇多争议。其中争论得最多就是，明智光秀谋反，究竟是个人的突发行为，还是有同谋、有计划的一场阴谋？

本书选择了后者的观点，以光秀被卷入由近卫前久主导的足利幕府复兴计划为基点来展开整个故事。

本书毕竟只是一部小说，不用列出参考资料，但我在这里仍要感谢桥本政宣、今古明、小和田哲男、立花京子、藤田达生等学者。你们的研究成果为这部作品提供了大量的史实和学术依据。

去年二月，这部小说还正在报纸上连载，我得知安土城本丸遗迹中发现了新的文物，足以证明当时信长与朝廷之间的较量已到了白热化的程度。原来，信长天正十年（1582）大宴群臣之处，那座宏伟壮观的本丸御殿，正是完全仿造大内的清凉殿而建的。然而，更令人吃惊的是，这两栋建筑虽然构造几乎一模一样，东西两边的配置却是完全对调的。原本应在东侧的御帐间（天皇寝宫）竟被设在了宫殿的西侧。

关于这一点，小说中也做了分析。唯一合理的解释是，因为信长所居住的天守阁也恰好位于宫殿西侧。将天皇的寝宫安置在自己的脚下，不正是信长意欲超越皇权，凌驾于朝廷之上的最好证明吗？

小说连载过程中，收到了很多热心读者的来信，在史料等方面给予了很多指导和建议。在取材上，阿弥托寺、西山本门寺、安土城考古博物馆等各方人士也给予了我极大的帮助。此外，本书能够成功在《日本经济新闻》这一刊登了无数时代小说杰作的报纸上连载，更离不开报社各位编辑、老师的提携和支持，我深感荣幸，感激之情难以言表。

本书付梓在即，借此机会，我再次对各方的支持和协助表示衷心的感谢。

平成十三年五月五日

安部龙太郎

# 译后记

《信长燃烧》是我翻译的第一部时代小说。当我接受这项工作的时候，内心是十分惶恐和忐忑的。从2015年的7月到2016年9月，我整整用了14个月的时间才终于定稿，比预期足足多用了一倍的时间。现在回想起这倍感艰辛，压力山大的14个月，我仍是感慨万千。

和大多数女生一样，我对战争和军事的兴趣远远比不上对风花雪月的浪漫爱情。织田信长给我的印象，只是历史教科书上所记录的一个叱咤风云的领袖人物，心怀一统天下的宏志，最终却以惨遭兵变的悲剧收场。然而，安部龙太郎先生的这部小说，却从亲情、爱情、主仆情、父子情等各个方面塑造了一个有血有肉、丰满立体的信长形象。既有"天下布武"、进军海外的勃勃野心，又有遭生母所厌弃而留下的难以抚平的童年创伤；既有手刃胞弟，屠杀两万无辜僧侣的残忍和无情，又有亲自照顾几个素昧平生的小乡巴佬儿的善良和温柔；既有在错综复杂的政治利益关系中斗智斗勇、机关算尽的阴险和狡诈,又有为心爱的女子而不顾一切的专一和柔情……这是一个与历史教科书中截然不同的,充满了矛盾却又更加真实、动人的信长。如何能将安部先生塑造的这一个全新的信长形象淋漓尽致地展现在中国读者的面前,并让中国读者也能接受和喜爱呢?这是我面临的最大难题。为了更加全面、清晰地把握日本战国、安土时代的历史,更加深入地了解织田信长这个人物,我不仅重新温习了教科书上的这段历史,理清了各种错综复杂的人物关系,还借鉴了《风林火山》等以同时代为背景的历史小说,甚至还看了《信长协奏曲》等时代剧。首先在自己的脑海中展开了一幅宏大而详尽的日本战国历史画卷,打破了自己心中对信长的固有印象,只为能真实还原安部先生笔下这个亦正亦邪、层次丰富的信长。

除了织田信长,还有为维护朝廷利益,铲除信长而煞费苦心,却又与信长英雄相惜,相爱相杀的近卫前久;敢爱敢恨,努力追求一个女人的人生价值,却又在道德教条、情爱欲望的枷锁中苦苦挣扎的劝修寺晴子;对是否发动本能寺之变迟迟犹豫不决,几番自我说服又几番自我推翻,在忠义与私欲的抉择面前痛苦不堪的明智光秀……小说塑造了一个又一个鲜活的人物形象,他们个个充满了矛盾性和多面性,却又是如此生动,如此真实。然而,比起这些在历史上有名有姓的大人物,更能打动我的,却是那些微不足道的小人物:为救妻儿深入虎穴,为报妻儿之仇而隐忍多年的风之甚助;对主子的不伦之恋以死相谏,却又为主子找到真正的幸福而由衷欢喜的忠仆房子;还有顶着天大的压力,以一个曾经的小喽啰的身份,誓要用自己手中的笔写出主公真正风采的,本书故事的讲述者清麻吕……他们或许在历史上根本就不曾真实存在过,只是安部先生虚构的人物。可是在安部先生神奇的笔下，他们有了生命，有了力量。他们代表了在历史长河中随波逐流、寂寂无名的普通人，发出了微弱却又强有力的声音。他们都是微如草芥的小人物，如你、如我。他们无力主宰别人的生死，更无法左右历史的变迁，却仍然拼尽全力抓住属于自己的那点小幸福，坚持恪守着自己的准绳和原则，折射出各种不同的人格魅力，更能唤起读者的共鸣。形形色色的人物有着不同的阶级、身份、性格、命运，描写他们的文字自然也应该有不同的节奏——接手此书的翻译工作之初，责编许宁老师就对我说过这样的一番话，给了我很大的启迪。如何才能从语气和措辞等细节着手，使一个个性鲜明而又符合其身份特征的人物形象跃然纸上呢？在这个问题上，我很是下了一番工夫。例如，在翻译描写晴子的侍女房子的段落时，我大胆借鉴了《红楼梦》等白话小说和《甄嬛传》等网络宫廷小说里的措辞和描写手法，对话部分还适当采用清代北方官话和俚语，希望能更加丰满和立体地还原一个忠贞憨厚的后宫侍女的形象。

周克希先生在他的著作《译边草》中写过这样一段话：文学翻译是感觉和表达感觉的过程，而不是译者异化成翻译机器的过程。在这一点上，翻译跟演奏有相通之处。演奏者面对谱纸上的音符，演奏的却是他对一个个乐句、对整首曲子的理解和感受，他要意会作曲家的感觉，并把这种感觉（加上他自己的感觉）传达给听众，引起他们的共鸣。对于这段话我的理解是：翻译是一种再创作。在将一部作品翻译成另一种语言时，不仅要尊重和保护原作的风格，更要融入译者自己的理解，形成译者自己的风格，以便让读者更容易接受和欣赏。——这也是接手此书的翻译工作之初，主编邹禾老师对我提出的要求。为了尽可能地达到这个要求，我参考了出版社的老师们为我提供的几部优秀的日本时代小说译作，了解和熟悉了时代小说的翻译手法和技巧。同时，为了避免在文笔上过多地受到其他译者的影响，我又品读了《大秦帝国》、《琅玡榜》等几部现在深受读者喜爱的历史题材的中国大众文学作品。力求在忠实于原作的基础上，形成一种自成一脉、自然统一的，同时又是中国广大历史小说读者所熟悉和喜爱的文风。

最后，谈一谈在这次翻译过程中我遇到的最大的难题——诗歌的翻译。安部龙太郎先生是一个传统文学造诣极高的作家。这部作品穿插了大量的歌谣、和歌、谣曲，起到了画龙点睛的作用。众所周知，诗歌是最难翻译的体裁。所幸我自幼喜爱中国古诗词，研究生阶段专攻的又是日本最早的和歌集《万叶集》，过去的学习经历对我确有一定帮助。小说中出现的和歌，我基本采用了绝句或律诗的规格来进行翻译。而歌谣、谣曲等，我又采用了诗经、楚辞的形式来处理。不过，小说中的诗歌往往不是独立的存在，它同时还起到了推进情节、埋下伏笔或暗示人物内心等作用。例如，明智光秀和众连歌师在本能寺之变之前所作的著名的"爱宕连歌"便是字字珠玑，既隐射了当时暗潮涌动的政治局势，又暗示了光秀从犹豫不决到痛下决心的心路历程。于是，我在尊重原义的基础上，又试图跳出原诗歌的修辞、典故的束缚，大胆借用了中国汉诗中的典故和隐喻，努力营造出符合情节需求同时又更能被中国读者接受和理解的诗歌意境。

当然，除了以上这些问题，我在翻译过程中还遇到了很多难题。比如，日本建筑、宫殿、房屋的构造、功能及称法，人物的称谓等等。所幸，在出版社的邹禾老师、许宁老师和魏雯老师的帮助下，这些问题都一一解决了。在此，我要特别对三位老师表示由衷的感谢。他们不仅在方法论上给予了我很多指导，还给我提供了大量的可供借鉴和查阅的资料。此项工作耗费的时间远远超出预期,感谢三位老师给予我的耐心和鼓励。如果没有他们的支持和肯定,我相信自己很难完成这项艰巨的任务。如今,自己的译作即将接受读者的检验,我的内心既充满了期待又忐忑不安。惟愿自己的努力没有玷辱安部先生的大作,让中国的读者也能一睹其魅力和风采。

蔡春晓
2016年11月30日

天狗文库

- 《功名十字路》
  （上下册）

【日】司马辽太郎/著

欧凌/译

　　永禄十二年（1569），织田信长势力如日中天之际，一位名不见经传的武将木藤吉郎也渐露头角。在妻子千代的提点下，原本身为信长近侍的山内一丰，转而入这位武将麾下。他没有料到，这一不被人看好的举动，竟然是决定十三年后自生死的关键！

　　庆长五年（1600）七月二十三日深夜，千代遣人十万火急从大坂秘密送来一个书盒，山内一丰将其交给正为备战焦头烂额的德川家康。由此埋下了关原之战的局，以及山内家未来封疆拓土的伏笔……

**同名NHK大河剧原作，乱世中步步惊心的伉俪情深！**

- 《风神之门》
  【日】司马辽太郎/著
  周晓晴/译

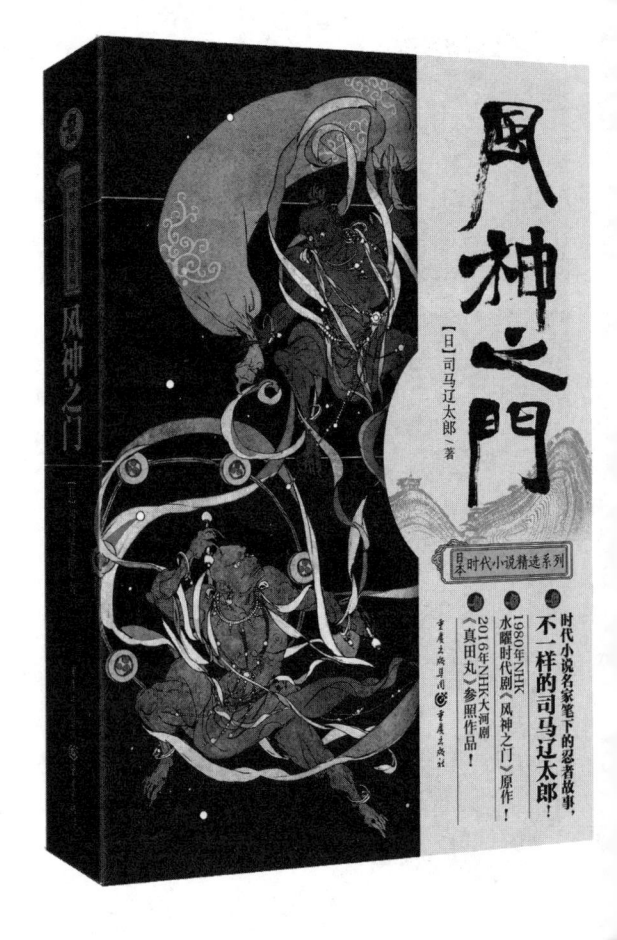

　　庆长五年（1600）秋天，德川家康的东军在关原一战中击败了石田三成的西军，取得胜利。隶属西军的真田幸村，与父亲一同被流放在九度山中。然而他们并未放弃复兴丰臣家的梦想，暗中招兵买马。这天，幸村麾下的甲贺忍者猿飞佐助，来到伊贺忍者雾隐才藏面前，给了他两个选择：要么加入我们，要么死。

　　庆长二十年（1615）夏天，大坂城被德川军重重围困，命运之日即将来临。决战前夜，佐助与才藏道别，决意与主公真田幸村一同奋战。而原本可以抽身离去的才藏，却接下了佐助带来的最后一份委托……

**历史比动漫更精彩！超越火影，战国史上令人热血沸腾的忍者传奇！**

天狗文库/推出